我们被碎片化了的生活

■严庆 著

人民东方出版传媒
東方出版社

图书在版编目（CIP）数据

我们被碎片化了的生活 / 严庆著. —北京：东方出版社，2016.5
ISBN 978-7-5060-9027-8

Ⅰ. ①我… Ⅱ. ①严… Ⅲ. ①长篇小说—中国—当代
Ⅳ. ①I247.5

中国版本图书馆 CIP 数据核字（2016）第 108022号

我们被碎片化了的生活
（WOMEN BEI SUIPIAN HUA LE DE SHENGHUO）
严 庆 著

策划编辑：鲁艳芳
责任编辑：鲁艳芳 刘小兰
出 版：東方出版社
发 行：人民东方出版传媒有限公司
地 址：北京市东城区东四十条113号
邮政编码：100010
印 刷：三河市金泰源印务有限公司
版 次：2016 年 7 月第 1 版
印 次：2016 年 7 月北京第 1 次印刷
开 本：710 毫米 ×1000 毫米 1/16
印 张：19.5
字 数：307千字
书 号：ISBN 978-7-5060-9027-8
定 价：39.80元
发行电话：（010）85924663 85924644 85924641

目 录

Contents

引　子

故事大王新发长微博 引发社会怀旧热潮

激浪网站讯（记者白颜颂 实习生陈鲁遇）又是一年高考时，全国各地众多学子走上了人生的转折路，各地的高考作文题公布后，引起了网友的积极追捧，纷纷撰写范文，中规中矩的、搞笑的、幽默的、嘲讽的，篇篇再创点击率新高，引发了社会各界对高考的广泛关注。同时，微博上知名的故事大王“壮志凌云”发了一篇名为“高考那年——女神的心愿”的长微博，微博内容讲述了当年作者参加高考遭遇查分风波，后来在女神的帮助下顺利进入高校；接着作者投桃报李，为女神出头、替女神打架并帮助女神完成心愿的故事。其中提到了很多当年流行一时的事物，包括红白游戏机、最早的卡拉 OK、香辣小龙虾以及去电脑城里装机，等等。

微博发布之后，在社会上引起了极大反响，不仅转发率惊人，而且引发了一场有关怀旧的热潮。很多当年亲历此事的朋友，纷纷在微博里留言。

科技的发展日新月异，短短十几年，中国的互联网行业已经发生了翻天覆地的变化，对工作，对家庭，对生活，对事业，都产生了巨大且深远的影响。

第一章　高考那年

一

1993 年，凌云有个好朋友叫聂小星，从小学到初中，一直跟他是同班同学。

凌云属鸡，那年十二岁，聂小星属猴，那年十三岁。人说杀鸡给猴看，老死不相往来，但属猴的聂小星却是属鸡的凌云最好的朋友。聂小星从小死了爹妈，跟着奶奶长大，奶奶没有正式工作，只靠替人洗衣服、带孩子挣两个小钱。聂小星经常吃了上顿没下顿，左邻右舍看着可怜，时常给他个馒头或者半碗干饭，因此聂小星算是吃百家饭长大的。因为长期营养不良，聂小星长得头大身子小，远远望去，就像麻杆上面顶着一个西瓜，西瓜又把麻杆压弯，走起路来弓着身子，摇摇晃晃，歪七扭八，因此得一绰号：“聂小虾。”

聂小星他爹生前在三百里外的江汉油田工作，跟凌云他爹凌三金曾经都是丰田村里的农民。丰田村是个小村子，一共才一百多户，五百来口人，互相之间多少沾亲带故，若按辈分论，凌云还算是聂小星的叔叔。

但两人成为好朋友，倒不是因为叔侄关系。俗话说，“大鱼吃小鱼，小鱼吃虾米”，小学六年中，父母双亡、矮小瘦弱、成绩又差的聂小星，成了班上男生集体欺负的对象。有时上课时，后面的同学会一下接一下地蹬在他背上，弄得他衣服上全是泥巴脚印；有时候在操场上，有人会无缘无故地把他的裤子扒下来，惹得众人围观，哄堂大笑；最惨的一次是上厕所，几个男生提前合计好，一起尿了一大盆，放在厕所的门上，待聂小星推开门后，尿盆从天而降，泼了他一身。当时正值冬天，衣服不容易干，那尿骚味儿一个礼拜都没散。

而凌云是班上唯一一个不欺负聂小星的男生，不仅不欺负他，有时候还为他出头，为此凌云没少跟其他男生打架。凌云从小也长得瘦弱，与人打架占不到便宜，于是鼻青脸肿成了家常便饭，回家后没少遭爹妈责骂。那次泼尿事件是凌云打架打得最惨的一次，砖头、板凳、铅笔盒齐上，事后光是额头就缝了三针。对方的几个男生也被打得很惨，头破血流，个个挂彩。当然，最惨的还是聂小星，他左手骨折，石膏绑了三个月。

到了 1993 年，聂小星小学毕业，整个人不知道吃了什么药，像吹气球一样长大，他皮肤黝黑，又高又壮，胸脯、胳膊、大腿上全是满满的疙瘩肉。一次偶然的机会，聂小星被体校老师看中，进了少年田径队，专攻铅球和铁饼，从此再无人敢欺负他了，“聂小虾”的名字也就此销声匿迹了。虽然不再需要凌云保护，但聂小星跟凌云的关系却更进了一步。那几年神州大地流行一种从日本传来的游戏机，名为任天堂红白机，受到无数青少年追捧，凌云所在的小镇也不例外。但这种游戏机价格不菲，一台就要好几百，抵得上镇上普通工人半年的工资，凌云班上三十几个同学，只有坐在他后面的李丽娜买得起。

李丽娜家里开餐馆，吃喝不愁，所以李丽娜无论身高、体重还是胸围、青春痘，各项指标在班级女生之中均名列第一。她平时红光满面，名牌加身，往往脚踩耐克，身披阿迪，举手投足之间颇有“挥斥方遒，粪土当年万户侯”的大姐大意气。不过，李丽娜貌似豪爽好比巾帼英豪花木兰，实则小气胜过抱着金子饿死的葛朗台，她家里虽有游戏机，却看得像传家宝似的，谁也不让玩。当然，想玩也可以，照章收钱，外面的游戏室里，黑白电视机一小时一块，彩电一小时两块，她家里只有彩电，没有黑白电视机，因此两块钱一小时，不打折，不还价，一视同仁，毫无情面。

凌云的父母都是苦哈哈的工人，温饱尚且勉强，没有多余的零花钱让他去玩；聂小星就更不用提了，连去体校的学费，都是老师看在他家里条件差的份上，帮他申请全免，平时也没少给他开小灶、打牙祭。

钱没有，还想玩游戏。凌云和聂小星开始跑到游戏室里看别人玩，看见别人玩得热火朝天、大呼小叫，两个人不禁心痒难耐，于是便打起了李丽娜的主意。

一开始，凌云觉得有把握，因为期中考试时他给李丽娜抄过答案，让她得以及格，有情面在。谁知李丽娜视成绩如粪土，对他想去打一盘游戏的请求置之不理，凌云脸皮薄，一气之下不肯再提。聂小星眼睛滴溜溜一转，说我出马，她保准同意。

凌云不服气："你有什么办法？美人计啊？"

聂小星梗着脖子说："就凭她？长得像河马似的！"又感慨一声："美人计啊，那得留给周双佳！"

"得了吧你，看见人家，隔了八丈远脸就红了。"

"你别看不起人呀！我们拿着游戏卡去她家，她还能不让我们玩？"

"游戏卡从哪儿来呢？"

聂小星回头对街边的"盼盼游戏室"努努嘴："那儿不多得是吗？"

"啊？你是说去偷？不行！绝对不行！"

"哎呀，不是偷！是借！"

"借？人家老板能同意吗？"

"哎呀，我们晚上拿，早上还，有取有还就叫借！"

停了停，又留恋地望了游戏室一眼："啧啧，魂斗罗多好玩呀，王鹏他们几个玩了一个月了，连第一关都过不了！哼，如果是我，早通关了！"

"我们被抓住了怎么办？"

"抓不住，看店的老头又瞎又聋。"

"那……那说好了啊，早上一定得还！"

"有借有还，再借不难。我可不想被警察抓到，奶奶知道了会打死我的。"

刚开始，聂小星的方法果然有效，借着同学打掩护，一天"借"一次，将好玩的游戏玩了个遍，还不花钱。可惜好景不长，其他同学看着眼馋，纷纷表示要入伙，结果"借"出的游戏卡越来越多，终于……

八月十五这天，学校放半天假。上午凌云、聂小星、王鹏、周瑞、胡浩五个人跑到游戏室里，花了四块钱租了四台黑白电视机，借着换游戏卡的机会，将三盘游戏卡揣进兜里。看游戏室的老丁，六十八岁，是游戏室老板丁发财的爸爸。老丁年纪大了，眼神不好，耳朵有些背。他本来发现不了凌云他们几个，结果王鹏太贪心，拿了三盘还不够，又看中了一盘新出的游戏，名为《三国志》，曹操、刘备、孙权轮番上阵，斗的是心眼，玩的是策略，跟其他打打杀杀的游戏迥然不同。正当王鹏将《三国志》揣进兜里时，老丁刚好从旁边经过，人赃并获，王鹏被逮了个正着。

王鹏吓得赶紧扔下《三国志》，奋力挣脱老丁，夺路而逃。其他四人以为暴露了，也纷纷扔下游戏卡，逃了出来。老丁从游戏室里冲出来追赶，别看他又聋又瞎，年纪一大把，速度倒不输给年轻人，他三步并作两步，抓住了凌云。

下午游戏室老板丁发财把这事儿告到了学校，没等班主任逼供，凌云便一五一十地把来龙去脉交代得一清二楚，还特别指出，聂小星是主谋。

从此凌云在学校里抬不起头来，抬不起头不是因为偷东西，而是因为他把同伴招了。最恨凌云的是聂小星："他招别人没什么，我是他的好朋友，他怎么能招我呢？"

聂小星说完又摸摸胳膊上的伤痕，恨恨地说："招我没什么，为什么还要说我是主谋呢？害得我被奶奶吊起来打！"

从此两人成了陌路。

半年后，聂小星被市体校选中，去了市里练铅球。临走的前一天晚上，聂小星来找凌云，送给他一张崭新的六合一游戏卡，里面有"脱狱""魂斗罗""沙龙曼蛇""绿色兵团""赤色要塞""松鼠大作战"，全是他们最爱玩的游戏。

凌云吃了一惊："这得上百了吧？你哪来的钱？"

聂小星笑笑："一分钱不要。"

凌云又吃了一惊："你还敢偷？上次被你奶奶打得还不够吗？"

"喂，你别老瞧不起我行不行？这钱是我挣回来的，干干净净！"

"你去哪挣的钱啊？"

聂小星"嘿嘿"一笑，不理这句，继续说："你以后去李丽娜家打游戏不用花钱，我已经跟她说好了。"

看着凌云大惑不解的样子，聂小星拍拍他的肩膀，叹口气道："美人计成了。"

2013 年夏天，凌云带着老婆从上海回老家，在镇上最豪华的"荣华大酒店”设宴款待聂小星和李丽娜。阔别多年，聂小星显得有点拘束，话不敢随便说，酒不敢敞开喝，畏首畏尾，缩手缩脚，像一个没见过世面的小媳妇。后来看见凌云谈笑风生，毫无架子，这才放下包袱，一杯接一杯，喝得酩酊大醉。

“荣华大酒店”就是当年“盼盼游戏室”的所在地，游戏室倒闭后，老板丁发财不知去向，有人说去了东莞，有人说进了监狱。游戏室改成了网吧，生意一时红火无比；再后来，网吧的生意也不行了，又改成了菜场、超市、洗浴中心，最后变成了“荣华大酒店”。

借着酒意，聂小星拍拍凌云的肩膀：“你小子行呀，小时候见人说话就脸红，现在倒成了网络名人！”

凌云也喝醉了，满脸通红，摇头晃脑道：“哪有你行呀，小时候就能破解游戏卡，捞了第一桶金。现在呢，现在在哪儿发财？”

没想到一句随口恭维的话，却惹得聂小星肝火大旺，他愤愤不平地说：“发个屁！当年还不是被丁发财那狗日的骗了，帮他挣了那么多，却只分给老子一点点！后来在东……呃，广东，那狗日的还……算了算了，越说越有气，不说了！”

接着斜眼瞅了李丽娜一眼，嚷嚷道：“现在更他妈的惨！妈的，也不知道是不是属母猪的，一碰就有，一下生了三个小子。妈的，老子挣再多也不够他们吃啊！”

李丽娜火了，满头黄毛直竖，浑身肥肉颤抖，一拍桌子，红酒杯应声落地，泼在地毯上，打湿了一大块，像一张愤怒的脸。

“聂小星，你他妈骂谁呢？当年是谁死皮赖脸地跑到我家，跪在老娘面前，说没有我就活不下去！”

聂小星自知失言，马上扇了自己一耳光，又把脸凑到李丽娜面前，涎着脸说：“老婆对不起啊，我酒后失言，胡说八道，请老婆赐打！”

李丽娜抬手刚要打，聂小星如泥鳅一般扭到凌云面前，小声说：“周双佳回国了，你知道吗？”

“啊？真的吗？”

凌云脱口而出，情绪又回到了1993年。

二

1993 年，周双佳念初一，每天骑四十分钟自行车才能到学校。

九月的一天早上，周双佳刚骑车出家门不远，就发觉脚下不对劲，下车一看，发现车链条断了。附近光秃秃一片，尘土飞扬，无遮无拦，九月的日头又毒，肆意暴虐，劈头盖脸地晒下来，晒得她满脸通红，一头大汗。

正在此时，凌云骑车路过，看见周双佳，停下来问：

“你怎么了？”

“车坏了。”

“我来看看。”

捣鼓了几分钟，凌云站起来，无奈地说：“车链条断了，这可麻烦了，附近又没有修车铺。”

周双佳急得都哭出来了：“那怎么办呀，还有二十分钟就迟到了！”

凌云想了想，把自己的自行车推给周双佳：“你骑我的车去吧。”

“那你怎么办？”

“我知道有一家修车铺离这儿不太远，我推着车，跑得快，应该没问题。”

“这，这不太好吧？”

凌云把头发一甩，摆出一个潇洒的姿势，若无其事地说：“不就是迟个到嘛，有什么大不了的！”

“那谢谢你了。”

顶着烈日，推着断了链条的自行车，凌云走了一个小时才找到一家修车铺，把车修好，再赶到学校，已经迟到了两个小时。

早操结束后，全校学生依然没有散去，黑压压挤成一片，兴高采烈地望着主席台。凌云红着脸，举着一张检讨，对着话筒，垂头丧气地念道：“尊敬的校领导，尊敬的老师，亲爱的同学们，我深刻认识到这次迟到的严重性，感到非常羞愧。学校一开学就三令五申，一再强调校规校纪，提醒学生不要违反校规，不要迟到。可我却把学校颁布的重要事项当成了耳边风……”

众人哈哈大笑。

待所有人散去之后，周双佳走到凌云身边，递给他一块手帕。

“擦擦吧，看你一头的汗。”

凌云低着头，默默接过手帕，刚准备擦汗，却闻到一股淡淡的清香，犹豫片刻，还是舍不得，又交还到周双佳的手里。

“不用了，过会儿就干了。”

周双佳点点头，又递过来一盘磁带。

“送给你。”

“谁的歌？”

“小虎队。对了，我觉得你长得有点像苏有朋。”

凌云一下脸红了，长这么大，这样的夸奖还是头一回听到。

这天晚上，凌云床头那台用来学习英文的小录音机，一遍又一遍地在重复欢唱：

周末午夜别徘徊，
快到苹果乐园来，
欢迎流浪的小孩！
不要在一旁发呆，
一起大声呼喊，
向寂寞午夜说 BYE BYE！

正听得如痴如醉时，外面突然传来他妈妈的一声怒吼：“几点了还不睡觉，明天要不要上学啊！”

这天晚上，凌云失眠了，长这么大，这是他的第一次失眠。

六年过去了，无人知道当年发生的事，凌云也从未向任何人提起。六年来，凌云除了成绩尚可，其他默默无闻，多了他，太阳照常升起；没了他，月亮依旧出现。而周双佳却成了校园名人。自初一开始，无论大考小考，次次年级第一，还是班花、校运动会长跑冠军和联欢会上铁打不动的主持人。1999年，十七岁的周双佳身高已经超过一米七，跟凌云站在一起，比他高出半头，像是大姐姐带着小弟弟。

1999 年，凌云十八岁。

高考结束才十天，凌云已经寝食难安，如坐针毡，到底考了多少分，能不能上一本？物理最后那道大题实在可惜了，明明已经解出正确答案，结果前思后想又给改错了！还有化学那道选择题、数学那道填空题，以及作文，“假如记忆可以移植”，应该写雷锋、赖宁，或者焦裕禄、孔繁森啊，怎么就脑子一热，写成了李师师呢？

唉，万一没考好，那就只能复读了，在亲戚朋友面前丢脸不说，家里还要花好大一笔钱……

就在十天前，凌云的心里还只有两个字：解脱。和其他同学一样，一出考场，便欢呼雀跃，满脑充血，将堆积如山的教材、教辅、练习册看作不共戴天的仇敌。瞪着双眼，恶狠狠地扑过去，将敌人捏在手心，撕成碎片，然后挫骨扬灰，漫天飘雪，将烈日里的校园变成银装素裹的天堂，白茫茫一片真干净。

可转眼之间，怎么就变了呢？

比凌云更焦虑的，还有他妈陈惠琴。陈惠琴是山东人，1968 年小学毕业，跟着当右派的外公一起从省会下放过来，先是在乡下念初中，接着进了镇上纺织厂做了纺纱女工，后来嫁给了农民出身的钳工凌三金，扎根于这片热土，引出一段佳话，被誉为“旧知识分子改造好的典型”，事后还被厂里奖励，得了一朵大红花和二十块钱奖金。但当时是佳话，后来却成了笑话。同来的姐妹都说陈惠琴傻，熬不住，再等几年便有机会返城，何苦在这穷乡僻壤浪费青春？

对此陈惠琴只是笑笑，说：“咱比上不足，比下有余，日子在哪过不是过呀！”话虽如此，陈惠琴还是憋了一口气，在外笑脸迎人，在家却拉长一张脸，常埋怨老公懦弱无能，还苦口婆心地教育儿子：“无论如何你一定要考出去，千万不要像你妈这样，一辈子都在这个小地方，被你爸这个八竿子打不出个屁的窝囊废给耽误了！”

凌三金在一边听得清楚，也不反驳，只是摸摸脑袋，叹口气道：“唉！”

结婚之前，凌三金长得眉清目秀，唇红齿白，又技艺高超，车钳刨铣样样精通，像是四月天里的黄鹂鸟，人见人爱，成为厂里大姑娘小媳妇们的心头肉。结婚以后，凌三金却像秋后哆嗦发抖的蚂蚱，人长得越来越蔫，话也越说越少，一天下来说不了十句话。十句话中，不得不说的占六句，每句话全是单词，大到厂里买机器，小到家里添碗筷，赞成，是“好”；不赞成，是“操”。另外四句是感叹词，不管是高兴或者愤怒，都是“唉”。这“唉”来“唉”去的，一直“唉”到了凌云高中毕业。

在凌云的印象里，三十岁之前，从小到大，凌三金就没给他讲过一个完整的故事、说过一个好玩的笑话，但有一年例外。1999 年元旦刚过，凌三金跟着厂里新来的司机周大头学开车。厂里穷，车也不好，是 70 年代的老吉普，车身上的绿漆掉了大半，露出一片片难看的灰白，像一个病入膏肓的麻风病人，苟延残喘，奄奄一息。车不好，但周大头的技术高，方向盘盘得虎虎生威，排气管冲得嗡嗡作响，把老吉普开得风生水起，像 F1 赛场上的法拉利。

开了三个月车，凌三金开始变得话多了，遇见人也会说笑话了，虽然他常讲的笑话只有一个：

有个人，晚上到外面和朋友喝酒，回家晚了，大门紧闭。他拼命敲门，边敲边喊：“老婆，开门啊，开门啊，我错了，保证让你随便打，不还口，不还手！”

过了一会儿，屋里传来一个颤颤巍巍的男人的声音：“你说话算数！”

当时凌云不觉得好笑，只觉得恶心。等过了三十岁再想起来，每次都笑了，还说给别人听，别人也都笑了。一开始凌云觉得他爹当司机，见的人多，话是跟人学的。后来才知道，教会凌三金说话的只有一个人，那就是周大头。晚上全家一起吃饭，吃着吃着，凌三金“噗嗤”一声笑了，摇着头说：“这个大头。”

凌云知道，他爹人在吃饭，心已经跟着大头去了。从这一刻开始，凌云就有了好奇心，这个周大头到底是何方神圣，竟然能让凌三金神魂颠倒、铁树开花？

三八妇女节那天，周大头带着女儿到凌云家做客。没见周大头之前，凌云觉得这个周大头一定是个彪形大汉，身高八尺，声如洪钟，相貌堂堂，就像水浒里的好汉武二郎。见了面才知道，此人高不过五尺，重不过百斤，雷公嘴，鹰钩鼻，就是人如其名，有一颗硕大的头颅，占据了身体的四分之一，说起话来细声细气，不像武二郎，倒像武二郎他兄弟。更让凌云意外的是，周大头的女儿竟然是周双佳。

中午五个人一起吃饭，鸡鸭鱼肉摆了一桌，大人喝啤酒，小孩喝雪碧。酒过三巡，也没听周大头说什么，偶尔说两句，也是抱怨厂里效益不好，问凌云成绩如何。倒是周双佳，初来乍到，毫不怯场，叽叽喳喳说个不停，一会儿说年底澳门要回归祖国的怀抱；一会儿说班上的王鹏买了台电脑品牌机；一会儿说这次的模拟考题特别难；一会儿说他们的校长吴仁宝马上要调到外地。歇了口气，又说台湾一个歌手下个月要到省城来开演唱会，歌手的老家是在隔壁的镇上。

凌云半天插不上话，此时逮到机会，冒出一句："谁呀？唱什么的？"

陈惠琴把眼睛一瞪："别的不关心，就关心这个？"

吓得凌云脖子一缩，埋头拨饭，不再言语。此时周大头打圆场："小孩子嘛，听听歌，放松一下。对了，我咋听说凌大哥以前在厂里歌唱得特别好听，要不现在来一段？"

凌三金摆摆手："唉，都是以前的事了，不提了，不提了。"

陈惠琴眉毛一挑，满脸阴阳怪气："是呀！钱都挣不到，饭都吃不饱，还唱什么歌呀？"

这样的抱怨平时常有，凌三金每次都是"呵呵"两声，一笑而过，但今天当着周大头的面，脸上有些挂不住："你说什么呢？这些年是饿着你了，还是冻着你了？"

老公的反应吓着了陈惠琴，她先是一愣，待反应过来，柳眉倒竖，一拍桌子，眼看就要大闹酒席。还是周大头反应快，赶紧打圆场："看今天这菜，有鱼有肉的，不容易呀！"

话音刚落，又意识到这话不妥，马上对周双佳使个眼色："佳佳，来，给叔叔阿姨唱一个。"

周双佳倒了一杯雪碧，举在面前，流利地说："凌叔叔，陈阿姨，我以雪碧代酒，敬你们一杯，祝你们阖家幸福，身体健康，万事如意！"

陈惠琴先是一愣，接着才反应过来，一边踢了凌云一下，一边慌忙跟周双佳碰杯："阿姨谢谢你啊！也祝你学习进步，考上好大学！"

又扭头看着周大头，感叹道："这闺女长得这么漂亮，又这么会说话，小周你好福气呀！”

周大头“嘿嘿”一笑，得意地说：“儿子像妈妈，女儿像爸爸嘛！”

凌云心里嘀咕：“像你？像你就完了！”但嘴上还是一言不发。见儿子半天没反应，陈惠琴只得把话挑明：“凌云，也给你周叔叔敬一杯呀。”

凌云小脸憋得通红，扭捏了半天，始终没有行动。陈惠琴恨恨地说：“人长得蔫，话也不会说，跟他爸一个熊样，一点儿都不像我！”

周大头“哈哈”一笑，摸摸凌云的脑袋：“男人嘛，话不用多，能干就行，小伙子对吧？”

凌云满脸窘迫，无言以对，只对周大头干笑了一声，比哭还难看。

周双佳得意地瞥了凌云一眼，随即哼起一首温柔的情歌：

你总是心太软，心太软。
独自一个人流泪到天亮。
你无怨无悔地爱着那个人，
我知道你根本没那么坚强。
你总是心太软，心太软。
把所有问题都自己扛，
相爱总是简单，相处太难。
不是你的，就别再勉强。

听着听着，陈惠琴的眼睛红了。

五一劳动节那天，凌三金提着一个蹄膀、两瓶白酒，去看周大头，顺便想向周大头打听在外面开出租车的事儿。就在上个月，周大头辞去厂里的工作，在外面当了出租车司机，据说第一个月就挣了三千，是厂里的好几倍。上午去时，凌三金还满面笑容；下午回来，却是一脸铁青，蹲在墙角一根接一根地抽烟，突然他像发了疯一样，双手开弓，“啪啪”地拼命扇自己耳光：“我要再开车，我就是婊子养的！”

从这一天开始，凌三金变得跟以前一样沉默，除了必要的吃喝拉撒，在家里再无一句话。陈惠琴的话虽然不少，但内容单一，除了跟乡下的婆婆吵架，就是骂老公挣钱不多，怪儿子成绩不好。

打从记事开始，家里便无人跟凌云说话，实在憋得难受了，凌云不得不自言自语，自己给自己讲故事。一开始讲的都是书上现成的，刘关张桃园三结义，猛李逵江州劫法场。后来在原著基础上进行拓展，变成了黑猫警长单挑葫芦娃，孙悟空大战变形金刚。再后来，干脆搞起了原创：森林里有一只兔子妈妈，收养了三个孩子，老大叫凌小乖，是条狗；老二叫凌小咪，是只猫；老三叫凌小豆，是只老虎。小豆陪着小乖上学，小咪带着小豆爬树。

“豆豆，你又不乖了是吗？欺负小咪哥哥？”

“不是呀，凌小咪是个文盲，连‘锄禾日当午’的作者都不知道是谁。”

起先的听众只有自己，自娱自乐，打发时间；后来讲得多了，在左邻右舍那儿竟也小有名气，每天一回家，小孩子们便“呼啦啦”一拥而上，齐聚一堂，听完三国听西游，听完水浒听小豆，如痴如醉，轰都轰不走。陈惠琴表面上笑脸相迎，关上门则骂骂咧咧。更多的，还是表示不理解：“他老子一天说不了十句话，他倒成了故事大王！”

三

高考之前，凌云的目标就很明确——武汉大学，唯此不报，考不上就复读。真正考完了，又开始犹豫，分数估出来之后，凌云在学校里跟武大招生办反复咨询，得到的答复只有一句：“你的分数处在能上和不能上的边缘，我们不能给你明确建议，需要你自己斟酌。”

挣扎了好几天，凌云决定还是求稳，志愿表上填了湖北大学。武汉虽然只是湖北省的一个城市，但要再加上“大学”二字，那就反客为主，成了凤凰比寒鸦，直接碾压过去。但在去学校交志愿表的那天早上，凌云遇到了周双佳，知道她填的也是武大，立马重新要了一张表，毫不犹豫地改填武大。

高考过后十天，分数应该已经出来了，但要去查，得托关系，可凌三金当了一辈子工人，认识的也全是工人，教育界的关系无从谈起。凌云再急，也只能像热锅上的蚂蚁，从西走到东，从东走到西。七月的日头本来就长，再加上心中焦虑，凌云觉得一天过得如同一个世纪。

这天早上，凌三金从外面买回油条、豆浆，刚摆上桌子，陈惠琴就发了火："跟你说了多少遍了，就是不听！大热天的吃什么油条，还嫌火气不大呀！不吃不吃，我不吃，你给我去买绿豆汤！"凌三金大口大口地吃油条，咕嘟咕嘟地喝豆浆，压根儿不搭理陈惠琴。见油条战术行不通，陈惠琴只得放弃迂回，直奔主题，扯到儿子的成绩上："喂，我说你别老在家里坐着，出去找找门路想想办法呀！查分又不是作弊，有这么难吗？"

凌三金头也不抬，理也不理。

陈惠琴犹豫再三，吞吞吐吐地说："我……我听说小周有个亲戚在教委里做事，要不咱去托他帮帮忙？"

不提周大头还好，一提他，凌三金彻底爆发了："你要敢去，老子打断你的腿！"

陈惠琴也火了，声嘶力竭地吼道："凌三金，你打啊，你要不打就是王八蛋！妈的，在外面像个怂包，就会在家对老婆横，儿子不是你亲生的？从小到大你管过他什么？要你这种男人有个屁用！"

对外面发生的一切，凌云在自己屋里听得一清二楚，刺耳的争吵，愤怒的吼叫，还有来回的推搡，声声入耳，招招刺心，但凌云没有阻止，甚至没有出来看一眼，只把脑袋埋在枕头下，捂出一头的汗。

2012 年年初，凌三金得了脑血栓，人开始痴呆，左半边身子不能动弹。别人痴呆了要么失忆不会说话，要么只会鸡零狗碎地胡言乱语。但凌三金与众不同，痴呆了，反倒把一辈子经历的事情记得明明白白，说得清清楚楚，讲起话来，有理有据，百无禁忌。2012 年年底，凌云带着老婆孩子从上海回湖北老家过年，一家人围着电视机，看春节联欢晚会。半瘫的凌三金对着几年不见的儿子，不知怎么了，就说起了 1999 年的周大头。

凌三金抬起没瘫的右胳膊，抖着右手，断断续续吃力地说："姓周的这人有问题，做朋友不行。"

凌云不以为然："朋友嘛，合则来，不合则去，多一个少一个，有什么关系？"

凌三金叹口气："明着当我是好朋友，背地里骂我是窝囊废。光骂我也就算了，那天我出了周家的门，突然想起包落在他家里，于是回去取，刚走到门口，就听见周大头跟他兄弟说，好吃不如饺子，好玩不过嫂子，你别看老凌是个窝囊废，他老婆在床上，可他妈的真带劲呀！”

接着凌三金哭得稀里哗啦：“一辈子没人看得起我，就一个说得来的，还让我做了王八！”

陈惠琴面红耳赤，急忙辩解：“说了几百遍了，他是瞎放屁！你怎么就是不相信呢？”

凌三金摇摇头，指着自己的胸口，痛苦地说：“我这一辈子，过得太窝囊了。”

2013 年夏天，凌三金去世了。临走之前，他拉着凌云的手，千叮万嘱：“你现在有出息了，爸爸也没什么要交代的，就一件事，你一定要答应。”

凌云点点头：“说吧。”

凌三金挣扎着，说出人生的最后一句话：“以后要照顾好你妈。”

四

不知过了多久，凌云才慢吞吞地从床上爬起来，出门一看，家里已空无一人。饭桌上还剩两根油条、一碗豆浆，上面环绕着两只“嗡嗡”作响的绿头苍蝇。凌云顿觉胃口全无，挥手赶走苍蝇，呆呆坐下，双眼发愣。

“万一第一志愿考不上，那就只能寄希望于第二志愿了，可当时一门心思填武大，二志愿根本就是乱填，论起档次，二志愿跟武大差不多，而且是外省的学校，每年在湖北没几个招生名额！这意味着二志愿的录取也希望渺茫，唉，看来只有复读一条路了。”

正当凌云唉声叹气之际，外面突然传来敲门声，并伴随着一个清脆的声音：“凌云，我是周双佳呀，你在家吗？”

凌云心里一激灵，顾不得多想，猛地站起来，“噔噔噔”跑过去，给周双佳开门。外面太阳正耀眼，晒得周双佳满脸通红，身上的连衣裙紧紧贴在身上。凌云不敢看周双佳高耸的胸脯，低着头，小声说：“你怎么来了？”

周双佳用手不住地扇着风，胸脯起起伏伏："我怎么就不能来呀？外面热死了，快让我进去凉快一下！"接着大模大样地在客厅坐下，又自顾自吩咐站在一边的凌云："你别站着呀，我快渴死了，快给我倒杯水去！对了，我只喝可口可乐，你们家有吗？"

凌云为难地摇摇头，说只有白开水；再看看桌上，说还有一碗豆浆。

周双佳四周打量了一下，说："算了，我也不是很渴。对了，你们家怎么也不装空调，这么热的天怎么睡得着呀？怎么也不装部电话，害得我跑一趟。"

凌云有些不满："你到底是来干吗的？干部下乡扶贫？"

周双佳"噗嗤"一笑："告诉你个好消息，武大分数线出来了，你多了五分！"

凌云一下没反应过来："是吗，湖大的分数线是多少？"

"不是湖大，是武大，你报的不是武大吗？"

凌云浑身的血液一下冲到头顶，手足无措，眼前眩晕，急忙问："你确定？武大的分数线是多少？我的分数你查过了吗？"

"废话，不查我怎么知道，你以为本姑娘会未卜先知呀！你多了五分，我嘛，多了二十分！"

凌云压抑不住内心的狂喜，手舞足蹈，极度亢奋；周双佳也很高兴，两人坐在一起，相谈甚欢，从《红楼梦》里的黛玉葬花说到了《百年孤独》里会说话的锅碗瓢盆；从李清照的"争渡，争渡，惊起一滩鸥鹭"，说到了陆游的"红酥手，黄藤酒，满城春色宫墙柳"；从马三立的"我姓逗，叫逗你玩"，说到了冯巩牛群的"小偷金融股份有限公司"；还从超级玛丽的水下256关，说到了魂斗罗的三十条命。

接着又你一言、我一语地开始接龙唱歌。

"风雨过后不一定有美好的天空，不是天晴就会有彩虹。"

"红灯照，照出全家福，红烛摇摇摇，摇来好消息。"

"西，西，不行，这个太难了！"

"怎么不行，你可以唱西边的太阳就要落山了，鬼子的末日就要来到啊！"

“什么乱七八糟的呀，我说不行就不行，换一个，就接着红灯照！”

“红灯照照出全家福，红烛摇摇摇，摇来好消息，亲情乡情甜醉了中华儿女……”

“停！就在这儿停！女人何苦为难女人，我们一样为爱颠簸在红尘。”

“城里的月光把梦照亮，请守护它身旁。”

“旁，旁，不行，再换一个！”

两人聊着，唱着，笑着，时间像是脱了轨的钟，跳着蹦着往前跑。凌云觉得，从出生到现在的十八年里，今天是最快乐的一天。

可到了晚上，周双佳又出现了，她满脸歉意地告诉凌云：“对不起呀，实在不好意思，中午告诉你的是文科分数线，理科线还没出来呢！”

凌云眼前一黑，脑袋嗡嗡作响，像是做了一场自由落体运动，瞬间从天堂跌落至地狱。他心里清楚，历来高考文科分数线会比理科低十分左右，这回可算是白白空欢喜了一场。

周双佳见凌云一副失魂落魄的模样，于心不忍，安慰道：“你先不用急，听我叔叔说，今年理科考试比较难，与文科的差距不会像往年那样大……”

听她安抚半天，凌云嘴上说没事，还开玩笑说幸好我身体不错，不然真要被整出心脏病来，心里却翻江倒海，五味杂陈：“你当然不着急了，你的成绩比分数线高了二十分呢！”

凌云不记得周双佳是什么时候走的，他只记得这个夜晚自己辗转反侧，彻夜难眠，一直到天亮。

第二天天刚蒙蒙亮，迷迷糊糊的凌云便被外面的喧闹声吵醒。他揉揉眼睛，仔细一听，除了凌三金的低沉沙哑和陈惠琴的尖锐高亢之外，还多了一个银铃般清脆的声音：“凌叔叔，陈阿姨，恭喜你们呀！武大的理科分数线出来了，凌云他刚刚压线！”

第二章 女神的心愿

一

1999 年，凌云跟周双佳一起进入武大，成为大一新生。十八岁的凌云马上闻出，大学女生跟高中女生的味道不一样。高中女生青翠、稚嫩，像晨曦中摇曳的小草，一门心思朝向太阳。升入大学后，摇身一变，成了朝阳里含苞待放的鲜花，匆忙汲取养分的同时，还不忘露出娇媚的容颜，展示骄傲的身价。

而周双佳，跟其他大学女生又不一样。别的女生身上的味道她也有，但另外又多出一种，这种味道像怒放的茉莉花，洁白间透出斑斓，清香中带着魔力，离她一近，便被吸引，闻了再闻，欲罢不能。就在这一年，因为周双佳的到来，凌云一夜之间长大了。

1999 年，周双佳在武汉的大学圈子里是个名人。虽然之前她做名人已经很多年，但那仅限在小镇上，由几个毛都没长齐的男生口口相传。在武汉出名是因为刚进大学三个月，在学校旁边开“太子食府”的老胡就向她求爱。老胡只是面相老，看上去四十几，实际年龄并不大，也就二十八。不仅在武大，其他如华师、华工、湖大、政法等各大高校附近，都有老胡开的分店。“太子食府”既卖正餐、宵夜，也卖烧烤、小吃，招牌菜是香焖小龙虾。湖北沟汊多，盛产小龙虾，价格极其低廉，但当地人不爱吃，也不懂吃。老胡觉得这是个商机，便苦心钻研，研制出了几十味香料，先蒸再炸后焖，烹制出的小龙虾，鲜、香、麻、辣，让人胃口大开，卖的价格也不贵，配上土豆、包菜、藕片，这样一锅才十块钱，比在食堂点菜还便宜，壮汉也能吃个肚儿圆，于是迅速得到万千学子追捧，香飘江城，名满华夏。

老胡有了钱，又开始附庸风雅，先是自比苏东坡，手摇折扇，长袍马褂，仿照苏先生的《猪肉颂》，用武汉话念了一首《小龙虾颂》，录成VCD，在饭店大堂的电视机里循环播放。

江城小龙虾，
价贱如蛤（KE）蟆（MA）。
贵者不肯吃（QI），贫者不知煮，
晚上出来撮两盘，
包得您家乐哈哈。

接着，又看上了来饭店吃饭的周双佳，一边送花送礼物，一边表白写情诗，双管齐下。见周双佳置之不理，又想出一招，换上西装革履，手捧大把玫瑰，跟着《小龙虾颂》，用弯管子的普通话在电视上念起了《致周双佳》。

周双佳，周双佳，
你的模样像玫瑰花，
玫瑰花，玫瑰花，
你的模样像周双佳。

不到十天，周双佳的大名就传遍了各大江城院校，在食堂，在餐厅，在宿舍，在操场，每天一到吃饭时间，大家就敲着碗筷齐声高唱：

周双佳，周双佳，
你的模样像玫瑰花，
玫瑰花，玫瑰花，
你的模样像周双佳。
周双佳，周双佳，
你的模样像小龙虾，
小龙虾，小龙虾，
你的模样像周双佳。

平白无故被人比作软甲纲低等生物，周双佳气得大哭一场，眼睛肿得像个桃子。凌云也怒了，撸起袖子，冲到“太子食府”，将老胡打得头破血流，被学校严重警告，记了一次大过。从此，小龙虾成了他不共戴天的仇敌。

又过了十天，恰逢圣诞节，凌云跟周双佳一起回老家参加高中同学聚会，中午到镇上新开的一家饭店聚餐。也是因为刚进大学没多久，大家都觉得新鲜，藏了一肚子话，不吐不快，从课堂变态的点名制度，说到了宿管阿姨的花边新闻；从学校食堂难以下咽的饭菜，说到了宿舍同学的极品事端；只是大家心有默契，无人提老胡追求周双佳一事。一顿饭从正午太阳当空，一直吃到了黄昏夕阳西下，直到老板跑来，搓着手问：“我说你们几个，晚饭要不要也在这儿吃了？”

从饭店出来，天色已暗，大家还意犹未尽，凌云、周双佳、王鹏、周瑞、胡浩一干人又相约到镇上新开的卡拉 OK 唱歌。卡拉 OK 不大，只有三个包间、一个老板、一个服务员。谁要点歌，就把歌名写在纸条上递给服务员，服务员再拿到外面老板那儿，由老板放歌。

周双佳先唱了一首《容易受伤的女人》，音色甜美，表情投入，比原唱差不了多少；接着又一连唱了《女人花》《美丽的笨女人》《女人何苦为难女人》，曲曲动听，首首精彩，凌云他们几个拼命鼓掌，连声叫好。

服务员是个小姑娘，刚从河南乡下过来，看什么都觉得新鲜，趁着跑腿的间歇，也搬张小凳子坐在一边听歌。听来听去，听的全是女人的歌，有些腻了，也是因为刚来，说话不知轻重，指着凌云他们几个说：“你们几个大男人，咋都不唱呀？唱来唱去都是情呀爱啊，可把人腻歪坏了！”

周双佳脸上挂不住，扭过身子，指着他们几个说：“你们也来点呀！别老让我一个人唱，听到没，人家有意见了！”

凌云几个人面面相觑，也是因为头一回来这种地方，不熟，扭捏之下，你推我，我推你，谁也不肯站出来。周双佳不耐烦了，拿起话筒：“你们不来，那我就点名了啊！”话筒晃了一圈，最后指在凌云身上：“你，就你了，你先来给我们唱一首《心太软》！”

又指着服务员：“还愣着干吗呀，赶紧去点呀，‘心太软’三个字认识吗？”

待旋律响起后，凌云颤颤巍巍地接过话筒，结结巴巴地开始唱歌，嗓子似乎被猫抓过一样，嘴里唱的是心太软，舌头却比木头还僵硬，一曲下来，出了一头大汗，比参加高考还紧张。王鹏他们几个笑得岔了气，周双佳也忍俊不禁，拿过随身小包，掏出一包餐巾纸，抽出一张，替凌云擦汗："瞧你，你属水牛的呀！"

正是因为这一擦，气氛开始热烈了，从扭捏作态的你推我让空许约，变成了热火朝天的百舸争流千帆竞，有男声独唱《吻别》，有女声独唱《风中有朵雨做的云》，有男女对唱《广岛之恋》，还有大家的集体大合唱《甲乙丙丁》。一首歌还未唱完，后面几十首已经排满，服务员忙得脚不沾地，热得满头大汗。一直到凌晨时分，别说服务员已经忙得手脚瘫软，无力再动，连老板也受不了了，放着好好的生意不做，打着哈欠，跑过来公然赶人："我说哥儿几个，实在对不住啊，不早了，你们还是走吧！"

众人穿戴整齐，从卡拉 OK 出来，外面已经空无一人，天空稀稀拉拉飘起了雪花，昏黄的路灯下，只有几个年轻人蹦蹦跳跳的身影。周双佳穿了一件红色呢绒裙，配一件白色羽绒背心，没走几步，冻得直跺脚，捧着手心，对着嘴唇"哈哈"呵气，呵了半天，又突然想到了什么："你们谁会配电脑吗？我想配一台。"

众人纷纷跳着脚，踊跃回答："我会！我会！"

王鹏用手止住众人："只有我了，我是学计算机的，而且这里就我家有电脑！"

周双佳停下来，好奇地问："你用电脑做什么？"

王鹏自豪地说："看电影啊，还有玩游戏！"

众人哄堂大笑，周瑞不服气："看电影、玩游戏谁不会，问题是你会配电脑吗？"

王鹏更不服气："当然会了，自己去买硬盘、内存、CPU，回来装在一起啊！"

关键时刻，凌云站了出来。众人之中，只有他跟周双佳是大学同学，替她打过架，更重要的是，刚才在卡拉 OK，周双佳第一个点名的就是他，让他颇有面子，很是得意，趁着这股热乎劲儿，凌云一改平时的小心谨慎，开始大包大揽："这事只有我能办了！王鹏他没配过电脑，上次还问我 CPU 长什么样呢？"

王鹏急了，重重推了凌云一下："我没配过电脑，你配过？"

凌云猝不及防，被推了个趔趄，也急了，一巴掌扇在王鹏头上：“我没配过电脑，但我认识聂小星！”

王鹏被扇得眼冒金星，陌生地看着凌云：“聂小星？就是那个把女朋友肚子搞大后被学校开除的？认识他有什么了不起？”

凌云这才意识到，因为着急话只说了一半，赶紧补充：“聂小星现在在电脑城里做事啊，专门给人配电脑！”

周瑞这时站到了王鹏一边，指着凌云：“光认识没用啊，还得会讨价还价，你这么内向，话都不敢说，万一被人坑了呢？”

一直没发言的胡浩也跳了出来，阴阳怪气地说：“坑也跟他没关系啊，反正又不是他的钱，对吧，没准他还可以拿提成呢！”

凌云满脸通红，一把扯下帽子，重重甩在胡浩脸上：“最多三千，要是超过，我自己赔！”

胡浩下意识摸了一把脸，觉得火辣辣生疼，也火了，拉开架势要与凌云打架。幸好周双佳站了出来，环视众人一圈，目光最后落在凌云身上：“你！就你了！”

二

“武珞路，武珞路电脑城到了啊，要下车的抓紧下！哎，莫挤，莫挤啊，你个婊子养的！看莫斯看，说的就是你！”

随着中年女售票员的一声号令，凌云抱着包，奋力挤到801路公交车门口，车上的人还未下去，车下的人却想上来，你争我抢，互不相让，一时女人尖叫、孩子哭喊、男人谩骂，热火朝天。外面天空阴沉，寒风凛冽，路上行人无不缩头缩脑，但在这一方小天地里，气氛却比足球场上还要热烈。

在被人踩和踩了人很多脚后，凌云踉踉跄跄地下得车来，右手揣在羽绒服的口袋里，紧握手心里的五千块钱，望着马路对面的五层大楼，心想：“终于到了！”

这五千块钱里，三千是周双佳给他的。周双佳本想多给他一点儿，以防万一，但他死活不要："说好三千就三千，肯定能搞定！"

又自信满满地说："我的好朋友在电脑城做事呢，里面的行情我懂！"

谁知刚刚接过钱，好朋友就出了事。其实，聂小星也不是当天出的事，两个礼拜前，聂小星在电脑城里泡到了一个妞，周一才认识，周二晚上便约去对面街道口的小旅馆里开房。泡妞本没什么，男未婚女未嫁，干柴烈火，你情我愿的事。关键是这妞来历不凡，乃是东楼那边"商务无忧电脑有限公司"总经理老张的小秘。小秘本也没什么，养家糊口，打工而已，管天管地，还能管人家宽衣解带、男欢女爱？可此小秘非彼小秘，说是老张的秘书，其实是老张的情人，虽然没结婚，但有真感情，于是这没事也就成了有事。

老张得知是一个初中没毕业的小混混给自己戴绿帽子，当即怒发冲冠，血涌上头，纠集一帮人，半路上拦下聂小星，将他痛打一顿，还勒令他滚出电脑城，不然以后见一次打一次！聂小星虽然没读过《水浒传》，但也知道"好汉不吃眼前亏"的道理，见老张动了真格，哪还敢继续纠缠，只得忍痛放下正在挣钱的生意，拍拍屁股，走人了事。

他这一走没什么，可害苦了凌云，他忍不住埋怨聂小星："你怎么不早点说呢？"

聂小星也一肚子委屈："这也不是什么好事，我还满世界去宣扬呀！"又反过来埋怨凌云："你说你，家里电话不装，自己 Call 机又不配，我就是想说，也找不到你呀！"

事已至此，再如何埋怨也于事无补，无奈之下，凌云只得继续说明来意。聂小星得知凌云想花三千块买电脑，头立马摇得像拨浪鼓似的："三千块？也就能买个打字机！别说玩游戏，看个片子都卡得不行。"接着又惋惜地说："如果我还在那里，倒可以想想办法，现在人走了，说话也不管事了。哎，听哥们儿一句话，再找她加点钱吧，至少得五千，我再出面给打个招呼，不说便宜多少，起码拿的肯定是正品。"

凌云心里暗暗叫苦，说出去的话，泼出去的水啊！刚刚还信誓旦旦地向周双佳保证没问题，转眼之间就要加钱？这会让她怎么想自己！见凌云犹豫不决，聂小星叹了一声："兄弟，你这样追求女人，不值得的。"凌云被他看出心思，脸上微微发热，但嘴上还是硬撑："你说什么呢？人家以前帮过我，我现在是谢谢她。”

“嘿嘿，是吗？”

“当然！你也别说我，你自己不是一样？”

聂小星一愣，随即指着自己的裤裆，满脸严肃，正色道：“我可不是为了女人，我是为了他！”

从聂小星家回来，已过了晚饭时间。陈惠琴满脸不悦：“一回来就不着家，整天不见人影，你眼里还有我这个妈吗？”

回来的路上，凌云一直在想，如何把这两千块的缺额补齐，找周双佳肯定是不行的，刚信誓旦旦，断无自己打自己脸的可能性；找聂小星借也不合适，这哥们虽然踏入社会已有几年，但家里困难，自己也不懂得节省，挣的几个钱全花在女人身上，要不给奶奶买药，要不找女人打炮，真要算起来，没准比自己还穷。想来想去，唯有自力更生了。寝室里有个国际贸易系的同学，名叫宋赟，浙江人，长得英俊潇洒。开学第一天，穿件白衬衫一亮相，便亮瞎了无数女生的双眼，看平时衣着谈吐、出手大方程度，也应该是个有钱人。外套是真维斯，裤子是佐丹奴，鞋子是一水的李宁。寝室的四个人里，他是第一个，也是唯一一个买过电脑的，买的还是联想的品牌机，要整整一万两千块。现在找他借两千，然后分期还，每天吃糠咽菜，一个月能从生活费里抠出四百，这样五个月就能还清，看在一个寝室的份上，想他不会不答应。

凌云满脑子还在想吃糠咽菜，也就没理会陈惠琴的不满。这下陈惠琴更生气了，抬起巴掌，作势要打，举了半天，还是放下，神情黯淡，哑着嗓子说：“你爸爸下岗了，你知道吗？”

三

进了电脑城东楼，凌云没先去柜台，而是走进洗手间，脱下羽绒服，使劲塞进双肩包里，只穿一件皱巴巴的T恤，抖抖索索地出来。

这一招是聂小星教他的，这里卖电脑的个个精如鬼，宰起客来绝不留情，要想不被欺生，就得装作是自己人。外面虽然寒风凛冽，里面却是热火朝天，自己人是绝对不会穿羽绒服的，只有外面来的客人才会。因此，工欲善其事，必先利其器，先要从外表上武装自己。

刚走出洗手间，一个身材矮小的黄毛就迎上来，冲着凌云龇牙一乐，露出满嘴黄牙："兄弟，你好，你是来装机的吧？"

凌云有点惊讶，对方不认识自己，怎么一下就看出自己的身份呢？惊讶之余，脸微微发烫，赶紧否认："不是啊，我就是在这里上班的。"

黄毛"嘿嘿"一笑，顺手递过一支烟："兄弟，别争了，一看你就是第一次来。"

凌云心里又是一惊，连第一次来都能看出来？

作为一个游戏爱好者，凌云确实是第一次来电脑城。虽然有好朋友聂小星的点拨提醒，有计算机圣经《电脑报》的苦口婆心，还有不算太熟的宋赞的慷慨相助，无论是知识储备，还是支付能力，都已准备妥当。但第一次真正参加实战，说不紧张，那是假的，现在还未开始就被戳穿，这让他本来就不多的信心更加见了底。

出师未捷，凌云只得落荒而逃，跌跌撞撞，一口气窜到西边五楼，扶在墙角稍歇片刻，一抬头，看见一个门面，门口两边各放一个花篮，花篮里的花带着绿叶，绿叶上沾着泥土，看上去还算新鲜，门面上挂着一张红底黑字的条幅："海悦电脑有限公司，开业大酬宾，优惠多多，惊喜连连！"打量一番后，凌云由惊转喜，放下心来："这是一家新开的门面，既然是新开张，那老板应该也没有多少经验，不如就在这买吧。"

拿定主意后，凌云扯扯身上的 T 恤，试图让它看起来平整一点，再一次深呼吸，便走进门面，站在柜台前，头发一甩，抛出早已准备好的台词："今天金士顿 64 的条子多少钱？现结最低多少？"

柜台里坐着一个女的，烫一头火红色卷发，穿一件墨绿色背心，右臂上刺有一朵玫瑰花，背对着凌云，头上戴着耳机，正在兴致勃勃地玩游戏，一边玩，一边口中骂骂咧咧："你个婊子养的草稚京，敢放火烧我？打，打得你老娘都不认得你！"

见红头发不搭理自己，凌云又有点紧张，顿了顿，把台词又说了一遍，再顿了顿，壮起胆子，大声补充一句：

"我是柜台的！"

红头发这下有了反应，摘下耳机，转过身，走到凌云面前，从头到脚打量了他一番，点上一支烟，猛吸一口，喷了他一脸，表情似笑非笑："哎哟喂，您是哪个柜台的呀？"

"我…… 我是东边二楼柜台的。"

"东边二楼？那边我熟呀，您是二楼哪家的呀？"

"我……"

凌云嗓子干涩，嘴巴发紧，想胡乱编个名字，却怎么也编不出来。红头发这下倒来了兴致，拉着路过的一个穿紧身 T 恤的光头："嗨，嗨，拐子你等一下。这位小朋友说他是东二楼柜台的，你认得他吗？"

光头停下来，看看红头发，再看看凌云，一拍脑袋，大嘴一咧，笑道："认得啊，老熟人了！"

凌云总算松了一口气，望着光头，满脸感激。

光头指着凌云，一本正经地说："二楼卖毛片的呀！哈哈哈哈！"

"哈哈哈哈，卖毛片的要改行了呀，来我这儿进内存条呀？"

"是呀。哎，我说你赶紧便宜点卖人家一个，以后还想不想看毛片了！"

凌云脸上滚烫，脑子里一片空白，红头发和光头却还不停地拿他打趣，一会儿催他赶紧买，一会儿说要找他拿片，一会儿还说有个毛片里的男主角跟他长得很像，一样的长发中分，排骨身材，问他前不久是不是偷偷去日本拍片了，搞得这般憔悴？

这就是公然打脸啊！凌云又气又急，大声喊道："我就问问，金士顿 46 的条子什么价格，现结最低多少！"凌云本想说两句狠话，最后硬撑一下，结果因为太紧张，浑身发抖，只能重复背熟的台词，还不小心把 64 说成了 46。

这下红头发更高兴了，双手支在柜台上，好让自己别因狂笑直不起腰。

"金士顿 64 的条子 582 一条，可你要 46 的，我这比你多 18 兆，这样吧，就只多收你 18 块，600！"

光头紧跟着补充："莫这样啊，人家也是柜台的，是自己人。这样吧，小朋友，再给你便宜一块钱，599，您拿走！"

凌云一下傻了眼，这个价格超过他的预期太多，但情急之下，却不知道说什么好。

光头继续兴高采烈地催他："喂，拿不拿啊你？带没带钱啊？"

"电脑城里的最低价了啊，坑谁也不能坑您这卖毛片的呀！"

"喂，我说你到底拿不拿啊，说话啊，你个婊子养的，苕了啊！"

……

"操！苕你妈！"

不知是因为被人宰，还是因为被人骂，总之凌云恼羞成怒，彻底爆发了，骂了一句脏话，接着抄起柜台上的玻璃烟灰缸，向光头那颗油光锃亮的脑袋上抡过去，同时听到红头发杀猪般的一声尖叫。

两个礼拜后，凌云头上缠着绷带，胳膊上打着石膏，在寝室里接到了周双佳的电话。

"你现在怎么样了？听说你和电脑城的人打起来了。对不起，我最近上课太忙，都没来得及去看看你。"

"没什么了现在，小事而已，就是因为 CPU 是买赛扬还是买奔腾，跟里面的人争执了一下。"

"那就好，唉，还是对不起，要不是因为我，你就不会和人打架。按照学校规定，记大过两次就要被开除了。"

"真的没什么，别这么说了。辅导员替我说过情了，这次打架情有可原，只警告，不记过。哎，对了，你的电脑快配好了，最后还差一个鼠标垫，我找了半天，没发现你喜欢的 Hello Kitty…… 过两天我再去一趟，一定给你选好。"

说到这儿，周双佳似乎有些犹豫，吞吞吐吐地说："凌云，有件事情，我想告诉你。"

听周双佳说得郑重其事，凌云心里一惊："什么事呀？"

"就是这个装电脑的事，我想告诉你，不用再麻烦了，我有一个，有一个朋友，帮我选了一台品牌机。他跟我说自己组装电脑太麻烦，也没有售后保障，出了问题不好修。品牌机虽然贵了点，但是……"

凌云脑子"嗡"的一下，两眼发黑，天旋地转，任凭周双佳在那头呼喊："喂，喂，凌云，你还在吗？"

不知过了多久，凌云才反应过来，心中郁闷纠结得能滴出血，嘴上还故作轻松地像没事人，使劲一甩额前的长发：“噢，没事了，你有得用就好，品牌机挺好的。宋赟你认识吧？我一个寝室的，他就买了一台品牌机，玩游戏、看电影，干什么都很快。就是贵了点，要一万多呢。”

“嗯……”

“那你什么时候方便，我把钱还给你吧。”

“嗯……这个不用急。”

说到这里，不知怎么了，两人陷入了长久的沉默。凌云突然想到了一个问题，犹豫再三，还是忍不住开口：“是谁帮你买的电脑？”

“不是帮我买的，是他送给我的。”

“那是谁呢？我认识他吗？”

问完这句，等了很久，凌云才等到周双佳的回答。

“认识，他叫宋赟。”

1999 年年底，因为周双佳的关系，凌云提前几年拥有了自己的电脑，再过了一年，寝室里接上了网络，凌云成为中国最早的互联网用户之一。也就是从这个时候开始，中国的互联网事业发展得如火如荼，一日千里。对一个人、一个家庭、一个单位、一个民族、一个国家来说，早几年上网和晚几年上网，差别很大。

四

十五年后，“摩崖文化有限公司”的编辑部主任，同时也是微博上著名的故事大王“壮志凌云”发了一篇长微博，名为“高考那年 —— 女神的心愿”，不但创了微博转发率的新高，还被人录下各种各样关于“周双佳和小龙虾”的歌曲视频，在社会上流传甚广，火爆一时，许多当年经历此事的大学生也纷纷现身说法，有人回忆聚会，有人回忆唱 K；有人回忆游戏，有人回忆装机；有人回忆龙虾，有人回忆打架，由此引发了一场集体怀旧的盛宴。也是因为这篇微博，凌云被粉丝们评选为当年的微博前一百热门人物之一。

一个礼拜后，在上海，周双佳见到了凌云。多年未见，凌云长高了，也变壮了，他胸肌发达，胳膊粗壮，腹部扁平，留着平头，穿一件简单的黑色T恤，配一条米色的休闲裤，光脚穿一双乐福鞋，挽起裤脚，露出脚踝，跟曾经青涩瘦弱的长发形象大相径庭，只是眉眼间的清秀没有改变。周双佳倒变化不大，依然苗条高挑，眉眼如画。红色连衣裙，红色高跟鞋，看上去似乎比当年还要白皙，只是从素面朝天变成了淡妆浅抹，从黑马尾辫变成了大波浪卷，笑的时候，一丝鱼尾纹也悄悄地在眼角浮现。

在公司楼下的咖啡馆里，两人久别重逢，相谈甚欢，得知周双佳前年回国，去年跟宋赟已离婚，凌云吃了一惊："你们一个帅哥，一个美女，金童玉女，不是很般配吗？"

周双佳苦笑一声："帅也不能当饭吃啊。当时觉得帅好，其他都不重要，后来才知道，那是自己给自己找了一颗定时炸弹。"苦笑之后，又开始感叹："还是你这样的好啊，不是很帅，但也不难看，既让人放心，又不让人恶心，最重要的是懂得上进。"

凌云摇摇头，一声叹息："早知如此，何必当初啊！"

周双佳瞪了凌云一眼："你少说风凉话，当时要不是你哭着喊着要给我配电脑，我也不会认识他。说起来，你才是罪魁祸首！"

"你还赖我？你知道我那几年是怎么过来的吗？不说别的，光说为了还买电脑的钱，我就吃糠咽菜了大半年！害的我呀，整整瘦了二十斤，看着像得了肺结核的林黛玉，面有菜色身飘逸，心无灵犀喝凉风呀！"

周双佳撇撇嘴："得了得了，多少年了，你别再玻璃心了！"

"什么玻璃心？我告诉你，那叫菠菜心，一年三百六十五天，我吃了三百六十六天的菠菜，连梦里都在吃。我早成了菠菜心，一烫就化了！"

周双佳捂着嘴巴，笑得花枝乱颤："你怎么现在说笑话都不笑的？说话的时候面无表情，一张口却让人笑得喷饭。要不是样子没怎么变，我真认不出来是你。"

"你的样子也没怎么变呀，还是一样的青春靓丽。"

"得了，少说漂亮话！特别是这两年，压力大，睡不好，白头发一根接一根，皱纹都出来了。"

"什么事啊，压力这么大？"

“还能有什么，不就是工作那点事嘛。我公司的业绩一直不太好，急呀！”

“理解，当老板嘛，总是跟打工不一样。不过也别给自己太大压力，钱是挣不完的，有钱还得有命去花。”

“知道了，大名人！也别老说我了，说说你自己吧？”

“我啊，自毕业后，一直习惯四海为家，蹉跎中增加二十斤体重，糊涂间度过青春年华，对外虽屡屡指点江山，号称事业小有所成，实际依然是仰人鼻息，身处矮檐之下。总而言之，人到中年，心还未死，属于对社会有益无害群体中的一分子。”

“我记得大学时你不是读理科的吗？怎么后来改行了呢？”

“这个啊，一言难尽，借用一句烂大街的话，人生除了眼前的苟且，还有诗和远方。远方咱是不用想了，能拖家带口来个新马泰深度游就不错了；但诗，还是可以写写的嘛。”

“哈哈，那你最近在写什么诗？”

“我的音乐人生。”

“你的音乐人生？你什么时候又搞音乐去了？讲什么的？”

“这个嘛，先保密。对了，丁发财这个人你有印象吗？当年在老家开游戏厅的，现在人家可厉害了，不仅改名叫丁文采，还真的投身文化产业，跟我算是合作伙伴呢！”

周双佳的脸上闪过一丝难以琢磨的表情，想了想，摇摇头说：“没印象，那都是你们男生喜欢的，我从来不去。”

凌云叹了口气：“是呀，那个时候你光忙着读书、领奖、主持节目了。”

“得了，酸不酸呀！也别老说工作了，说说你的家庭吧，你老婆呢？她还好吧？”

凌云刚想开口，手机忽然响了，接起电话后，一改刚才的眉飞色舞、口若悬河，变得无精打采、愁眉苦脸，仿佛一夜回到了解放前。支支吾吾了半天，说的尽是：“好的，好的，我知道了，好的。”

挂了电话，周双佳拿他打趣：“说曹操，曹操就到了呀！大白天的，老婆大人还来查岗？对你这么不放心？”

凌云脱口而出：“是我妈！”

第三章　关公战秦琼

一

因为一件小事，凌云的老娘陈慧琴和老婆倪芳爆发了一场战争，清早出门的时候还风平浪静，晚上回来，家里就闹得锣鼓喧天。

战争的导火索是因为儿子凌力的一句话。凌力今年六岁，小名豆豆，在七宝中心幼儿园上大班。

这天早上，陈惠琴送孙子上学，途中遇到孙子的几个同学，于是大人们跟在后面一块儿说话，小孩子在前面蹦跳玩耍。不知怎么的，就开始了互相攀比，从玩具比到衣服，从旅游比到成绩，最后又比到了父母的学历，一个小男孩很骄傲地说他妈妈是大学生，豆豆不甘示弱，大声说："我妈妈也是大学生！"

陈惠琴突然跑过来，满脸不屑地插了一句："你妈妈算什么大学生呀，她是函授的，又不是正规大学毕业！"

顿了顿，又补充道："你爸爸才是正正经经的名牌大学毕业！"

孩子们一下炸了锅，不理豆豆他爸，只理豆豆他妈，纷纷问陈惠琴："什么是函授呀？"

陈惠琴这下来了精神，眉飞色舞，唾沫横飞："函授呀，就是那些家教不好、成绩又差的人靠上骗子学校骗来的文凭呀！"

到了下午放学，按照规矩，由倪芳去接。平时豆豆见到妈妈，总是叽叽喳喳，黏个不停，结果今天却是满脸怒色，一言不发。倪芳是个细心人，如果放在平时，她会和颜悦色地了解情况，耐心细致地查明原因，然后惩前毖后，治病救人。偏偏今天出了个状况，倪芳最近跳槽，到一家美国公司当了人事助理，钱不多，一个月税前只有四千，在上海这个平均工资五千五的地方，算是给全市两千五百万人民扯了后腿。钱虽不多，但事情不少，整理文件、打印报表、写会议记录、到各部门跑腿，样样都是劳心劳力的活，偏偏上司又是个台湾来的大龄剩女，矮、胖、黑，长年顶着一张月经不调的脸，看谁都像欠了她一大笔钱。知道倪芳要按时下班，拉长一张脸，阴阳怪气地说："你要走就走啰，反正我还没走！"

倪芳面不改色："那我走了，老板再见。"

说完，转身就走，头也不回。

不过，她在公司里表现得干脆利落，出门后心里却是翻江倒海，人到了幼儿园，心还在台湾女人那里，也就没多注意儿子的异常表现，拉起儿子的手，说要带他去吃他最喜欢的肯德基。

豆豆奋力挣脱，满脸通红，大喊大叫："你不是大学生，你是个骗子！"

倪芳大吃一惊："凌豆豆，你在说什么呢？谁是骗子？"

豆豆继续大喊大叫："就是你，就是你，你根本不是大学生，你是一个函授的骗子！"

倪芳不知来龙去脉，听得一头雾水。恰巧旁边有个家长，是早上"函授"事件的亲历人。一番指手画脚之后，倪芳这才明白，原来问题的根源出在婆婆身上。

等到凌云赶回家，家里已经一片狼藉，不见老婆踪影，只见老娘在客厅里哭天喊地。见他回来，陈惠琴先来告状，说你老婆无事生非，回来就拉着我吵架，我也没有说错呀，她是函授毕业的呀，难道现在连真话都听不进去？

凌云听得莫名其妙，不明就里，只得先安慰两句，说没事了，她就是一个直脾气，你又不是不知道。

陈惠琴不依不饶，对着卧室故意大声说："她是直脾气，那我就成了该受气的小媳妇？尊老爱幼懂不懂？中国人的传统美德懂不懂？没读过书，难道连做人的基本道理都不懂呀？"

凌云吓了一跳，赶紧制止："妈，你说什么呢，小声点儿。"

陈惠琴更生气了，指着凌云的鼻子，愈发大声吼道："你再说一遍？什么叫我小声点儿，你怎么不叫你老婆小声点儿？”

凌云立马换上嬉皮笑脸，小声回道：“妈，她现在没说话呀。家和万事兴，也是中国人的传统美德。妈，你有文化，又是个读书人，该比她懂道理，不要跟她这种粗人一般见识。”

陈惠琴这才破涕为笑：“还是我儿子了解我！”

安抚好了老娘，送她回了房间，凌云又走到老婆的房门口，推开门一看，发现倪芳披头散发，衣衫不整，正呆呆地看着手机。

看着老婆失魂落魄的模样，凌云忍不住一阵心酸。儿子出生后，体弱多病，三天两头往医院跑。考虑到老公工作压力大、事情多，又时常需要抛头露面，晚上须得好好休息，倪芳便让老公搬到书房，自己带着儿子睡在主卧，除非有突发情况，其他如咳嗽感冒、脑热发烧，全由自己一力承当。也幸亏房子买得早，十年前，上海的房价只是冒了尖尖角，远未到后来一天一价、野蛮生长的地步。加上位置不在市中心，三室两厅，一百二十平的大房子，总价才四十几万。陈惠琴拿出全部的家当二十万，加上凌云的积蓄，夫妻两人贷款，没花多大力气，就将房子拿下。

几年后，一部叫《蜗居》的电视剧热播，看得全家人唏嘘不已，哪怕是再晚一年买房，他们也很可能会落得跟电视剧里的主人公同样的下场。也正因为如此，陈惠琴便以家里的救世主自居，把“当年幸亏你妈当机立断，倾家荡产，要不然……”挂在嘴边，无论大事小事，须得由自己做主，有理必须吵得赢，无理也要争三分。

于是，媳妇早上起床晚了，她会嘀咕；媳妇晚上回家迟了，她会抱怨。媳妇不做饭，她说媳妇懒；媳妇做了饭，又嫌味道太淡。这些还算小事，倪芳也没怎么跟婆婆计较，大事从夫，小事装糊涂，且过且珍惜。但随着第三代的出生，情况发生了改变，倪芳似乎一夜觉醒，陈胜吴广上身，项羽刘邦附体，“王侯将相，宁有种乎”，“三十年河东，三十年河西”！陈惠琴面对媳妇的崛起，当然不肯轻言放弃，于是矛盾就此激化，以孙子为中心，开始了“不是东风压倒西风，就是西风压倒东风”的阶级革命，小到吃饭穿衣逛街，大到入学教育看病，两人无时不吵，无处不争，只难为了夹在其中的凌云。有时候，他觉得陈惠琴纯属无理取闹，年轻的时候跟婆婆吵，年纪大了跟媳妇争，什么时候都是自己有理，任何情况都是别人不对，却从未总结过自己的原因。有时候，又觉得倪芳实在反应过头，怎么女人一有孩子，就变得像护仔的老母鸡呢？一点儿小事就能竖起毛，看谁都跟自己过不去。陈惠琴不管怎么说，也是他妈，买房出钱，带孙子出力，她怎么就一点儿也不懂得感恩呢？

其实，凌云不是不知道，婆媳之间乃是天敌，两个女人同处一个屋檐下，就好比老虎要占山为王，卧榻之侧岂容她人酣睡，两虎相争必须分出高低，胜者通吃天下大杀四方，败者无颜见人垂头丧气。所谓你敬我一尺，我还你一丈，那纯属扯淡，属于一厢情愿的纸上谈兵，或者说有前提条件，条件便是两个人得相隔万里，平时不相往来，有事才通消息。因此，真正能实现婆媳之间和睦相处的，唯有四个字：保持距离。

但问题在于，凌云空有理论，却无力实践，或者说主观上有，客观上却心有余而力不足。自大学毕业那天开始，凌云就下定决心，一定要离开那个闭塞落后的小镇，到大城市去打下属于自己的一片天。但人可以离开，血脉却无法割断。特别是在父亲凌三金去世之后，那个精明强干的陈惠琴不见了，变得越来越不可理喻，越来越像个小孩，每天变着法子在儿子面前撒娇，一会儿要吃海参，一会要买新鞋，一会要报跳舞班，一会要去旅行团，弄得凌云疲于奔命，苦不堪言。

凌云在门口站了半天，也没见倪芳有反应，忍不住问道："你没事吧？"

倪芳抬起头，冷冷回道："你说呢？"

说来奇怪，刚才凌云满脑子都是对妻子的怜惜，对妈妈的不满，可话到嘴边，却不知从何说起，支吾了半天，勉强挤出一句："都是一家人，过去的事就让它过去吧。"

不说还好，一说把倪芳引爆了，语速又快又急，像在打机关枪。

"一家人？一家人会当着外人的面，说自己的媳妇是骗子吗？一家人会晚上给儿子留饭，留的是鸡鸭鱼肉；给媳妇留饭，留的是青菜萝卜吗？而且还是昨天吃剩下的！一家人会儿子生病了，是媳妇没照顾好；孙子生病了，是媳妇太粗心；媳妇生病了，是自己不注意，在外面玩得太晚！一家人会带着婆婆去旅游，是孝顺父母，偶尔带着媳妇去爬个山，就是自私自利？一家人会跟自己媳妇分得清清楚楚，中午做了饭就不洗碗，早上送了孙子上幼儿园，晚上必须该媳妇去接？一家人会儿子穿了新衣服，是为了事业抛头露面；媳妇买了新衣服，就是在外面花枝招展？一家人……”

“好了，一码归一码，我们就事论事，你不要把陈芝麻烂谷子都给翻出来好不好？”

“行啊，那我们就说今天的事，她有什么资格在外面说我是骗子，她有病啊！”

“你说事归说事啊，不要人身攻击，谁有病了？”

“就是她有病，当着那么多人的面，不是有病是什么！”

“你才有病！我警告你，不准乱说！”

倪芳不说话了，满脸通红，胸脯起起伏伏。

凌云有些不忍，叹口气道：“这事确实是我妈不对，我刚才已经批评过她了。你也要理解，老人年纪大了，就会像小孩。有时候说话不经过大脑，说是童言无忌也好，说是胡说八道也行，总之呢，你不要跟她一般见识就好。”

看着倪芳脸色稍缓，凌云继续劝道：“再说，你看看你老公，又英俊又强壮又有才，还追求上进，会挣钱；再看看你儿子，又聪明又活泼又可爱，会弹钢琴，会下围棋，会唱歌，会游泳，还会跆拳道。二比一，你也赢了呀！”

倪芳撅起嘴巴，嘟囔道：“没见过这么自己夸自己的。不止二比一，你妈一个人，比齐天大圣还厉害，闹得这个家天翻地覆的。”

凌云一拍大腿：“她哪是齐天大圣呀，最多也就是齐天大圣他妈！你可是如来佛祖呀，不管翻来覆去，这个家还是由你说了算！说真的，我好羡慕你呀！”

倪芳破涕为笑：“什么如来佛祖，又老又胖又秃头，难看死了。要做，我就要做观音菩萨。”

“行！我说观音姐姐，在下的肚子快饿扁了，咱晚上出去破个戒，吃个龙虾如何？”

“龙虾？太贵了吧？要不还是在家里吃吧？”

“家里有什么吃的！”

“家里吃的多着呢，你妈每天把冰箱堆得满满当当，一开门总会有东西掉出来。”

“算了算了，还是出去吧，不是青龙红龙澳龙，是苏州河的小龙虾。”

“讨厌，苏州河脏死了，能吃吗？”

“你有多久没逛街了？现在的苏州河干净着呢，前两天我路过那儿，还以为到了九寨沟！”

“是吗？那就去吃小龙虾吧，等我换件衣服，去接豆豆。我们一家三口很久没在一起吃饭了。”

听得凌云又是一阵唏嘘，这几年忙着工作，要么回家很晚，老婆孩子早已睡着；有时回家早一点儿，也是各人忙各人，他拿着手机写微博，老婆捧着手机看微信，儿子则抱着个平板，一会儿玩什么《愤怒的小鸟》，一会儿玩什么《植物大战僵尸》。三人同在一个屋檐下，彼此说的话却不到十句，用陈惠琴的话说：“一家三个，怎么都像死鬼老头，没有一个像我！”

凌云也不是没有意识到问题，为了这个，他还在微博里写过一段话：“手机和互联网使得信息爆炸的同时，也使生活丧失了原始的优雅和美感。知识被碎片化，时间被碎片化，亲情被碎片化。在碎片化表象之下分崩离析的专注，则有可能使事业和爱情走向没落。尝试在开会时把手机放在一边，尝试晚餐时间与家人做愉快的分享和沟通，尝试在部分时间段远离手机，封锁时间，回归生活的本质。改变，从点滴做起，从你我开始。”

这篇微博引发了无数人的共鸣，但也到此为止，别说其他人，连身为作者的凌云自己都没能做到。一天离开手机，人就像掉了魂，坐立不安，从骨头深处开始发痒，只有打开手机，将那些五花八门的新闻八卦、逸闻趣事、你晒我捧，一股脑儿全部吸入腹中，人才得以片刻安宁。因此太阳照常升起，照常落下，什么都没有改变。

感慨完后，凌云才意识到儿子不在家，赶紧问：“豆豆去哪了？”

“到隔壁沅沅家玩去了，家里这个样子，我不想让他看到。”

当着老公的面，倪芳大大方方地脱下衬衣，脱掉长裤，扯下乳罩。她身材瘦削，胸也很小，前平后板，松垮下垂，就像两个皱巴巴的面口袋，被胡乱揉成一团，空荡荡地悬在胸前。

不知怎么了，凌云突然就想到了下午的周双佳，论年龄，她比倪芳还要大两岁，可身材怎么保持得那么好呢？还是那么高耸、挺拔……

看见老公目不转睛地盯着自己，倪芳有些扭捏：“你说我最近是不是长胖了？”

凌云慌忙回道：“没有呀，还是那么漂亮！”

倪芳不知老公的心思，撇撇嘴道：“睁着眼睛说瞎话！”

凌云借坡下驴，闭上眼睛，双手乱摸乱舞：“这位姑娘，请你看清楚，我没有睁眼呀！”

倪芳“扑哧”一笑：“多大的人了，怎么还像个小孩？”

“本来就是小孩呀，人家我今年才八岁。”

“少来！你以为你是我儿子呀？”

“妈，你是我亲妈！”

“少来！你亲妈正在对面生气呢！”

凌云一时语塞，倪芳也意识到此话不妥，赶紧岔开：“老公，你记得今天是什么日子吗？”

凌云一愣，七夕？不对，还没到。结婚纪念日？也不对，早就过了。儿子生日，老婆生日，自己生日，都不是……不会吧，今天好像是周双佳的生日呀，可倪芳怎么会知道呢？周双佳跟自己的联系，可都是通过私信呀……

正在此时，忽然听见手机“滴答”一声响，凌云吓了一跳，以为说曹操曹操到，是周双佳来找他，拿出手机，见微信里风平浪静，这才松了口气。再抬头一看，发现倪芳神色慌张，拿着手机，坐立不安，像捧着一颗手雷。

凌云起了疑心，问道：“谁发的微信？”

倪芳慌忙放下手机，捋了捋头发，回道：“没有谁啊，老板让我明天早点到。”

凌云半信半疑：“是吗？不对呀，你这么紧张干什么？快拿来给我看看！”

倪芳坚决不肯，凌云越发怀疑，两人为了抢夺手机，你来我往，闹得不可开交，最后还是凌云力气大，将倪芳扑倒在床，按住双手，压着双腿，再抢过手机，打开一看，一下呆住了。

一个叫“艳阳天”的人发来一个截屏，从时间上看，是倪芳刚刚在微信朋友圈里发的一条消息：“对，我是粗人，我配不上你！如果不是看在当年你对我有恩的份上，我随时可以签字离婚！”

凌云又急又气，急的是刚才跟陈惠琴的对话，倪芳不仅听见了，而且记在了心里；气的是这种事情怎么可以贴在朋友圈呢，家丑不可外扬啊！

正在此时，“艳阳天”又发来一条消息：“我等你。”

二

半夜三更，凌云做了一个梦，梦里一个披头散发、面色苍白的年轻女人自称是他妈，要凌云跟她走。凌云坚决不肯，说我妈叫陈惠琴，山东人，1955年出生，今年已经六十了，所以你不是人，是鬼！女人狞笑，瞬间化成一白衣厉鬼，披头散发，神情可怖。厉鬼向凌云扑来，凌云慌不择路，仓皇而逃，远远看见倪芳在屋里打麻将，便一路狂奔，大喊救命，倪芳站起来，把门关上，任他如何敲打，大门始终紧闭，厉鬼渐渐逼近，伸出一双瘦骨嶙峋的手，掐住了凌云的喉咙……

凌云大叫一声，从梦中惊醒，满头大汗，回想刚做的梦，只觉后背发凉。他怕的并不是梦的内容，而是梦出现的时间。这样的梦，凌云小时候经常做，梦里追他的不是日本鬼子，就是阴间厉鬼，每次要么躲在床底，要么夺路狂奔，可每次都会被逮住，遭受百般折磨，最好的结果，是逃到一处高楼或者悬崖，一跃而下，如此这般才能解脱。

工作后，凌云读过一阵子弗洛伊德的《梦的解析》，知道这种梦的实质是不敢面对压力，压力便是厉鬼，面对厉鬼只会夺路而逃，却不敢主动面对。一直到经济独立、荷包渐鼓，再到娶妻生子、买房买车，这样的梦才渐渐减少。

可今天怎么又出现了呢？

凌云再无睡意，脑子里如同电光火石，一会儿想工作，一会儿想家庭，无论他怎么逼供，倪芳死活不承认跟那个“艳阳天”有关系，只说他是以前公司的同事，自跳槽之后，再无来往，谁知他今天发了什么神经？凌云找不到证据，只得宽慰自己，这些年来，倪芳忙于工作，照顾家庭，疏于打扮，身材走形，早已把自己变成一个黄脸婆，满园春色空飘零，红杏枯萎无人问，无论从主观还是从客观上看，都找不到什么动机。

话虽如此，但凌云仔细一琢磨，还是发现了一些蛛丝马迹，首先是倪芳跟他的亲热越来越少。两人刚认识时，一夜无眠，做完了说，说完了做，兴致勃勃，能从天黑到天明。现在绞尽脑汁找出些话题，结果还不如不找，同事买股票被套牢，同学为卖房假离婚，全是些八竿子打不着的别人的事情，越说越干，越做越涩，索然无味，像失去润滑的发动机，做着说着就趴下动不了窝，远不如在手机上发微博、写微信、跟天南地北的网友插科打诨来得有趣。有一次，两人难得亲热一回，衣服脱到一半，倪芳突然愣愣地说："我现在知道你的消息，都是通过朋友圈。"

凌云吃了一惊，顿时兴致全无，草草了事，接下来两人之间的亲热更是近乎为零。现在看来，他忽略了一个关键问题，倪芳刚过三十岁，正值虎狼之年啊！

既然睡不着，凌云索性拿过手机，看看时间刚过两点。先调暗屏幕，打开微信，看了一会儿朋友圈，没想大半夜不睡觉的人还不少，有人在大排档里晒美食；有人在图书馆里晒艳遇；有人在大洋彼岸晒风景；还有一个女人顾影自怜，发了一张身穿蕾丝吊带睡衣的自拍照，搔首弄姿，烈焰红唇，手拿一杯红酒，配了一段让人耳红心跳的文字："爱一个人最好的方式，是经营好自己。美丽、性感、温柔、善良，希望明天可以遇见更好的你。"

这女人叫苏玛丽，之前是一个卖红酒的销售，后来参加过一档唱歌类的选秀节目，进了全国五百强，但因年龄偏大，形象不佳，又非专业出身，因此后劲乏力，出过一张无人问津的专辑之后，从此销声匿迹。为了生计，不得不屈尊到凌云他们公司做了总经理秘书，也是想借着近水楼台先得月的机会，出一本关于旅游的书。说是旅游，其实是挂着羊头卖狗肉，里面穿过的衣服比星星多，路过的风景比自拍少，至多算个人写真集。凌云自视甚高，要求甚严，别说是总经理秘书，就算是总经理女儿也一视同仁，自然不会考虑，最后婉言谢绝。

看着苏玛丽染得五颜六色的头发，凌云哑然失笑，忽然心中一动，想到了倪芳的那个问题："老公，你记得今天是什么日子吗？"

第四章 一件惊心动魄的事

一

那是2003年，凌云大学毕业，只身来到上海，进了一家美资软件公司当网管。说是美商独资，实际当家的是一个在香港出生的新加坡华人，这厮既有东南亚人惯有的狡猾，也有中国人传统的等级观念，更有半殖民地买办对待主子的跪舔意识，唯独没学会美国人的坦诚、公开、平等。二百多号人的公司，被他管得像深宫大院似的，男的一概当太监，女的统统填后宫，平时一言九鼎，唯我独尊。

公司的网管只有凌云一人，每天忙得上蹿下跳，脚不沾地。每天下班后，坐地铁，换公交，再乘11路，回到租住地时已过了十点。晚上十点的上海，正是歌舞升平、华灯齐上、夜生活刚开始的时候，但对于月薪只有两千八的凌云来说，无论是餐馆、咖啡馆，还是酒吧、歌厅，都如同镜中月、水中花，只可远观，不可亵玩。工作虽然辛苦，但年轻人的精力更加旺盛，长夜漫漫，无心睡眠，凌云便爱上了网络聊天，取了个网名，叫做“痞子凌”。

那时的聊天室，还不像后来那样乱七八糟、乌烟瘴气，成为野鸡和嫖客的天堂、鸭子和荡妇的世界。大家还是规规矩矩地聊天，认认真真地谈话，家事、国事、天下事，事事关心。在现实社会里，凌云虽然腼腆羞涩，不爱说话，但到了网络世界中，却摇身一变，风趣幽默，妙语连珠，上下五千年，纵横八万里，无所不知，无所不晓，迅速成为聊天室里的风云人物。自古美女爱英雄，虚拟世界里也不例外，凌云很快便跟聊天室里的几个女ID打得火热，其中关系最好的，名叫“鹦鹉飞扬”。鹦鹉姑娘有时候哀婉缠绵，有时候奔放火辣，弄得凌云神魂颠倒，欲罢不能，每日茶饭不思，心里七上八下。

“痞子……这么晚了还没睡？”

“你没睡，所以我没睡啊。”

“痞子，我是因为心情不好睡不着，你也是吗？”

“嗯，我的心情也不好，让我们负负得正吧。”

“嘻嘻，痞子，你说我明天穿裙子，好不好？”

“不好。”

“为什么呢？”

“因为我觉得你一定有一双美腿，不应该让裙子遮住它们。”

“靠，那你是想让本姑娘裸奔呀？要裸，也只裸给你这个痞子看！”

鹦鹉姑娘于西安交大金融系毕业，二十一岁，在东莞一家金融投资公司当总经理助理。凌云跟她聊了三个月，已是缠绵悱恻、难分难舍。世上安得双全法，不负如来不负卿，为了爱情，凌云做出了一个重大的决定。

“飞扬，你知道我这一生最大的两个心愿是什么吗？”

“是什么？”

“一个是来一场奋不顾身的恋爱。”

“那还有一个呢？”

“再来一场奋不顾身的恋爱。”

“哈哈，痞子，你真的要辞职来东莞吗？想好了吗？”

“想好了，这个世上最美好的事情，莫过于我爱着你的时候，你也爱着我。”

“你来吧，我养你！”

“我不需要你养，我会自己找工作。”

“你工作的事情，包在我身上。”

第二天一早，凌云就递交了辞职信，信里就一句：“世界这么大，我想去走走！”

在火车硬座上颠簸了一夜，凌云红着眼睛到了东莞，结果鹦鹉姑娘没见着，倒见着两名乌鸦大汉——胸前各文一只张牙舞爪的乌鸦，先将他的私人用品全部没收，接着威逼利诱，逼他加入了一个所谓的金融投资培训班。班上共有四十多名同学，男女各异，来自五湖四海，祖国各地。大家住在一间四室两厅的大屋子里，每天就在客厅听一个秃顶的大师唾沫横飞地讲金融投资课。

“同学们，巴菲特说过，难点不在于没有新思维，而在于无法摆脱陈旧思想的束缚！别人越恐惧，你要越贪婪，别人越贪婪，你要越恐惧！我现在教你们的，就是一种全新的金融投资模式，五级三晋制！一份是 3800 元，可以做 1 到 21 份。如果从 1 份做的话，最终能拿 380 万；如果做 11 份，最终能拿 700 多万；如果做 21 份，也就是 69800 元的话，最终能拿 1040 万元，这可是一千多万啊！同学们，一次投资，终生财务自由，买一栋大房子，做一个幸福的人，周游世界，喂马劈柴，面朝大海，春暖花开！”

很多人被说得热血沸腾，仿佛豪宅名车就在眼前，一个个捶胸顿足、赌咒发誓，要将投资事业进行到底。但凌云自始至终都意识到这是个骗局，他来不及懊悔自己的感情用事，也顾不上去揭穿鹦鹉姑娘的真面目，满脑子只有一件事，如何逃出去。

可投资培训班的管理非常严格，采取的是古老却极其有效的连坐制，把他跟一个大胖子和一个小姑娘分为一组，他若逃跑，连带着另外两人往死里打。凌云去的第三天，就看到被抓回的一个，打得遍体鳞伤、哭爹喊娘，那画面残酷得不忍直视。

看到这一幕，凌云马上意识到，蛮干肯定行不通，只能智取，但关键问题是，怎么个智取法呢？凌云一边听大师上课，一边开动脑筋，电光火石之间，突然，一个金发碧眼的高大形象跃入眼帘：肖申克的救赎！

肖大哥为了从戒备森严的美国联邦监狱越狱，采取的方法是麻痹，请牢友喝酒，替狱卒挣钱，以此让他们松懈。所以凌云要做的第一步，就是取得信任。

接下来的两个礼拜，凌云表现得很积极，上课踊跃发言，课后积极讨论，还顺带成立了一个学习小组，自任组长，每天带领同学们温习上课内容，讨论投资行动，展望幸福未来，期盼如花美梦。

慢慢地，秃顶大师对他产生了信任，不仅放下了大师的架子，跟他称兄道弟，还主动给了他一盒烟。

第一天凌晨，凌云起床上完厕所，轻松自如地点燃一根烟，没有人注意。

第二天继续，也没人注意。

第三天，第四天，第五天……第十八天，凌云抽着烟，趁着四下无人，悄悄走到了大门口，趁着烟头的火光，看了看锁的结构，暗暗叫苦。那是二十世纪的一种铁门，沉重笨拙不说，稍微一推就会发出“吱吱呀呀”的声音，在安静的夜晚，一定会引起注意。但凌云还是不死心，尝试着推了一下，果然，背后的房间里有了动静。

第二天一大早，凌云被举报了。

万幸的是，之前做的功课起了作用，面对秃顶大师的责难，凌云面不改色：“是他看错了呀！我每天都会在那儿抽烟，没事推那铁门干吗？我正准备打电话找下线好多挣点钱呢！”

秃顶大师半信半疑，指着他的鼻子，恶狠狠地说：“行，待会儿上完课你就打电话，要是人来不了，老子弄死你！”

接下来上课时，凌云表面装得若无其事，实际却是心急如焚，怎么办？怎么办？打电话是死，不打电话也是死，怎么办？

正在此时，坐在旁边负责监督他的小姑娘，偷偷拉了拉他的袖子，轻轻说道：“我想上厕所，你要不要一起？”

凌云心里一激灵，跟着小姑娘，趁无人注意，一前一后进了厕所，刚将门反锁，小姑娘就开门见山：“你要逃，可不可以带我一起？”

凌云大惊失色，赶紧否认：“谁说我要逃，你别听胖子胡说八道！”

“我知道你想逃，有一天晚上你说梦话，嘴里念叨什么越狱，那时我就知道了。当时是我捂住你的嘴，不然你早就被人举报了。”

“那你怎么不举报我？”

“我也是被网友骗来的。他骗我要替我找工作，跟我结婚，买一栋大房子，生一个漂亮的女儿。”

凌云定了定神，从头到脚对她打量了一番，这姑娘长得十分瘦小，头发枯干，皮肤黑黄，打扮土气，一看也是穷苦人家的闺女，只是一双眼睛又黑又亮，透出股倔强。

“你叫什么名字？多大了？哪里人？”

“倪芳，十九，浏阳。”

凌云陷入挣扎，一时难以判断这姑娘是敌是友，说的话是真是假，女人心，海底针啊，之前被“鹦鹉飞扬”骗得那么惨，以至于现在身陷囹圄，如果再上一次当，怕是会性命不保。

算了，再赌一次吧！

“这些人太狡猾了，我现在是自身难保，怕是帮不了你。”

“我有办法。”

二

回到房间，当着秃顶大师的面，凌云拿起手机，打给了远在家乡的好朋友聂小星。

“喂，你是聂小虾吗？我是凌云啊。”

“妈的，还能有哪个凌云？ 就是小时候跟你聂小虾一起玩游戏的凌云！你还记得吗？当时我们没钱，买不起游戏卡，是我主动献身用的美人计，到女同学那儿换来的游戏卡。”

“哈哈，没错，你想起来了呀！哎，你先别问候我爸爸呀，我爸爸是你爷爷啊！啊，什么？乱了套？没乱呀，按辈分算的嘛！”

“有事，有好事！没好事我能随便打搅你吗？我跟你说呀，我现在在东莞，有了自己的事业。不，不，不是打工，是事业，现在有一个非常好的项目！”

“一次投资，千倍回报！什么？我当然挣到钱了呀，挣不到钱我也不会找你呀！”

“什么项目？金融投资啊，二十一世纪最火热的项目，华尔街听过吗？巴菲特知道吗？就是他们发明的呀！内容有些深奥，电话里一时半会儿讲不清，这样吧，你到东莞来一趟，实地考察，到时候我跟你好好讲讲。”

“对，对，越快越好，买好火车票了，告诉我一声，我到火车站去接你，不见不散，不见不散！”

这番话是倪芳教他的，他必须找到一个从小认识又信得过的好朋友，之间有一些不为人知的暗号和信息交流方式。比如他和聂小星的辈分关系，几乎没有人知道；还比如“聂小虾”这个绰号，多年来已经无人再提，他如果能说出来，便能马上证明身份的可靠性。但同时又要透露出危险的信号，像当年到李丽娜家打游戏，是彼此绝对不会记错的经历，但想出美人计的不是凌云，而是聂小星。

如果聂小星足够机敏，他便会从这只言片语中判断出：

第一，打电话的的确是凌云本人；

第二，凌云现在在东莞，被困在某个违法组织里，必须发展下线，否则无法脱身；

第三，他并不知道凌云的具体位置，因此必须亲自前往东莞，解救凌云。

挂了电话，凌云出了一身冷汗，但表面还故作镇定：“老师，这回您该相信了吧？我是真心实意想跟着您一起发财。”

秃顶大师拍拍他的肩膀，赞许地说：“孺子可教，孺子可教呀，到时候我让他们去接你的朋友。”

听到这句，刚松了一口气的凌云不禁暗暗叫苦，事已至此，只得硬着头皮争取：“老师，这事怕还得我亲自去，您不知道，我那朋友有钱，但天生胆小，我要是没出现，就怕他不信。”

秃顶大师想了想，说了两个字：“再议。”

凌晨时分，凌云轻轻推了推睡在身边的倪芳，借着窗外微弱的星光，对她使了个眼色，然后爬起来，走进厕所。

倪芳悄悄跟进来，反锁上门，轻声问：“成了吗？”

“成了，但他们又说要自己去接，我争取了，但不知结果如何。”

“不能让他们去，不然就完了。”

“那怎么办？”

“我来想办法。”

“你有什么办法？”

“这个你不用管。”

凌云满腹狐疑，但没有再问，厕所里没有开灯，伸手不见五指，他没有看到倪芳瘦小的身子在微微发抖，更没看到她的脸上，流下了两行泪水。

三

东莞火车站，正午时分，烈日当空，人们要么躲进候车室乘凉，要么随便找个树荫避暑，偌大的广场上，除了两三个步履匆匆的行人，只剩一条流浪狗在伸着舌头喘气。

一辆金杯面包车缓缓从远处开了过来，停在一处僻静的树荫下，车内冷气开得很足，坐在最后一排的凌云却不停地冒汗。

除了司机，凌云前面还坐着两个胸前文着乌鸦的彪形大汉，个高的文的是黑鸦，矮一点儿的文的是青鸦。黑鸦回过头，打量了一番凌云："你很热吗？"

"是啊，今天衣服穿多了，早知这么热，就不该穿长袖长裤。"

"活该！也不看看外面什么温度！"

"这不是为了防晒嘛。"

黑鸦冲着青鸦咧嘴一笑："老二，你看这小子细皮嫩肉的，不错吧？"

青鸦望着凌云，满脸淫荡，喉咙"咕噜"一声，咽下一口口水。

凌云只觉菊花一紧，头皮发麻，身边的倪芳赶紧打岔："你朋友的火车几点钟到？"

"两点半，快了。"

"我们下去等他吧？"

凌云嘴上说好，心里却暗暗叫苦。聂小星不知是没有听懂暗号，还是压根儿对他的处境置之不理，总之等了一个礼拜，也没有下文。凌云无奈，只得硬着头皮编了一套鬼话，说聂小星坐 K1094 次列车，于下周二的中午两点半到达东莞。也不知倪芳用了什么方法，秃顶大师不仅信了，还同意让凌云和倪芳一起来，当然，除了他们俩，还有两位乌鸦大汉和一个司机。

等下如果穿帮，不仅凌云自身难保，还很可能会连累倪芳，怎么办？

正在此时，黑鸦突然开口道："不用这么多人一起去。老二，你跟这小子一起，我跟小芳在车上等你们回来。"

凌云心中一激灵，青鸦虽然彪悍，但只对付他一人，难度应该不大，到时候趁他不注意，撒开脚丫子就跑，边跑边喊"救命"，他能奈我何？

可这样一来，倪芳就完了。

于是凌云的脑子里有两个声音在激烈地交战，一个说："不行，绝不能丢下倪芳不管。"另一个说："算了，我能力有限，自己先逃出去，以后再从长计议。"

一路上，凌云都在拼命地找理由帮助后者，说服自己。倪芳跟自己素昧平生，不是同事，不是同学，不是恋人，不是朋友，甚至连熟人都算不上。今日一别，今生今世可能都不会再见，何必为了一个陌生人，放弃这最后的逃生机会？但他越是试图说服自己，前者的反弹就越厉害，也想不出什么具体的理由，脑了里只盘旋着一句话："不能不管她！"

快走到候车厅门口时，这句话突然摇身一变，从口出跳了出来："二哥，时间还早，我去给你买瓶可乐吧？"

从冷气十足的车里到骄阳似火的广场，青鸦早就热得满头大汗，呼哧喘气，听闻此言，正合他意，赶紧掏出十元钱："快去快回！"

凌云快步走到一处小摊前，装作不小心，把钱掉在地上，趁着捡钱的功夫，捡起一块小石子。接着凌云买了一瓶可乐，一块薄荷糖，趁人不注意，将可乐瓶拧开，放入薄荷糖和小石子，可乐瓶里顿时风起云涌，呼之欲出，说时迟那时快，凌云手上一使劲，将可乐瓶盖牢牢拧住。

一路小跑回来，凌云腆着脸，递上可乐："冰镇的，可凉快了，快喝吧。"

青鸦接过可乐，随口问了一句："你怎么不喝？"

凌云舔舔嘴唇，说你先喝，我再喝，我们喝一瓶就好了。

青鸦"嘿嘿"一笑，先拧了拧，没有拧开，骂道："妈的，怎么这么紧？"

凌云心里一惊："要不让我来？"

青鸦不屑一顾："滚一边去，看老子的！"手上使出吃奶的力气，大吼一声："开！"

只听"砰"的一声，可乐像火山爆发一样，汹涌喷出，跟随而出的小石子像弹头一样，不偏不倚打在青鸦的左眼里，他扔下可乐，捂着眼睛，双脚乱蹦，"哎哟，哎哟"一个劲儿地叫疼。

机会来了！如果现在逃，那必是万无一失！

但这个念头在凌云脑海里只是一闪而过，他飞快跑向面包车，一边跑，一边举手挥舞："出事了，出事了，二哥被汽水瓶砸到了！"

面包车的门开了，黑鸦探出半个身子，骂骂咧咧道："妈了个巴子，怎么喝瓶汽水都能出事？"

凌云以迅雷不及掩耳之势飞奔过去，声嘶力竭地一声大喊："快跑！"同时低下脑袋，狠狠撞在黑鸦的脸上，黑鸦猝不及防，被撞回到车里，鼻血汹涌而出，眼前七荤八素。

倪芳从车里冲了出来，凌云拉着她的手，没了命一样向前飞奔，期间回头看了一眼面包车。只见黑鸦胡乱抹了一把脸，气急败坏地指挥司机："开车，撞死他们！"

凌云脑子里一片空白，猛地一把推开倪芳，然后整个身体飞了出去，跌落在地，浑身是血，左手只剩手掌心连着，但不觉得疼，只觉得整个人被什么吞噬了。在陷入昏迷的一瞬间，凌云似乎听见了倪芳的哭喊声，行人的惊叫声，汽车的轰鸣声，还有耀眼的烈日，突然乾坤颠倒，斗转星移，变成了阴冷漆黑的海底。

不知过了多久，凌云醒了过来，外面阳光灿烂，身下床单雪白，一位护士姐姐正在给他换药，看见他醒了，笑着说："你的女朋友真的太爱你了。"

凌云脑袋眩晕，一下没反应过来："我的女朋友？爱我？"

"对呀，那天你被送来的时候，你女朋友冲过来对我们说的第一句就是，我的手能不能移植给他？还有，那天手术时，她一直跪在手术室的门口，撕心裂肺，哭嚎祈求，谁劝都没有用。"

凌云鼻子一酸，护士姐姐赶紧劝道："还好，手术很成功，你的手保住了，好好恢复吧。"

又不知过了多久，倪芳小心翼翼地进来，头发蓬松，眼睛红肿，一看就是几天几夜没睡好觉。进来时，倪芳手里捧着一罐鸡汤，热气腾腾，香气扑鼻，喂完凌云后，问他："你担心你的手吗？"

"废话，当然担心了。"

"你担心什么呢？"

凌云笑道："担心别人嫌弃我啊，将来我娶不到老婆。"

倪芳突然沉默了两秒钟，然后看着凌云的眼睛，一字一句地说："我养你一辈子。”

凌云哈哈大笑，把头埋进倪芳怀里，眼泪夺眶而出。

四

到今天为止，凌云和倪芳刚好相识十二年。十二年前的今天，在东莞的一家医院，凌云靠在倪芳的怀里，闻到了一份久违的温馨，这种温馨不甜不腻，不香气刺鼻，只让人安静，心神寂宁，像书上所说的母亲的味道，这种味道在别的女人身上从未闻到过。为了这份温馨，凌云在心里发誓，一辈子都不离开倪芳。

2005 年，凌云跟倪芳结了婚。

对于这门亲事，陈惠琴一百个不同意，说倪芳是农村人，条件差，学历低，家里负担又重，除了她，家里还有两个妹妹、一个弟弟，门不当户不对，以后这日子怎么过呀！

对于这些意见，凌云不以为然，倪芳家是农民，自己家是下岗工人，半斤八两而已；至于学历，更不是问题，仗义每多屠狗辈，负心皆是读书人，有才无德的王八蛋，这个社会上还少吗？他的顾虑只有一点：外表。倪芳说不上丑，但绝对谈不上好看，当女朋友玩玩还行，真要娶回来当老婆，一辈子面对这样一张脸，会不会有点亏心？

因此面对倪芳想结婚的要求，凌云有些犹豫，说这么大的事，容我好好想想。倪芳看了他一眼，平静地说：“要么结婚，要么分手。”

说到分手，凌云又有些舍不得，男人跟狗一样，相处的时间久了，容易产生依赖，懒得换窝，两相权衡之下，觉得脸还是没有窝重要，也就顺水推舟答应了。既然决心已下，面对陈惠琴的撒泼便不为所动，结婚证自己去办，婚纱照自己去拍，陈惠琴不肯在家乡办婚礼，那就挪到倪芳的老家去办。

倪芳的老家在湖南浏阳，那里是湘军的故乡，古风犹存，民风彪悍，尤以女人为胜，巾帼不让须眉，倪芳她妈更是其中翘楚。办婚礼那天，宾客散后，倪芳她妈拉着凌云的手，用听不懂的方言一个劲儿地唠叨，凌云不明就里，只管点头说好。后来倪芳给他翻译，大意是倪芳打小家里穷，弟妹多，没过过几天好日子，人又老实懦弱，叫凌云不要欺负她。凌云那天喝多了，醉眼迷离，大手一挥，语无伦次地说老婆就是买回来的马，三天不打，上房揭瓦！倪芳微微一笑："我妈还说了，如果你敢欺负我，她就带上一卡车的人冲到上海来把你给阉了！"

一下就把凌云给吓醒了。

2008年，倪芳不小心怀孕了。那时凌云改行做了编辑，每天跟发行打架，跟作者扯皮，搞得焦头烂额，魂不守舍，见孩子如同见小鬼，打心底地讨厌，无论心理还是生理，都没有做好准备，因此就想让她先打掉，过两年再说。为了说服倪芳，凌云从世界形势到经济压力，从社会发展到个人理想，准备了一肚子的理由，谁知刚开了个头，倪芳就说："孩子我一定要，你要是不想要，我们就离婚。"

凌云当然舍不得离婚，那就只能同意。

当然，这样的冲突只是偶尔发生。人说结婚有七年之痒，可凌云从来没觉得痒，不光是没有痒，酸、甜、苦、辣、咸，一样都没感觉到，如果说非要用一种味道来形容，那就是淡，但这种淡又和白开水不同，像是一锅永远煮不开的汤，任凭外面电闪雷鸣，里面始终不温不火，淡了加盐，咸了加水，让人挑不出毛病，也找不到憧憬。认识这么多年，倪芳几乎没对凌云发过火，也没提过什么过分要求，没买过奢侈品，没出过国旅游，从操办婚礼到决定买房，从孩子出生到回家过年，别的夫妻会吵、会闹、会打的那些事儿，到他们这里就悄悄地来，悄悄地走，衣袖不挥，云彩不留。

想起当年在东莞那惊心动魄的一幕，凌云恍如隔世，他甚至怀疑，莫非那只是一场梦？只有当阴天下雨，左手隐隐作痛时，他才意识到跟倪芳交往的真实性。

这样的平淡一直持续到陈惠琴的来临，自婆婆大人驾到之后，云淡风轻从此不见踪影，生活变成了喧闹拥挤的集贸市场，鸡飞狗跳，寸步难行。

不过，在凌云看来，婆媳之间有争执也属正常，一张嘴里的舌头和牙齿都会打架，更何况同在屋檐下的两个活人？实际上他对倪芳只有两点不满意，一是初夜时，发现倪芳不是处女，不是处女也无所谓，都二十一世纪了，没必要把一层膜看得那么重要，但问题是，无论他如何威逼利诱，倪芳咬紧牙关，始终不肯招认经手人是谁。这就让凌云有些郁闷，且不说自家的责任田还没见过，就先被别人播了一遍种，怎么连播种的是谁都要保密？二是倪芳在床上的表现实在是乏善可陈，不学新姿势，不懂手口并用也就罢了，连起码的主动配合都做不到，往床上一躺，不扭不叫，不哼不唧，像个木头，白天不中看，晚上不中吃，时间一长，容易忘记她的性别。

不过，凌云再一想，这也不是什么坏事，从安全的角度上说，更有其不可替代的优势。现在社交网络发达，约炮软件泛滥，有些男人，不爱未婚小姑娘，就爱专门勾引人妻，苍蝇不叮无缝的蛋啊！自家老婆铁板一块、木头一根，岂不是让人放心？

直到今天晚上看见“艳阳天”发的微信。

半夜三更，看完微信，凌云又打开微博，反正睡不着，想着是不是写一个故事。要不就以刚才的梦为素材，写一个奈何桥下的摆渡人，描绘一段跨越时光的凄美爱情？或者重温东莞的惊险一幕，写一个虎口脱险？

刚开始构思，微信却弹出消息，有人加他为好友，凌云觉得好奇，他的微博是公开的，但微信却极其私密，没有事先约好，一般不会有人知道。凌云打开消息一看，一下乐了，加他的竟然是严子曰！

通过后，凌云回道：“今天是什么日子呀？严老师怎么也庸俗起来了？”

发送之后，严子曰马上有了反应：“你怎么还没睡？”

凌云睡意全无，索性开起了玩笑：“今天是国际庸俗日呀，这么重要的日子，我怎么敢睡呢。”

严子曰：“不跟你扯淡，我跟你讲，我家最近有鬼，鬼就在微信里。”

第五章　子在川上曰

一

严子曰是凌云的好朋友，读大学之前，凌云的朋友很少，数来数去只有一个聂小星，干的也就是打架、玩游戏、偷鸡摸狗这点事儿。读大学之后，朋友渐渐多了起来，有谈人生理想的；有去打球唱歌的；也有一起逃课、共同作弊的；当然，还有横刀夺爱，却还能像没事人一样，跟他称兄道弟的。那时的生活，过得像沸腾的重庆火锅，喷香飘辣，荤素不忌，是为铁打的火锅，流水的宴席，看着人来人往，尝尽欢声笑语。但过了三十，特别是成家立业之后，凌云又觉得吃火锅太吵、太油、太腻，别说大快朵颐，连想一想都让人觉得恶心。除了必要的应酬，其他活动一概不去，平时有什么事情郁闷了，也都只藏在心里，任其翻江倒海，胡来一气，实在憋得难受了，唯一可以倾诉的对象，只有一个严子曰。

严子曰能够跟他成为好朋友，也是偶然。严子曰属马，比凌云大三岁，今年刚过本命年，辽宁大连人，是个大学讲师。大连出大汉，但严子曰例外，小骨头架子、矮，一看小时候就是穷孩子。大连人说话嗓门大，严子曰又是个例外，一口南方普通话，又糯又甜，像刚摘下来的嫩红菱。无论春夏秋冬，都梳分头，戴金丝眼镜，夏天手里摇一把折扇，冬天脖子上搭一条围巾，说话拿腔拿调，引经据典。凌云第一次见到他，就想到了民国时代的徐志摩，后来才知道，不仅只是外表像，严子曰经历的爱情故事，比徐志摩的还要精彩。

三年前，凌云公司的老总吴仁宝的孙子过百天，广邀宾客，大摆筵席，地点选在了上海最热门的养生餐厅“金莲粥铺”，上的都是《金瓶梅》里提到的各种养生粥和养生菜。而严子曰是吴仁宝的干女儿的表哥的大学同学，跟凌云凑巧坐到了一块儿。之前凌云跟严子曰见过一次，算是面熟，但不了解，以为他是个寡言少语的人，因为半顿饭过去，严子曰只顾仰身夹菜，俯身喝粥，喝得稀里哗啦，出了一头大汗，就是没说一句话。其他人也没在意，因为彼此相熟，依旧海阔天空，无所顾忌，先聊了一些时事政治，又聊了一些娱乐八卦，接着就聊到了这家店的招牌。有人说潘金莲是古今中外第一淫妇，不仅人尽可夫，而且心肠歹毒，这家店竟然拿她当招牌，实在是有伤风化，其心可诛！其他人纷纷表示赞同，还感叹现在信息发达，人心不古，像潘金莲这样的淫妇，是越来越多了。

这时，严子曰摘下眼镜，拿过毛巾，擦了擦汗，慢条斯理地发了言。他发言时并不看众人，而是看着房顶，仿佛在座的一干人等都是空气。说潘金莲也不从明代的《金瓶梅》说起，而是扯到了春秋时代的《诗经》，说那时的风气远比现在开放，“窈窕淑女，君子好逑”，是赞美男女约炮；“有美一人，清扬婉兮”，是宣扬男女一夜情。说完春秋，又扯到秦朝，说那时的王后有面首，大臣有私情，女人张扬开放，男人无所顾忌。接着又从秦朝跑到了汉唐，说那时人们的花样最多，约炮叫野合，换妻叫易内，女上位叫兔吮毫，面对面叫鹤交颈……待到汉代结束，唐朝灭亡，众人以为就完了，哪知严子曰又从唐朝兜到了民国，开始讲徐志摩休妻、张爱玲当小三、胡适之嫖妓，然后从民国一路往前到清，眼看就要越过清朝直奔主题，结果严子曰又虚晃一枪，跨越时空到了当代，说当代有个名人，说过一句名言：“女人这一辈子，零个男人算是白活了，一个等于亏损，两到三个为传统，三到五个算正常，五到十个才够本！”

说完，又自顾自长叹一声：“哎，想那潘金莲……”

大家早已听得不耐烦，正好这时服务员上来一盘柴火炖猪头，有人就打断严子曰，招呼大家：“来来来，咱们边吃边听，这猪头冷了就不好吃了。”

没想到这句话惹怒了严子曰，他盯着猪头，眼露凶光，像见到杀父仇人。还是凌云品出了味道，扔下猪头，接上了潘金莲，感叹道：“严老师说得对啊，大家都说潘金莲是淫妇，但仔细想想，她一辈子就有过三个男人，张大户、武大郎和西门庆。张大户是她无奈委身，武大郎是她被逼下嫁，西门庆是她被勾引，最后还落个身首异处的下场。不管按古代还是按现在的标准，她这辈子都算是白活了！”

众人这才恍然大悟，明白了严子曰兜这么大一圈的真意，纷纷附和，点头称是，还举起酒杯：“来，为千古奇冤的潘金莲，干一杯！”

因为替潘金莲申了冤，从此严子曰便对凌云另眼相看。刚开始，凌云对他不以为然，以为此人只是一个爱出风头的登徒子，以后又接触过几次，或开会，或吃饭，发现无论一草一木，还是一花一土，严子曰处处与人唱反调，别人支持的他反对，别人反对的他支持，凌云就知道了，严子曰虽已年近不惑，但骨子里还是个愤青。但这个愤青又从不无理取闹，而是引经据典，说得头头是道。凌云看他喜欢标新立异，别出心裁，把关内容是个好手，便邀请他到公司里来管策划，专门负责把握选题。

凌云所在的公司名为“摩崖文化”，擅长出历史、社科和小说类题材作品，公司老总吴仁宝曾经是凌云高中时代的校长，对他有知遇之恩。也正因为如此，作为编辑部主任，凌云坚持按照自己的原则出书，他的原则很简单，只有一条：“不作恶，不弄假，为生活出书立传；开言路，广采纳，替百姓弘扬文化。”

一开始，凌云觉得严子曰肯定会答应，活不多，钱不少，又是他喜欢的内容。没想到说明来意之后，严子曰断然拒绝：“我不会挣钱！”

凌云先是一愣，想了想，笑了：“不需要你挣钱，只需要你把关。”

严子曰瞪了凌云一眼：“我说的不会，不是不会的不会。”

凌云又一愣，这话怎么越说越莫名其妙，再一细想，又笑了，“不会”不是说“不能”，而是说“不愿”。凌云便问：“挣钱又不是坏事，君子爱财，取之有道呀！”

严子曰摇摇头：“说得那么简单。拿了你的钱，就得听你的话，到时候我就身不由己了。”

听起来话中有话，凌云想了想，试探着问：“严老师，你是不是有什么苦衷？”

严子曰长叹一声：“试问天下之大，谁又没有呢？”

凌云继续问：“是不是跟家里有关？”

严子曰紧闭双眼，不再说话。

凌云心里清楚了，这事跟他的老婆有关，便走上前去，拍拍严子曰的肩膀：“严老师，家家都有难念的经，天下郁闷的，不止你一人。”

严子曰睁开双眼：“你也有？”

凌云笑了笑：“晚上咱们找个地方，好好喝一杯，一醉解千愁！”

晚上，两个人一起到了普陀区的一家小餐厅，名为“仓廪小馆”，开在一条黑乎乎的小巷子里，小巷附近的小区正准备拆迁，人已搬得八九不离十，四周荒凉一片，了无生气。地方是严子曰选的，本来凌云想去的是新天地，那里时髦、新潮、环境好。但严子曰坚决不肯：“我一不喝酒，二不泡妞，三不装逼，去那儿纯属浪费生命。”

又说，“你要诚心想聊，我带你去一个地方。”

来了才发现，这儿外部环境糟糕，里面设施也很差劲，馆子只有一层，摆了四张八仙桌，挤得满满当当。一台老掉牙的吊扇悬在天花板上，吱吱呀呀，有气无力，似乎随时可能掉下来，让人提心吊胆。刚开始，凌云颇有抱怨，严子曰怎么说也是一名高级知识分子，怎么来这种下三滥的地方吃饭？待坐定后，四周一打量，才发现此处非比寻常。不寻常的不是环境，而是来这里吃饭的人，男女老少都有，再看衣着打扮，模样神情，绝非引车卖浆之辈，贩夫走卒之徒。而且，四张八仙桌，坐得满满当当，却无人高谈阔论，也无人谈笑风生，人人表情严肃，坐姿认真，不像来吃饭，倒像是过来探讨人生。桌上的菜单里不见菜名，只有一行手写的宋体字：“本店谢绝玩手机，违者恕不接待！”

坐了半晌，凌云越发奇怪：“怎么没人招呼我们？我都快饿死了。”

严子曰“啪”的一下展开折扇：“既来之则安之，船到桥头自然直。”

凌云悻悻然，没再说话。

过了片刻，一个老头提着一个竹篮走了过来。看老头的打扮，白色短褂，一尘不染，黑底布鞋，步履轻快，又兼骨骼清奇，鹤发童颜，倒像一位得道的老神仙。

“老神仙”似乎跟严子曰相熟，只点点头，打个招呼便罢。接着从竹篮里端出四个热菜，一壶清茶。菜的分量都很少，看起来也平淡无奇，一盘炒肉片，一盘酿青椒，一碗豆腐脑，还有两只个头极小的烤乳鸽。

凌云哑然失笑，故弄玄虚了半天，原来上的就是这等货色，何必呢？何苦呢？哎，口口声声不装逼，原来最装逼的就是你！他甚至开始怀疑，严子曰这人莫非夸夸其谈，眼高手低，那聘请一事，可得再三考虑。

严子曰没看出凌云的心思，指着乳鸽，兴高采烈地说：“先吃这个，这个一定要趁热吃。”看着凌云漫不经心地夹起一只，准备撕下大腿时，又赶紧制止：“你这样不对，一定要按照规矩来。”

凌云暗觉好笑：“什么时候了，还装？”但表情上还是郑重其事，学着严子曰，把整只乳鸽放入口中，只留一个鸟头在嘴外，再用力咬下，将鸟头扔在一边。乳鸽刚刚出炉，烫得凌云龇牙咧嘴，刚想吐出来，又看见严子曰一边冲他摇头，一边不停地唏嘘，只得有样学样，将乳鸽留在舌尖上，快速大口吸进空气，这才勉强好过了一点儿。

忽然间，凌云觉得口中有异，一股喷香滑润的脂肪如同瀑布一般，顺着咽喉自由倾泻进腹中，五脏六腑都被滋润得绝妙无比。再一咀嚼，从胸脯到翅膀，从骨头到内脏，丰盈缠绕着鲜美，喷香伴随着酥脆，让他情不自禁地闭上眼睛，在黑暗中看到了鸟儿的一生，湛蓝的天空，金黄的麦浪，香甜的薰衣草，微咸湿润的海风中，鸟儿展翅飞扬。

凌云从来没有吃过这般美味，情不自禁地感叹道：“这乳鸽真是太好吃了！”

严子曰纠正道：“不是乳鸽，是禾花雀。”

凌云吃了一惊：“禾花雀？我以前吃过呀，不是这个味儿。”

严子曰得意地说：“这是严格按照明代古法做出来的，只选三个月大的雄禾花雀，先用大麦、黍子、无花果喂肥，再浸到用桂花、玫瑰、龙眼泡的绍兴女儿红中溺死，最后在烧荔枝果木的挂炉上进行烘烤，只能烤二十分钟，多一分则太老，少一分则太嫩，吃的时候一定要完整地吃掉，连爪子带身体，加骨头和内脏，一口嚼碎，只有这样，你才能享受到这无与伦比的舌尖上的美味。”

凌云叹为观止，没想到啊，这馆子看起来破败不堪，里面却是藏龙卧虎，更没想到的是，严子曰竟然是这里的座上宾。刚才的轻蔑不满一扫而空，凌云指着其他三个菜，试探着问：“这个，这个肉片、青椒、豆腐脑儿，也没那么简单吧？”

严子曰“嘿嘿”一笑，摇头晃脑地说：“当然。肉片是用羊尾油、鸡蛋清、鸡脯肉和鳜鱼一起炒出的雪花羊肉；青椒是里面塞有黄鱼、瑶柱、裙边、明虾、香菇、蹄筋、冬笋和鸭蛋黄的八宝酿青椒。至于这个豆腐脑儿，最简单了，也就是用猪油、白糖、淀粉加上鸡肉茸做成。”

说完，他自顾自夹了一块肉片，放进嘴里细细咀嚼，闭着眼睛感叹道：“嗯，没变，还是那个味儿。”

凌云听得目瞪口呆，随口说了一句：“你说这儿的老板怎么就不想去发扬光大呢，以他的手艺，挣钱还不是一句话！”

严子曰放下筷子，眉头一皱：“你说为什么呢？挣钱有那么重要吗？依我看啊，钱只要够花就好。”

凌云马上意识到失言，赶紧赔着笑脸：“对对对，钱嘛，够用就行，多了也是麻烦，还是独善其身最好。”看着严子曰脸色渐缓，又话入正题：“你看严老师，你有这么好的才学，又这么懂道理。但只在学校里说，是不是可惜了点儿？如果你到我们这里来，可以把你的道理传授给全天下。”

严子曰不以为然：“那怎么能一样呢？一个是传道授业解惑，一个是涂脂抹粉哄人，一个是文人，一个是戏子，能一样吗？”

凌云一拍大腿：“严老师，就是因为想当戏子的人太多了，所以才需要你这样的来拨乱反正，拨开乌云见青天啊！”

严子曰“噗嗤”一笑，指着凌云：“你这张嘴啊，真是能把死人说活！”

笑过之后，他盯着凌云看，看着看着，叹了口气：“我带你到这儿来，也是把你当作朋友。本来以为你唯利是图，现在看来，也是一个有想法的人。其实，我不是假清高，只是之前经历的一些事，让我……”

看着严子曰满腹心事的样子，凌云举起茶杯，郑重其事地说：“严老师，我们今天以茶代酒，不醉不归！”

二

两个月后，严子曰加入了“摩崖文化”，兼职担任策划主管。正因为是兼职，刚开始来的次数不多，一周最多一次，一次最多三小时，来了之后绷着一张脸，不苟言笑，看谁都像犯了大错，挑起稿子来，更是苛刻万分，不讲人情世故，开口便是："不同意，一百万个不同意！"不管是名家还是新人，熟悉还是陌生，不分彼此，一视同仁，一时编辑部里人心惶惶，血雨腥风，惹得编辑纷纷过来投诉，编辑们又都来自五湖四海，口音各异，一时间地不分南北，人不分东西，似乎全国人民都在向严子曰开炮。

小叶是上海的本地姑娘："佘丘雨呀！名家中的名家呀！阿拉求爷爷告奶奶，勿晓得托了多少关系，好不容易才向伊求来的稿子哇，严老师哪能说毙就毙呢？"

王胖子来自四川："我也晓得这稿子稀烂，可别个朱老板说了，只要他的自传能出版，一百万，马上就打款！一百万啰，一本书就能吃一年，严老师清高是他个人的事，瓜娃子，总不能让大家跟着一起喝稀饭吧？"

大刘来自东北："这可是发行总监老夏他妹的稿子，严老师牛，就是不让出。发行在咱公司老厉害了，咱得罪得起吗？再说，老夏跟他妹的关系，咳咳，你懂的啊！"

还有齐小强来自广东，左手叉腰，右手操着兰花指，一张巴掌大的小脸憋得通红："严老师好严格的啦，可是不能太刻薄呀，作者写的错别字多了点，他都要否决，水至清则无鱼，不能坏了规矩啦。"

凌云强忍住笑，大手一挥，学着齐小强说话："什么规矩啦？一件小事，能看出一个人的本质，连字都写错，还出什么书啦！"

话虽如此，凌云还是有些担心，担心严子曰放不下文人的架子，过于阳春白雪，清高自傲，不接地气。没想严子曰上得了厅堂，下得了厨房，玩得转文化，耍得过流氓，从深刻到庸俗，从高雅到白话，样样精通，来去自如。自他来了之后，把关出的几本书，平均销量超过五万册，形势一片大好。比如有一本《坐着上清华》，写一个因见义勇为导致下肢瘫痪的青年保安，身残志坚，通过自己努力，考上了清华大学的励志故事，不仅销量惊人，而且在社会上引起了很大反响，引来很多电视台的采访。有一本《名著美食谈》，将古今中外名著里提到的美食精选出来，配上故事八卦、人物点评，既实用，又好看，成为家庭主妇的必备良品。有一本《管锥新史》，对中国历朝历代的经典典籍进行了详尽而缜密的考证和诠释，旁征博引，海纳百川，让人叹为观止。有读者评价："读完这本书，才算真正读懂了中国的五千年文化。"

还有一本《最疯狂的姐弟恋》，讲的是唐代名妓薛涛的传奇故事，里面有风花，有雪月，有技巧，有生死，读起来香艳无比，让人面红耳赤，读完后更是回味无穷，此中有真意，欲辩已忘词！

业绩越来越好，严子曰到公司的次数也越来越多，有时候一周七天，六天半都泡在这里。也是因为业绩的关系，编辑部里的十来个编辑，明白了他的能力和用心，对他越来越尊敬。之后选起稿子来，有样学样，越来越有严子曰的风范，最后甚至连说话，都学得跟严子曰似的，普普通通的一句话，硬是要文白夹杂，引经据典，绕上半天。

跟大家熟络之后，大家这才发现，严子曰这人表面上严肃认真，不苟言笑，私下里却是口无遮拦，嬉笑怒骂，说话没个正经。年龄比他大的，他直呼其名；比他年纪小的，他却称兄道弟。编辑小司，是个刚毕业的女大学生，河北人，梳马尾辫，穿小花裙，看着能是严子曰的女儿。严子曰却大模大样地叫她“司姐姐”，小司也不客气，有时候在网上查资料，头也不抬就说：“去给姐姐倒杯水！”

严子曰马上放下手里的稿子，满脸笑容，屁颠屁颠去给小司倒水，回来后双手捧杯，满脸谄媚：“司姐姐，不热不凉，刚刚好。”活像是幼儿园的小孩在讨好老师。

凌云看在眼里，乐在心上，从这一点上看，严子曰倒跟他一样。凌云在自己家里，也会装傻充愣，装小孩讨倪芳开心。也是因为气味相投，品性相似，两人关系更进了一步，嬉笑怒骂之间，无所不谈，成了知心好友。不过，后来凌云才知道，说一样，也不一样，严子曰在家里从来不装，刚好和他相反。

有一次两人聊天，不知怎么就说到了凌云小时候自己跟自己说话、歪打正着当上故事大王的事。严子曰摘下眼镜，连声感慨：“塞翁失马，真是塞翁失马！本来只是李太白，独来独往，月下独酌；没想变成了苏东坡，自创美食，还能造福群众。云兄啊，这也算因祸得福，功德圆满。”

凌云故作严肃：“严老师，此言差矣。我既不是李太白，也不是苏东坡，而是那……”

“谁？”

“南唐后主。”

“故国不堪回首月明中？”

“没错。如果那时不孤独，谁会待在自己家里，看落叶纷飞，自己跟自己说故事？你要问我能有几多愁？那恰似一江春水向东流。”

严子曰一下来了兴趣：“云兄，凡事要向前看。你现在是事业有成，家庭幸福，虽然不算完美，但至多也是个瑕不掩瑜。不过话又说回来，没有这个瑕疵，是不是比有更好呢？”

“我不是圣人。再说，世上哪有什么无瑕美玉。”

“哎，我的意思是既已百尺竿头，何不更进一步？”

“这个嘛，严老师，我跟你说，人完则无人敢理，金赤则软不能提，看着是完美，实际是遭罪，你以为是什么好事？”

“你是个聪明人，怎么现在就变成个榆木疙瘩了呢？”

“那您直说。”

“你看咱们现在忙着找书、出书、卖书，为何不自己写一本书？”

“哎哟喂，严老师，绕了半天，原来您是这个意思啊。我也跟您说实话吧，编辑当久了，挑挑刺、把把关还行，真要沉下心来写，既没那个时间，更没那个心情。不过，严老师，如果您有兴致动笔，我可以考虑免费给您当监工，保证宽以律己，严于待人，不让您改上一年，绝不罢休。”

严子曰赶紧摆摆手：“我这种人，只能当当诸葛亮，出出点子，真要去冲锋陷阵是力不能及。其实，我的意思是，你小时候既然那么会讲故事，现在放下太可惜。我的建议是，就地拾起，从头再来，不忘初心，方得始终。”

凌云似有所悟。

“有时候半夜做梦醒了，睡不着觉，脑子里电光火石，故事啊，一把一把往上涌。现在想想，不写下来，确实有点可惜。”

从这一天开始，凌云开始在微博上尝试写故事，先写了一篇《装腔作势》，讲的是一个又矮又胖的大龄剩女，在网上把自己装扮成女神，又在线下与仰慕者见面的故事；再写了一篇《字母奇缘》，讲的是一个土大款，雇了一个英国女秘书，想一亲芳泽，却因小时候英语没学好，不知道哪个名词和动词搭在一起才能表示想亲热一番的意思，结果误会频发，笑料百出；还写了一篇《愚人节的同学会》，讲的是毕业十年后的同学聚会，有钱的装穷，没钱的摆阔，单身的装情圣，已婚的看破红尘，每个人都在愚人，每个人也都在被人愚弄。除了这些幽默的，还有感性的，比如有一篇《我家的火车》，以一个小孩子的视角，讲她的父母为了生存，分居北京、上海两地，不得不来回奔波……

刚开始写的时候，故事都没人看，凌云也就自娱自乐，图个消遣放松。没想写着写着，人气渐长，被好几个大V转载，粉丝闻风而至，一传十，十传百，百传千千万，粉丝们自发组团，称为“云粉”，就这么稀里糊涂的，时隔多年，凌云再次当上了故事大王。

每次发完微博，下面应者如云，还有很多粉丝在问，什么时候写下一篇？热闹程度跟当年相比，有过之而无不及，只是这一回，他面对的是全国观众。

就在上个月，凌云在微博上写的怀旧故事《高考那年——女神的心愿》被一家影视公司看中，想要找他购买影视版权，开口就是十万。凌云犹豫了半天，最后还是婉言谢绝。不说别人，这次连严子曰都没看懂原因，问他为什么。

凌云回答：“我玩微博，只是为了圆童年的一个心愿，不至于靠这个挣钱。就像你之前说的，拿了他的钱，就得听他的话，到时候胡编乱造成什么样，我就身不由己了。”

顿了顿，又指着自己的胸口：“不想这里发闷。”

严子曰顿时肃然起敬。

三

相处的日子久了，凌云也发现了严子曰的几个毛病，首先是心眼小。小心眼是中国文人的通病，自古文人相轻，心眼小的不止严子曰一人，历史上不少名人都是其中典型。但严子曰的小心眼，又跟其他人不同，对于年轻作者他很热情，把关内容主题，提出修改意见，事事尽心尽力，有人不理解，对他出言不逊，他也只是笑笑，从不往心里去。有一次王胖子看不过去了，批评人家幼稚、冲动、没礼貌；他不但不领情，反倒替外人说话：“我们对待年轻人啊，要多一点宽容。批评一个二十岁的人冲动，就像批评一个八十岁的人有皱纹一样。”

弄得王胖子悻悻然，白眼直翻。

但对于那些“德高望重”的名家……“唉！”凌云只能报以一声叹息。

有一次，凌云带着严子曰一块儿去参加著名财经作家吕明重的新书《我们的日子为什么这么火》的发布会。吕明重是发行总监夏西南的老朋友，也正是有这层关系，公司才得以签下这位重量级人物。

发布会开始之前，因为吕明重是名人，所以各路新闻媒体、合作伙伴、热心读者像飞蛾扑火一般，前赴后继，重重围住吕明重这个光源，采访、拍照、求签名，忙得不亦乐乎。吕明重西装革履，春风满面，笑眯眯地招呼大家：“一个一个来，不要急，急也拉动不了 GDP。”

众人哈哈大笑。

只有严子曰冷眼站在一边，看着前方热热闹闹，打成一片，满脸的不高兴。

凌云没看出端倪，随口称赞了一句：“这个吕明重，别看是个外籍华人，还挺幽默。”

没想严子曰突然就爆发了，先是指出凌云话里的语病：“你说这话毫无逻辑，外籍华人跟幽默，这两者之间有关系吗？”

接着上纲上线，痛心疾首地说：“这能叫幽默吗？最多也就叫做耍嘴皮子！一个搞经济的，不静下心来研究国计民生、百姓疾苦，跑到这里来做戏，只会大放厥词、粉饰太平，搞得房价这么高、物价这么贵，中国的经济要是出了什么问题，就坏在这种人手上！”

吓得凌云赶紧劝道：“严老师，我们国家的领导人厉害着呢，不会听他的一面之词。”

想了想，又觉得不对，继续说：“这房价高、物价贵，跟他也没关系吧？严老师不要一竿子打死一船人呀。”

严子曰眼睛一瞪：“怎么没有关系？他之前不是说过吗？中国的房价跟其他国家比起来，属于比较低的水平，还有很大的增长空间……”

凌云连忙拉着他的胳膊：“开始了，不说了，不说了，我们先开会。”

严子曰这才闭嘴，跟着凌云往前走，满脸的不情愿，嘴里小声嘟囔：“飞蛾扑火，苍蝇逐臭，还以为是什么好东西！”

凌云装作没听见，紧紧拉着严子曰，到后排一处空位坐下，抬头看到吕明重正接过主持人的话筒。

“各位媒体朋友，各位合作伙伴，各位热心读者，大家下午好，今天天气预报说有三十九度，实在是非常热。不过呢，热也有热的好处，要是外面不热，大家怎么会到这里来听我发言呢？”

众人又是一阵笑。凌云憋着笑，偷偷看了严子曰一眼，只听他低声吐出两个字：“老套！”

“大家都知道，兄弟我拿的是美国护照，按照美国人的习惯，开场后先得给大家说个笑话。大家也都知道，我是搞经济的，所以给大家讲一个关于经济的笑话。两个熊孩子在一起聊天，老大对老二讲：‘嗨，哥们儿，告诉你一个挣钱的秘诀！’老二问：‘How？’老大回：‘告诉人们你知道他们的秘密！’于是老二兴冲冲地回家，对他爸爸说：‘爹地，我知道你的秘密！’爸爸马上说给你十块钱，千万别告诉你妈！老二又去对他妈说：‘妈咪，我知道你的秘密！’妈妈马上说给你十块钱，千万别告诉你爸！老二这下高兴了，决定再试一次，跑去对上门送信的邮递员大声喊：‘叔叔，我知道你的秘密！’邮递员把老二紧紧抱在怀里，激动得热泪盈眶：‘Come on！给你爹一个拥抱！’”

众人哄堂大笑，凌云实在憋不住也笑了，同时听到旁边的严子曰又说了两个字：“庸俗！”

“不过呢，在下虽然拿的是美国护照，但上到列祖列宗，下到娇妻爱女，包括我自己，都是如假包换的中国人，因此我身在异国，心在故土，生平所志就是，下为安身立命，养家糊口；上为报效祖国，为民请命！”

众人热烈鼓掌，凌云也跟着轻轻拍了拍，这回没听见严子曰说话，凌云放下心来，专心听起台上吕明重的讲话。

发布会进行得很成功，过程不急不缓，内容张弛有度，出现了几次高潮。待到提问环节，大家又纷纷踊跃发问，吕明重的回答也很精彩，真实有料，幽默风趣。

眼看快结束了，主持人已经开始说散场词，没想严子曰突然举手：“等一下，我还有个问题！”

吕明重“呵呵”一笑，重新接过话筒。

“看来这位读者属于夕阳红，虽然晚了一点儿，但是更加热情，请讲。”

“吕大师，请问您书中的第三章，关于外企在华新思路的第一节的开头，是哪家外企？到底是什么新思路？”

吕明重一愣，支吾了两句，明显有点不自然，台下众人开始交头接耳。

“那再请问吕大师，第五章的第二节的第三段，巨头的能源危机，又是哪个巨头？出现了什么危机？”

吕明重额头冒汗，支支吾吾不知所以然，台下的喧闹声渐渐变大。

主持人见势不妙，赶紧从台下拿来一本书，递给吕明重。

严子曰不依不饶，继续问：“怎么，吕大师您自己写的书，还需要看着才能回答吗？”

“这本书的内容点太多，写的时间也有点久，有些细节记得不是太清楚，怕说岔了，对不起热心读者啊。”

“您的这本书不是上个月才写完的吗？”

“对，对，是上个月，现在中国的发展日新月异，一日不见，如隔三秋，那一个月，就是一个世纪啊，哈哈，哈哈！”

“您干吗笑呢？我不觉得这有什么好笑的。”

没等吕明重回答，严子曰又自言自语：“我听到一个说法，这本书的作者其实另有其人，只是为了好卖，挂您的名字而已。当然，您不需要回答这个问题，因为我已经知道了答案。”

众人一片哗然。

事后，凌云被发行总监夏西南狠狠骂了一顿，还被告到总经理吴仁宝那里，说严子曰不仅搞砸了新书发布会，还惹怒了吕明重，扬言要结束跟公司的合作关系。吕明重可是公司的摇钱树啊，随便发一本书，都有几十上百万的销量，弄得凌云焦头烂额，狼狈不堪。万幸的是，吴仁宝曾经是凌云高中时代的校长，也是因为他力排众议，凌云才得以留在公司，并改行做了编辑，之后平步青云，当上了编辑部主任。当然，凌云也没有辜负他的提拔，把一盘散沙的编辑部管得风生水起，团队士气高、斗志足，年年业绩超过预期，特别是在严子曰加盟之后，一连出了几本畅销书，编辑部更是扬眉吐气，在公司的地位也与日俱增。

因此吴仁宝睁一只眼闭一只眼，把凌云和严子曰批评了一顿，让他们向夏西南道歉，大事化小，小事化了，化解了这场危机。

虽然严子曰给自己惹下这么大麻烦，但凌云并没有太多责怪，他心里明白，严子曰说的是实情。事实上不仅是这本，吕明重在他们公司出的所有书，都是找人代笔，所谓的新书发布会，不过是下面找些托儿，事先安排好台词，热闹一番，博个眼球罢了。

谁知他严子曰，就较真了……

除了爱较真，凌云又发现了严子曰另外一个毛病：守旧。特别是对手机里的新生事物，微博、微信、社群……嗤之以鼻。他常年用一款老掉牙的手机，除了打电话、发短信，剩下的功能也就只能当砖头防身，连最基本的拍照都不行，这让凌云看着直摇头："严老师，手机该换了，要不人家还以为这是凶器。"

"换什么？像你啊，成天抱着个手机，手机里有啥吸引你？无非是诲淫诲盗、香艳刺激，庸俗！"

凌云放下手机，嬉皮笑脸地说："严老师，这不叫庸俗，这叫与时俱进。手机里有用的东西可不少，不说别的，就拿今天中午来说，咱们出去吃饭，在路边拦了半个小时的车，看着空车很多，却没有一辆停下，最后怎么着？还不是靠手机软件叫到的吗？"

"这是不对的！明明路边有生意，车却不停下，你觉得这能叫做正常吗？"

"不正常，但是合理。"

"不正常为什么叫做合理？"

"存在就是合理。"

"强词夺理！"

看着严子曰撸起袖子，面红耳赤，一副怒发冲冠的模样，凌云暗暗叫苦，真要跟他辩论，怕是三天三夜也没完，于是赶紧投降，嘴上说严老师说得对，不正常就是不合理，心里却不以为然："所谓识时务者为俊杰，严老师啊，看来俊杰这个称号，今生怕是跟你无缘了。"

四

今天上午，编辑部开会，开到一半，严子曰在那儿滔滔不绝。

“我觉得我们做选题啊，必须要正。正才能立得长稳，得到民心。做书不像其他一次性消费品，吃完就拉，拉完就忘。书是要刻到脑子里，一代一代传下去的。所以呢，大家挑稿子的时候，那些诲淫诲盗的、低俗下流的、胡编乱造的、挂着羊头卖狗肉的，不管作者的名头有多响、不管他的后台有多硬、不管开头写得有多么抓人眼球，不同意，一百万个不同意！”

这番话纯属老生常谈，无聊透顶。于是有人拿出手机，开始刷朋友圈，接着像传染病一样，一个个有样学样，拿出手机，埋头看新闻，刷微博、写微信，偌大一个会议室里，没一个人发言，只有严子曰在唱独角戏。

凌云觉得过意不去，出面招呼大家：“都把手机放下，认真听严老师讲话。”

话音刚落，齐小强不小心点了微信里的语音，说话的是个男人，粗声粗气：“你昨晚上太疯了，弄得我脖子上全是唇印，被同事笑话了半天，还以为是我老婆干的！”

大家先是一愣，接着哄堂大笑，王胖子跟大刘两个人更是挤眉弄眼，交头接耳。

“年纪不大，没想到还是个狠角色啰！”

“自古英雄出少年，咱们小强老厉害了！”

“跟你比呢？”

“咱不行，不好这口哈！”

众人之中，只有严子曰和小司没笑。小司满脸疑惑，愣愣地问：“怎么听声音像是个男人呢？”

吓得坐在旁边的小叶赶紧摆手：“傻囡，小声点儿，侬可别再问这个问题了！”

结果大家笑得更厉害了。

凌云笑过之后，挥挥手道：“大家都把手机关了，不要笑，认真听严老师讲话！”

没想这句话惹怒了严子曰。

“怎么能不笑呢？手机多好玩啊，多方便啊，多有意思啊，多精彩啊！五花八门，应有尽有！我要去吃饭，找手机里的餐馆点评；我要去看电影，在手机里买票订座；我要去打车，马路边拦车至少要等半个小时，打开手机，只需要十秒钟！我要看电视，手机里有；我要听音乐，手机里有；我要看书，手机里有！我要找人约会，手机里也有。什么都有，还听我说话做什么！”

凌云赶紧劝道：“两码事，两码事，严老师说的话，还是金玉良言。”

“金玉良言？我看是无聊透顶！凌云，你不要说别人，刚才笑得最厉害就是你！”

凌云摸摸脑袋，腆着脸说：“我没笑啊，您看错了吧，刚才是大刘笑的声音最大。”

大刘满脸委屈，扯着嗓子辩解道：“咱没笑啊，老大，你也看错了吧？明明是胖子，他的声音老大了！没办法啊，他体积大、共鸣足，自带低音炮哈！”

王胖子也急了：“格老子的，你莫瞎扯哈，我今儿个嗓子疼，扁桃体发炎，根本笑不出来！”

严子曰的眉头越皱越深，拧得像个麻花：“好了，别说了，越说越扯。”

凌云赶紧配合，敲敲桌子，故作严肃：“对对对，都别说话了，现在听严老师好好教导。”

说来奇怪，刚才没人听严子曰说话时，他舌若莲花，滔滔不绝；现在大家都聚精会神地看着他，他却双目紧闭，不发一言。大家不明就里，又不敢贸然开口，只得面面相觑。

过了半天，严子曰睁开双眼，望着天花板，长叹一声。

“教导谈不上，世界上百分之九十九的事，都可以用关你屁事和关我屁事来形容。我跟大家一样，都是打工混口饭吃，也就是说说自己的肺腑之言。其实，我也不是食古不化、冥顽不灵。不是说手机不好，只是要分场合，要适可而止。手机再好，能代替餐馆、电影、音乐、书籍、交通、家人、朋友吗？大家要明白，手机只是一个工具，目的是让生活更方便、更快捷，但绝不能越俎代庖，取代生活本身。”

歇了口气，他又继续说：“我们工作、生活，最怕的是什么？怕的是困难！我们失眠，我们叹息，我们退缩，我们恐惧，都是因为害怕困难。可是大家有没有想过，困难它怕什么呢？它怕认真，世上无难事，就是怕认真。可是你们呢？吃饭之前先要照相，刮风下雨必须自拍；看到名牌就要合影，去到哪里先 WIFI，一天不玩手机，就像掉了魂，坐立不安，从骨头里面开始发痒，只有将那些乱七八糟的娱乐八卦啊，家长里短啊，你吹我捧啊，一股脑儿全部吸进去，人才得以片刻安宁。这已经不是玩了，是上瘾，像吸毒一样的上瘾，一日不吸，终日难受啊！我算过时间，开会不到半个钟头，你们的毒瘾就犯了，既然这样，那这个会不开也罢，因为我不想陪着一群瘾君子浪费时间！”

众人鸦雀无声，表情肃静，默默听严子曰讲完。会议结束后，也是各自收拾东西，默默不语，只有小司说了一句话：“严老师这次说话，没有拐弯抹角，我有点不太习惯。”

通过这次事件，凌云对严子曰又有了新的认识。看来他拒绝玩手机，并不是单纯地守旧，或者标新立异，显示自己与众不同；更多的，还是出于内心的一份坚持，但以凌云对他的了解，坚持归坚持，没必要搞得这么上纲上线，应该还有别的原因，至于这个原因是什么，严子曰没说，凌云也没问，其实不问也能猜出大概。

唉，家家都有一本难念的经！

不过，出人意料的是，今天上午，严子曰还在那儿痛心疾首，对手机口诛笔伐；结果到了半夜三更，严子曰却自甘堕落，投奔庸俗，不仅换了手机，装了微信，还发来一句耸人听闻的话：“我家最近有鬼，鬼就在微信里。”

第六章　有　鬼

一

清晨六点，倪芳放在床头柜上的手机闹铃准时响了：“起床啦，起床啦，太阳公公出来打屁股了！”

在床上眯了三秒钟，倪芳一个鲤鱼打挺，从床上跳起来，儿子四仰八叉，还在呼呼大睡。倪芳亲了一下儿子的小脸蛋，麻利地换好衣服，简单梳洗，再把昨晚换下的脏衣服放进洗衣机，然后来到厨房，开始准备一家人的早餐。原料是昨晚上提前准备好的，虽然跟婆婆吵架、被老公怀疑，但每日必做的功课没有落下，韭菜洗净、切好，一半面粉，一半玉米糊，再放上鸡蛋、香葱、干贝、虾皮、银鱼丝，和好搅匀，放进冰箱，早上起来，就可以做儿子最爱吃的韭菜鸡蛋海鲜饼了。

待到香喷喷的韭菜饼出炉，倪芳发现时间刚到七点，还可以让儿子再睡一会儿。

倪芳是真心爱这个家，也是真心爱家里的他和他。她很感激凌云，如果没有他，自己还不知道要在东莞那个鬼地方待多久，和无数家境贫寒、相貌普通、学历不高的女孩一样，可能误入歧途，可能草草嫁人，也可能早就死了，无论如何，不会有今天的幸福。她也很感激豆豆，这个像小精灵一样聪明可爱的宝贝，带给了她无限的安慰和憧憬，在她被上司责骂、难过沮丧的时候，豆豆像男子汉一样，跑过来，摸摸她的脸，大声说：“妈妈，谁欺负你了？我抽他！”

在上海这座城市，有一个温柔幽默的老公，有一个聪明可爱的宝贝，有一间舒适宽敞的房子，人生还有什么烦恼呢？

唉，还是有，比如婆婆。

陈惠琴也是六点起床，起床后便到外面跳广场舞，跳舞的时候跟前面一栋楼的李大妈吵了一架，原因是李大妈说她有一个动作跳错了，应该先出左腿、后出右腿，扭腰；而她死活不承认，说明明应该是先出右腿、后出左腿，不扭腰，两人为此吵得面红耳赤，不可开交。更让她生气的是，关键时刻，隔壁的王大爷竟然帮着外人说话！那个死老头，平时可是没少带给他莲子羹、绿豆汤和冰西瓜，没想到关键时刻竟然叛变革命，当了可耻的汉奸、走狗、白眼狼！

憋着一肚子火，陈惠琴气冲冲地回了家，看见桌上放的韭菜饼，更是气不打一处来。

“说了多少遍了，夏天的韭菜不能吃，都是用化肥农药沤出来的，毒性大着呢！”

“妈，你不要听那些无聊的人乱说。”

“什么呀，说这话的可是专家！”

“专家又怎么样？说吃绿豆、泥鳅能够包治百病的，也是专家。”

“哎，我说你这个人，自己学历不高，没有文化，还敢瞧不起专家？”

凌云被外面的吵吵嚷嚷惊醒，本想出来劝解，再一犹豫，还是算了，一是他昨晚没睡好，现在脑袋发晕，浑身乏力，像刚刚跑了一万米；二是他知道倪芳上班的时间快到了，没时间再吵。

“小吵天天有，大吵三六九，继续睡吧。”

果然，待到凌云再次醒来，外面已经风平浪静，倪芳去上班，陈惠琴去送儿子上幼儿园，桌上摆着一杯鲜奶、几块还热乎的韭菜饼。

吃好、喝好、洗漱好，凌云穿上衬衫、打好领带、套上长裤、蹬上皮鞋，准备出发。大热天的，可不是他故意装逼，而是事先约好了，今天要跟严子曰一起，去见一个重要的合作伙伴。

二

严子曰的家在莘庄南边的一处别墅区，小区里主打独栋，也有少量联排，环境优雅，绿树成荫，闹中取静，当然价格也不便宜。

凌云开车接上严子曰，出了小区后，才发觉严子曰的状态有些不对劲儿。平时两人坐车，都是插科打诨，有说有笑，今天严子曰却铁青着一张脸，望着窗外，闭口不提微信的事。凌云也不好意思问他，就这么相对无言，一直开到了沪闵高架的入口。凌云想缓和一下气氛，扭头问："严老师，我们是走众生平等的桥下，还是走体现罪恶感的高架？"

如果放在平时，严子曰肯定会说阿弥陀佛，施主啊，我不入地狱，谁入，Go！然后凌云便高高兴兴地开上高架。现在上海限制外牌，早上七点到十点，下午四点到七点，不允许外地牌照的车辆上市区高架，因此上海牌照奇货可居，拍卖价已经到了七万，还得凭运气，运气不好的话，拍个几十次，空手而回，实属正常。开在高架上，凌云还会抽空看一眼桥下，那里挤得水泄不通，喇叭声此起彼伏，让人有一种黄鹤楼上看翻船的快感。

可是今天，严子曰却指着他的鼻子说："你这个人太虚伪了，明明是想体现你的优越性，装什么装！"

凌云不说话了，心里却想："废话，我不装谁装？谁让我有眼光，当年还不到两万的时候就拿下了呢？"

两人一路无话，眼看快到目的地——陆家嘴的金茂大厦，凌云实在忍不住了，小心翼翼提醒道："严老师，我知道您今天的心情不好，但是待会要见的人很重要，不容有失，您看，趁着现在时间还早，要不要找个地方，先调整一下？"

其实，严子曰一路上也是憋着，想跟凌云倾诉，又不好意思说，现在正好凌云开口，也就顺水推舟："那就……调整调整吧。"

金茂大厦的56楼有一家咖啡厅，恰好位于整个大厦的中心，往上看，上面还有32层，就像坐在一个金色圆筒的中央里。早上客人不多，一个长发披肩的美女聚精会神地拉着小提琴，听起来哀怨伤感，我见犹怜。严子曰看了一眼美女，突然没头没脑地来了一句："什么？"

凌云心领神会："这个啊？《高山流水》。"

两人坐下，叫了两杯咖啡，这么贵的地段，咖啡一杯只要五十元，让凌云不禁感慨："比衡山路上的还要便宜，真是物美价廉。"

严子曰把眼睛一瞪："你以为五十元很少吗？我们学校毕业留校的博士生，一个月才挣三千块，还是税前！寒窗苦读数十载，他喝得起几杯这样的咖啡？"

一早上被严子曰呛了几回，凌云也火了，本想跟他争执两句，一想还是算了，人家心情不好，就不要再火上浇油了；再一思索，唤来服务生，耳语几句。服务生先是纳闷，再望着严子曰，惊讶变成了同情，忙不迭地点头："好的好的，马上就换！"

没过一会儿，小提琴声突然转变，变得高亢激昂，让人精神一振，听着听着，严子曰有些入迷，忍不住问："这是什么？"

"《东京爱情故事》。"

"刚才的《高山流水》不是还没完吗？你跟他们说什么了？怎么突然变了？"

"噢，没什么。我就是告诉他们，你老人家刚刚失业，又在股市里赔了一大笔钱，眼看就要倾家荡产、妻离子散，让他们赶紧换个情绪高昂的曲子。不然，怕这里会出人命。"

严子曰气得脸色发白，用手指着凌云："你你你，好你个……"

过了半天，把手放下，"噗嗤"一声笑了："哎，没想到，你还挺有心。"

凌云认真地说："严老师，说真的，我把您当做最好的朋友，有什么心事都对您讲。同时，我希望您也能这样，事情憋在心里，会发酵，会感染，会爆炸，说出来，才能化干戈为玉帛啊。"想了想，又说："您放心，我就是一智能型的树洞，你说出来的话，只能烂在我的肚子里。"

严子曰低头不语，不加糖，也不加奶，就这么"咕嘟"一下，灌下一大口苦涩的黑咖啡，两眼无神，望着窗外，长叹一声，开始慢慢道来，这一讲可不得了，一下便讲到了二十二年前。

1993年，严子曰在老家大连上高一，某个语文老师特能装逼，每次上课打扮得油头粉面，必提三个"如何"："我的水平如何地强"，"我的境界如何地高”，“我教过的学生如何地好”，来回重复，乐此不疲。

严子曰当时是学校有名的才子，小学发表过童话，初中发表过诗歌，为人又是清高孤傲、眼高过顶，自然瞧不起这等老师，对他没有好感，从不好好上他的课，每次课上，要么睡大觉，要么看闲书。

有一天上课，严子曰照例开小差，聚精会神地看起了《射雕英雄传》，正看到郭靖黄蓉买了一堆西瓜，躲在牛家村密室疗伤之时，语文老师突然点名让他站起来。严子曰站起来后，两眼望天，鼻孔朝地，仿佛眼前的老师就是一个烂西瓜，接着瞥了老师一眼，那眼神，像利箭，像匕首，像刺刀，带着轻蔑、鄙夷、不屑，将老师穿了个透心凉。

语文老师打了个哆嗦：“你这是什么眼神？”

“我这是看人的眼神。”

“你这是看人的眼神吗？”

“那好吧，我看的不是人。”

“你！太不像话了！下课后来我的办公室！”

“不用，我现在就去。”

就在全班同学惊诧的眼神中，严子曰夺门而出，阳光在他身后留下一个潇洒的背影。

也就是前后脚的工夫，语文老师回到了办公室，以高高在上的姿态、语重心长的模样、恨铁不成钢的心情，好好教育了严子曰一番，主要内容是阐述眼神和尊重之间的辩证关系，表明了学校和社会之间的巨大差异，以及如果不痛改前非，严子曰将来绝对高中毕不了业，势必会成为万恶人渣的深刻预言。

严子曰我行我素，依然保持着课堂里的态度，眼里透着鄙夷和轻蔑，鼻孔里呼出嘲讽和不屑。

语文老师勃然大怒，恶狠狠地问候了严子曰的祖宗，问完之后，站起来准备动手。这时候，办公室里一位刚来的女实习老师走了过来，认真看了严子曰三秒钟，说：“你的眼睛里很有味道，一定读过很多书吧？”

严子曰顿时就傻了，脑海里盘旋着三件东西：一、语文老师水桶般的身材，带油的中分短发，喷着唾沫星子的蛤蟆脸；二、实习老师闪着光芒的眼睛，端正清秀的五官，飘扬在脑后的马尾辫；三、就是刚刚那句话，悦耳、动听、充满信任，让人心旷神怡。

很快，严子曰知道了这位年轻美丽的实习老师的名字：童成溪。

1999 年，严子曰在同济大学读大三，圣诞节前的一天晚上，上海下起了百年难遇的大雪，不知是因为天寒地冻，还是由于紧张发抖，严子曰打着哆嗦，在学校里的一个公用电话亭，吞吞吐吐地向童老师表白。

然后，他被童老师拒绝了，拒绝的理由是：一、童老师比他大，而且大很多，整整六岁；二、童老师当时已经有了男朋友，而严子曰只是她众多学生中的普通一员。

当然，严子曰没有放弃，第二天买了张火车票，回到家乡。也就是从这一天开始，无论大节小节、寒假暑假，严子曰都坚持回大连，三过家门而不入，为的就是那个她。一开始，是打着师生关系的名义去了解童老师的生活状态和内心想法，接着又以男性闺蜜的身份去关心童老师的感情生活，失恋、相亲，相亲、失恋。最后，终得以男女朋友的关系正式交往，将童老师接到上海，替她找好工作，然后租房、同居……

皇天不负有心人，就在十年前打电话的同一天，经过整整六年的追求，师生恋终于修得正果。结婚那天晚上，外面天寒地冻，两人的小窝里却温暖如春，严子曰搂着童成溪，凑在她耳朵边，嬉皮笑脸地说："童老师，咱们早点上床吧？"

"严同学，怎么跟老师说话呢？"

"老婆，我爱你！"

"哼，这还差不多。"

可惜，跟很多曾经轰轰烈烈的爱情故事一样，热情明了、单纯美好，只是开端；随着时间的流逝，生活的疲惫，两人之间的矛盾越来越多，开始只是星火一点，接着从裂痕中窜出火苗，随即蔓延燃烧，直至星火燎原。

两人的矛盾主要是因为没有孩子，所谓三点成面，失去孩子这个点，夫妻两人就像肆意延伸的直线，你要往东，我想往西；你要发展，我想休息，心不往一处想，劲不往一处使，你打你的，我打我的，怎么会没有问题？更严重的是，严子曰虽然早已成年，可行事作风却像个愣头青，在学校里不懂察言观色，更不屑跟领导搞好关系。他参加工作时创造了一个纪录，学校里最年轻的讲师；结果到现在又创造了一个纪录，学校里最年长的讲师。而他曾经的童老师，却早早改行，投身职场，并平步青云，成为某个世界五百强公司在亚太地区的财务总监。她投资目光精准，管钱心狠手辣，公司盈利年年超额完成指标，指标又跟个人收入直接挂钩，每年光是拿的奖金，就能买一所房子。

三点中的最后一点终于被事业取代了，但事业毕竟不能代替家庭，强行插入的结果就是家不像家，童成溪把工作时的作风带回了家，训老公如同训属下。

“说了多少遍了，蒸鱼时要放的是生抽，不是老抽，你看这鱼，黑不溜秋，像是在煤堆里洗过澡，你的执行力在哪里？”

气得严子曰浑身发抖。

不过，如果只是这样，严子曰还能忍，特别是最近这几年，房子从四十平的小公寓到一百平的准三居到三百平的大别墅；车从十万起步的大众到三十几万的奥迪再到百万出头的陆虎，全是老婆的功劳。真正让他不能忍的，是插入他们夫妻之间的，还有一个它。

不知道从什么时候开始，童成溪爱上了加入各种微信群，有美容健身群、职场关系群、国外代购群、户外驴友群……最着迷的是一个男女灵修群，一有空就在群里跟各色人等聊得眉飞色舞，兴高采烈。

严子曰看在眼里，不屑一顾：“一群无聊透顶的人，满屏莫名其妙的话，竟然还能乐此不疲？”

童成溪头也不抬：“你懂什么？这叫做三人行必有我师焉！”

老婆越是这样，严子曰越是叛逆，坚持不换智能手机，坚决不玩微博微信，逆流而上，用实际行动表达无声的抗议。

就在昨天下午，童成溪的手机忘在家里，严子曰一时好奇，打开了老婆常去的几个群，其他群里倒没什么，无非是些旅游见闻、婆婆妈妈，但在男女灵修群里，童成溪和一个叫做“机灵鬼”的一段对话，却让他气炸了肺。

童成溪：“你刚刚贴的照片是什么？充气娃娃？”

机灵鬼：“这个叫做实体娃娃，男女都有，比充气娃娃高级很多。”

童成溪：“这个娃娃可以干吗？”

机灵鬼：“可以亲，可以摸。”

童成溪："（打出一个害羞的表情）摸？亲？那娃娃会有反应吗？可以进一步吗？"

机灵鬼："有反应呀，会硬呀，跟你做爱。"

童成溪："（打出一个害羞的表情）他会射出来吗？我不会有事吧？"

机灵鬼："不会！射出来的是温水，热热的很舒服的！对了，你还可以把娃娃的脸定制成老公的模样，这样做起来更有感觉。"

童成溪："拉倒吧，要定制，就定制成金城武或者吴彦祖，那才有感觉！"

机灵鬼："（打出一个坏笑的表情）姐姐，别人都说我长得像吴彦祖。"

紧接着，群里像是炸了锅，五花八门，说什么的都有。

有惊叹的："这个女人好豪放啊，真让人受不了！"

有疑惑的："是个人妖吧，女人哪有这样夸张的？"

更有跃跃欲试的："好想好想认识她呀！"

说到这里，严子曰面如死灰，仿佛老了十岁，对凌云说："没想到啊，家里就有鬼，鬼就在身边，这么多天了，我竟然一点都没发觉。"

凌云听得又好气又好笑，想说一句话安慰，搜肠刮肚了半天，勉强挤出一句："还好，这个鬼，它不是人啊。"

结果严子曰更难过了："这么多年的感情，这么多年的风风雨雨，我竟然比不上一个充气娃娃？"

凌云注意到严子曰的话里有误，不是充气娃娃，而是实体娃娃，但纠正这个毫无意义，只能继续劝道："严老师，可能你想多了，童老师她只是开个玩笑而已。"

严子曰捂着胸口，摇着脑袋，痛苦地说："我以前在书上看到，说一个人非常难过的时候，他的心会疼，以前一直以为只是文学手法。现在才知道这是真的，真的疼，心是真的在疼啊！"

凌云无言以对，只能陪着严子曰一起唉声叹气。过了一会儿，他想到另外一个问题："严老师，你既然这么讨厌微信，为什么又要用呢？"

严子曰握紧拳头，咬牙切齿地说："不入虎穴，焉得虎子，我倒要看看，这个鬼是何方神圣，不把它揪出来，我誓不为人！"

三

位于金茂大厦68层的天和国际文化传播有限公司，是凌云这次的目的地。天和的主营业务是担任国外一些著名艺术家的经纪人，艺术大师来自世界各地，有搞音乐的、有做设计的、有搞艺术的、有写剧本的、也有玩行为艺术的。艺术无国界，但名气分地域，这些艺术家在各自的国家名噪一时，到了中国却水土不服，无人欣赏便没有收入，偏偏艺术家的身价都还不低，只出不进，急得老板整日抓耳挠腮。

天和的老板叫丁文采，是凌云的老相识。当年丁文采不叫丁文采，叫丁发财，在湖北的一个小镇上开过游戏厅，凌云和小伙伴们偷过他的游戏卡，算是不打不相识。丁文采今年五十一岁，身材高大，头发花白，年轻时还称得上英俊潇洒，只可惜现在年纪大了，又不注意保养，身材走形，满脸横肉，一副典型的暴发户模样，但模样像暴发户，身份却是爱国华侨，他在加勒比海上的多米尼加共和国入了籍。

天和文化有个签约的音乐家，中文名叫马如意（Mark Rudi），来自澳大利亚，爷爷是澳大利亚人，奶奶是中国人。马如意的名气不小，奥斯卡里配过乐，格莱美上得过奖，玩音乐的同时，还特别喜欢写作，写了一部稿子，叫《我的音乐人生》，讲的是他游历世界各地，特别是在中国，汲取音乐灵感的故事。看到稿子，丁文采眼前一亮，将稿子重新编辑，插入热点，炒作绯闻，比如马如意在泰国芭提雅跟人妖皇后的误会，在非洲跟摩洛哥公主的缠绵，在美国跟布莱特皮特前妻的纠葛，诸如此类，肯定能火。火了就不怕没人上门，到时候便可坐地起价，关门数钱，再依葫芦画瓢，包装其他的艺术家！

丁文采越想越兴奋，马上采取行动，因凌云跟他是老相识，又是微博名人，很快便找到他，约他到公司详谈。

凌云也有此意，他一直在寻找机会转型。现在中国人爱打麻将，爱看电影，爱玩游戏，爱跳广场舞，偏偏就是不爱读书，流行的也就是所谓的碎片化阅读，天涯、知乎、豆瓣，看一篇文章只需三分钟，没有谁再有兴趣捧着大部头通宵达旦。因此，出版行业急剧萎缩，各家出版社的库存都堆积如山，业内人人哀叹日子难过。虽然凌云有严子曰助阵，一连出了几本畅销书，但行业的萎缩已是势不可挡，滔滔江水，顺我者昌，逆我者亡，这是历史潮流。无论有多少人标榜自己喜欢纸质书，纸质书也终将会和黑胶唱片和古董跑车一样，彻底沦为小众市场的收藏品。但文化产业不会，而是会以书籍、影视、游戏、音乐等更多元化的方式存在并发展，一切的基础在于内容，未来一定是内容为王的时代。

而丁文采手上掌握的内容资源众多，于是两人一拍即合。

没想今天与马如意的见面，却出了个状况。马如意虽然是个混血儿，但中文只停留在“你好，再见，谢谢”的程度。丁文采便为他配了一个翻译，不仅照顾日常起居，还陪着他到处与人会面。偏偏今天早上翻译出门后遇到车祸，当场不省人事，被送进了医院的ICU。凌云毕业十几年，几乎没用过英文，语言这玩意儿，用进废退，因此凌云的英语跟马如意的中文比起来，半斤八两，他只会说“Hello，Byebye，Fuck You”。至于丁文采跟严子曰，就更不用提了，一个是土大款，出国找小姐都要说母语；一个是老古董，他不喜欢英文，英文也不喜欢他。

要跟老外直接交谈，凌云难免发憷，问丁文采：“你们这儿就没其他翻译了？”

“有是有，不过都不在。”

“那怎么办？”

“直接讲呗，不就是出个书吗，能复杂到哪儿去？”

凌云吓了一跳，生怕这话惹怒了严子曰。上个月，两人头一回见面，严子曰便对丁文采的印象不好，他跟丁文采交换名片后，丁文采拿在手上，看着念：“严子日！这个名字好，子日，子日，意思是初升的太阳吧？”

气得严子曰当场发飙：“什么日不日的？你看清楚，是子曰！子在川上曰！”

丁文采一拍脑袋，哈哈大笑：“是曰，是曰，我说这个日咋这么胖呢。”

有了上次的教训，凌云事先一再提醒，此次会面非同小可，须小心对待，万不可由着性子，随便乱来。再看看严子曰，面无表情，一言不发，这才放心。三人一起，走进马如意的办公室，还没见到人，先听到一阵悠扬动听的钢琴声。

严子曰停下来，问：“这是什么？”

丁文采听得一头雾水："什么是什么？"

严子曰看了他一眼："我是问这个曲子是什么。"

丁文采一拍脑袋："噢，这个呀，日本的，叫个什么空，噢，对，致苍井空！"

站在一边的凌云笑了："丁总，人到中年，还是悠着点好。这明明是久石让的名作《天空之城》。"

丁文采哈哈大笑："老弟，我也没说错呀，不管是井空还是天空，反正都是一个空！"

凌云表面跟着哈哈大笑，实际内心万分鄙夷，明明是胡说八道，却能若无其事地强词夺理，你他妈的脸皮可真厚！

丁文采仿佛看出他的心思，"嘿嘿"一笑："你们别看我没读过什么书，我现在不照样养着一批艺术大师？在钞票面前，艺术就只有乖乖听话的份儿。要是没有钱，别说弹钢琴，连个琴弦都买不着！"

还没等凌云反驳，严子曰突然来了一句："话糙理不糙。"

见面的效果跟凌云预料的差不多，马如意虽然和蔼可亲，没有所谓艺术家的架子，但双方实在无法沟通，凌云使出浑身解数，恨不得连脚趾头都用上，马如意还是瞪大眼睛，两手一摊，满脸无辜："Sorry, I do not understand."

丁文采也很着急，马如意跟他签的是临时合约，每年只到中国待上半个月，而这回已经到中国超过十天，如果不能及时谈妥，那就得至少再等上一年。情急之下，丁文采急中生智，小声对凌云说："这老外在中国有个女朋友，我问问，看能不能叫她来救场。"

接着，一边对马如意做出一颗心的手势，一边嘴里念念有词："你的小玥，love，啧啧，过来，Help！"

马如意奇怪地看着他，丁文采更急了，不停强调："Love, Help, Love, Help！"

这下马如意总算明白了，不过头摇得像拨浪鼓似的："No, No, No, she is my girl friend, not my business partner. I can not get my girlfriend into business."

严子曰悄悄问凌云："他在说啥？"

凌云也没听太懂，只能靠猜："应该是拒绝吧，说了好几回 No 呀。"

见马如意态度坚决，丁文采也不好勉强，只能小声抱怨："他妈的死老外，怎么死活不听呢！"

正在这时，凌云的手机响了，一看来电，是周双佳。凌云说了句"Sorry"，走到门外接了电话。

"你在干吗呢？"

"开会。"

"早上我好像看见你了，你是不是在浦东？"

"没错，陆家嘴。"

"太巧了！我在国金呢，中午有空一起吃饭？"

"再说吧，忙着呢！"

忽然，凌云脑子一激灵，赶紧问："你的英文挺好的吧？"

"凑合，毕竟在国外待了那么些年。"

"太好了！我这儿正十万火急呢，老同学，帮帮忙，过来救场吧！"

大约一刻钟后，周双佳准时出现了。有了她的相助，接下来的谈话进行得很顺利，特别是马如意和严子曰，两人相见恨晚，相谈甚欢，艺术面前无国界，发现了许多的共同点，有一种高山流水遇知音的感觉。比如两人最喜欢的作家都是哥伦比亚的马尔克斯，最喜欢的风景都是德国的天鹅堡，最喜欢的电影都是美国的《闻香识女人》。除了相同，也有互补，严子曰对音乐知之甚少，马如意便请他去听自己的钢琴演奏会；马如意对美食研究不多，严子曰则大包大揽，答应带他去品尝最特别的美味。刹那间，凌云眼前浮现出一幅画面：白云苍狗，绿水悠悠，一座苍茫劲翠的大山，映入眼帘。

会谈结束后，趁着丁文采去上洗手间的间隙，马如意突然对凌云说："I like you guys two, but I do not like Ding at all."

凌云满脸疑惑，望着周双佳，周双佳笑笑，说："他说他喜欢你们两个，但是一点儿也不喜欢丁总。"

凌云"呵呵"一笑，说你告诉他，我也一样。

周双佳照做。

马如意哈哈大笑，用蹩脚的中文说："丁的良心，变成狗屎了。"

这句话凌云听懂了，但怎么听怎么别扭。周双佳也觉得纳闷，问："What do you mean? His heart is shit?"

"Yes, I heard so many complaints from my Chinese colleagues, they said his heart had been eaten by dog."

"OK, understand."

看着凌云满脸困惑，周双佳笑笑，解释道："良心被狗吃了，那不就变成狗屎了吗？"

凌云哈哈大笑，说这个老外，还真幽默！

马如意看看周双佳，又看看凌云，用中文问了一句："她是你的，女朋友吗？"

凌云一愣，下意识地看着周双佳，周双佳笑而不语。犹豫片刻，硬着头皮说："不是女朋友，是女性朋友，多了一个性。"

"Xing？"

"对，就是fuck，噢，no，no，no，是sex。"

"Sex？"

"对，她是我的女，sex，朋友！"

"Oh man，my god！"

看着大惊小怪、叽里咕噜说个不停的马如意，凌云觉得莫名其妙，转头问周双佳："他怎么了呀？"

周双佳强忍住笑："他说你也很幽默。"

四

下午回到摩崖文化，凌云跟严子曰大吵了一架。

吵架的原因在于对马如意稿子的编辑。按照丁文采的要求，稿子里需要插入各种绯闻、热点，与人妖约炮、与公主一夜情，耸人听闻，大开眼界，越刺激越好。凌云觉得不太妥，但没有完全拒绝，马如意在中国没有名气，他出的自传不会有人感兴趣，只有插入跟其他名人的纠葛，才有可能卖得火。

严子曰却坚决反对。

“不同意，一百万个不同意！我理解马如意的想法，他是想真实记录一段自己的经历，一段心路历程，如果加上那些乱七八糟的东西，那不成了黄色小报？庸俗，堕落，无耻，拿着无聊当有趣，什么玩意儿！”

“严老师，您先别忙着上纲上线呀，那些所谓的乱七八糟的东西，也是他人生经历的一部分呀。”

“撒尿拉屎也是人生经历的一部分，写不写？他想写的是灵魂，音乐就是他的灵魂！”

“没说不是呀，但就不让灵魂开个小差，弹完钢琴，再去谈一场恋爱？”

“那是谈恋爱吗？那是乱搞！”

“严老师，那不叫乱搞，叫旅途中遇到爱。《廊桥遗梦》看过吗？多少人称赞羡慕呀，没人说是乱搞。还有沈从文写的那个什么，噢，我看过很多地方的云，走过很多地方的桥，喝过很多地方的酒，爱过很多正当好年华的女子。也没有人说他乱搞呀？”

“拜托，记不得就不要乱讲，沈从文是那么说的吗？他明明说的是只爱过一个正当好年华的女子！”

“可他没有做到呀，他跟那个什么丁玲，还有冰心，还有谁谁谁，纠葛多着呢！”

“胡说八道，强词夺理！”

两人吵得不可开交，闹得不欢而散。严子曰拂袖而去，凌云站在原地发呆，本想主动道歉，安慰几句，再一想，他不是三岁小孩，自己也没有错，不能每次都去哄，哄多了，反而宠出一身的坏毛病。

这时，王胖子探头探脑地进来，望了一眼，问:“老大，又跟严老师吵架了撒？”

凌云一愣:“你们听到了？”

“听到了，关着门都听到了，严老师的喉咙那个大嘞！”

凌云无奈，勉强笑笑:“听就听到了吧，没什么，工作上的事，争执了一下。”

“老大，不是我背后说人坏话，严老师这个脾气，真是够臭的，早晚会害了他。”

凌云有点不满：“你找我什么事？”

王胖子压低嗓门，神秘地说：“老大，我听说呀，北京总部派来了一个钦差，正在秘密调查吴总。”

凌云吃了一惊，总经理吴仁宝跟总部不和，在公司里是人尽皆知的事，之前双方你来我往，吵得不可开交，但因上海这边业绩过硬，吴仁宝威信又高，总部投鼠忌器，奈何他不了。但区别在于，以前的争吵都是明刀明枪，放在台面上，像这样派秘密警察的事，之前从未有过。

王胖子看凌云没有做声，又提醒道：“老大，我们所有人都知道，你是吴总的学生……”

凌云苦笑道：“我只是一个干活的，干活的能有什么事？”

王胖子犹豫了一会儿：“我还听说，发行部的夏西南跟钦差走得很近……”

凌云又吃了一惊，发行总监夏西南也是吴仁宝的心腹，这厮个子不高，头和脚都很小，中间挺着一个圆鼓鼓的大肚子，左边脸颊有一颗巨大的黑痣，黑痣上长了三根长毛，被他看得像宝贝似的，说专门请庙里大师看过，此黑痣主富贵，三根长毛分别代表了福、禄、寿……也是仗着大师撑腰，夏西南的手脚素来不干净，凌云虽然没有参与其中，但也看得清楚，每年的营销推广，外面的发行点，真要认真查，样样都能挑出毛病。但这种事情，到处都有，几乎成了行规，水至清则无鱼，没有谁真正当回事。

但关键在于，吴仁宝是不是也知情？

如果他真的知情，如果夏西南又真的反戈一击，那这次吴仁宝怕是凶多吉少，拔出萝卜带出泥，下面出了事，上级也逃脱不了干系。但人人都知道，吴仁宝对他有恩。当年夏西南进公司时，长得獐头鼠目，猥琐不堪，连个正规文凭都没有，干的也就是打杂跑腿的活，每天缩头缩脑，处处被人欺负。是吴仁宝将他破格录用，调入发行部，之后更是一路提拔，升到了总监的宝座，这才有了他现在的人五人六，趾高气扬。

没有吴仁宝，哪里会有夏西南的今天！

姓夏的不会忘恩负义、狗咬吕洞宾吧？那他以后在公司里也不好混啊！人活一张脸，树活一张皮，连脸都不要的人，以后又如何服众？想到这儿，凌云有点放心了，对王胖子说："我知道了，这事先别跟别人说。"

王胖子看上去有点失落，说了声"哦"，快快离去。

凌云马上又想到，钦差很可能会找自己了解情况，兵来将挡，水来土掩，自己先得做好准备。

刚打开电脑，找到几个文件，手机"嘀嗒"一声响了，拿过来一看，周双佳发来一条微信："上午的工作，凌总还满意吧？"

凌云哑然失笑，怎么回事，周双佳怎么变得这么客气？也就装模作样地回道："呵呵，满意，非常满意，真的谢谢周董雪中送炭啊！"

"哈哈，你我之间，就不必这么客气了。对了，我看你们那个严老师跟天和的丁总意见很不一致，你们回去没吵吧？"

"这都被你看出来了？厉害！说实话，已经吵过了。唉，没办法，他就是这样一个人。"

"要不要我帮忙？"

凌云一愣，想了想，开玩笑道："要啊，摆平他，非得周董亲自出马不可！"

"行，这事交给我了。不过，这次你也要帮我一个忙。"

"什么啊？"

"呵呵，其实没什么。下个月有个大学同学聚会，我想你跟我一块儿去。"

"噢，这事啊，没问题，你的同学不就是我的同学吗？虽然不是一个系，但怎么说也是校友，应该的。"

"不许带家属啊。不是说你，是大家都说好了不带。"

"当然，这个我懂。"

"还有一件事。"

"什么事，说吧。"

电话里的周双佳明显犹豫了一会儿，才说："宋赟也会来。"

凌云又愣住了，看着桌上崭新的联想笔记本，记忆回到了1999年。那一年，正是因为宋赟的横刀夺爱，他才咬紧牙关、勒紧裤腰带，买了生平第一台电脑。想起当年吃糠咽菜的日子，凌云豪气冲天："不见不散！"

第七章　左边是海水，右边是火焰

一

快下班时，“艳阳天”给倪芳发来一条微信：“你的试用期快到了吧，有把握吗？”

倪芳犹豫了半天，还是回复了。

“艳阳天”本名杨利达，上海本地人，三十几岁，离婚多年，一直未娶。这厮原来是个郊区的农民，家里穷得叮当响，吃上一碗葱油拌面便幸福得如同过年。没想后来时来运转，靠着拆迁政策，分了好几套房，卖掉三套，出租四套，赚得盆满钵满，腰缠万贯，从此顿顿白斩鸡、红烧肉、爆鱼面，过上了不劳而获的幸福生活。杨利达长得还不错，就是显得有些猥琐，满身名牌也掩盖不住他浓郁的城乡结合部气质。有个成语叫“沐猴而冠”，说的就是他这样，不过这只猴子比较英俊罢了。

杨利达的确是倪芳的同事，不过不是过去，而是现在，现在在同一家公司当后勤。但两人的确不熟，点头之交而已。上次他在微信里胡乱留言，说要等倪芳离婚后娶她，结果给倪芳惹来一场无妄之灾，跟凌云大吵了一架。过后倪芳就把他从微信里删了，结果他赌咒发誓，作揖道歉，保证下不为例，倪芳心一软，又给加了回来，只是无论他说什么，再也不理。

但今天这句话，确实问到了倪芳的心坎里。

倪芳跳槽到这家公司快三个月了，一直不受上级待见，上级是个工作狂，对下属的要求尤其严厉，早上不准迟到，晚上必须加班，恨不得一天二十四个小时都奉献在公司里。可倪芳早上起来要洗衣服、做早餐，每次都是踩着点进公司；下午又要接孩子、陪着孩子玩，对加班实在是有心无力。

早就有人劝过她，说你有房有车，不用还贷，老公挣得不少，婆婆也有退休工资，在家带带孩子、干干家务就行，何必到外面受累受气？倪芳每次都是笑笑，从没往心里去。

老公是挣得不少，但他的压力也大，现在行业不景气，他天天都在发愁怎么突破、如何改变。婆婆确实有退休工资，但也不多，一个月就两千，只够温饱而已。儿子虽然年纪不大，但开销着实不小，吃的、穿的、用的就不说了，光是在外面上各种培训班，一个月就得几千。还有，爹妈都是农民，自己又生为长女，家里的房子要维修了，她得帮忙；妹妹找不到工作，她得补贴；弟弟马上就要结婚买房了，唉，肯定又要找她要钱。

不努力，行吗？不仅自己心里过不去，也会让家里人瞧不起。

可是，这个社会不是光靠努力就可以，倪芳长得不漂亮，学历也不高，只是中专毕业，到上海后才勉强考了一个本科的函授文凭，也没什么一技之长，只能凭着勤劳，卖力打杂而已。加上她为人倔强，不懂察言观色，不懂溜须拍马，因此，无论是级别还是薪水，一直都处在社会的底层。

这回如果过不了试用期，那连赔偿金都没有，接下来再找其他工作，怎么也得几个月，几个月在家吃闲饭，怎么面对婆婆那张刻薄的脸！

一想到婆婆，倪芳不禁打了个哆嗦，问杨利达："有点担心，你有什么办法吗？"

"办法当然有，不过……"

"不过什么？"

"你怎么谢我呢？"

"我请你吃饭。"

"嘿嘿，就这么简单？"

"你要多少钱？"

"我不要钱，只要你。"

"算了。"

"哎，你别急呀，我是说，要你陪我一起看电影。"

倪芳犹豫片刻，回道："算了，谢谢你，这是我自己的事。"

"哎，你的事就是我的事啊！"

倪芳关掉微信，抬头看了一眼台湾女人的办公室，台湾女人正叉着腰，圆睁怒目，唾沫横飞，把一个小姑娘训得瑟瑟发抖。

下午五点半，七宝中心幼儿园门口，正赶上放学，又是下班高峰期，人山人海，车水马龙，把一条本来就不宽的马路，堵得水泄不通。

倪芳背着电脑包，从九号线地铁站出来，一路狂奔，刚好准时赶到，没来得及喘口气，就发现凌豆豆一个人站在角落里，愁眉苦脸，手里拿着一根茄子，不停地翻来倒去。

看见妈妈，凌豆豆像见到了救星，飞奔过来，一边跑，一边手里挥舞着茄子："妈妈，妈妈，我吃不下去！"

倪芳接过来一看，茄子竟然是生的，上面带着几颗牙印。倪芳大吃一惊，幼儿园怎么回事？竟然给小孩子吃生茄子？越想越气，愤怒之下，她忘记找旁边的小朋友问个究竟，直接找到幼儿园老师，劈头盖脸就是一通抱怨。

幼儿园老师是个刚参加工作的小姑娘，一开始被倪芳吓着了，半天说不出个所以然，再仔细一听，也觉得纳闷，幼儿园今天中午的确吃了茄子，但那是熟的呀，茄子烧肉，怎么会有生的呢，何况是这么完完整整的一个大生茄子？

老师将凌豆豆拉过来，蹲下身子，和颜悦色地问道："豆豆，这茄子是从哪里来的呀？"

"家里带来的。"

老师站起来，意味深长地看了倪芳一眼，倪芳马上脸红了，赶紧问儿子："你为什么要带茄子呀？"

"奶奶给的，奶奶说今天必须把茄子吃完，可是我实在吃不下去。"

倪芳真的生气了。自从老公给婆婆换了手机，装了微信，她就在里面关注了一堆专家，每天跟着学习养生，家里成了她的试验田。先是桌上摆了一大罐药，有维生素 A、B、C、D、E 和矿物质氢、氦、锂、铍……随取随有，细水长流。接着老公被他妈强行塞了一大粒钙镁锌片就西红柿鸡蛋汤，结果二十分钟后就拉得稀里哗啦，一泻千里。老公面如菜色，婆婆却很高兴，说泻了好，泻的都是毒，无毒一身轻！

是，老公是一身轻，轻得连一阵风都能刮走！

后来又买了一台壁水机，说是过滤加电解，出来的都是小分子的碱性水，能攻击病毒，能剿灭细菌，能杀死寄生虫，能改善体内酸碱环境，堪称居家旅行必备之良品。结果老公天天被逼着喝生水，喝完便拉，百试不爽，最后实在受不了了，不得不向婆婆求饶:“妈，这碱性水不能再喝了，再喝我就变成肥皂了。”

有段时间，倪芳每天晚上回来，都发现桌上有同一个菜，凉拌马齿苋，无糖无油无盐，一连吃了一个月，吃得倪芳脸都绿了。抗议了几回，婆婆却置之不理，还振振有词，说专家说了，马齿苋能吸附身体里的重金属，对人体大有益处。

最后还是老公多问了一句，才解决了问题。

“妈，你这马齿苋是从哪里来的呀？”

“路边摘的啊，天然的，不要钱。”

“啊？路边全是汽车尾气，尾气里重金属含量最高，你这马齿苋不成了重金属乐园？”

婆婆这才无语。

再后来，陈惠琴愈发走火入魔，头上戴上箍，手脚绑上环，说是健康检测仪。每天都要吃木瓜酵素、海豹油、葡萄籽油、椰子油，喝碱性水，再加两粒钙镁锌……这些全是用来润肠通便的，结果就是每天拉得特别多，洗手间几乎成了她的自留地，一进去就排山倒海，风云变色，洪水决堤。陈惠琴不但不害怕，还沾沾自喜，在外面逮着谁，都热情地介绍自己的养生心经。

对于婆婆的这腔热情，倪芳本没有太放在心上，她爱吃不吃，反正自己不吃就行。老公拉得都快虚脱了，也不去说他妈，自己何必跑去自讨没趣？

可今天，倪芳是真的怒了！

凌豆豆可是陈惠琴唯一的孙子呀！她怎么可以这样，让一个六岁的小孩子吃生茄子？这是会出大事的呀！倪芳又想到，这可能不是第一次，谁知道陈惠琴之前给儿子吃了什么乱七八糟的东西？

一想到这儿，倪芳更紧张了，连忙问豆豆:“以前奶奶还给你吃过什么生的东西吗？”

“吃过黄瓜，嗯，还有西红柿。”

“你为什么不跟妈妈讲？”

“奶奶说，这些是养生，养生要从小孩子做起。奶奶还说，妈妈不懂养生，要我不要告诉你。可是，茄子我实在吃不下去。”

幼儿老师见倪芳双手颤抖，眼睛血红，愤怒得像头狮子，吓得赶紧打圆场：“还好还好，黄瓜西红柿生吃没什么问题，只要洗干净了。”

老师说没问题，可倪芳觉得有问题，问题不仅仅在于吃了什么东西，更可怕的是，婆婆对养生的追求已经到了走火入魔的地步，不仅自己身体力行，还把儿子牵连进去，再这样的话……这个念头太可怕了，倪芳不敢再想下去。

无论如何，这次一定要让婆婆知道她错得有多么严重！

谁知道，回家刚开了个头，陈惠琴却比她的反应还要大，双手叉腰，眼如铜铃，口中振振有词：“我教孙子学会养生怎么了？你自己不懂，还不许我教？专家都说了，生茄子富含维生素、纤维素、营养素，对长高最有帮助！可做熟了吃会损失大半，吃了就拉，根本吸收不了，没有营养，等于白费！你看看隔壁老王家的沅沅，论年龄，比我们家豆豆还小半岁，可是论个头，比他足足高出半个头，凌云个不高，你又这么矮，遗传基因已经落在别人后面，爹矮矮一个，娘矮矮一窝啊，将来如果豆豆像你就完了！你不为自己考虑没关系，可是你总得为你的儿子考虑吧！”

倪芳简直气昏了头，情急之下，忘记了话里的逻辑关系，嚷嚷道：“难道沅沅长得高，就是因为吃了生茄子？”

“当然不是啊，人家父母本来就很高啊！”

“那你为什么要给豆豆吃呢？”

“你怎么这么笨啊，我不是已经说得很清楚了吗，先天不足，后天来补，不加快补、赶紧补、用力补，怎么赶得上？”

“可以喝牛奶、吃钙片啊！”

“都没用，专家说了，最有用的就是吃生茄子！”

“什么专家啊，狗屁！”

“你才狗屁！哎，我说你这个人，怎么这么奇怪，明明自己没有文化，就是不肯相信专家？”

待到凌云回家，家里已经成了火灾现场。凌云见怪不怪，没多往心里去，安抚完这个，宽慰那个，照旧和了一场稀泥。

“妈，她没读过书，不像您懂得那么多，咱不跟她一般见识。”

“老婆，算了，反正也没吃进去，以后不吃就行。”

倪芳本来想跟老公说说试用期的事，但被生茄子这么一搅和，忘得一干二净，再想起来，已经到了第二天早上。

二

第二天早上，凌云还没起床，周双佳就给他发来一条微信，内容只有两个字：“搞定。”看得凌云心里五味俱陈，感慨不已。这个周双佳，按说认识了二十年，应该熟得不能再熟悉，可现在怎么反而越来越神秘？神秘中又勾出好奇，趁着家里没人，凌云打电话过去：“你是怎么搞定他的？严老师可是出了名的倔脾气，我们那儿十几个编辑，包括我自己，从来没人说服得了他。”

“呵呵，想知道啊？”

“当然。”

“你中午请我吃饭。”

“没问题啊，你想吃什么？”

“吃你。”

凌云吓了一跳，脱口而出：“吃我？”

“咯咯，吓唬你的。我吃比萨，不吃你。”

凌云这才放心，但心虽放下了，又留出一丁点儿空隙，偷偷藏入一丝念想，说不清道不明，让人心里直发痒。

“必胜客啊，我公司对面有一家，就去那儿吧。”

“不去，看见必胜客就倒胃口。”

“那去哪儿啊？棒约翰？他们的比萨更薄一点儿，不过就是地方远了些。”

“这两家有区别吗？”

“那你说去哪吧？”

“嗯，你就跟我走吧，到时候我来接你。”

“啊，你接我？”

“有什么问题吗？”

“没，没，一般都是我去接女人，从来没有女人来接我，不太习惯。”

“哈哈，那你慢慢习惯吧！中午12点，你公司楼下见。”

挂了电话，凌云从床上一跃而起，冲到卫生间，刷牙、洗脸、涂古龙水、喷啫喱；接着打开衣柜，找出一堆衣服裤子，按照不同的组合，依次套到身上试穿，一会儿嫌T恤图案不好，一会儿嫌衬衫颜色太亮，一会儿嫌裤子腿脚太宽，一会儿嫌穿着太紧，选了足足半个小时，才挑选妥当。对着镜子，凌云看到一张精神焕发的脸，指着镜子里的人，脱口而出：“你真帅！”

说完，哑然失笑，自己这是怎么了，像个花痴一样，几十年的老同学，何必搞得这般紧张？

到了公司，凌云发现严子曰缩在角落里，垂头丧气，谁都不搭理，跟之前的意气风发、嬉笑怒骂，判若两人。其他人发现严子曰不对劲，也不敢随意招惹他，连一贯大大咧咧的小司，也乖乖坐在一边，不声不响地低头打字、埋头看稿。凌云已经习惯了办公室里嘻嘻哈哈，有说有笑，今天却是鸦雀无声，了无生气，如果不是天天来，凌云真以为是走错了地儿。

看见凌云过来，严子曰仿佛睡狮初醒，猛地站起来，拉着他的胳膊，“蹬蹬蹬”走到凌云的办公室，关上门，劈头盖脸就问：“你是不是一直都瞧不起我？”

这话问得没头没脑，凌云一下不知从何说起，只能含糊着说：“没有啊，怎么可能。”

严子曰不依不饶：“你是不是觉得我就是一吃软饭的？”

“怎么会啊？严老师，您何出此言啊？”

“那你有想法、有意见，为什么不直接跟我说？却要通过一个女人，找我老婆来压我？”

凌云顿时明白了，原来周双佳走的是夫人路线啊！不禁对她心生抱怨，你不知道严子曰是什么人，那应该先问一下我啊，怎么可以擅自做主呢？而且，刚才电话里为什么不明说，弄得自己一点儿心理准备都没有。抱怨完周双佳，凌云又开始埋怨自己，这明明是自己跟严子曰两个人的事，干吗要找一个不相干的外人插手？

唉，事到如今，只能想方设法去哄了，还好，严子曰一直像个小孩……

凌云打定主意，抖擞精神："严老师，咱们认识这么久，也算知根知底。你应该知道我是什么样的人，同样我也知道你是什么样的人。你是男子汉大丈夫，堂堂正正，顶天立地，你娶老婆，怎么可能是为吃软饭呢？就算全世界就剩下一碗饭，一碗软饭，我敢保证，你严子曰宁愿饿死，也不会吃！"

严子曰脸色有些缓和，摇摇头，叹了口气。

"我虽比不了伯夷叔齐，但也知道不食嗟来之食的道理。"

凌云看在眼里，趁热打铁，继续说："严老师，您绝顶聪明，又博览群书，肯定知道，软饭不好吃，吃进去是省事，拉出来就成了问题，肠胃不适，难受于心，麻烦啊！"

严子曰又叹了一口气，缓缓说道："本来以为你没心没肺，为达目的不择手段，没想你还是懂我的。"

凌云一拍大腿："何止懂您啊，我自己还身体力行呢！我家的情况你不是不知道我老婆来自农村，家里弟妹多，条件不好。可是，娶老婆是娶什么？娶相貌？娶财力？娶家庭？都是扯淡！过眼云烟，浮于表面！夫妻本是同林鸟，大难临头各自飞的故事太多了，最重要的是人品！在最困难的时候，能够不离不弃，就冲这一点，相依为命，足够了！"

严子曰半天没说话，脸色却由阴转晴。凌云虽然心里像猫抓一样，迫不及待地想知道他是如何被周双佳说服的，却没有催他，不但不催，还递给严子曰一瓶矿泉水。

"严老师，看您嘴唇都干了，渴坏了吧？咱们不着急，先坐下来休息一下，喝口水，润润嗓子。"

严子曰点点头，接过矿泉水，一屁股坐下，拧开瓶盖，像喝酒一样，抿一口，回味半天。凌云知道他的脾气，越是倔强的人，越不可咄咄相逼，须得等到他自己转过弯来，严子曰是这样，倪芳也是如此。果然，喝完水后，严子曰主动开口，提起跟马如意合作的事。

"我仔细想过了，你的朋友说得没错。单纯把马如意的自传翻译成中文，确实很难推销出去。毕竟他是一个外国人，在中国没有什么名气，就算他得过格莱美，可中国有几个人知道格莱美是什么玩意儿？不要说别人，在跟马如意见面之前，我自己都不知道。”

顿了顿，又补充：“你的朋友也不知道，我的老婆也不知道。”

凌云暗自好笑，周双佳在美国待了那么多年，会不知道格莱美？要么是她骗你，要么是你骗你自己。但心里这么想，嘴上还是表示认同：“对呀，我也不知道啊！”

“你不知道，不代表别人不知道。但这个别人，在中国，绝对是非常小众的群体。所以，我同意你们的意见，不把它当成自传来出。”

“严老师啊，您终于想通了，不容易啊！说句话，您可千万别生气，同样的话我早就说过了，怎么别人的听，我的不听？噢，话虽一样，人却不同，懂了！”

“你急什么？我说同意了吗？”

“啊？那您到底是什么意思呀？”

“我说的同意，是同意不把它当做纯粹的自传来出。但我坚决不同意在里面插入那么多乱七八糟的东西，什么跟非洲公主的一夜情、跟好莱坞女明星做炮友，还到泰国搞人妖？什么玩意儿，不同意，一百万个不同意！”

“那您的高见是？”

“我的意见是，要把它改编成一个外国人到世界各地，特别是到中国来旅行、历险、增长见闻的故事。这样情节幽默曲折，人文色彩丰富，还有浓郁的异域风情，走的又是国际化路线，各大卖点一应俱全，书名我都想好了……等等，我先考你个问题。”

前面一番话说得有理有据，听得凌云频频点头；可到了最后一句，却让他哭笑不得。

“什么问题啊？”

“元世祖是谁？”

“什么？元世祖？元朝的元世祖？”

“废话，难道还是清朝的？”

“忽必烈啊，你问这个干吗？”

“忽必烈最欣赏的外国人是谁？”

“呃……马可·波罗？”

“对！我想起马如意的样子，和他说的那些话，越来越觉得他像当年的马可·波罗。一样都是老外，一样都游历世界，一样都来到中国，一样都姓马！”

“严老师，马可·波罗是意大利人，马如意可是澳大利亚的。”

“你这个人啊，书看得不少，就是不求甚解。马可·波罗是意大利人没错，可他全家最后都当了英国人的俘虏，澳大利亚人的祖先是什么？就是来自英国的囚犯！这样算起来，没准马如意还真是马可·波罗的第十九代孙呢！”

“靠！这都能扯到一起！行，严老师，您真行，就按您说的办！对了，绕了半天，书名到底叫什么呀？”

“《2016的马可·波罗》。”

三

与此同时，和凌云办公室一墙之隔的房间里，发行总监夏西南正在和一个尖嘴猴腮的家伙密谈。

“夏西南，所谓识时务者为俊杰，你是个聪明人，这个答案不难选择吧？”

“老于，你以为这是道选择题，可在我看来，它却是一道判断题。”

“你想说什么？”

“今天关上门，大家敞开了说亮话。吴总对我有恩，又待我不薄。想当年，兄弟我刚进公司的时候，成天打杂跑腿，被人呼来喝去，累个半死，却落不到半张好脸，比狗都不如，他妈的那叫一个惨！兄弟我能有今天，全靠了吴总。你今天让我站出来去指证他，我要这样做了，他妈的我还算人吗？”

“兄弟，我当然知道吴仁宝对你有恩。可此一时也，彼一时也，现在是大老板要对付他。没错，你说得对，这就是一个判断题，这次你必须站队，站也得站，不站也得站！”

夏西南心中窃喜，谈判果然是心理战，开头还是直呼其名，表明立场后就成了兄弟，什么必须站队？你说站就站？那得看给什么好处，没好处还想让我叛变，汪精卫也没这么蠢吧？夏西南把两手一摊：“那就是没得谈了？”

老于有点慌了。

吴仁宝是公司的元老，又是上海分公司的创始人。这些年来，在他的领导下，上海公司的发展如火如荼，一日千里，从最初的两三个人、七八条枪，发展到现在几百号人，经营范围涵盖出版、动画、设计、礼仪，等等，规模越来越大，人心越来越齐，隐隐有了跟北京总部分庭抗礼的实力。事实上，吴仁宝确有此意，这几年来，北京那边领导无方、发展乏力，以致人心涣散、年年亏损，全靠着上海输血，才得以勉强活命。为此，吴仁宝跟北京那边吵得不可开交，每年都为讨价还价争执不休。吴仁宝已有主意，先将上海分公司独立运营，摆脱总部的束缚；接着融资，谋求上市，到那时，他要风得风，要雨得雨，再不受那帮无能之辈的窝囊气！

但在北京那边看来，吴仁宝这是谋朝篡位，属于大逆不道，放在封建时代要被行诛九族之举。煮熟的鸭子要造反，还有没有王法了？是可忍，孰不可忍，必须采取行动！

但问题是，从台面上看，实在找不出吴仁宝的把柄。这几年上海公司经营得当，发展迅猛，业绩年年超标；而且人心又齐，上海的人员流失率，不到北京的五分之一。无可奈何之下，只得动用非常规手段，派出稽核人员，名义上是进行一年一度的财务审查，实际上是想方设法找出吴仁宝违反公司法规的把柄。

老于肩上的担子，很重啊！

看着夏西南一副大义凛然的模样，老于恨不得拜访他十八代祖宗，你是什么东西，老子还不清楚吗？吃喝嫖赌拿回扣，你他妈哪样没干过？要不是为了对付吴仁宝，老子堂堂天子脚下的红人，会跟你个龟孙子讨价还价？当了婊子还想立牌坊，什么玩意儿！

唉，可是，无论心里火再大，表面上还得笑脸相迎：“谈，当然有得谈。兄弟啊，我跟你说实话，这次上面想空降一个总经理过来，人选已经定了，就等姓吴的走人。这件事如果办得漂亮，我回去好交差，你嘛，发行总监的位置，将来还是你的。”

夏西南“嘿嘿”一笑：“老于，你别骗我了。你大老远从北京过来，帮大老板干这么大一件事，怎么可能只是交差而已？别以为我什么都不知道，我也跟你说实话吧，你的底细我早摸清了，这事干成了，你回去后升官发财；要是干不成，卷铺盖滚蛋！所以，老于，这个题目，我先交给你，你来替我选，好不好？”

老于的脸上一阵红，一阵白，想了半天，咬牙切齿地说：“行，说吧，你想要什么？”

“我听说，上面这次想在总经理下面再多设一个副总经理，主管出版、发行、市场、宣传。”

“兄弟，你的消息很灵嘛，上面确实有这么个意思。”

“明人不说暗话，我要坐这个位置。”

老于面有难色：“还没最终定呢！再说，这个我也做不了主啊。”

夏西南拍拍老于的肩膀，皮笑肉不笑地说：“老于，兄弟我相信你的能力，你搞得定。”

老于心里直骂娘，夏西南，你这胃口也太大了吧？但事到如今，老于心如明镜，倘若今天要是不同意，夏西南肯定不会帮自己，两相权衡之下，只能先硬着头皮答应下来。

“我可以去提一下，但是不一定能成。”

“嘿嘿，老于啊，我们老家有句俗话，叫鸭子吃田螺，吃一个，哽半天！我说你就不能爽快点，干脆这样吧，你替我拿来聘书，我帮你搞定吴仁宝，咱们一手交钱一手交货，两不相欠，公平合理。”

看着老于一副为难的模样，夏西南顿了顿，又说：“你是不是怀疑我的能力啊？”

老于赶紧摇头：“不是不是，当然不是。兄弟你这几年的成绩，大家都是有目共睹的。”

“那就行！老于，我也不让你为难，你就把我的原话一字不变地带给上面，让上面来决定，行不行？”

老于想了半天，一咬牙：“行！你等我消息。不过你要保证，这件事一定要办得顺顺利利，不能给我惹麻烦。”

夏西南一拍胸脯：“放心，我夏西南敢说这句话，就保证能搞定！”

四

中午十二点，周双佳开着一辆白色奥迪，准时出现在凌云公司的楼下。坐在副驾驶座上，闻着车里的清香，凌云坐立不安，有点不太自然，总觉得外面的行人在看自己。

周双佳看了他一眼，突然问：“你是属猴的吗？”

凌云一愣：“不是啊，我是属鸡的，比你只大一岁。”

“讨厌！我是说你怎么像猴一样屁股扭个不停？”

凌云有点不好意思，紧了紧安全带，赶紧岔开话题。

“这车好像没见你开过？”

“前几天刚买的，这不挂的还是临时牌照呢。”

“准备上哪里的牌照？”

“当然是上海的了，外地的多麻烦呀，出个门还得挑时间。”

“上海牌照现在可不好上，我有一个同事，先是自己去拍，后来找到黄牛，过了半年了，钱花了不少，可就是没拍到。”

“呵呵，我没问题。”

周双佳的车技不错，该抢的抢，该让的让，换挡，踩油门，松离合器，行云流水，一气呵成，不到三十分钟，就开到了目的地——虹口区的凯琳斯基酒店。凌云从未见过女人把手动挡开得如此漂亮，赞叹不已：“你的车开得真不错！”

“凑合吧，开得多自然熟了。也是没办法，住在美国那个大农村，没有车就像没有腿。”

“你怎么不买自动挡的呢，多省事啊。”

周双佳看了他一眼，笑了笑，说：“我更相信我自己。”

比萨店就在凯琳斯基酒店大堂的一角，除了比萨和饮料，其他什么都没有。店面不大，客人也不多，三三两两散坐在各自的座位里。周双佳挑了一处靠窗户的位置，能够看到外面碧绿的草坪。坐下不久，一个打着彩色领结、系着黑色围裙、金发碧眼的服务生迎了上来，递上菜单，拿出纸笔，叽里咕噜说了几句外语。

周双佳翻开菜单，流利地回复了几句，服务生一边飞快速记，一边频频点头。

两人的对话凌云半句也没听懂，但感觉不像英语，待服务生走后，他试探着问："你们说的是哪国话？"

"意大利语，这里卖的是地道的那不勒斯比萨，原材料都是空运过来的。"

"难怪我听不懂，我说呢，我的英语应该没差到那个地步！"

"呵呵，听不懂没关系，懂得吃就行。你看我虽然能说，不还一样要为你这个大名人服务嘛。"

凌云赶紧摆手："什么名人啊，也就是消磨时间，微博上随便玩玩。"

周双佳正色道："老同学，这是我没想明白的地方。现在是粉丝经济，得粉丝者得天下啊，你在微博上有那么多粉丝，随便一吆喝，可以卖出多少书，可是你为什么从来不在微博里卖书呢？还有，人家大 V 之间互动频繁，你给我站台，我替你背书，我怎么没见你这么干？"

凌云沉吟片刻。

"你还记得吗，在老家的时候，我给小孩子们讲故事？"

周双佳点点头。

"但你肯定不知道，我为什么要给他们讲故事，浪费时间，被老妈骂，也挣不到钱。其实，道理跟现在是一样的，生活中有太多的无奈，太多的烦恼，太多的身不由己。我不仅对他们讲，更多的是对我自己讲，只有在讲故事的时候，我才会享受到真正的开心，这是我唯一的乐园，在里面我可以自由自在，随心所欲，别人骂也好，夸也罢，我都可以不在乎。可是，一旦掺杂了别的东西，那它就不再属于我了，这个是多少钱都换不回来的。"

周双佳若有所思。

"你啊，怎么说呢，看上去挺成熟的，也很上进，可是内心深处，还是个孩子。我也算明白了，你为什么可以跟严子曰成为好朋友，因为在这一点上，他跟你一样，可能比你更天真，几十岁的人，十几岁的心。"

"你说得太对了，说实话，有时候我很羡慕严老师，我的乐园只能是在网上，在微博里。生活中我还是得做回另外一个自己，好爸爸，好丈夫，好儿子，好下属。可严老师呢，他在哪儿都是做自己，我很佩服他，因为我做不到。”

“你也不用佩服他，他这个人啊，喜怒哀乐全挂在脸上，说好听点是天真，说现实一点儿是幼稚。不像你，喜怒不形于色，特别是说起笑话来，面无表情，一本正经，道行很深呀！”

“哎，深什么呀，都是生活所逼。有些人啊，你跟他开玩笑，他却跟你急，没办法，只能学着把笑话当正经事讲了。”

“那也是你的过人之处呀。还有，他被她老婆管得像孙子似的，你老婆肯定什么都听你的吧？”

“还行吧，小事听她的，人事听我的。”

“什么是小事？”

“小事就是今天吃什么菜，明天穿什么衣服，老人去哪儿看病，孩子上哪念书。”

“嘿嘿，大事呢？”

“这大事呀，就是中国是不是应该和美国搞好关系，是不是应该在本世纪内收复台湾，还有要不要凿开喜马拉雅山修一条运河直通满洲里。”

“哈哈，原来你也是个妻管严，和他没有本质区别。”

对这句话，凌云既没有肯定，也没有否定，而是换了一个话题。

“对了，正想问你呢，你是怎么说服严老师的？”

“呵呵，这个啊，简单！我给杰西打了个电话，约他们一起出来吃饭，吃完饭，这事就谈成了。”

“杰西？”

“噢，杰西童，就是童成溪，严老师的太太。以前她跟我在一家公司，她去美国出差的时候我们认识的。”

“你们吃什么了？怎么就谈成了呢？”

“吃什么不重要，重要的是跟谁一起。你跟他一起，肯定谈不成。可是跟杰西一起，情况就不一样了。”

凌云哑然失笑：“真是一物降一物啊，本以为严老师勇猛得像头狮子，没想到后面还跟着一只母老虎。”

“何止！杰西很厉害的，以前在我们公司，她的绰号就叫女皇；现在，估计得叫大帝了吧。”

“大帝？呵呵，严老师，我深深地同情你。”

“不过，严老师带我们去的那家馆子是真不错，表面看着破烂，里面却很惊艳，特别是那道烤禾花雀，比我在法国吃的一道类似的名菜味道还要好很多。”

凌云一下想起了普陀区的“仓廪小馆”，越想越饿，口舌生津，扭头望了望，不见服务生踪影，随口问了一句：“咱们坐了这么久，怎么比萨还没来？”

“很久吗，不过才一刻钟。怎么，跟我在一起嫌时间过得太慢？”

凌云赶紧否认：“哪里，哪里！”偏偏这时，旁边走过一位美女，身材苗条，脸蛋艳美，长得像章子怡和范冰冰的合体，凌云的视线不自觉地就跟着移了过去。

周双佳看在眼里，故意问凌云：“哎，那美女好漂亮！你说，我跟她谁好看？”

凌云的脑子里电光火石，瞬间有了主意。

“想听真话还是假话？”

“真话呗。”

“你好看。”

“假话呢？”

“什么美女？我没看到。”

“哈哈哈！哼，算你聪明！”

两人又聊了一会儿，凌云知道了周双佳更多的情况。从上家公司辞职后，周双佳开了一家小公司，专做对欧洲的出口贸易，但国内成本上涨很快，人民币又持续升值，生意只能算是不温不火，勉强维持生计。

凌云刚想安慰两句，老外服务生过来了，推着一辆餐车，上面放着两盘热腾腾的比萨饼，色彩分明，香气四溢。

待摆好比萨，服务生又叽里咕噜说了几句，周双佳给凌云翻译，说这是那不勒斯的玛格丽特比萨，配料只用西红柿、马苏里拉干酪和罗勒绿叶，红白绿相间，与意大利国旗的颜色一致，是意大利人的最爱。

凌云一下来了兴趣：“玛格丽特？这名字不错，听起来应该是个皇后吧，皇后喜欢的比萨，肯定错不了。”

周双佳莞尔一笑：“还真被你蒙对了，赶紧吃吧，吃这个一定要趁热。”

凌云点点头，准备大快朵颐，刚准备动手，却发现没有刀叉，恰好昨晚看儿子作业时，见过这句话，便对着服务生一字一句地说：“I need，knife and fork.”

服务生没有动静，凌云又重复了一遍，这回服务生笑了，露出两排整齐洁白的牙齿，叽里咕噜说了一通，听得凌云疑惑不已。

“他怎么还不去拿呀？难道我说错了？”

周双佳“咯咯”一笑：“你说得很标准。他的意思是按照意大利人的传统习惯，吃比萨一定要用手，不需要刀叉。”

凌云脸上微微发烫，有点手足无措。周双佳看出他的尴尬，忙安慰道：“其实没那么多讲究，怎么吃都行。”

顿了顿，又笑了：“我第一次去美国的时候，朋友带我去吃牛排，服务生问我要几成熟，你猜我说什么？我说要八成。哈哈，美国牛排里根本就没有八成。”

凌云跟着笑了起来，尴尬随之烟消云散。

吃到一半，周双佳突然想起了什么，问道：“对了，后来严老师的想法是什么？你们准备怎么做这本书？”

凌云犹豫了一会儿，书还未问世就告诉别人创意，乃是行业大忌；但又一想，周双佳不是别人，又帮了自己这么多，没必要对她保密，便把严子曰的想法一五一十说了出来。

周双佳听得聚精会神，听到精彩之处，“咯咯”笑个不停。

“哈哈哈，你们真是太有趣了，把马如意包装成当代马可·波罗？哈哈哈，真有你的，一定很精彩！等书出来了，我先买一百本！”

“不用你买，我送给你。”

“不用你送，我自己买。”

凌云不禁有点感动，他干出版这么些年，别人让他送书的情况数不胜数，那些人似乎以为书是从天上掉下来的，把作者的辛苦、印刷的成本、编辑的人工，等等，统统忽略不计，开口便是：“送我两本吧。”

面对这种要求，除非特别情况，凌云一概谢绝：“对不起，我也没有多的。”结果人家还生气：“送两本都不行？”

凌云耐着性子解释，说我只是个编辑，不卖书，我要想看书，和你一样，也得去买。

人家依然不依不饶：“少来了，你就是小气！”

啥也没干，却落个小气的名声，真让凌云哭笑不得。

周双佳看凌云在那儿发呆，问道：“怎么了？不让你送你还生气呀？”

“没有没有，不是生气，是触动。你知道吗？朋友里面，主动提出跟我买书的，少得可以忽略不计，绝对的凤毛麟角。”

“呵呵，想看书的自然会去买；不看书的送了也是浪费。”

“对，你说得太对了！朋友里面，还是你最明白事理！”

周双佳望了他一眼，轻声说：“我跟你只是朋友吗？”

凌云的脸微微发烫，慌乱回答：“我们是老同学、好朋友，当然跟普通朋友不一样了。”

周双佳笑了笑，换了个话题。

“我有一个想法，刚才听你说到马可·波罗，想到这本书可以改编成电影，电影市场现在多火呀，随便拍一个，票房都能上亿，不比单纯卖书强？”

凌云点点头：“我其实也有这个想法，现在图书市场惨淡，光靠卖书挣不了几个钱，关键还在于后续开发，电影、电视剧、游戏，或者网剧，哪怕能做到一个，那收益不知道就翻了多少倍！”

“对呀，我建议你现在就开始行动，把马如意包装成一个英雄人物，像什么詹姆斯邦德啊，或者印第安纳琼斯啊，在中国历险的故事。到时候书出来了，电影也刚好上映，双管齐下，那宣传效果得多好呀！”

“时间上可能有点赶不上，不能同时出来。不过这个思路是对的，我得赶紧找几家影视公司谈一谈。”

“这个想法你跟天和的丁文采，还有马如意本人谈过吗？”

“没呢，不过这是好事，他们不会不同意吧？”

“呵呵，难说。以我的判断，马如意应该没什么问题，严老师肯定能说服他。关键就在那个丁文采，这家伙属蚂蟥的，真要让他见到血，怕是轮不到别人了。”

“应该还好，我跟他也算老朋友了，再说我们签过框架协议呀，他总不能出尔反尔吧？”

“呵呵，你这个人啊，什么都好，就是太容易相信人。我看人不会错，你要小心，别到时候替人做了嫁衣。必要的时候，我可以帮你。”

“你有什么办法？”

“保密。”

凌云装作不满：“什么呀？还卖关子呀？”

周双佚笑了，眉毛弯弯，眼睛笑成了一弯月牙：“不是卖关子，是我得好好想想，想好了第一个告诉你。”

第八章　暗　涌

一

周一上班，刚打开电脑，倪芳就收到台湾女人的一封邮件，邮件是用英文写的，倪芳读着有点吃力。她灵机一动，把邮件内容拷贝下来，粘贴到翻译网站里，出来的是：

倪芳：

你昨天发来的调查表还是不够详细，在此之前，我已经要求了要把每一项内容都做详细说明和统计，但是现在看来，远远没有做到。我理解现在对你来说还是一个学习和适应的阶段，但这个项目非常重要，我也没有看到你愿意花更多的时间想把它完成得更好。

顺便提一下，距离你的到岗很快就满三个月了。

致意！

达娜

倪芳心中一紧，知道这便是最后通牒了。

拿出手机，倪芳一边翻电话簿，一边想要不打个电话给婆婆，告诉她今天要加班，让她去接一回孙子？再一想到陈惠琴的那张脸，立马打消了这个念头，还是打电话给沅沅妈妈，让她帮帮忙吧。

“喂，小刘吗？我是倪芳啊，豆豆的妈妈。”

“芳姐啊，怎么了，有事吗？”

“有件事想请你帮忙。”

“什么事，说吧。”

“今天我得加班，麻烦你接沅沅的时候，顺便把豆豆一块儿带回来。”

“就这事啊，没问题！”

倪芳心中一块石头落了地，连忙说谢谢。过了片刻，她又想起了什么：“不好意思啊，小刘，可能不止今天。”

“没问题，芳姐，一个月都行，反正我也不上班，闲着也是闲着，哪怕让我单独跑一趟，也就当锻炼身体了，老是在家里待着，越来越胖，愁死我了！”

一连加了五天班，每天忙到晚上十点半，走的时候办公室里空无一人，连保安都看不下去了。

“我说倪小姐，你能不能早点，我这还等着锁门呢，我家住南汇，得赶地铁回去，不比你们有车的。”

倪芳满脸歉意，赶紧道歉：“不好意思啊，张师傅，这就走，这就走，我也坐地铁回去。”

回到家里，凌豆豆早已睡着，这几天豆豆特别乖，下午回来以后，因家里没人，便先到沅沅家玩游戏、吃零食、做作业，等陈惠琴跳舞回来以后，再把他接回来。回来后也是不吵不闹，吃过晚饭后，一个人在房间里玩《植物大战僵尸》。陈惠琴意见倒是很大，抱怨了几次：“挣这么点钱，比国家总理都忙！”

倪芳只能装作没听见。

凌云于心不忍，劝慰道：“不就是一份工作吗？没了再找，不用这么拼命。”

倪芳笑笑：“老公，家是我们两个人的，不能只让你一个人拼。”

凌云心里一阵温暖，想了想，说：“那你自己小心。明天就是周末了，听说金山那边开了一家游乐场，就在海边，要不我们带豆豆一起去转转，放松一下？”

倪芳犹豫了片刻，摇摇头说：“算了吧，明天还要去公司加班呢。这样吧，等试用期过了，我们好好庆祝一下。”

“那好吧，我们去远一点儿的地方，住几天再回来。”

“带你妈去吗？”

“不带，就我们一家三口。”

转眼又到了周一，过了下班时间，倪芳还坐在电脑前忙个不停。同事海伦走过来，敲敲她位置前的挡板。

“大忙人，还在忙啊，要不要给你带便当？”

“要啊，谢谢，老样子，黑椒牛柳加一个鸡蛋。”

海伦点点头，刚走了一分钟，又愁眉苦脸地回来，对倪芳说：“不用吃了，老板叫我们过去开会。”

倪芳赶紧拿上笔记本，跟着海伦一起，一路小跑到了台湾女人的办公室，已经有几个同事站在里面，低垂着脑袋，神色紧张，即将接受领导大人的检阅。

待所有人站成一排后，一场暴风雨开始了。

“我说你们啊，做事情怎么都这么 Slow（慢）！一点点小事都做不好，没有一个让人省心！琳达，你是怎么跟员工 communication（沟通）的？解除合同而已，怎么就让员工把公司给告了？凯丽，你的业界 Salary（薪酬）比较报告，一个月都没做出来，一个月啊，你知道一个月世界上能发生多少事吗？安吉拉，你跟猎头公司是怎么谈的？怎么他们的 Performance（绩效）这么低？说了几万遍了，Performance，Performance，我们需要 Performance！海伦，你的 Training Plan（培训计划）怎么还没做出来……”

一个接一个训完后，台湾女人的目光移向倪芳。

“倪芳，你的 Survey（调查表）呢？结果出来了没有？”

“出来了，还在整理，今天晚上就能发出来。”

不知是训斥累了，还是倪芳这段时间确实卖力，台湾女人点点头，指着其他人说：“你们啊，都应该向倪芳学习，不要 OT（overtime 加班）一会会儿，就哭天喊地。我像你们这么大的时候，那 OT 才叫厉害呢，最厉害的一次，36 个小时没有合眼！”

趁着台湾女人转身倒水，有人偷偷对倪芳翻了个白眼，倪芳装作没看见，心里松了一口气，再过三天就过试用期了，用不着再这么拼命。

忽然，倪芳注意到手机在裤兜里震动，她哪里敢接，只想等着对方自动放弃，没想手机不依不饶，一直“嗡嗡”个不停。倪芳硬着头皮掏出手机，一看来电是沅沅妈妈，心里一惊，下意识按了接通，凑到耳前，电话里一片嘈杂，接着听到沅沅妈妈的哭腔。

“芳姐，不好了，豆豆出事了！”

倪芳吓了一跳，不顾台湾女人狼一样的眼神，快步走到门外，只觉得天旋地转，腿脚发软，扶着墙站住，拼命压住内心的恐惧，颤抖着说：“你先别急，豆豆出什么事了？”

“刚才过马路的时候，豆豆把一个老太太撞倒了，现在躺在地上呢。”

倪芳还没开口，手机里突然传来豆豆的哭喊：“我没有撞她！是她自己倒的，她是个骗子！”

“小刘，到底是怎么回事？豆豆有没有事？”

“我没有看清楚呀，老太太非说是豆豆撞的，怎么办呀。”

“你先听我说，豆豆有没有事，我马上过来！”

“豆豆没事，可是被老太太拉住不放，我不知道怎么办，芳姐，你快点来吧！”挂了电话，倪芳顾不得多想，回到座位，拿起包就往外冲。这时海伦跑了出来：“你没事吧？老板的会还没结束呢，叫你……”

“进去”两个字还未说出口，便只看到了倪芳的背影，匆匆消失在拐角处。

二

接到倪芳的电话时，凌云正和周双佳、严子曰一起在公司楼下的咖啡馆里和马如意碰面。

周双佳的判断果然没错，几乎没花力气，严子曰便顺利地说服了马如意，将他塑造成新一代的马可·波罗。马如意对此也很感兴趣，主动出谋划策，说了不少他在中国历险和好玩的故事，比如在拉萨街头见义勇为抓小偷，在云南大理智斗人贩子救小朋友；还比如在重庆朝天门码头，跟刚认识的红颜知己吹着江风，赏着明月，一起吃麻辣火锅……也是因为头一回吃，不知深浅，把滚烫的红汤当成了开胃饮料，舀了一大勺，一饮而尽……

听得大家惊叹不已，笑得大家前仰后合，只有凌云一本正经地说：“一个外国人，不远万里来到中国，为了中国的文化事业，毫不利己，专门利人，这是什么精神，这是国际主义精神，这是共产主义精神，这就是文化圈里的马布里，这就是出版界里的白求恩！”

众人哄堂大笑，马如意不明就里，一边跟着笑，一边问周双佳是什么意思。待周双佳翻译后，马如意倒不笑了，一本正经地对凌云说：“没错，白求恩是我的前辈，马布里是我的楷模，而且我们都姓马。我跟他们比起来，最大的缺点就是中文不好。”又转头对严子曰说，“严老师，我现在郑重其事地请求您，做我的中文老师。”

周双佳强忍住笑，翻译了一遍。

严子曰摆摆手：“我都不会讲英文，怎么当你的老师？噢，你说 Hello，我说滚粗？”

周双佳忍住笑，又翻译了一遍，只是省略了最后两句。

马如意不以为然：“就是因为这样，你才不会被英文影响，我才可以学到最地道的中文呀！”

周双佳把这句话翻译后，严子曰倒认真了，对凌云说：“他说得也对，那我就像教刚学说话的小朋友一样，从头教起，把他培养成国学大师。”

凌云一拍巴掌：“功德无量呀，严老师，囚犯的后代被您培养成大师！”

“对！ 这一段还可以当作素材，写进书里，这就叫艺术来源于生活，高于生活！”

马如意听得好奇，用英文问周双佳他们在说什么，这么高兴。周双佳“咯咯”一笑，用英文回答：“他们在说你是囚犯的后代，要好好改造你。”

马如意大惊失色：“My god！ How do they know this?”

接到倪芳的电话，说豆豆出事了，现在在医院里，凌云吓了一跳，以为儿子出了车祸，赶紧结束谈话，冲出咖啡馆，开车直奔医院。到了医院之后，直接将车停在路边，三步并作两步赶往急症室，不见儿子踪影，却见一个老太太手上缠着绷带，坐在地上，哭天喊地，一会儿说自己骨折，一会儿说自己脑震荡。旁边站着老太太的儿子和媳妇，急得面红耳赤，跳起脚来跟倪芳吵得不可开交，非要倪芳赔偿不可。

倪芳也急了，对老太太说：“咱们好好讲道理，如果真的是我儿子撞的，我们一定赔，可是他是去扶你啊，你为什么要诬陷他呢？”

老太太一下怒了：“我诬陷他？我七十多岁的人了会诬陷他？明明就是他跑过来把我撞倒的！”

“明明是我儿子扶你的，他是好心啊！”

这下老太太更加来劲了，口中抑扬顿挫，手上捶胸顿地，唱念坐打，样样俱全，看着像唱京戏。

“红口白牙啊！撞了人就不管了啊！青天白日啊！还有没有王法了啊！死老头子啊，你怎么走得那么早啊，丢下我这七十多岁的老婆子，还要被人欺负啊！”

倪芳又气又急，见老公来了，像见到了救星，噼里啪啦说了一通。可凌云也不知如何是好，只能先报警。警察来了，也犯了难，据豆豆说，是这个老太太先倒下，他再去扶；但老太太却一口咬定，是豆豆先撞到她，她才会倒下。双方各执一词，争执不休。偏偏事发地点在一个安静的胡同口，附近没有监控，而沅沅妈妈和沅沅都在后面，被行道树挡住了视线，没有看清。

警察无奈地说：“没办法，只能上法庭让法官来判了。”

倪芳有点急了：“这么小的孩子，就要上法庭？”

“不用小孩去，监护人去就行。”

“可我们要上班呀，没有时间！”

“那没办法，你们谁也说服不了谁，只能让法官判了，否则只能私了。”

凌云开了一天会，早就累了，一听说要上法庭，只觉得头晕脑胀，暗暗叫苦，有点想打退堂鼓，想着要不算了，破财免灾，省得麻烦，看这老太太生龙活虎的，没什么大碍，总不至于狮子大开口吧？

没想倪芳坚决不肯：“私了？私了就是承认我们错了。我们没有错，为什么要私了？”

凌云把倪芳拉到一边，小声劝道：“要不算了吧，我们都忙，也用不了几个钱。”

“不能算！我不是在乎钱，但我一定要还我儿子一个清白！”

“你怎么就知道不是豆豆撞人家的呢？”

“他是我的儿子，我当然知道！”

凌云叹了一声，不再说话。

正在此时，后面传来一个斩钉截铁的声音："对，不能私了！"凌云回头一看，一下呆住了，来的竟然是周双佳。

周双佳径直走到老太太面前，开门见山道："我现在明明白白地告诉你，我们家孩子没有撞你。"

倪芳看了周双佳一眼，过来补充："对，我们家豆豆是来……"

"扶"字还未说出口，马上被周双佳打断，继续对老太太的家属说："就是没有撞，你们想怎么样吧？"

老太太的儿子被激怒了，大声吼道："你这是什么态度？我到法院告你去，告到你倾家荡产！"

周双佳毫不示弱，声音比他还大："你懂不懂法律？谁主张，谁取证，你说撞就撞，那你来证明啊！你能证明是孩子撞的，要多少钱，我们照赔！"

对方哑口无言，过了一会儿，老太太的媳妇气急败坏地问道："如果没有撞，为什么要送我婆婆来医院？"

周双佳一声冷笑："这种愚蠢的问题，我简直懒得回答你。帮助人是我国提倡的社会公德，提供帮助跟肇事之间没有必然的因果关系，如果你这个问题成立的话，那我问你，如果你家里着火了，消防队来扑灭火灾，是不是说明这火是消防队点燃的？另外，我再告诉你，如果你不能证明是孩子撞的，那就证明你在欺诈，诈骗可是重罪！"

这下对方彻底熄火了。老太太的儿子冲到老太太面前，大声吼道："妈，你跟我说实话，到底是不是人家撞的，现在人家要告我们诈骗！"

老太太吓坏了，赶紧从地上爬起来："你喊什么喊，我这不是为你们着想嘛。是一个骑电瓶车的撞的我，可是当时他就跑了啊！你没有工作，赵丽她工资又低，医药费我们家出得起吗？"

三

出了医院，外面呜呜刮着风。凌云发现自己的车不见了，找了一圈也没发现，这才想起这里不能停车。掏出手机，发现有几个来自同一号码的未接来电，回拨过去，对方是交通中队，告诉凌云，因为违章停车，堵塞交通，又找不到车主，因此车被拖走了，让他尽快带好证件和罚款去取。

因儿子的事情顺利解决，凌云不仅不生气，还自嘲道："刚给人家付完医药费，现在又要给警察叔叔缴罚款，一天割两回肉，这辈子还是大姑娘坐轿子头一回，看来我得去买彩票。"

周双佳走过来说："你呀，还跟以前一样，容易心软。其实，医药费不仅可以不付，你还可以找他们要误工费。"

"算了，皮外伤，没几个钱。他们也不容易，你没听那老太太说吗，老头子死得早，儿子又没工作，全家就靠媳妇在超市里当营业员，挣点糊口的钱。"

"穷山恶水出刁民啊，你这样帮他，其实是害了他。"

凌云刚想说话，倪芳走了过来，对周双佳说："这次谢谢你啊，你是我老公的朋友吗？"

周双佳笑笑，伸出右手："你是倪芳吧？凌云常常提起你。我姓周，跟凌云是同学，老同学。"

倪芳反倒退后一步："怎么没听我老公提过你呢？"

"贵人多忘事吧，他是名人啊，忙不过来。"

凌云觉得气氛有点儿不对，赶紧打圆场："周小姐是我初中时候的同学，刚从美国回来，跟我在工作上有些交集。"

"周小姐你好，我老公有时候比较单纯，容易被人骗，麻烦周小姐了。"

"哪里，凌云他可聪明了，初中的时候就是班上的第一名。"

"周小姐你的成绩也很好吧？"

"呵呵，比他差一点儿，我是第二名。"

倪芳脸色一变，挽过凌云的胳膊，脸轻轻贴上去，温柔地说："老公，我们回家吧，儿子还在家等着我们呢。"

自儿子出生之后，凌云很少和倪芳这样亲密，有点不自然，对着周双佳尴尬地笑笑："真的谢谢你，时候不早了，你也早点回去吧，天气预报说今晚有台风。"

"我开车送你们吧，正好顺路，反正我是一个人住，晚一点儿没关系。"

还没等凌云开口，倪芳抢着回答："不用麻烦了，我跟我老公打车回去。"

"呵呵，那你们路上小心。"

"周小姐，你一个单身女人，更要小心。"

周双佳的脸上一阵红，一阵白，匆匆说了句再见，便消失在茫茫夜色里。

在回去的出租车上，倪芳和凌云爆发了一场激烈的争吵。

"这个周小姐，是不是就是你微博里提到的女神周双佳？"

凌云心里一惊，怎么这都能看出来？情急之下，只能否认："不是啊，那个是大学同学，而且是虚构出来的人物；这个是我初中同学。姓周的多得是，你不要瞎猜了。"

倪芳冷笑一声："你别骗我了，你微博里写的周双佳，无论是模样身材，还是说话，都跟这个周小姐一模一样！"

"行了行了，我怕了你了，她就是周双佳，行了吧？"

"你为什么要骗我？"

"我没骗你啊，微博里的那个周双佳，真的是我虚构出来的，跟现实中的她，根本就是两个人啊！"

"你还骗我，你写的明明就是你的亲身经历！"

"倪芳，你到底想怎么样？今天要不是她帮忙，我们明天就会在法庭上，你不谢谢人家，还在这里故意找碴？"

"我自己家的事情我能搞定，谁要她来帮忙！"

"你讲点道理好不好！对了，我还没问你呢，你加班就加班，为什么要让小刘去接豆豆？为什么不让我妈去？"

"你妈一天到晚喊累，她肯答应吗？"

"你提过吗？你都没有提过，凭什么知道她不肯？还有我告诉你，你不要一天到晚'你妈你妈'的，我妈就是你妈，你对她放尊重一点儿好不好？"

"我不尊重她？她尊重过我吗？天天把农村来的、没有文化、挣不到钱挂在嘴边上。她既然这么瞧不起我，干脆让她去找周双佳当媳妇好了！"

“你，你这是无理取闹，你……”

出租车师傅实在听不下去了，插话道：“哎，我说你们，别吵了啊。吵得这么厉害，影响我开车的心情啊，台风马上要来了，安全第一，不是吗？”

凌云强行把想说的话咽了下去，努力压制冲动，勉强平息了这场争端。一方面，他觉得倪芳实在是过分，纯粹的无理取闹；另一方面，他又表示理解，归根到底，还是因为倪芳太在乎他了。

四

距离凌云家五十公里，城市另一头的一间酒吧，外面昏天黑地，大风呼啸；里面灯红酒绿，莺声浪语，走廊尽头的一间包房中，丁文采正在招待远道而来的聂小星。

三天前，聂小星刚到上海时明显有些拘束，面对奢华富贵的十里洋场、琅满目的各色橱窗，有一种小地方人与生俱来的不自信，别说买，连看一眼，眼神里都看出自卑；问一声，声音里都透出胆怯。丁文采看在眼里，既有点担心，又有些得意，带着聂小星，白天逛大商场，晚上游黄浦江，站在游轮上，面对两岸灯火，挥斥方遒，意气风发，仿佛这花花世界都臣服在自己胯下。

吃完大餐，洗过桑拿，丁文采又带着聂小星去酒吧，美酒穿肠过，豪迈心中留，要想成就伟业，先得一醉方休，因此玻璃茶几上的啤酒、洋酒、红酒洋洋洒洒，摆了一桌。丁文采操起一瓶啤酒，用牙咬掉瓶盖，举着向聂小星示意：“来来来，老弟，啥也不说，走一个先！”

几天逛下来，聂小星多多少少有点适应了，不忙着喝酒，先点上一支烟，不紧不慢地问丁文采：“大哥，你这次让兄弟从老家过来，好酒好烟地招呼几天了，到底有什么好关照啊？”

丁文采“咕噜”灌了一口，抹了抹嘴巴，大大咧咧地说：“有，当然有，你我兄弟认识二十几年了，哪次没有关照你啊。”

不说还好，一说聂小星来了一肚子气。算起来，这是丁文采第三次“关照”他了。

头一回是在 90 年代初，那时的游戏厅老板丁发财找到初中生聂小星，说外面的游戏卡一盘要卖两百，如果我们能大量破解，成本也就几毛钱，堪称一本万利。聂小星打小爱琢磨小电器，拆过电风扇，装过收音机，修过随身听，整过计算器。被丁发财一忽悠，一门心思地开始研究，他虽成绩不好，琢磨这些倒是颇有心得，最后还真让他破解成功了，让丁发财成为中国最早的盗版游戏卖家，捞得人生的第一桶金。但挣大钱的只是丁发财一人，也是欺负聂小星年纪小，没见过世面，随便给个仨瓜俩枣，就哄得他很高兴。后来国家出台政策，下重拳整顿游戏厅，丁发财连个正规执照都没有，干的又是盗版的活，自然成了重点打击对象。丁发财察觉风声不对劲，马上席卷财物，匆匆而逃，待聂小星知道消息，游戏厅已经人去楼空了。

第二次是在 20 世纪初，那时的丁发财跑到广东开了一家金融贸易公司，说是金融贸易，实际上什么都干，走私进口，倒买倒卖，什么挣钱做什么。那时的聂小星在老家开了一间小铺子，专门替人修电脑、装机、卖零配件。结果又被丁文采忽悠，进了好多国外淘汰下来的废电脑，价格着实便宜，跟白送的垃圾一样，但质量也是差得一塌糊涂，开机要花一小时，关机倒是随时随地。聂小星仗着自己技术好，修修补补，涂涂弄弄，翻新出来的机器还真像那么回事，从中挣了不少钱。后来国家严厉打击走私，丁文采断了货源。断货源没什么，大不了聂小星去卖别的，可丁文采不厚道，拿了他的钱，却不给他货，害得聂小星差点关门倒闭。

这回，在上海的一家酒吧里，已经改名为丁文采的他又是一顿忽悠，说开发了一个什么网上彩票云平台，技术含量高、商业模式好，绝对的大有可为，一本万利。但需要一个完全可靠又有能力的人帮他打理，聂小星跟他是兄弟，相交多年，知己知彼，有这等好事，当然要首先考虑兄弟了。

聂小星不以为然，丁文采是什么货色，他早看得一清二楚，所谓吃一堑长一智，已经被他坑了两回，难道非得来个事不过三才行？但这个彩票云平台，听起来确实让人动心，如果真按丁文采所说，他过来是做运营管理，参与分成，不需要一毛钱投资，那就是空手套白狼啊，反正套的是别人，又有什么关系？

酒酣耳热，两人的谈话也渐入佳境，运营模式、分成方案、注意事项，基本都已谈妥。丁文采得到聂小星加盟，心情大好，拍拍他的肩膀，一脸淫笑。

“老弟，这家酒吧的特色是洋妞，只要你有钱，日本的、韩国的、巴西的、俄罗斯的、墨西哥的、坦桑尼亚的……要什么有什么！”

“看来大哥是常客啊。”

“哈哈，不瞒你说，我已经是精洒五大洲、枪挑黑白黄了！”

“大哥，悠着点啊，搞洋妞，怕是小小竹排江中游吧？”

“老弟啊，你怎么长别人志气，灭自家威风？我告诉你，我们中华好男儿，绝对不输给洋鬼子，无论是网上还是床上！”

“好，大哥说得好！就冲这句话，我得要一个，不，我要两个！”

“厉害啊！今天大家高兴，没问题，包在我身上。你要哪国的？”

“日本的吧，纪念抗战胜利七十周年嘛，再来一个巴西的，我喜欢看球。”

丁文采一挑大拇指：“不错啊，老弟，有眼光，挑得好！日本妹子最好了，身段那个软，叫得那个骚，啧啧，想想就让人受不了……巴西妹，不说别的，光说胸就比你的头还大。”

两人一阵狂笑。

丁文采掏出手机，拨通一个号码，说了几句，又从包里翻出一盒药，递给聂小星。

“一次一粒，包你一战到天亮。”

聂小星不屑一顾，推开丁文采。

“大哥你留着自己用吧，我还年轻。”

丁文采手里拿着药，悬在半空中，不进不退，有些尴尬。聂小星也意识到话说过头了，不管怎么说，丁文采也是他老板，便接过药，笑着说：“谢谢大哥。”

丁文采拍拍他的肩膀，哈哈大笑，端起剩下的半瓶洋酒，“咕嘟”“咕嘟”一饮而尽。

聂小星惊呼：“大哥好酒量啊！”

丁文采又举起一杯红酒：“今儿个高兴嘛，来，不醉不归！”喝完之后，丁文采又想起了什么，瞪着一双血红的眼睛，满嘴酒气，问聂小星：“你还记得凌云吗？就是你以前的那个好朋友，他，他也在上海。”

不知为什么，聂小星突然有点儿紧张，试探着问："好多年没联系了，你提他干吗？"

丁文采已经醉眼迷离，没看出聂小星的神情，摇头晃脑地说："他啊，他现在跟我死缠烂打，联合我的人来，来对付我。妈的，别，别让老子逮到他的把柄！"

聂小星看起来愈发紧张，小心翼翼地问："他到底把你怎么了？"

"噢，没，没什么，就是文化方面的那点破事，其实也没什么搞头，挣不了几个钱，老子就是咽，咽，咽不下这口气！"

聂小星这才放心，递上一支烟："大哥消消气，他就那么个人，一根筋，认死理。"

"老弟啊，你可错了，现在的凌云，早，早就不是当年的书呆子了。说真的，你，你想不想见他？"

聂小星想了想，摇摇头说："先等等吧，等我做出点成绩，再去找他。"

犹豫片刻，又说："大哥，我们合作的事，你先不要告诉他。"

"为，为什么？"

"你也知道，我这个人好面子，他现在又混得那么好，我不想让他看不起。"

也是因为喝醉的关系，丁文采没察觉到聂小星话里的前后矛盾，哈哈一笑，指着聂小星说："我，我他妈就喜欢你这个脾气。我丁某人以人格发誓，只要你好好干，不，不管是钞票，还，还是美女，要多少有多少！"

第九章 山雨欲来

一

昨天晚上刮了一夜的风，倪芳没有睡好，没睡好不是因为刮风，而是明明已经困得睁不开眼，可闭上眼睛，浑身的细胞都在疯狂，一个个面目狰狞、群魔乱舞，直至最后浑身酸软，瘫倒在床。

早上起来，倪芳只觉浑身酸痛，头疼欲裂，勉强撑着身体，起床洗好衣服，做好早餐。陈惠琴跳舞回来，看到她顶着两个硕大的黑眼圈，无精打采，有气无力，破天荒地表示关心："身体不舒服，就请假休息一天吧？"

倪芳摇摇头："妈，不行，试用期马上就到了，我得去。"

陈惠琴叹了口气："现在的孩子，真是太累了。"

倪芳鼻子一酸，眼泪都要掉下来了，勉强忍住，说："妈，都一样，您那个时候也累。"

"比你们好，我们只需要下力气，晚上睡觉很踏实，一觉到天亮，哪有什么失眠啊。看看你们，唉，年纪轻轻，失眠一个比一个严重，家里有吃有喝，有房有车，又没有贷款，真不知道为什么你们还这么拼命。"

是啊，倪芳也不知道为什么。她只知道，从家里的老公到外面的同事，每个人都在拼，似乎不拼，就会被别人落下，被人落下，就会寝食难安，胆战心惊。朋友圈里，每天都有一帮人在喊着辛苦："天啊，都晚上十点了，还有这么多工作，什么时候是个尽头？"过了一晚，又是同样这帮人在炫耀勤奋："如果迟到要罚款，那么第一个来是不是会有奖励？"

看着倪芳默默不语，陈惠琴主动提起："下午我去接豆豆吧，你早点回来休息。”

倪芳心头一暖，陈惠琴虽然平时尖酸刻薄，咋咋呼呼，芝麻大点小事都要闹得翻天覆地；但她终究是凌云的妈妈，是豆豆的奶奶，是自己的婆婆，是一家人啊。

结果还没等她表示感谢，陈惠琴又说：“你以后晚上回来，不要再跟凌云吵了。他工作辛苦，压力又大，这个家全靠他，他这么累，你还跟他闹，不像话啊。”

倪芳一声苦笑，如果放在以前，她肯定会马上反驳：“什么叫我跟他闹？你知道原因吗？”然后陈惠琴不依不饶，顺理成章地开始又一轮婆媳大战。但可能是生病的缘故，倪芳浑身无力，实在提不起精神。当然，刚才的感动，也随之消失得无影无踪，什么理解，什么关心，原来都是有目的的。

早上七点半的地铁一号线，正值高峰，车厢里挤得满满当当，水泄不通。倪芳今天运气好，过了一站就有人下车，恰好给她留出一个空位，旁边坐着一个年轻的小姑娘，靠着扶手，戴着耳机，聚精会神地听着歌。

“莲花路站到了，下车的乘客请从左边车门下车，下车时请注意安全，有序下车……”

车门打开后，一群人一窝蜂地往外涌，同时一群人“呼啦啦”地往里冲，一个矮胖的四眼田鸡右手食指缠着一片创可贴，如同猛虎下山，分开众人，一个箭步冲到倪芳面前，先看了一眼倪芳，再看了一眼她旁边的小姑娘，接着让人目瞪口呆的一幕出现了。

只见四眼田鸡一屁股坐到小姑娘的身上：“我手上有伤，你给我让座！”

小姑娘哪里见过这般场面，又羞又气，慌乱之下，本能地往倪芳这边挤。

“你怎么这样呀，你要坐我会让给你的，你不会好好说话吗？”

四眼田鸡不管不顾，屁股拼命往小姑娘这边拱，全身贴着小姑娘，小姑娘脸羞得通红，眼泪都快出来了，只能站起来让座。旁边有人抬头看车窗，有人低头玩手机，有人交头接耳，有人视若空气，只是无一人替小姑娘出力。

倪芳本来闭着眼睛休息，这下也给闹醒了，眼睛一睁开，就看见一张油光满面的蛤蟆脸，脸上安着一张肥厚的香肠嘴，嘴里口气很重，唾沫横飞：“现在的小姑娘啊，太不懂礼貌了，基本的美德都不懂，看到我受伤，都不会主动让座，真他娘的没教养！”

倪芳看了他一眼，冷冷地说：“你给我闭嘴。”

四眼田鸡吓得一哆嗦，再仔细一看，发现倪芳虽然身材瘦小，但气势十足，当下有点心虚：“你是谁啊，关你什么事？”

“我今天就管了，你一个大男人，欺负人家一个小姑娘，害不害臊？”

四眼田鸡嘀咕了一句：“有毛病。”然后戴上耳机，闭上眼睛。

倪芳一下火了，一把把他的耳机给拽下来，大声问道：“你戴耳机装听不见是吧？你一个大男人，没病没灾的，坐在人家小姑娘身上，像话吗？赶紧给我起来！”

四眼田鸡不干了，举着右手，用上了上海话：“你怎么知道我没病呀？诺，你看，我的手明明受伤了，救死扶伤是中国人的美德，你有没有文化，懂不懂呀？”

小姑娘吓坏了，赶紧劝倪芳：“没事，我马上就到了，站站没关系。”

旁边人这下来了兴趣，看窗外的也不看了，玩手机的也不玩了，无数双眼睛都看着倪芳，看她如何应对。

倪芳大怒，也不知是哪里来的力气，一把把四眼田鸡从位置上拽起来，又一把把他给推开，再一把把小姑娘拉过来，按在位置上，大声说：“你坐！”

这下四眼田鸡不干了，嘴里开始不干不净：“戳你娘，刚度，找耳光抽呀……”

倪芳冷冷回道：“闭上你的臭嘴！别以为擦破了点皮，就可以随便欺负女人。尊重女人也是中国人的美德，你也有妈妈，有老婆，如果她们有一天在外面被人这样欺负，你会怎么想？我已经警告过你了，你要再敢骂一句，别怪我对你不客气！”

可能是刚才看到了倪芳的气势，也可能是刚才领教了倪芳的力气，四眼田鸡真的闭上了嘴，低着头，夹着尾巴，像条丧家犬一样，落荒而去。

小姑娘感激地望着倪芳：“谢谢你啊，我加你的微信吧？”

倪芳没有多想，拿出手机，却发现十分钟前同事海伦给她发了一条微信：“昨天你不告而别，老板很生气，千万当心！！！！！！”

旁边一个小伙子，刚才一直忙着拍照，在朋友圈里发消息：“号外，号外！一号线上女汉子大战四眼田鸡！”现在看到结束了，过来对倪芳说：“你是单位的领导吧？这么有魄力！”

这样的一句话，再配上这样的一条微信，让倪芳哭笑不得，心想你什么眼神啊，我马上就要下岗了。

小姑娘没看出她的心思，自顾自弄好微信二维码，拿到倪芳面前："加我吧，我叫林红桃。对了，你是不是在漕宝路下车的？我好像以前见过你。"

进了办公室，坐下放好包，海伦走过来，趁着四下无人，小声问倪芳："昨天你去哪了？老板发了很大脾气，骂了一个多小时！"

"我儿子出事了。"

"啊？没事吧？"

"没事。"

"你可要当心呀，我看老板那样子像是要吃人。好了，不跟你说了，有人过来了。"

海伦走后，倪芳走到卫生间，躲在隔断里，心跳飞快，双手发抖，一连打了三个电话给凌云，可始终无人接听，接着又发了一条微信："老公，我有点担心。"过了很久，还是不见凌云回复。倪芳犹豫再三，咬咬牙，发了一条微信给杨利达。

"你有什么办法？"

杨利达很快回复了："你出来，我告诉你。"

二

凌云的手机忘在了家里，倪芳发微信的时候，他正在公司开早会，除了严子曰早上有课，没法参加，其他编辑都到齐了。

会议的气氛有点奇怪，特别是大刘、小叶、王胖子他们几个，不仅汇报工作时显得心不在焉，别人讲话时，也在那里交头接耳，不知在议论些什么。凌云留了个心眼，待会议结束后，单独把他们三个留下。

没想还没等他发问，王胖子先开口："老大，你听说了吗，吴总的事？"

凌云当然听过，最近公司里谣传满天飞，说总部派来的财务稽核于沧海，明着是为财务审查，实际是来专门找碴，想找出吴仁宝违规的证据，好一举把他干掉，好多中层干部都被叫去谈过话。凌云也不例外。但凌云在钱方面素来干净，不该碰的钱从来不碰，连跟合作伙伴在一起吃个午饭都很小心，因此于沧海问来问去，也问不到实质，还以为凌云是在故意隐瞒，苦口婆心地劝道："小凌啊，你还年轻，又是公司的骨干，在这种大是大非的问题上，可一定要想清楚呀！"

凌云彬彬有礼地回道："谢谢您提醒，我一直很清楚。"

但让凌云没想到的是，谣传已经波及下面，下面如果人心惶惶，那势必会影响到部门业绩，这件事还是尽快澄清得好。

凌云想了想，认真地说："确实有这回事，我也被叫去谈过话。我个人判断，吴总这次应该没事。首先，吴总是什么样的人，我们大家都很清楚。上海公司之所以能有今天，他的功劳居功至伟，这一点，不光是我们，上面看得也很清楚。其次，在钱方面，吴总一向都很小心，你们还记得上次他的孙子过百天的事吗？他一个红包都不要，只是让大家去吃顿饭，热闹一下。同志们，身正不怕影子斜啊，如果一个人是清白的，那怎么查也不会查出问题。最后，这种职场上的事，到处都有，我们都读过历史，阳光底下无新事啊！更何况不管他们怎么斗来斗去，总是需要我们这些干活的，所以大家不必太过在意。"

大刘犹豫了半天，开口道："老大，吴总这次怕是有点悬啊。我听说发行部的夏西南已经被钦差收买了，正在找吴总违规的证据呢。"

凌云吃了一惊："是吗？吴总对他可是有恩啊！"

小叶撇撇嘴："老大，你以为人人都像你啊！有些人有奶便是娘，别说有恩，亲爹他都敢出卖。对吧，胖子？"

王胖子一下急了，扯着嗓子说："你问我干啥子嘛，我又不是这种人！"

小叶"哼"了一声："你嚷什么嚷，我说你是了吗？你此地无银三百两呀！"

凌云皱皱眉："好了好了，别吵了。还是那句话，身正不怕影子斜，吴总如果是清白的，谅他姓夏的也查不出问题。"

小叶还想开口，严子曰忽然像一阵风似的闯了进来。

"都几点了，你还在开会啊？我们不是跟天和他们约好了吗，不能迟到呀！对了，你怎么电话也不接，急死我了，害得我还得亲自跑一趟。"

凌云一拍脑袋："哎哟，光顾着说话，把大事给忘了！严老师对不起呀，我手机忘家里了。”

“别废话，赶紧开车去！”

临出门前，小叶单独喊住凌云，凌云因急着出门，有些不耐烦，回头问：“你还有什么事吗？”

小叶笑了笑：“老大，你这个人什么都好，唯一的缺点，就是太容易相信别人。”

凌云一怔，这话似曾相识，似乎还有什么人说过，但因急着出门，也没多往心里去，打个哈哈说：“你这句话自相矛盾呀，那你说，我应该相信你吗？”

小叶一怔，这时严子曰又在前面催他：“还愣着干什么呀？赶紧走呀！”

两人出发后，凌云本来想跟严子曰说说吴仁宝的事，再一想，算了，公司的这点破事，还是不要告诉他为好，免得他义愤填膺，小事闹大、大事闹个没完没了。再一想，便把昨晚上倪芳和周双佳的事说了一遍。

严子曰听完后，既不批评倪芳，也不批评周双佳，而是叹了口气：“麻烦啊，女人碰到一起就是麻烦，还是古代社会好。”

凌云不以为然：“古代社会哪好了？一个男人能娶几个老婆，更麻烦！”

“我就说你嘛，好读书，不求甚解。中国历朝历代，男人从来都只能娶一个老婆，能娶几个老婆的那是穆斯林。”

“不是三妻四妾吗？”

“这句话不严谨，不是三妻四妾，是一妻多妾，妻子只能有一个，小妾可以有很多。”

“那不是一样麻烦？”

“不麻烦，首先是有钱人才能娶妾，普通人能娶到老婆就不错了。其次，是长幼有序，尊卑有别，妻子和小妾永远都不在一个平面，高山仰止，又哪来的麻烦？你看《红楼梦》里的王夫人，什么时候跟赵姨娘有过过节？”

“严老师，您说的只是妻妾之间，那妾跟妾之间呢？”

“妾跟妾之间就更没有问题了，本是同根生，相煎何太急啊！”

“不对吧？我怎么觉得古人争风吃醋是常有的事？”说完这句，凌云才意识到不对，赶紧辩解，“这哪跟哪啊，我跟周双佳可是清清白白的，别说现在没关系，当年也没有，不怕您笑话，我跟她连手都没拉过。”

“这不是应该的吗？怎么了，你觉得遗憾啊？”

“不遗憾，就像您说的，麻烦。”

“麻烦是麻烦。不过话又说回来，周双佳这个女人，确实有魅力，见过大世面，又表现得不露痕迹。就拿这次来说吧，她一个局外人，竟然这样不辞辛苦地帮助咱们，你说要是没有目的，我不相信。”

“有，当然有，她现在的生意做得不好，想转型。她跟我提过了，如果这次马如意的版权运作顺利，她以后可能会考虑专门做经纪人。”

“好呀，跟她合作，我愿意，一百万个愿意！”

“怎么了严老师，您不怕麻烦了，想迎难而上？”

“胡说八道，我说的是工作上的事。”

“我没说不是呀。”

严子曰有点尴尬，顿了顿，一本正经地说：“我啊，现在就一门心思想两件事情。”

凌云暗自好笑：“哪两件呀？”

“一件是搞定跟天和的出版合约，丁文采这家伙真不是省油的灯，见到有油水了，就想把我们一脚踢出去。”

“对，影视版权竟然不想给我们，这不是扯淡吗。辛苦一场，难道替他做嫁衣？”

“我跟马如意谈好了，不跟我们签，他就跟丁文采一拍两散。有他这句话，料丁文采不敢太过放肆。不过被他咬下一块肉，是在所难免。”

“咬就咬吧，咱们图的也不全是钱，这事要是谈成了，对未来的发展大有帮助，得从长计议。”

“没错！战术上让一小步，是为了战略上进一大步，不求一城一池，但为达成目的。”

“对！就像毛主席说的，不畏浮云遮望眼，风物长宜放眼量！”

“毛主席说过这句吗？他老人家说的明明是‘牢骚太盛防肠断，风物长宜放眼量’！”

“哎呀，意思表达对了就行，钻什么牛角尖呀？”

“治学要严谨！怎么能说是钻牛角尖呢？”

“好了好了，都是我不对。严老师，咱们还是谈正事吧。”

“噢，周双佳今天会来吗？”

凌云哭笑不得，谈正事就是谈周双佳？什么逻辑嘛！心里不快活，跟着嘴上也不起劲，不耐烦地回了三个字：“不知道。”

“昨天下午你们不是在一起吗？”

“昨天下午是约好了，但现在不知道，手机忘家里了，今天没跟她联系。”

“那你拿我的手机，给她打个电话吧？”

“算了吧，女人都小气，与其让她找借口不来，不如我自己识趣。再说，我也不记得她的号码呀。”

“不用你记，我手机里有。”

凌云吃了一惊，严子曰才跟周双佳见过两三次，印象中没见过他们单独相处，什么时候就留下了号码？吃惊之余，有点不满，出言讽刺：“严老师，您的效率很高呀！”

严子曰有点不好意思，支吾着说：“这不是为了咱的项目吗？”顿了顿，又岔开话题，“她提到的那个香港导演，到底靠不靠谱呀？”

“严老师，您这个问题问得毫无逻辑，从一大早到现在，我一直跟您在一起，怎么可能知道呢？”

严子曰“哼”了一声，不再言语。凌云也不说话，只专心开车。到最后，还是凌云自己想通了，一个朋友，一个同学，天要下雨，娘要嫁人，他们想怎么样，是他们的事，我管那么多干吗？想通之后，又接上了话题：“这事事关重大，我估计得亲自跑一趟香港。”

凌云一手扶着方向盘，一手对严子曰挑出大拇指：“严老师，这回要不是为了敲山震虎，让丁文采知道我们的实力，我才懒得去。也是没办法，影视圈的水太深，我们又没有资源，只能笨鸟先飞了。”

“尽快安排吧，我跟你一块儿去。”

“得令！”

言谈之间，凌云已经开到了目的地——金茂大厦的停车场。取好卡，停好车，关上发动机，凌云又想起了什么：“严老师，还有一件事呢？”

“什么事？”

“怎么就忘了呢，刚才不是说有两件事吗？”

“噢，抓鬼！”

三

上海很难见到这样的好天气，天如碧洗，一尘不染，微风拂面，温柔和煦。刚走出停车场，凌云就看见周双佳穿着白衬衫、黑西裤，英姿飒爽，笑容灿烂，仿佛昨晚的不快根本就不存在。凌云不禁心头一热，笑容不自觉地堆上嘴角，这个周双佳，真够大气，绝对的巾帼不让须眉啊！

严子曰也很高兴，面对比自己小四岁的周双佳，像个小孩子一样，活蹦乱跳，胡说八道。一会儿说自己没吃早餐，肚子饿得咕咕叫；一会儿说周双佳的衣服干练，要给自己来一套。

周双佳不但不生气，还跟他逗趣：“乖，等事情谈完了，姐带你去买。”

严子曰高兴得要飞起来，大声说：“谢谢姐姐，一言为定！”

看得一边的凌云都要吐了。

每个人都很轻松，因为他们知道最艰苦的时刻已经过去，今天过来只是走个过场，签完字便结束。过去的几周里，严子曰运筹帷幄，凌云据理力争，周双佳穿针引线，再加上马如意的鼎力支持，打得丁文采狼狈不堪，处处被动。用严子曰的话说：“饶他精似鬼，也不得不喝老娘的洗脚水！”

凌云貌似认真地问：“严老师，您是老娘，那我们是什么？”

严子曰大言不惭地回答：“亲传弟子。”

进了会议室，却发现只有丁文采一人，套着文化衫，穿着大裤衩，跷着二郎腿，品着碧螺春，不像是谈判，倒像是来品茶。凌云望了一圈，不见马如意踪影，以马如意的习惯，约会从不迟到，无论公还是私。凌云有点奇怪，问丁文采：“丁总，怎么没看见马老师？”

“什么马老师？”

“噢，就是马如意，我们现在都听他的，指哪儿打哪儿。”

“嘿嘿，老弟，你很厉害嘛！才几天工夫就混得这么熟，我是他老板，都没到这个地步。”

周双佳过来坐下，笑着说：“正因为是老板，才不能太随便，老板得有威严嘛。”

丁文采“哼”了一声，不置可否，抿了一口茶，大大咧咧地说：“马如意回国了，按照我跟他签的协议，接下来由本人全权负责，你有什么事跟我谈。”

凌云、严子曰、周双佳三人同时“啊”了一声。严子曰问：“他什么时候走的？”

“今天一早的飞机。”

“怎么没跟我说一声就走了？”

“笑话，你是他什么人啊，需要跟你汇报？”

眼看双方剑拔弩张，气氛趋紧，凌云赶紧打圆场：“丁总，他这么急着走没出什么事吧？”

丁文采的脸色这才稍有缓和：“好像是他妈得了什么病。”

“啊，吉人天相，希望没事。”犹豫片刻，凌云继续说，“那丁总，我们还是继续？”

“继续，当然继续。刚才不是说了吗，我是他的老板，有什么事跟我谈。”

因事出突然，凌云措手不及，心里暗暗叫苦，他有一种不祥的预感；但事已至此，只能按照既定的套路，硬着头皮说：“丁总，按照我们上次谈话的内容，贵公司会将书籍出版、影视改编、游戏改编等所有版权全部交给我们，今天我们过来是签正式合同的。”

丁文采敲敲桌子：“上次我签字了吗？”

“没有，但在座的几位都在，马如意也在。”

“凌云啊，我书读得没你多，但也知道一个道理，口说无凭，立字为证，对不对？”

“对，但是……”

“你不要但是了，我给你一个建议，其实也不是建议，是决定。书籍出版，归你；影视改编，归我。其他的，我们一人一半。如果你同意，我们现在就签，如果不同意，大门在那边，我就不送了。”

严子曰一下火了，拍案而起：“堂堂一个总经理，你怎么红口白牙，言而无信！”

没想丁文采的脾气比他更大，一拍桌子：“什么叫做言而无信啊？我没读过书，听不懂！你啊，就直接说我是个无赖好了，我敢做敢当，我认！不像某人，当面一套，背地一套，一边明着跟我谈判，一边暗地拉拢我的人，勾三搭四，吃里爬外，搞基啊你！”

又指着严子曰的鼻子：“哎，你不用看别人啊，说的就是你！”

严子曰简直要气疯了，不顾文化人的身份，撸起袖子就要动手，吓得凌云赶紧抱住他：“严老师，冷静，冷静！”

这时，周双佳说话了：“丁总，关于这本书的策划、定位、营销方案，都是我们严老师定下来的；接下来往影视方面的发展，也是我们严老师想出来的。丁总，您应该理解，我们做了这么多工作，就是为了可以将这本书的利益做到最大化，如果做不到，我们回去以后也没法跟领导交代，这样的话，别说其他方面的合作，连最基本的书籍出版可能都做不到了。”

丁文采“呵呵”一笑：“周小姐，你这段话很有道理，我完全理解。不过，你要明白，今天并不是我需要你的同意，而是你需要我的同意。如果你自己有能力，能找出第二个马如意，我自然不会提要求。可是你找不出来，还要说这些话，那就等于废话了。”

周双佳也“呵呵”一笑：“丁总，没错，我们是找不出第二个马如意，可是我们能找到许珂，许珂是谁，你不会没听过吧？”

丁文采一愣：“许珂？你是说香港的那个大导演许珂？”

“对。”

“你跟他有关系？”

“在美国的时候，我跟他的太太是同学。”

“真的吗？你有把握能请到他？”

“当然，他最听太太的话。许珂是出了名的惧内，丁总不会没听过吧？”

丁文采哈哈大笑，像川剧绝技变脸一般，怒发冲冠顿时变成热情洋溢，招呼大家说：“来来来，大家喝茶，继续谈，有搞头，有搞头！”

话说完才发现三人的面前空空如也，丁文采一拍脑袋，打个哈哈：“不吃早餐就是不行呀，低血糖，整个人都不正常了。”接着拨了一个电话：“小玲，把我的菊花拿过来，我有点困了，要提提神。哎呀，什么大麻呀，菊花，最贵的黄山贡菊！赶紧的，我这儿有贵宾呢！”

接下来双方谈得很顺利，书籍出版、影视出版、游戏改编等全部归凌云，但丁文采可以参加分成，分成的比例根据电影票房而定。当然，也签署了一条补充协议，如果请不到许珂来拍电影，以上条款自动作废，所有版权归丁文采所有，由此产生的损失，包括沟通费、误工费，各种乱七八糟的费用，全部由凌云承担。

唯有严子曰，一直铁青着一张脸，若不是凌云事前一再叮嘱，怕是早就闹翻了天。待到会议结束，走进电梯，严子曰实在忍不住了，愤愤不平地说世界上怎么会有这种人，当面一套，背后一套，明明说好的事情，竟然红口白牙，出尔反尔，一听到有利可图，马上又变了一张脸！

周双佳“呵呵”一笑：“严老师，世界上就有这样的人，做任何事情只会考虑自己的得失，什么公平、信誉、正义，甚至连事实，在他们眼里都不值一提。跟这种人打交道，讲道理是没有用的，他们一定会跟你胡搅蛮缠，纠缠到底。唯一的方法，就是真刀真枪拿出来，一个接一个地跟他打，打到他疼，打到他意识到再跟你纠缠下去，他会得不偿失。只有到这个时候，双方才可能坐下来达成协议。”

“为什么要这样呢？我真不理解，不就是为了钱吗？钱有这么重要吗？”

“钱只是一方面，更多的是人心。人心无限宽广，每个人都觉得自己无所不能，可每个人的一亩三分地却是有限，无限的人心撞上有限的地盘，这才是矛盾的根源。这样的人到处都有，绝对不是中国特色，我在外企待了十几年，见得太多了。”

严子曰默默不语，忽然长叹一声：“象牙塔里也不少啊！”

凌云忽然想到另外一个问题，忍不住问周双佳：“你真的有把握吗？”

周双佳摇摇头：“不知道。”

凌云吃了一惊：“那你还答应？”

“事在人为，我相信只要我们认真去做一件事情，就一定会有回报。”

严子曰猛地一拍墙壁：“我就算去跪着求，也要把许珂给求来！”

凌云一声苦笑，没有说话。

走出金茂大厦，凌云才发现外面已经狂风怒吼，黑云压城，天地间飞沙走石，茫茫一片。

“台风就要来了。”

四

凌云一行人走后，就在会议室里，丁文采迫不及待地打了个电话给聂小星，说话时眉飞色舞，唾沫横飞，外面还未下雨，里面先发了大水。

“老弟啊，跟你说，大哥今天总算出了一口恶气，打得那帮家伙落花流水，签了一个稳赚不赔的合同。妈的，不给他们点颜色看看，不知道马王爷有三只眼！还真以为老子好欺负呀……”

聂小星哈哈大笑，先恭维两句，说凌云虽然聪明，但跟大哥您比起来，无论是经验还是道行，都差得不止一点点。接着又抱怨：“大哥，您不能这么厚此薄彼吧，两家都是您的公司，一家在金茂大厦，全上海最好的写字楼；一家在川沙乡下，鸟不拉屎的旮旯，不会是因为将来这里要开迪斯尼吧？迪斯尼跟我们也没关系呀，这楼是租的，不是我们造的呀。”

丁文采“嘿嘿”一笑：“老弟，这个赚钱呢，要高调，做人呢，要低调。我把你放在川沙，就是要你低调做人，高调赚钱。什么金茂大厦，别看外表光鲜，不过是个空壳，挣的几个钱还不够去找洋妞潇洒，你那儿才是我的重中之重啊！”

“大哥，我们认识几十年了，也算是枪林弹雨里一起杀出来的，你别给我净扯这些虚的。我说的就是你这个什么网络彩票云平台，靠谱吗？我研究了半天，怎么觉得傻子才会来啊？”

“哎，老弟，这你可说对了，我挣的就是傻子的钱。”

“谁又是真傻呢？这些玩彩票的，还不一个比一个猴精？”

“精又怎么样，到了我这儿，保准他变傻子，乖乖地给老子掏钱！”

说了半天都说不到重点，聂小星有点急了，嚷嚷道：“真的还是假的啊？我说丁发财，我大老远来一趟不容易啊！老婆还等着我寄钱回去买奶粉呢，你可不能忽悠我呀！”

“老弟，我怎么会忽悠你呢。这样吧，你呢，就来当一回客户，本钱我出，让你实实在在地体会一下什么叫做把聪明人变傻瓜。”

这下聂小星无话可说了，表面上悻悻然同意，心里还是一百个不服气。没想到丁文采突然翻脸，一改刚才的和和气气，语速又快又狠，猛烈得像打机关枪：“聂小星，我们认识归认识，但该讲的规矩一个都不能少。你以后要么叫我大哥，要么叫我老板，或者叫我丁总也行，但丁发财这三个字，从今以后不准再提！”

聂小星吓得一哆嗦，忙不迭地点头答应：“知，知道了，大，大哥。”

云平台本身不做彩票，只为客户提供融资和代购的中介服务，如果客户赢了钱，需要给平台 30% 的提成；如果亏了，平台会补偿本金的 70%。而这正是聂小星看不懂的地方，因为没人能战胜概率，保证只赢不输；退一万步讲，就算真的有人运气逆天，一直赢钱，但谁又愿意拿出真金白银来分享呢？

没人傻啊！

哎，老板有令，不得不从！既来之，则安之，反正丁文采给了他一张银行卡，卡里有五万块本钱，抱着玩一玩的心态，买吧！

注册好账号，聂小星在平台里找了一个女客服，网名叫“冰清玉洁”，看头像是个 90 后，通过冰小姐买了五百元的筹码。聂小星心如明镜，这名字虽然叫冰清玉洁，实际却是黑山老妖，自己初来乍到，还是小心谨慎为好。

进入界面后，聂小星随便挑了一种彩票，一次性全部买光，果然不出意料，500 块钱很快输了个干净。聂小星摇摇头，心想这个丁文采，未免也太小看中国网民的智商了吧。

恰好这个时候，有趣的事情发生了。

冰小姐真的为聂小星充了 350 元的筹码！言出必行，说到做到啊！这下聂小星放心不少，拿着 350 元继续买，出人意料的是这回竟然中了！聂小星来了兴致，继续买，继续中，大大小小，一连中了好几把，不仅把五百元的本钱挣了回来，顺带着还盈利了 400 元！按照平台的分成协议，他得交给冰小姐 120 元。不过之前冰小姐已经给了他 350 元，就算现在扣掉 120，冰小姐其实还是亏的。

因此，当冰小姐问他还要不要继续买时，聂小星豪气冲天，毫不犹豫地同意了，不到两个小时，竟然挣了两千多块，盈利已经超出本钱的四倍！聂小星开始沾沾自喜，莫非真的是老天爷赏饭吃，自己买彩票天赋异禀？不过，接下来聂小星就没那么好运了，一连输了几把，把本钱输得精光。不过这也没什么，按照规定，冰小姐又给他充了 1400，因此他还是赢着钱。赢着钱，就不好意思退，反正钱也不多，那就继续玩吧，于是很快又把这 1400 输得精光。一连输了十多把，聂小星暗自不爽，想着算了，老子不玩了，割肉离场！

恰好这时，冰小姐提出了一个非常贴心的方案：她在聂小星的账号下存入 3000，聂小星自己存 2000，加大赌注，由冰小姐亲自出马翻本，赢回来的话，把她应得的部分给她打过去就行，因为链接的是聂小星的银行卡号，除本人之外其他人不能修改，聂小星思索片刻，便同意了。

专业人士出马，果然不同凡响，这次赢了，而且是大胜，连本带利，聂小星的账户上已经有了两万五千块，是当初投入本金的整整五十倍！

赢了之后，聂小星意识到不能再继续，买彩票等同赌博，久赌必输，趁着现在形势大好，应该见好就收，提款折现，落袋为安，此乃上上之策。聂小星本以为冰小姐会劝他继续玩，没想冰小姐根本没这个意思，不仅一口答应，还主动告诉他提现的方法。

按照提示，聂小星输入了取款密码，“1234554321”。

“咦，怎么提示错误？”

再来！“1234554321。”

“靠，怎么还是不对？”

聂小星满心纳闷，问冰小姐：“怎么回事呀？”

冰小姐也觉得奇怪，说要不你再检查一下注册信息，有没有什么地方填错了。聂小星无奈，一边嘟囔抱怨，一边打开个人信息页面，一条一条地仔细检查，靠靠靠！果然是输入有误，预留的银行卡号码竟然少输了一位！聂小星赶紧向冰小姐解释，冰小姐很生气，埋怨道：“你怎么能犯这么低级的错误呢？”

聂小星又愧疚，又着急：“那现在怎么办呀？”

“没办法，为了安全起见，你的账号现在已经被系统锁死了。根据流程，唯一的解锁方法，是在 24 小时内存入和账户等额的钱，系统会自动解锁，然后才能修改银行卡信息。”

聂小星还是心存疑虑：“真的吗？你做一遍我看看？”

冰小姐同意了，当着聂小星的面，拿过来另外一张卡，按照流程，从头到尾操作了一遍：输错卡号，账号锁定，存入金额，系统解锁，修正卡号，取出款项，顺顺利利，毫无问题。

这下聂小星彻底信了，按照账号的同等金额，输入了两万五千块钱。果然，系统立刻提示解锁成功，但需要两个小时后才能提现。因为心中有数，聂小星也不着急，拉着冰小姐扯起了家常。

“妹妹，你是哪儿人呀？”

“湖南。”

“真的呀？那我们是邻居啊！”

“你也是湖南的吗？”

“我是湖北的。”

“那你还说是邻居，哼！”

“湖南湖北，不就隔着一个洞庭湖嘛，你在湖那边，我在湖这头，你看我唱歌，我看你吃饭，不是邻居是什么？”

“哈哈，哥哥，你好幽默哈！”

“嘿嘿，妹妹，你知道唱歌是什么意思吗？”

“唱歌不就是唱歌，还能有什么意思？”

“这个嘛……”

“哥哥，你好坏呀！”

两人打情骂俏，聊得火热，两个小时很快过去了。聂小星得意洋洋，一边输入密码，一边哼着情歌，又挣到钱，又泡到妞，财色双收，收获不小啊！

“咦，怎么回事？怎么又提示输入错误？再来……靠，又锁死了！”

最后，聂小星把银行卡上的五万块钱，输得一干二净。

第十章　十二年后再相会

一

今天是七夕，倪芳特别高兴，走路哼着歌，办事带着笑，见谁都是满面春风，比外面的阳光还要明媚。用同事海伦的话说：“中彩票了？”用婆婆陈惠琴的话说：“吃错药了？”

当然，倪芳既没有买彩票，也没有吃错药，更不是因为七夕情人节要跟老公约会，事实上这个节日她从来没有过过，用凌云的话说：“七夕是情人节那纯属扯淡，明明只是牛郎织女约会的日子，人家一年才见一次面，不容易啊，我们就不要去打搅了。”

而严子曰则说得更加直白：“七夕在古代叫做乞巧节，是古代妇女向织女祈求心灵手巧的日子，跟情人半点关系都没有，严谨地说，应该是妇女同志们的劳动节。”

她这么高兴，主要有两个原因，一是试用期通过，通过之后，台湾女人对她礼让有加，不生气，不抱怨，加不加班随便，还把工资提高到了五千，弄得其他同事大跌眼镜，直呼看不懂。海伦忍不住问她：“你跟她到底说什么了？怎么一天之内全变了？”

倪芳只是笑笑，心想，这种事情怎么能告诉你呢。

那天台湾女人把她叫到办公室，关上门后，抬起下巴，一脸傲慢：“通知你一声，公司已经有了 decision（决定），你的合同会立即被 terminate（终止）。”

倪芳直接回道：“行！”

台湾女人一愣，按照她的套路，这个过程就是一部变形记：开头先化为猛虎下山，震住气场；然后摇身一变，生出三头六臂，一旦倪芳过来哭闹，她就可以抛出之前准备好的一大堆说辞，什么工作不够积极啊，融入团队有问题啊，产出结果让人不满意啊，等等等等，兵来将挡，水来土掩，任你千般变化，我自有问有答。

她万万没想到，倪芳竟然不按套路出牌，猛虎刚出洞，迎面就来了个武松，当头一棒，回答得这般干脆，准备好的三头六臂也就失去了用武之地。茫然之下，她倒有点不好意思："我不是针对你个人，但你的工作态度，确实有serious issue（严重问题）。"

"有什么问题你直说好了。"

"就像那天晚上，所有人都在等你开会，你怎么就那样走了？"

不提那晚还好，一提倪芳反而火了："老板，我已经解释过了，我儿子出了事，我能不管吗？换成是你，你难道会回去继续开会，扔下你的家人不管？对不起，我没有那么冷血。"

台湾女人恼羞成怒："难道你连打个招呼的时间都没有？这是工作，business is business，understand？我才没有你这样不懂得Professional！（工作就是工作，懂吗？我才没有你这样不懂得职业化！）"

倪芳冷冷回道："老板，请问7月10号的晚上，你是怎么表现出Professional的？"

台湾女人一愣，满脸困惑，重复道："7月10号？"

"对，周五的晚上。"

台湾女人忽然意识到了什么，脸"唰"地一下红了，像熟透了的番茄，红中带黑，黑中带紫："你，你看到什么了？"

"当然是非常、非常、非常Professional的东西。"

"他只是普通同事，噢，不，是普通朋友，噢，不，不，是一个台南过来旅游的远房亲戚，很久没见了。"

"老板，他是谁不重要，重要的是在哪儿。公司有规定吧，办公室只能是用来工作的地方。"

台湾女人哑口无言，一下瘫坐在椅子上，脸上一阵红，一阵白，刚才的胸有成竹消失得无影无踪，过了很久，她才哑着嗓子问："你想怎么样？"

“老板，如果你不逼我，我真的不想把你怎么样，我们都让一步吧。”

虽然凌云说七夕只是牛郎织女的私会日，虽然严子曰说七夕是妇女同志的劳动节，但这显然没有得到广大人民群众的认可，大街上灯火通明，人来人往，红男绿女们，成双成对，或挽着肩，或勾着肩，或拖着手，塞满了每一个酒吧、电影院、餐厅、商场。

倪芳也不是一个人，她跟杨利达约好了，晚上一起去看电影。刚才的一招是杨利达教给他的，7 月 10 号那天，杨利达回家后才想起手机落在了公司。本想算了，明天再去拿，但又一想不行，周末保安放假，公司无人值班，只能周一过去。一个周末看不到手机，那可是会要人命的！于是连夜驱车四十公里，偏偏路上遇见堵车，八点半出发，十一点半才到。走进公司，发现保安已经不在，但台湾女人的办公室里还亮着灯，在漆黑一片的区域内显得特别扎眼。亮灯本没什么，台湾女人爱加班，公司里人人皆知，但问题在于，里面传出的声音——“雅蠛蝶，雅蠛蝶”，怎么听都跟加班也没关系。

除非，台湾女人躲在里面看日本片？

想到这个，杨利达忍不住笑了。看不出来啊，这娘们表面装得一本正经，原来背地里也是性情中人。杨利达好奇心大盛，蹑手蹑脚地走近台湾女人的办公室，想一探究竟，听听看她到底在看哪部片。杨利达对这个颇有研究，他有一项绝技，苍井空、松岛枫、野原玲、友田真希、酒井千奈美、小泽玛利亚……不用看脸，光听声音，就能辨别个八九不离十。可这次无论他怎么听，也听不出是谁，难道是新出来的女优？也不对呀，有什么新人他会不认识？正在纳闷，却惊讶地听到，女优突然变成了中国人，说得一口台湾腔：“哥哥，你好坏呀，弄得人家好难受的。”

接着，又听见一个男人放肆的淫笑：“达娜，你才弄得我难受呢，痒死我了！”

杨利达终于明白了，我靠，敢情不是在电脑里看日本片，是现场直播的真人秀啊！机不可失，时不再来，杨利达赶紧溜到位置上，拿到手机，又溜回来，对准门缝……

走在大街上，杨利达和倪芳有说有笑，但始终保持着一米距离。到了电影院，发现里面人山人海，连个坐的位置都没有。买好票后，见距离开场还有五十分钟，杨利达提议:“要不先到外面找个安静的地方，休息一下？”

倪芳犹豫了一会儿，说不用了吧，就在门口走走好了。

刚走出电影院门口，杨利达忽然停下来，叹了口气。

倪芳纳闷，问:“你怎么了？”

杨利达幽幽回道:“上帝对我太残酷了，让我今天才看到你。”

倪芳“噗嗤”一声笑了:“你在说什么呀，我们都认识好几个月了。”

“那不一样，以前的你，只是同事；今天的你，却是天使。”

倪芳的脸唰的一下红了，低着头小声说:“你不要乱说话，我已经结婚了。”

“唉，你老公真是一个幸运的男人，每天一睁眼就能看到天使。”

一提到老公，倪芳忽然想到她跟凌云已经分居好几年了，每天凌云一睁眼看到的不是自己，是他的手机。

看着倪芳怔怔出神，杨利达走过来，用手托起倪芳的脸，深情地望着她的眼睛，轻轻地说:“在你的眼睛里，我看见了美丽的星星。”

忽然间，倪芳闻到了一股好闻的异香，香味里饱含热烈，热烈中散发迷乱，迷乱中让她情不自禁地闭上眼睛，浑身燥热，心如小鹿乱撞，想挣脱杨利达，身体却瘫软，无能为力。说不上这是一种什么感觉，只知道心里明明想拒绝，身体却在暗示渴望。

“不要，不要。”倪芳喃喃自语道。

杨利达得意地一笑，用手插进倪芳的头发，凑近她的耳朵，呵着热气，温柔地说:“我能吻一下你吗？这样我就可以一年不用吃糖了。”说完，杨利达轻轻咬了一下倪芳的耳垂。倪芳猛地一抖，一股热流从下往上，以迅雷不及掩耳之势直冲头顶，排山倒海，势不可当，就在即将沦陷的最后一刻，倪芳狠狠咬了一下自己的舌尖，剧烈的疼痛让她瞬间清醒，用力推开杨利达，斩钉截铁地说:“不行，我要回家了！”

还没等杨利达反应过来，倪芳头也不回地往前跑，不知怎么了，她一边跑，一边眼泪掉个不停。只听见杨利达在后面大声喊道:“你别走呀，电影马上就要开场了，一张票要七十块呢！”

不知跑了多远，倪芳才停下来，拿出手机，拨了个电话给凌云，铃声响了很久，凌云才接，背景一片嘈杂，一个男人正在声嘶力竭地唱一首歌:

捡了一回那刺激浪漫当下的欲望；
过了一程那冲动盲目之下的疯狂；
品那些遐想，尝那些火花；
然后坠落，又坠落，旋转流离在迷乱的网……

凌云大声说：“怎么了？”

“老公，我想你。”

“你没事吧？”

“没事，就是想你。”

“你到底搞什么呀，今天是七夕，不是愚人节啊？”

倪芳一下呆住了，缓缓放下手机，任凭凌云在电话里继续。

“喂喂喂，这里太吵了，信号又不好，听不清啊……”

这个晚上，倪芳不知道自己是怎么回的家，地铁，公交，还是步行？事后忘得一干二净。她同样忘记了，今天那件让她最高兴的事，还没来得及跟凌云提起。

二

这个晚上，凌云的手机信号确实不好，不好是因为他不在上海，而是在黄山的山顶。

跟倪芳履行承诺陪杨利达看电影一样；凌云也在履行承诺，陪周双佳去参加大学同学的聚会，聚会地点定在了安徽黄山。不过，凌云留了个心眼，只跟倪芳说去参加同学会，却没说跟谁一起去。倪芳也未多想，只叮嘱道：“路上小心，别喝多了。”

“没事，我不开车，坐高铁。”

现在从上海到黄山有高铁直达，全程只需要 4 小时 46 分，远比自己开车来得轻松快捷。周双佳回国快两年了，还是头一回坐高铁，兴奋得像个孩子，上车后她东看看，西瞧瞧，瞪大眼睛问：“时速真的能到 350 公里？”

“差一点儿，300 肯定没问题。”

“哇，那也够快了！在美国，火车时速只有 80 公里，跟中国的比起来，简直像蜗牛一样！”

“所以说嘛，你回国是回对了。从长远看，美帝国肯定是一天天衰落下去，大中华肯定是一天天美好起来。”

“嗯，我当初想回来的时候，宋赟他还不愿意呢！”

“为什么不愿意？”

“舍不得呗！美帝国可是好山好水呀，骑马打猎，游山玩水，连个人影都见不着，空气别提多好了！”

“这个没办法，要发展，肯定要做出一定的牺牲，全世界都一样。”

“这你可说对了。前几年我去德国，那里莱茵河的河水特别清澈，特别干净，鱼儿一群一群的，随便捞，可是当地就是没人吃。开始我以为是他们不爱吃，后来才知道，是他们怕污染，别看莱茵河现在这么干净，就在十几年前，那个乌漆墨黑呀，脏得跟臭水沟似的，别说吃鱼，看都没法看！”

“是啊，我只希望我们这一代人在做最后的牺牲，我们的孩子可以享受到蓝天白云。”

两人正聊得开心，周双佳忽然注意到过道对面有个小男孩，眼睛一直往这边瞟。周双佳冲他笑笑，他立刻转头看窗外，仰着头，嘴巴撅得老高，显得特别傲骄。

过了一会儿，小男孩蹦蹦跳跳地来到周双佳面前，一张小脸红扑扑的，像熟透的苹果，小男孩歪着脑袋看了一会儿周双佳，突然开口道：“姐姐，你的手机还挺好看的。”

周双佳笑了：“谢谢，你要不要玩？”

小男孩扭捏了一下，说：“不要。”

“小朋友，你今年多大了？”

“七岁。”

“那你不能喊我姐姐呀，应该喊我阿姨。”

“不，你就是姐姐。姐姐，你也很好看！”

这下周围的人全笑了。小男孩的妈妈有点儿不好意思，赶紧招呼道：“小乐，快点回来，别打扰阿姨说话。”

小男孩心不甘情不愿地往回走，磨磨蹭蹭走到一半，又突然折了回来，神情扭捏：“姐姐，我想跟你说个悄悄话。”

周双佳低下头凑近他，感觉一股热乎乎的气息迎面而来。小男孩把嗓门压得低低的：“姐姐，你嫁给我好不好？”

周双佳顿时呆住了，在四周喧闹的火车声中，整个世界都安静下来，往事像一部无声电影，飞快地在脑海里闪现。十二年前，就在校园的珞珈山山顶，年轻的宋赟说过同样的话。

“姐姐，你嫁给我好不好？”

物是人非事事休，欲语泪先流。一个七岁小男孩无意间的一句话，却让三十三岁的周双佳模糊了视线。

凌云觉得情况有异，过来问：“他跟你说什么了？”

“没，没什么。”

“还说没什么，你看你，眼睛都红了。怎么了，你哭了？”

“没有，当然没有，我是什么人呀，怎么会哭，是刚才眼睛里进灰了。”

说完这句，周双佳顺势揉了揉眼睛，开口问小男孩：“8+18 等于多少？你能答出来，我就答应你。”

“我不会算，你问我简单的，问我简单的！”

“算出来，我就答应你，姐姐说话算数。”

小男孩把手指乱掰，恨不能脱下鞋子加上脚趾。周双佳把手指也借给了他，还是没能算出来。直到小男孩的妈妈过来把他拖走时，他还在那里手忙脚乱……

三

黄山天海景区，白云宾馆，大堂内贴着一条红色横幅，上面写着一行大字：“武汉大学国际贸易系 99 届 302 班同学会。”

下面还写着一行小字：“珞珈山，樱花盛开；东湖岸，白雪皑皑。同学们，让我们十二年后再相会！”

来黄山的路上，凌云一直在思考一个问题，这么多年过去了，宋赟会变成什么样？是不是还跟以前一样，英俊潇洒，玉树临风？不过，美国的垃圾食物热量那么高，他应该会变成一个大腹便便、满身油腻、半秃顶的大胖子吧？

一想到这个，凌云心里就油然而生一股快感。

直到走进包厢，亲眼见到宋赟的那一刻，他的快感才变成了肥皂泡。宋赟虽然变化很大，确实胖了，也老了，但绝没有凌云期望的那么不堪。相反，十二年的时间，让这个当年笑傲校园的英俊少年，出落得更加沉稳、大方，魅力不凡，在一干平头土脸的男同学中，尤其显得鹤立鸡群。

凌云悄悄看了一眼周双佳，发现她正呆呆望着神采飞扬的宋赟，活像一个犯了花痴的怀春少女。凌云的心情顿时荡到了谷底，一肚子的不高兴：“让我陪你来，难道就是让我见证你还爱他？”

也是因为心情不佳，宴席开始后，其他人喝酒、叙旧、拍照、加微信，你来我往，热火朝天，凌云却拉长一张脸，强颜喝酒，尴尬说话，酒越喝越苦，话越说越涩，总感觉自己是多余的。其他人以为他在摆名人的架子，除了开始恭维两句，后面再也不理。

后来还是凌云自己想通了，他除了外表不如宋赟，其他方方面面，什么家庭啊，事业啊，收入啊，知名度啊，哪样不如他！

先看家庭，宋赟离婚，没有孩子，孤家寡人一个；而自己老婆贤惠，儿子乖巧，阖家欢乐，这就胜了一筹。再看事业，据周双佳说，宋赟在一家美国公司里面搞 IT，当工程师。搞 IT 都是吃青春饭的呀，宋赟虽然比他小两岁，但也过了三十二，一把年纪了还搞这个，替资本家卖命，没前途的！而凌云呢，堂堂编辑部主任，为国出书，为民请命，从社会价值上就高了不知多少倍。再说收入，工程师能挣几个钱？一月一两万撑破天了吧？苦哈哈地打工而已；而自己虽然工资不高，但提成巨大，如果这次影视出版的合同能搞定，好家伙，那进账可以用百万计啊！

更何况，自己还是微博名人，受万千粉丝敬仰，随便写个故事，立马应者如云，这份荣耀，这番满足，这种成就，又岂是他一个普通工程师可以比的？

想通了之后，凌云便开始插科打诨，谈笑风生，和群众打成一片。有人就感慨："堂堂一个名人，一点架子都没有，不容易呀！"

凌云笑道："大家都是同学，我在你们面前不用装！"

马上有人喝彩："好，就为这个不装，大家干一杯！"

酒过三巡，男男女女都喝多了，有人就提议玩游戏，把身边人最大的特点当做最大的缺点来说；然后身边人需要马上反驳；最后由大家做裁判，输了要么喝酒，要么唱歌。

姚宁个子高，超过一米九，旁边的王祝楠就说他："高有什么用，找对象都不容易，搞不明白的还以为是在拐卖儿童呢！"姚宁哈哈大笑，说："没用，没用！就是你跟我一起打篮球的时候，别人会以为我在欺负小朋友。"

大家哈哈大笑，异口同声地说："王祝楠，喝酒！"

张紫懿身高一米六八，瘦得像竹竿，从毕业到现在，体重从来不过百，旁边的郑辛夷就说她："瘦有什么用，一阵风都能吹跑，你老公跟你一起出门逛街，还得拴根绳呀！"张紫懿就说："对，你跟你老公上街，也必须拴，不拴的话，人家还以为你老公偷了一头河马呢！"

大家笑骂："什么乱七八糟的呀，张紫懿喝酒，郑辛夷唱歌，你们两个一起！"

周双佳上围傲人，达到了34D，旁边的柳寒雅就说她："大了有什么好，衣服不好买，走路会跌倒。"周双佳"呵呵"一笑："小丫，你是喜欢吃你们老家的荷包蛋，还是你老公家的山东煎饼？"

柳寒雅是南方人，从来不吃面食，听了这句话，满脸莫名其妙。

"当然是荷包蛋呀，山东煎饼又硬又薄，咬都咬不动，难吃死了！对了，佳佳，你问这个干吗？"

周双佳强忍住笑："没什么，我已经说完了。"

大家这才反应过来，爆发出一阵狂笑，有人笑得捶胸顿足，有人笑得连眼泪都出来了。

"小丫，这次你得喝一瓶，唱一宿！"

接下来轮到宋赟了，坐在他旁边的是凌云。凌云还在犹豫该怎么说，没想被对面的付小宝抢了先，指着宋赟的鼻子，大声说："这年头帅有个屁用，能当钱花，还是能刷卡？靠，老婆都跟人跑了！"

刚才还热火朝天的场面一下安静了，大家面面相觑，无人开口。凌云便知道了，这个付小宝，还在记恨当年被宋赟横刀夺爱的事。但事情过去了这么多年，又何必呢？要知道，当年被宋赟横刀夺爱的苦主多了去了，若是让大家来排队，估计能从东湖岸边排到珞珈山顶，不说别人，在座的都有几位，你这又是何苦呢？

凌云偷偷望了宋赟一眼，看他面不改色，只是微微一笑。

“呵，确实没什么用，只是我喜欢你老婆的时候，你老婆也恰巧喜欢我的可能性会很大。”

付小宝勃然大怒，骂了句“我操！”同时操起酒杯就往宋赟身上砸，宋赟早有准备，猛地一闪，酒杯“哐当”一声砸在墙上，裂成无数块碎片。

大家慌了，赶紧过来劝架：“大家都是同学，冷静，冷静！”提议玩游戏的哥们也开始自责：“都赖我，都赖我，玩什么不好，玩这个！我自罚三杯，给大家唱歌，算是赔罪！”

有人使坏，找服务员拿来三个一升装的啤酒杯，依次倒满。这哥们也好生厉害，“咕噜”“咕噜”，一杯接一杯，一口气全部喝完。

众人纷纷鼓掌，怪叫：“好！还是老大威猛！”王祝楠大声叫道：“老大是新疆来的，当然威猛了！兄弟们，你们还记得奶子的故事吗？”

男同学们哈哈大笑，齐声说：“记得！”只听得女同学们莫名其妙，纷纷问：“什么故事呀？”

有人就起哄了，说王祝楠，赶紧站起来，给女同胞们普及一下老大的威风史，这么威风的事迹，女同胞们竟然不知道，太不像话了！

王祝楠个矮，也就一米四九，站起来跟姚宁坐着差不多高，姚宁干脆把他抱到椅子上，众人越发叫好。王祝楠也兴致大发，大声说：“我们老大是新疆娃儿，到武汉上大学，军训第一天早上到食堂打早饭，问打饭阿姨：‘有奶子吗？’一连问了三遍。阿姨的脸都红了，说你这个新同学，怎么一来就耍流氓啊！”

男同学们笑得前仰后合，一边放声大笑，一边拿着筷子敲碗：

“奶子，来一个；奶子，来一个！”

女同学们也笑得花枝乱颤，柳寒雅是南方来的，没听太明白，问边上的周双佳：“奶子是什么？”

“傻丫，就是牛奶，西北人都管牛奶叫奶子。”

老大喝得满脸通红，大声喊道：“来就来，给你们唱一个撕心裂肺的，告慰我那被嘲笑了三年的心灵！”说完，他拿过话筒，伴着旋律，扯起嗓子，声嘶力竭地吼道：

我要怎么说我不爱你，我要怎么做你才能死心；
我们一再一再地证明，只有互相伤害的较劲！
我要怎么说我不爱你，我要怎么做你才死心；
痛苦不断不断地交替，还有什么留情的余地！

有这般豪爽坐镇，有如此热闹垫底，酒宴的气氛又变得热烈了，仿佛刚才的不快从未发生。

一片喧闹声中，宋赟拍拍凌云的肩膀：“好久不见了，等下散了，我们出去走走？”

凌云心里一惊，下意识地望了一眼对面的周双佳，周双佳正和旁边的柳寒雅说着什么，笑成了一朵花。

“行啊，好好聊聊。”

四

宾馆的后面有一处悬崖，悬崖上挂着一条瀑布，哗哗地往下流水。酒宴散后，有人约着去打麻将，有人约着去唱卡拉OK。凌云和宋赟哪儿都没去，他们走在最后面，沿着瀑布前的山路，深一脚浅一脚地往前走。

“凌云，算起来，我们认识有十五年了吧？”

“不止了，十六年了。1999年刚开学我们就认识了，我还找你借过钱买电脑呢。”

“哈哈，这么久了，你还记得啊？”

“能不记得吗，为了还你钱，我吃糠咽菜了大半年！”

“噢，我想起来了，是有这么回事。不过我一直搞不明白，你说你就为了买台电脑，把自己搞得这么惨，值得吗？”

凌云心里苦笑，你当然不会明白，对你轻而易举的事情，对我却是难于上青天。但心里这么想，嘴上却不这么说，还是自嘲道：“值得啊，当然值得。你看我后来不就是靠电脑混饭吃吗？提前跟吃饭的家伙搞好关系，我还赚了！”

“呵呵，你还是这么想得开，这就是我佩服你的地方，我就不行。”

听宋赟话里有话，凌云心中一动，试探着问：“你指的是回国？”

宋赟点点头：“没错。其实我根本就不想回来，我在美国待了十年，早就习惯了。”

凌云便知道了，一定是周双佳坚持要回来，宋赟无可奈何，只能被动同意。不知怎么了，凌云心中忽然有点快意，想你宋赟一代男神，曾经叱咤风云，是无数少女的梦中情人，没想最后也会败在一个女人手里呀！真是让人高兴！但心里这么想，嘴上还是安慰：“算了，来都来了，既来之，则安之吧。中国没你想的那么差，美国有什么？不就是好山好水吗？但是也好无聊啊！”

宋赟苦笑了一声：“我不是说这个。”

“那你说什么？”

“你应该知道，我回国才一年就跟周双佳离婚了。她跟你说过为什么吗？”

凌云摇摇头，说没有，真没有，我只知道你们离婚了，但真不知道为什么。

“说出来你都不会相信，连我自己都不会相信，太可笑了！”

也许是因为喝了酒，晚上的山风又凉，被风一吹，凌云只觉得头疼，浑身无力，就地找了一块大石板，一屁股坐下，双手撑在背后，双腿舒展在身前，顿觉舒服了很多。

“我说咱别走了，坐下歇会儿吧。兄弟，我知道你心里苦，谁结婚的时候都是冲着一辈子去的，白头偕老，永结同心，可不只是说说而已。可是两口子，无论怎么亲密，也是两个人，是人，就有不一样的地方，如果她不能改变你，你又不能适应她，那怎么办呢？总得有一个出路吧。与其在折磨中难受，不如在痛苦中解脱，想开点儿吧。”

宋赟跟着坐下，他身高腿长，双腿伸展不开，只能半蜷曲着，叹了口气：“我不是想不开，只是觉得可笑，太他妈可笑了！”

“到底什么事？你能跟我说说吗？”

茫茫夜色之中，就在黄山的山顶，宋赟仰望星空，讲起了他跟周双佳的往事，一盘象棋引发的血案。

“我们回国后，我到一家世界五百强的公司做 IT，薪水虽然没有在美国高，但也不少，一个月两万，不错了吧？周双佳却一直高不成低不就，一连两份工作都没干满一个月，后来就闹着要自己创业，钱没挣到，人却累得像条狗，每天早出晚归，家里什么活都不干。她创业我也支持，谁让我是她老公呢？于是家里的活我全包了。从小到大，我什么时候干过这事啊！读大学时，连衣服都是女朋友帮我洗的。结果呢，现在活生生被逼成了一家庭妇男，还自带薪水养家糊口。可就算我做了这么大的牺牲，她还是看我不顺眼，说我不上进，天天玩游戏。我是喜欢玩游戏，可那也是没办法呀，回国后我以前的爱好都没了，潜水、冲浪、打猎、爬山，在上海怎么玩？到黄浦江去潜水？到佘山去打猎？再说，我也不是天天玩、夜夜玩，也就是休息的时候放松一下，总比到外面赌博、找女人要好吧？可就为了这点破事，她不知道跟我吵了多少回。有一回，我正在网上跟别人下象棋，正是紧张的时候，她竟然招呼都不打一个，直接把路由器给关了！那次我也怒了，两人大吵了一架，第二天就去扯了离婚证……凌云，你说可笑吗？就为了一盘象棋。”

凌云听得唏嘘不已，没想到啊没想到，当年珞珈山上不食人间烟火的金童玉女，如今也会为了尘世中的一地鸡毛争执不停，究竟是生活改变了我们，还是我们改变了自己。也是因为喝多了，凌云觉得浑身乏力，没有多想，安慰了两句，便道别宋赟，回了自己房间。

回到房间，凌云做了两百个俯卧撑，三百个卷腹，四百个高抬腿，热出一身大汗，待洗漱完毕，看着时间已经快到十一点，犹豫着是不是打个电话回家，晚上倪芳的那个电话莫名其妙，突然说什么我想你，难道是七夕节在外面看见了什么，触景生情？应该不会呀，家里那么多事，她一个人哪有心思在外面逛街，估计也就是韩国的肥皂剧看多了。

正在胡思乱想之际，周双佳给他发来一条微信。

“睡了吗？”

凌云本来想装傻，装作没看见。起程之初，他还心存幻想，想着是不是会一亲芳泽，为此他琢磨了一路，是主动出击，还是被动接受？是开门见山，还是暗示缠绵？

希望越大，失望也越大啊！从同学聚会开始的第一分钟，周双佳便没有跟他说过一句话，甚至都没有看过他一眼，想起高铁上的念头，越想越觉得羞愧，越羞愧越明白自己是在自作多情，十六年前替周双佳装机的时候是，十六年后陪她来参加同学聚会也是。现在亲近的念头已经烟消云散，只觉得整个过程莫名其妙，荒唐透顶。算了，就当完成任务吧，明天一早起程回家，家里还有好多事呢。

再一想，又有点理解。像宋赟这样的男人，那身材，那样貌，堪称极品！别说女人看着受不了，连男人看着都会动心，他们又是多年的夫妻，久别重逢，失态也是难免。想通了，凌云就在手机里回复："马上，你怎么还没睡？"

"一个人，睡不着。"

"你不是跟小丫一间吗？"

"我被抛弃了，她和姚宁在一起。"

凌云大吃一惊，这两位一个来自东北，身高一米九，高大威猛；一个来自广西，小巧玲珑，刚到一米五，别说在大学时代没有交集，连微信都是酒宴上刚刚加的。这才几分钟，怎么就在一起了？真是速度与激情啊！

"姚宁不是跟王祝楠一间的吗？他们是好朋友啊，不是说要彻夜长谈、回顾四年友谊的点点滴滴吗？"

"呵呵，王祝楠和张紫懿在一起……"

乱了，乱了，全乱了！如果说刚才凌云只觉得无聊乏味，现在更多添了一分恶心，恶心之余，话里也没了好气。

"早点休息吧，明天一早我就回上海了。"

过了半天，周双佳也没有回应，凌云正想关机睡觉，周双佳却突然打来电话，铃声在安静的房间里显得尤其刺耳。

"有事吗？"

"你怎么突然变了？是不是宋赟跟你说了什么？"

"没什么，也就是叙叙旧。"

"他是不是跟你讲了为什么我们会离婚？"

“嗯。”

周双佳沉默了半天，突然爆发了。

“你别听他的！一个大男人，一点儿都不知道上进，什么都不学，什么都不干，就知道玩，成天玩游戏！在美国的时候，他爱玩也就算了，美国的生活稳定，可以一眼看到老，玩一玩没关系。可这里是中国，每天都在发展，每天都在变化，每天都在日新月异，我出国的时候，上海的大街上有几辆车，数都数得出来，现在呢，别说市中心，连郊区天天都在堵！变化这么大，我们不努力行吗！我一个女人，可以在外面抛头露面，日夜奔波，他一个大男人，凭什么天天在家里窝着，昏天黑地地打游戏！”

“你们离婚，真的只是为了一盘象棋？”

“拜托，那只是导火索！你知道他是怎么玩的吗？他在网上下不过人家，就在手机里装了一个象棋大师的 APP，一边跟 APP 下，一边拿着 APP 里电脑的棋招去对付网上的对手。我真是服了他了，这种方法居然都能被他想出来。可是，他为什么不把这股钻研劲儿用在事业上去。”

“算了算了，离都离了，想开点吧……”

安慰了几句，凌云忽然又想到了一个技术性问题。

“离婚可以在国内办吗？不需要去美国？”

周双佳一愣：“可以呀，我们两个拿的都是绿卡，是中国公民。”

“你们没有入籍啊？”

“没有，绿卡多好啊，来回方便，连签证都不需要。入籍通常只是为了方便孩子读书，我们又没有孩子，入籍干吗？”

一提到读书，凌云忽然想到儿子明年就要读小学，他跟倪芳都没有上海户口，要想让儿子念好的小学，只有两个办法，要么去考民办，要么去买学区房。

唉，两个都不容易！

凌云满心都是儿子上学的事，电话里也就没了反应，过了半天，周双佳忍不住问道：“你没事吧？”

“啊，哦，没事。”

“早上陪我去看日出吧？我听说黄山的日出是天下一绝。”

“估计不行，天气预报说是阴天。”

“呵呵，那就陪我去看云海吧，也是一绝。”

五

清晨，黄山光明顶。

早起看日出的游客不少，层层叠叠，或坐或站，挤满了山顶，有人攀着树干，心急火燎地张望；有人靠着石头，优哉游哉地聊天；更多的人是拿着手机，热火朝天地拍照，刷朋友圈。

一干同学之中，只有凌云和周双佳早起，他俩约好早上五点在宾馆门口见，然后花了二十分钟爬上了光明顶，结果跟天气预报说的一样，今天是个阴天，不见太阳，只有云。

不过，就算是云，也壮观得惊心动魄，层峦之间，风起云涌，像大海一般广阔；虚实转换，斗转星移，又像宇宙一样神秘。凌云站在山顶的最高处，眺望云海，俯览群山，兴致大发：“真是会当凌绝顶，一览众山小啊！今天没白早起，活了这么多年，第一次感受到了咱名字的意义。”

周双佳站在他旁边，扭头问道：“什么意思呀？”

“凌云嘛，不就是凌驾于云雾之上吗，现在眼前不就是吗？”

“呵呵，听我的没错吧。早起的鸟儿除了有虫吃，还有风景可以看。”

凌云一本正经地说：“那早起的虫子怎么办？就为了被鸟吃？”

“不，虫子是为了喝到早上最清甜的露水，吃到最新鲜的树叶。”

“哎，就为了一口好吃的，连命都丢了，值得吗？”

“当然值得！我们的生活需要改变，与其一辈子碌碌无为，混吃等死；不如趁着大好时光，奋斗一回，这样即便到了离开这个世界的时候，也不会后悔！”

凌云不禁有点触动，特别是这番话从一个女人口中说出来，也就是在这个时候，他突然明白了周双佳为什么会和宋赟离婚，一个安于现状，一个追求改变，纵然外表如何搭配，内心也终究会渐行渐远。

忽然间，人群中爆发出一阵骚动，有人大声欢呼：“快看快看，出来了，太阳出来了！”

凌云朝着天边望去，一轮红日正艰难地从层峦叠嶂的云海中突围，猛地一跃，露出尖尖一角，可转眼就被云雾吞没，来回挣扎几次，光芒却越来越暗。旁边一个小男孩急了，双手拢在嘴边，激动地大喊大叫：“太阳公公加油，太阳公公努力！”众人都笑了，也许是被小男孩的情绪感动，凌云跟着众人一起，大声为太阳加油打气：“加油，加油！努力，努力！”

周双佳扭头看了凌云一眼，在四周的喧闹声中，大声问他：“你知道为什么我会这样努力吗？”

凌云点点头，又摇摇头，大声回应：“不知道，你说吧！”

“小时候，有一次我在医院，碰见一个老头带着他的儿子来看病，他的儿子很年轻，长得很帅，却得了癫痫，影响正常生活，丢了工作。这个病并不复杂，医生说很适合做手术，手术后不会有任何后遗症。”

“后来呢？”

“后来那个老头很干脆地说，还是吃药吧，没有钱做手术啊！医生继续劝他，说吃药效果不好，副作用非常大，而且这个病会很危险，随时会脑出血，会出人命！年轻人可怜巴巴地望着老头，老头当时就哭了，是痛哭，号啕大哭，我从来没有见过一个男人哭得那样绝望，他一边哭，一边说我也想给他做手术，可是真的没有钱啊！”

凌云听着很难受，但难受之余，更多的却是疑惑：“这跟你有什么关系吗？”

不知是不是受到大家鼓舞，太阳几经来回，终于跃出了云面，向天地间散发出骄傲的光芒。

周双佳望着远方的红日，忽然笑了，笑得泪流满面，在众人的欢呼声中，她对着太阳大声呼喊：

“爸爸！那个年轻人，他是我爸爸！”

凌云大吃一惊，立刻想起了肥头大耳的周大头，脱口而出：“你爸爸没得过这种病啊！”

话音刚落，又意识到什么地方不对劲。

第十一章 买房风波

一

凌云担心的，正是倪芳高兴的。

七夕节那天，除了顺利度过试用期，最让倪芳高兴的事情，是儿子通过了七宝国际小学的初试。在上海，坊间流传着一条不成文的规律：民办小学、民办初中、公办高中、优质大学；公办小学、公办初中、民办高中、垃圾大学。而七宝国际小学，正是民办小学中精品中的精品。正是因为精益求精，带来的竞争也异常激烈，别的小学入学考试只需要提前几个月，他们却要提前整一年开始初试，考语文、考数学、考外语、考钢琴、考心理……通过后，明年才有机会被正式录取。

倪芳和凌云都没有上海户口，家附近对口的公办小学又是垃圾。当然，“垃圾”只是倪芳一个人的评价，凌云并不以为然，当年他在中部小镇就读，那里的教学条件、师资水平，别说跟北京、上海这种一线城市比，跟其他省会城市比起来，也差十万八千里。就这样的条件，他不一样考入名牌大学？用陈惠琴的话说，叫做“师傅领进门，修行靠自身，书念得好不好，主要还看孩子聪不聪明”。

对妈妈的话，凌云向来是左耳进、右耳出，唯独这一句，铭记于心。

但倪芳的态度很坚决，一定要让儿子读最好的小学，绝不能一开始就输在起跑线上，为此，她给儿子报了各种课外班，学游泳，学外语，学钢琴，学各种乱七八糟的东西。一个六岁的孩子，每个周末早出晚归，脚不沾地，忙得像国家总理，看得陈惠琴心疼不已，因为孙子的教育问题，她没少跟媳妇吵架。

看着儿子疲倦的小脸，哈欠连连，倪芳也很心疼，但咬咬牙，还是逼着儿子继续。在倪芳的心灵深处，一直有一个遗憾，小时候她的成绩很好，顺利考取了省重点中学，这所中学的高考录取率高达百分之九十几，可就是因为家里弟妹多、条件差，为了早点参加工作，替家里分忧，她不得不放弃大学，改读了一所财务中专。开学前的那天晚上，倪芳哭了整整一夜，天亮的时候，她擦干眼泪，告诉自己，这是命。

但这只是倪芳的命，不是豆豆的命。妈妈当年的悲剧，绝对不能在儿子身上重演，做妈妈，就一定要竭尽所能，给儿子最好的东西。

不知道是理解妈妈的良苦用心，还是本来就天资聪明，豆豆也很争气，他顺利通过了小学文化初试。知道儿子成绩的那一刻，倪芳幸福得简直要晕过去，她甚至觉得，这是人生中最幸福的时刻，没有之一。

不过，曾经有位哲人说过："幸福总是那么短暂，长久存在的叫做痛苦。"倪芳不认识这位哲人，但很快体会到了这句话的含义。

一周过去了，却迟迟没有录取的消息，倪芳觉得有点儿不对劲，跑到微信群里去询问，结果让她大吃一惊，不少家长已经收到了消息！这下倪芳着急了，一天到晚给学校打电话，可学校的回复永远是让她在家里等通知。凌云开始不以为然，不过念个小学，义务教育，人人有份，又不是考大学，千军万马过独木桥，从此决定人生走向。但看着老婆成天魂不守舍，茶饭不思，又不忍心，恰好编辑小叶的表哥在教育界有点影响力，便托了关系，想去学校一查究竟。

可过了好几天，学校还是没有动静，倪芳按捺不住，又给学校打了一个电话，不知是被倪芳的执着感动，还是凌云托的关系起了作用，这回学校总算给了一个说法，接电话的是学校负责招生的一位老师，她吞吞吐吐地说我们在做儿童心理复查的时候，发现凌力同学的一些问题……

倪芳急了："什么问题呀？为什么不早点说？"

老师有些不悦："凌力妈妈，学校有学校的制度，结果都没出来，怎么能乱说呢？"

倪芳赶紧道歉，说对不起呀老师，我不是这个意思。您看我能不能去一趟，这样当面可以把问题说得更清楚。老师犹豫了一会儿，说那就今天下午吧，我们只有下午有空。

倪芳马上答应，赶紧请假，当天下午就赶到了学校。一进办公室，倪芳便感觉气氛不对。招生老师是个五十来岁的中年妇女，衣着考究，满脸严肃，直接开门见山："凌力妈妈，我们觉得凌力同学的心理存在较大的问题。"

倪芳不敢反驳，小心翼翼地问："他有什么问题？"

老师递给她一张"儿童心理测试问卷"，上面列着四十多道题：

1. 学习的压力经常使自己感到非常烦躁，厌恶学习。

2. 经常被强迫做自己不喜欢的事情，感觉不开心。

3. 老师讲概念，常常听不懂，懂了忘记得也快。

4. 遇到不开心的事情不敢说出来，只能放在心里。

5. 喜欢跟年幼或者能力不如自己的人在一起玩。

……

问卷最后写着对她儿子的评语："该生有较严重的心理障碍，应该及时找儿童心理学家进行治疗。"

看完评语，倪芳吓了一跳，急忙辩解道："老师，小孩子可能是胡乱瞎做的，我回去跟他讲讲……"

"凌力妈妈，你还是没有意识到问题的严重性。任何成年人出的心理问题，都是儿童时代创伤的投射。这不是小事，我今天请你过来，就是想引起家长的重视，一个孩子的健康成长，离不开学校和家庭的共同努力，从某种程度上说，原生家庭起的作用，要远远大于学校。"

听老师说得严重，倪芳有点急了。

"这么小的孩子，能有什么问题呀？"

"凌力妈妈，你怎么还是没明白呢？一个人的性格塑造期是在三到六岁，中国有句俗话，三岁看大，七岁看老，是有道理的。人的一生的性情在这个时候就已经初步定型了。在结果出来之后，我们几个老师特地找凌力同学谈了谈，发现他的一些行为已经表现得比同龄人异常。比如他过分紧张，过分敏感，会刻意讨好老师。我们有个老师问他，你最爱谁？他马上回答，我最爱老师，因为老师教育我成长，教给我文化知识和做人的道理，不眠不休，呕心沥血，帮助我，辅导我，是我最爱的人。凌力妈妈，你觉得这是一个六岁孩子应该说的话吗？还有，他看见一个男老师在喝茶，马上说，老师，你要爱护自己的身体，用不锈钢的杯子泡茶会慢性中毒的。男老师有点警觉了，就问他，你还知道什么？这个时候，他表现得非常积极，对我们讲了一堆养生的知识，什么刷牙等于吸毒，吃面包等于吸毒，吃剩菜等于吸毒，喝矿泉水等于吸毒……凌力妈妈，你觉得这是一个六岁的孩子应该掌握的知识吗？”

倪芳大吃一惊，这些话她从未听儿子说过，马上辩驳：“老师，是不是搞错了？我从来没有对他讲过这些，他也从来没有对我提过啊。”

“你家里还有什么人？”

“就他爸爸和他奶奶。”

“他们会说吗？”

倪芳忽然明白了，这些虚伪客套的恭维话、乱图表现的养生知识，一定是陈惠琴教给儿子的！倪芳顿时怒火中烧，婆婆怎么能当面一套，背后一套，明明向自己保证过，不再给儿子吃什么生黄瓜、生茄子……但背地里，怎么还是灌输这些乱七八糟的东西！

老师看到倪芳表情有异，心里也就明白了八九分，安慰道：“凌力妈妈，你也不用太担心。现在老年人带小孩，因为观念落后、文化差异，确实会带来不少问题，这种情况现在还是比较常见的，只是凌力同学的情况更加严重一点。不过如果现在开始积极调整，将来不会出大问题，这也正是我这次请你过来的原因，希望引起家长的重视，马上采取行动。现在的家长，往往过分重视成绩、文体，这些表面的东西，但实际上，一个孩子将来能在社会上走多远，走多顺，真正起作用的，是人的个性。”

倪芳无话可说，只能拼命点头，说谢谢老师，我回去一定重视，一定注意，一定采取行动！

犹豫片刻，又试探着问：“老师，这个不会影响明年的入学吧？”

老师犹豫了一会儿，说：“我们学校对学生的要求很高，学习压力非常大，需要每一个孩子保持健康的身心，因此我们的建议是暂不参加明年的录取考试。”

倪芳黯然失色，一颗心跌到了谷底。

二

夜深人静。

“买学区房？你是不是疯了？”

这是凌云知道倪芳想法后的第一反应，掀开身上的毛巾被，凌云张大嘴巴，目瞪口呆地望着倪芳，蒙眬的睡意一扫而空，脑袋无比清醒。

倪芳看着他的眼睛，冷冷回道：“你买不买？”

凌云急了，不顾初秋的寒意，一下从床上跳下来，光着脚站在地板上。

“这么大的事，怎么能说买就买？现在学区房有多贵，你知道吗？普通的一平都要五六万，我们有那么多钱吗？还有，买在哪？买多大？怎么贷款？上班远不远？买了以后现在的房子怎么处理？这些你都考虑过吗？”

“当然考虑过了。我已经看中了一套，在杨浦，50 平，到手价 360 万。”

凌云这下更急了。

“你什么时候去看的房啊？这么大的事，你怎么不跟我商量一下？我同事去买学区房，都是提前一两年开始准备！还有，360 万啊，我们怎么买得起？我们家的存款，算上我妈的那部分，一共才 100 多万！还有，这只是到手价，我们还要交税，还要装修，还有手续费，这些加在一块，要多少钱你知道吗？”

“400 多万，不会超过 420 万。”

“420 万！你在开玩笑啊！你一个月工资才 5000，我也不过 20000，贷款至少得贷 300 万吧，我们猴年马月还得起啊？还有，工资不能全部拿去还贷款吧，我们总得吃饭穿衣服吧！”

“可以把现在的房子卖了。”

“卖？你说得简单！卖了我们住哪？就 50 平的房子，四个人怎么住？你让我妈住哪儿去？”

倪芳半天没说话，站在原地，一动不动，不知在想些什么。凌云稍微松了口气，盼着倪芳只是情绪来了，一时冲动，发发脾气。对这一点他完全理解，曾经抱着那么大的希望，得到过那么大的喜悦，结果竟然是一场空欢喜……

唉，换成谁都难以接受。

但理解归理解，凌云并不支持，他始终觉得倪芳有些矫枉过正，过于看重客观条件对孩子的影响，为此劝过好几次，苦口婆心，摆事实讲道理，说公办就公办吧，咱们在家里抓紧一点，照样可以成才。公办小学里出来的孩子，难道个个都是垃圾？不管从主观认知上，还是从客观概率上，这都是不可能的呀！倪芳当时没有反驳，凌云还以为她是默许，万万没想到，才过了一个礼拜，竟然来了这么一出，打得他措手不及。万般无奈之下，只能叹口气，继续摆事实、讲道理，希望能说服倪芳放弃她的不切实际。

他更没想到的是，劝了半天，倪芳竟然掏出一张纸递到他面前，只见上面清清楚楚写着几个大字：离婚协议书！

凌云大惊失色，目瞪口呆，接过“离婚协议书”，手和纸一起发抖：“你，你想干吗？”

倪芳斩钉截铁地说：“学区房我一定要买。你如果不愿意，我们就离婚，你不管他，我管！”

凌云一怔，差点脱口而出：“离婚了你也买不起呀！”但这话只在脑海里打了个转便烟消云散，他很清楚，以倪芳的脾气，这话一旦出口，断然没有收回的可能。

凌云思前想后好半天，心情才稍微平复，抬起头，叹了口气，慢慢说道：“把现在的房子挂出去吧。”

“不，我们不卖房。就像你说的，50平的房子，一家四口怎么住？”

凌云急了，猛地一下站起来：“你怎么出尔反尔啊！不卖房，我们哪来的钱？”

“借！”

“找谁借？”

“我们各自想办法，能借多少借多少。”

“借不到怎么办？”

“一定借得到！”

凌云更加生气了，不顾夜深人静，大声嚷嚷：“我已经让步了，你怎么还得寸进尺？明明可以通过换房来实现，为什么要借？先不说借不借得到，就算借到了，那也是要还的啊，而且还要付利息、欠人情！”

可他没有料到，在发了一通脾气之后，倪芳不但不肯让步，反而彻底爆发了。

“凌云，你知道你的儿子为什么会被淘汰吗？都是因为你的好妈妈，跟儿子说要去讨好老师，要去表现自己，结果你都看到了！老师说儿子很自卑、很敏感，你又知道是为什么吗？是因为我们大人经常吵架！别以为大人吵架，小孩子听不懂，是，他是听不懂，可是他会害怕，会以为是自己犯了错！所以他才会敏感，所以他才会自卑！”

凌云惊得目瞪口呆，半天才反应过来，指着倪芳，连声问：“真的吗？你说的是真的吗？你为什么不早点说？”

倪芳瘫坐在床上，泪流满面。

“你读过那么多书，难道连这个都看不出来？你什么时候真正关心过他？心情好的时候就逗他玩玩；心情不好了就把自己关在房间里。他是你的儿子啊，不是小狗小猫！”

凌云低着头，像个犯错的孩子，望着自己的脚尖，一言不发。

倪芳一边哭，一边说：“我不要再跟你妈一起过了，再过下去，我的儿子就废了。我已经想好了，我带着儿子走，你跟你妈住在这里，你要想过去，可以；你要不想过去，也可以！”

认识倪芳十二年，凌云这是第一次见到她哭，心里酸楚难当，腹中百转千回，长叹一声：“行了，我知道了，你不用管了，这事我来想办法。”

倪芳揉揉眼睛，摇摇头，平静地说：“不，这不是你一个人的事。”

凌云在倪芳身边坐下，顺势将她拥入怀里，倪芳的身躯瘦小而冰冷，微微发抖。凌云刚想说点什么，突然“哐当”一声，吓得他又站起来，回头一看，陈惠琴推门进来，满脸怒容，叉着腰，怒气冲冲地说：“你不想跟我一块儿过，我还不想跟你一块儿过呢！你不要为难我儿子，我走！”

凌云心里暗暗叫苦，急忙迎上去，辩解道：“妈，倪芳不是这个意思，主要是为了豆豆上学！”

不提上学还好，一提到上学，陈惠琴的火更大了。

“你不用替她说话，她刚才都说了，豆豆没被录取的罪魁祸首就是我！对，是我，是我为了让她多休息一会儿，早起晚归去接送；是我为了让她安心工作，晚饭也由我来做！我现在算是看明白了，辛苦一场，我这是养了一只白眼狼呀！不念我的好也就算了，背地里还戳着脊梁骨骂我！好吧，这坏人我也不当了，凌云，你去买张火车票，明天一早我就走！”

“妈，你去哪儿呀？这是你的家！”

“这个家还容得下我吗？我回老家去！”

“老家的房子都卖了，你回去住哪儿呀！”

“住哪儿也比在这儿受气好！”

倪芳一下也火了，猛地站起来，大声喊道：“你替我去接孩子做晚饭，我谢谢你！可你不能当面一套背地一套啊！你教给豆豆的那些东西，什么不锈钢有毒、面包有毒、矿泉水有毒，都是什么乌七八糟的东西啊！”

“什么叫乌七八糟，那都是专家写的！微信的公众号！”

“那是什么狗屁专家，那是传谣！”

凌云两头劝解，忙得不可开交，一会儿劝妈妈：“好了，妈，您少说一句吧！”

“我少说一句？你怎么不让她闭嘴？”

一会儿劝老婆：“买买买，我这就借钱去买，你别再吵了。”

“这是两回事好不好！这事不讲清楚，我跟她没完！”

来来回回劝了几趟，老婆和妈却越吵越凶，眼看就要到动手的地步了，凌云焦头烂额，再也压抑不住内心的怒火，用尽全身力气，狂吼一声：“都是老子的错，行不行！”

陈惠琴和倪芳同时被吓呆了。正在此时，门外传来凌豆豆撕心裂肺的哭泣：“我错了，爸爸，妈妈，奶奶，你们别吵了，我知道错了，呜呜呜……”

三

这个夜晚，就在凌云家中闹得天翻地覆之时，在他的公司里，发行总监夏西南和北京来的钦差大臣于沧海，也同样吵得不可开交。

于沧海到上海快三个月了，人见了不少，账查了一堆，硬是没找出总经理吴仁宝的把柄。他急得喉咙发炎，舌头长疮，腰间冒出了一长串水泡，疼得他龇牙咧嘴，暴跳如雷，连夜叫来夏西南，指着他的鼻子，劈头盖脸就是一通臭骂。

“保证，保证，保证！你给老子的保证呢？在哪里呀！老子已经来了快三个月了，连根毛线都没查到！老子告诉你，老子这次要是被炒了鱿鱼，第一个倒霉的就是你！”

夏西南也很无奈，他的手脚不干净，便以为全天下的乌鸦都是一般黑，想着吴仁宝堂堂一个总经理，大权在握，每年经手的金额少说都有上亿，随便漏个渣渣，也能将他置于死地，怎么可能就一点都查不出来呢？无奈之余，又有些委屈，他辩解道：“老于啊，这事不能赖我啊，你带来的那几个查账的兄弟，看着一个比一个娘，被我们的财务小姑娘一吓唬，连个屁都放不出来，怎么查呀？”

“放屁！老子告诉你，最多还有一个月，你赶紧给老子想办法，要不然老子先放你的血！”

“老于啊，你可不能这样啊，咱们可是一条船上的！”

“现在是一条船，将来老子可不敢保证。老子现在明明白白地告诉你，船要是破了，老子第一个把你扔下去喂鱼！”

四

半夜三更，凌云做了一个梦，冰天雪地里，他变成了一条鱼，身处漩涡之中，四周满是淤泥，所见只有恶毒的嘲讽和残忍的虐待，撞得头破血流，冻得寒彻心扉，不得不学会了以漩涡为家，以淤泥为食，满身的鳞甲进化成锋利的刀刃，所到之处人挡杀人，鱼挡杀鱼，终成一方霸主。

早上醒来之后，凌云想起梦里的内容，不禁好笑，还一方霸主呢？只怕马上就要破产变成穷光蛋了。

躺在床上，凌云仔细筹划，究竟可以向谁借钱。倪芳的娘家是指望不上了，家里穷，弟妹多，还得反过来指望她。自己家也不可能，爸爸去世多年，妈妈的积蓄只够她自己花，上次为了买房，已经被啃得干干净净，连老家的房子都卖掉了。其他的亲戚也不行，要么是工人，要么是农民，日子过得紧巴巴的，勉强实现了温饱而已。

想来想去，只能找朋友帮忙。首先倪芳的朋友被排除了，她的朋友本来就不多，也就是几个同事，点头之交；而自己的朋友呢，小时候有个聂小星，但多年未联系，一联系就是要钱？怎么也不合适。再说聂小星还在老家开小店，苦心经营，勉强度日，想必也没几个钱。要么就是周双佳，但她是女人，找女人要钱，怎么也说不出口，何况她的公司也不景气。而且，从黄山回来之后，周双佳跟自己的关系似乎淡漠了许多，双方像有默契似的，绝口不提在黄山看日出的那一幕……

想来想去，有钱、大方、关系又好的，只有一个严子曰了。但严子曰虽然有钱，可他的钱基本都是他老婆挣的，他能借得出来吗？

算了，死马当作活马医，试试看吧。

这段时间，严子曰一直在闭门写作《2016的马可·波罗》。一开始严子曰并没想过自己动手，还是采取惯例，联系了一位经常合作的作者，发去要求，收到样章，但一连改了两次他都不满意，要么觉得流入庸俗，要么觉得不接地气，便决定打破惯例，亲自动手。此事实在非同小可，表面上看只是一本书，实际却有更多的意义。于公来说，这是整个编辑部转型的第一仗，好的开始是成功的一半，这一仗要是打赢了，外可拓展市场，内可争取资源，以后便可以顺理成章地向内容方面发展，影视、游戏、话剧，等等，多点开花。从私来看，马如意虽跟他萍水相逢，但两人一见如故，相谈甚欢，在与其公司谈判时，马如意处处维护严子曰。一个外国人，不远万里来到中国，为了中国的文化事业，毫不利己，专门利人，这是什么精神！

更重要的是，凌云还跟天和的丁文采签过对赌合约，绝不能输！

别看严子曰平时说话嬉笑怒骂，没个正经，真正做起事来，却是一丝不苟，全力以赴。他在香格里拉宾馆长包了一个房间，一旦进入写作状态，手机关机，外面高挂免战牌，一日三餐都在房间解决，只给最亲近的几个人留了房间的电话号码。

凌云曾经笑过他，说你家是三百平的豪宅，屋子多得会迷路，你怎么还要跑到外面去开房？嫌钱多了烧得慌呀？

严子曰叹了一声："屋子虽多，却容不下一张安静的书桌。"

摇摇头，又叹道："河东狮吼，惹不起，只能躲。"

马如意得知是好朋友亲自操刀，非常高兴，隔三差五就飞到中国来，谁也不见，就跟严子曰泡在一起，说情节，谈故事，没日没夜。顺带着，严子曰陪着马如意尝遍了上海周边的特色美食，周庄的状元蹄，南翔的小笼包，王家沙的老虎角爪，鲜得来的排骨年糕……当然，更少不了让严子曰引以为傲的普陀私房烤禾花雀。吃得马如意心满意足，一个劲儿地叫好，还嚷嚷着要让小店的老板把分店开到澳大利亚去，说绝对大受欢迎，肯定一炮而红！

小店的老板是个须发皆白的老头，面对马如意的盛情相邀，只是笑笑，说了一句让马如意半知半解的话。

"橘生淮南则为橘，生于淮北则为枳。"

说来也有趣，严子曰和马如意，一个不懂中文，一个不通英语，可聊起创作来，却是如鱼得水，毫无障碍，可见"艺术无国界"这句话，确实有它的现实意义。严子曰的教学水平也确实有一套，两人聊得多了，马如意的中文水平，一日千里，不仅上街问路、吃饭、买东西毫无问题，甚至连严子曰的文白夹杂、引经据典，也学得像模像样。

有一回，马如意到外面吃饭，结完账、打好包，也没离开，反倒一本正经地望着服务员。服务员是个小姑娘，被他看得心里直发毛，小心翼翼地问："您还有什么要求呀？"

马如意笑眯眯地说："姑娘，我还需要发票。"

这句话，特别是"发票"二字，说得字正腔圆，清楚无比，听得服务员张大嘴巴，上下打量着马如意，满脸惊讶："您不是中国人吧？"

"我是澳大利亚人。"

"澳大利亚？那可够远的啊！"

"说远也不远，中国有句话说得好，有朋自远方来，不亦乐乎嘛！"

"哇塞！您的中文说得真棒！您是不是那个，就是在电视台上说相声的那个？什么山？"

马如意得意地一笑："一叶障目，不见泰山，世上中文说得好的，不止他一人。"

接到凌云的求助电话时，严子曰正写到马如意在拉萨街头的一节。那天下午，马如意跟踪一个盗窃团伙的嫌疑人，七拐八拐拐到了一个小胡同里，刚走到巷子口，结果嫌疑人迎面出来，撞了个正着！

马如意吓得一哆嗦，背上的汗都出来了。嫌疑人凶狠强壮，身上藏着三棱刮刀，一出手便可要人性命。马如意虽然身强力壮，又练过功夫，但在这种情况下，手无寸铁，孤身一人，还是凶险万分啊！

眼看嫌疑人跟马如意的距离越来越近，从二十米，到十五米；从十五米，到十米，连嫌疑人眉上的三角疤痕都看得一清二楚，怎么办？

狭路相逢智者胜！只可智取，不可力敌！

马如意脑子里电光火石，突然想到了路边的电线杆，他当然没有鲁智深倒拔垂杨柳的功夫，把电线杆拔出来当金箍棒使……只是急中生智，果断转身，对着电线杆，解开裤腰带，一边装着喝醉酒，叽里呱啦，不知所云；一边上演水漫金山，"哗啦啦"，撒了一大泡尿。

嫌疑人从他身后路过，不理不睬，满脸鄙夷。

严子曰一边写，一边乐得前仰后合，恰在此时，房间里的电话铃响了。严子曰一愣，半天才从情节中抽离出来，回到了现实世界，他不耐烦地拿起话筒，满脸的不高兴："谁呀？"

"严老师，是我。"

听到是凌云的声音，严子曰的表情才缓和一点儿。

"怎么了？又来催稿呀？你别催了，我正在写呢，保证不误进度。"

"不是稿子的事。"

严子曰吃了一惊："那还能有什么事啊？"

"我想买学区房，钱不够，您能不能借我一点儿？"

严子曰这才放下心："这事啊，这事还用打电话，你要多少？"

"不少呢，严老师，您也知道，现在学区房很贵，一个 50 平的房子，杂七杂八加在一起，要四百多万！我手头的钱不多，只有一百来万，其他可以贷款，但是我算过了，最多只能贷 200 万，再多我就承受不了了。"

“别啰嗦，要多少赶紧说，我这还忙着写稿呢！”

凌云咬咬牙，报出一个数字：“一百万吧。”

没想严子曰毫不犹豫，当场答应：“行，什么时候要，我转给你。”

凌云忽然有些感动，他跟严子曰虽然认识多年，关系甚好，但两人之间从来没有谈过钱的事，严子曰在他那里兼职，给多给少，随便；早给晚给，也随便。今天头一回主动谈，就是找他借钱，自己都觉得不好意思，而他竟然答应得如此爽快。

感动之余，凌云又想到了另外一个问题，试探着问：“严老师，借钱的事，您看要不要跟童老师打个招呼？”

严子曰一愣，这才意识到家里的积蓄基本都是童成溪挣回来的，自己挣的那几个钱，只够用来交物业费、水电费、上网费……一百万不是小数目，童成溪肯定会有意见，说什么你挣钱事事落后，花钱倒是处处争先，我挣得再多，也不够你糟蹋的呀……

但越是这样，严子曰越是坚定，一拍桌子，豪气冲天：“不用，我自己有钱。”

“您哪来的钱呀？”

“这你不用管了，什么时候要，通知我就行。”

第十二章　生活是一个垃圾桶

一

半个多月过去了，老公也没借到钱，急得倪芳茶饭不思，夜夜难眠。

没法不急啊！现如今学区房极其抢手，特别是杨浦这样号称全上海教育质量第一的区域，三十多年的老房子，比十八岁的小姑娘还受欢迎，今天挂牌出去，明天就能实现销售。倪芳为了尽快搞定，光是订金就交了十万，还有十万的中介费。如果最后因为人为因素无法成交，那么这二十万就等于打了水漂。不仅如此，双方还达成一个约定，两个月之内必须完成交易，否则房东有依据市场价进一步调整房价的权力。

而地球人都知道，上海的房价，向来一日三变，尤其是今年，在蛰伏了几个季度之后，如同破土而出的春笋，市场如阳光，刚需是雨露，在阳光雨露的共同滋润下，一夜过后，窜出一截。

倪芳也不是没有想过办法，娘家、亲戚、朋友、同事，全被她问了一圈，可结果比她预料的还糟。妈妈张口便是没钱，爸爸则把她好好数落了一通，说放着好好的日子不过，尽在外面瞎折腾，400 多万啊，那是多大一笔钱啊，一家人一辈子都挣不到！两个妹妹更惨，都是嫁给了本地农民，小妹妹一连生了三个女儿，被婆家鄙视得抬不起头；大妹妹结婚十多年了，腹中毫无动静，被婆婆骂成是“不会下蛋的母鸡”！

一提到此事，大妹妹便泣不成声。

“姐，她儿子一年到头不碰我一次，这生不出孩子，能怪我吗？”

倪芳只好安慰一通，哪还敢提借钱的事。

弟弟更不用提了，从小娇生惯养，手不能提，肩不能挑，背不能扛，毕业好几年了，一直吊儿郎当，女朋友谈了十几个，一个没成；工作换了七八回，回回被扫地出门。他不来找倪芳要钱，倪芳已经谢天谢地。

亲戚里面，要数大舅家最有钱，儿女都在深圳工作，且都做到了外资公司的中高层，自己家盖了前后有花园的三层别墅，田包给外地人种，池塘包给外地人挖，果园也包给外地人开农家乐，每天串门、打牌、喝酒、吹牛、嚼槟榔、吃宵夜，早早过上了不劳而获的幸福生活。

可大舅却也最瞧不起倪芳一家，小时候倪芳带着弟妹到他们家吃饭，大舅满脸不高兴，拉长着一张脸，阴阳怪气地说："一来就来一窝啊！"倪芳当时就怒了，带着弟妹掉头便走，以后说什么都不再去。到了倪芳结婚的时候，大舅一大家子过来喝喜酒，浩浩荡荡十几口人，总共才随了一百块钱的礼。

就这样的亲戚，能找他借钱？

朋友和同事也不行，大家看上去彼此热乎，朋友圈里随便发条微信，如晒个娃、吃个饭、逛个街，都能收获一堆赞，但只这是表面功夫，写的人在炫耀，回的人在吹捧，不能说完全是虚情假意，但肯定没有深层交心。尤其是最近一年来，充斥朋友圈的，变成了各种代购信息、心灵鸡汤、养生秘笈，日日刷屏，让人不堪其扰，看了觉得心烦意乱，拉黑又担心影响朋友友谊。

用凌云的话说："以前虽然无聊，但还能算点赞之交，现在可好，简直成了友情绑架了。"

倪芳也试探着跟一两个关系不错，平时又经常晒名牌、晒美食、晒出国旅行的同事提过，可刚流露出一丁点儿意思，对方马上叫苦连天。要么说钱都在股票里，你也知道现在的行情，青天白日满地绿啊，绿得我天天想上街游行；要么说老公刚刚失业，没了收入，家里请的几个保姆、阿姨、钟点工的工资还没付呢！

因此，点赞可以，借钱不行。

万般无奈之下，倪芳想到了一个人。

自从上次在电影院门口一别，倪芳一直没理过杨利达，任凭他生气、辩白、道歉。最后嫌他啰嗦，干脆删除了事，落个清净。可到了今天这个局面，身边有钱有闲、又能说得上话的，只有他一个人了。倪芳不得不自找麻烦，重新加了杨利达为好友，附上一句：“你还好吗？”

过了几分钟，杨利达通过了，很快回道：“不好呀，加你那么多回，你都不理我。”

“对不起。”

“怎么了，怎么突然想我了？”

“没有，是有事情。”

“什么事说吧，你的事就是我的事！”

倪芳犹豫了一会儿，写道：“你能借给我钱吗？”刚准备按发送，想了想，又删掉，重新写道：“我最近买了学区房，但首付不够，你能借给我一点儿吗？明年还清。”想了想，觉得不合适，再次删掉，又重新写：“有件事，不知道你方不方便，如果不方便就算了。”想了想，还是觉得不妥，又准备删掉……

正在来来回回之间，杨利达发来一条微信。

“芳，有什么事直说吧，我了解你，你是一个很倔强的人，骨子里也很骄傲，不到万不得已，是绝对不会麻烦别人的。这次如果我能帮忙，请你务必告诉我，让我有个机会，可以为你尽力。”

倪芳忽然有点感动，自己还没开口，对方就已经替自己想到，感动之余，又有点自责，觉得自己是不是对他太冷淡了，错怪了好人？算了，别想了，死马当作活马医，直接说吧！

“我最近买房，首付不够。”

发完这条微信，杨利达半天没有回应。倪芳有些泄气，关掉微信，把手机扔在一边，胸脯起起伏伏，心想这个也靠不住。唉，现在还能找谁呢？要不再找海伦问问吧，同事之中，她跟自己关系最好，家里也最有钱，老公自己开公司，据说身价过亿呢！虽然现在股票行情不好，她在股票里亏了不少钱，但瘦死的骆驼比马大呀，借给自己几十万，对她来说还不是毛毛雨吗？

正在胡思乱想之际，手机突然“嘀嗒”一声，倪芳赶紧拿起手机，打开一看，回信的却是杨利达。

“哎哟，我还以为什么大事呢！这么说吧，别的我没有，闲钱有的是！”

倪芳喜出望外，也没多想，马上回道：“真的吗？太谢谢你了！”

“当然是真的！你跟我之间用不着这么客气，如果当我是朋友，以后就不要说谢谢。”

“那太谢谢了！”

“哈哈，你这个女人，真是可爱！”

不知怎么的，看到这句话，倪芳的脸有点微微发烫。可爱？这个词跟自己隔着千山万水，从小到大与它毫不相干，此生她也从来没有从第二个人口中听过有人用这个词形容自己，哪怕是自己的父母、长辈，甚至老公。

“别瞎说，我已经是孩子他妈了。”

“那又怎么样，你就是很可爱，很水灵，很美丽！”

“你别瞎说，我这个年龄已经是豆腐渣了。”

“谁说的啊！你这个年龄，正是女人最美丽的时候，再小一点儿太青涩，再大一点儿又太成熟，你现在正是花儿怒放的时候，不大不小，刚刚好！”

倪芳的脸越来越热，热得脑袋有点发晕，一下不知道回什么好，还是杨利达主动回到正题。

“你想借多少？”

“你能借给我多少？”

“那这样吧，晚上我请你吃饭，吃饭的时候我们再聊。”

倪芳犹豫了片刻，回了两个字：“好吧。”想了想，又发了条微信给凌云。

“我晚上加班，会回家晚一点儿。”

二

晚上吃饭的地方是杨利达选的，在一家咖啡馆的包间里，包间不大，前后两条长沙发，中间一个长条桌，但私密性极好，关上门，点上灯，便与外界隔绝，成了两人世界。

倪芳刚进包间时，感觉有点不安，说要不换个地方吧，我请你。杨利达马上摆手，说这里挺好的，安静，没人打扰，最适合谈事情。倪芳再一想也是，毕竟是公共场合，他还敢乱来不成？

咖啡馆不大，东西倒不便宜，普通的一个牛排套餐便要200块。两人一人坐一边，点好套餐，倒上饮料，边吃边聊，倪芳把买房的来龙去脉说了一遍，但没提老公没借到钱的事，只说家里积蓄不多，不够付首付。杨利达把胸脯一拍，大包大揽，说多少钱没关系，包在我身上，你要多少明天打给你！倪芳心里松了一口气，感激地望着杨利达，语无伦次地说："这个，这个，真不知道怎么谢谢你，今天晚上这顿饭我请吧？"

杨利达也不客气，说行，我还想喝瓶红酒，可以吗？倪芳点点头，说可以呀，我叫服务员过来。

杨利达马上摇头："我刚才看了，这里的酒卖得太贵了，什么法国普罗旺斯红酒，一瓶要两千多，一看就是宰人的。还是我到隔壁超市去买吧，正宗张裕干红，六十八一瓶，又便宜又好喝。"

倪芳从不喝酒，对酒也毫无研究，说好吧，你坐一会儿，张裕干红对吧，我去买。杨利达哈哈大笑，说你开什么玩笑，这种事怎么能让女人去呢，还是我去吧。倪芳想了想，同意了，说你快去快回。

杨利达冲她眨眨眼睛："怎么了？怕我不回来呀？"

倪芳一下脸红了，撇撇嘴说："不回来就不回来，谁稀罕呀！"

大约十分钟后，杨利达回来了，一手拿着一瓶红酒，一手拿着两个高脚玻璃杯。他先给自己倒上一杯，接着又要给倪芳倒酒，倪芳马上制止，说不用了，我不会喝酒。

杨利达推开她的手，一边倒，一边说："今天高兴嘛，多少喝一点儿，你看就这么多，你回家又不开车，没事的。"

倪芳看了看酒杯，只倒了不到三分之一，这才放下心来，说就这么多啊，再多肯定喝不了。杨利达点点头，举起酒杯示意："放心，再多我也不敢呀，万一你喝醉了，我怎么送你回去？来，为了你的新房，我们干一杯！"

倪芳举起酒杯，略微尝了尝，觉得这酒又涩又苦，根本不像杨利达说的那么好喝。杨利达看她愁眉苦脸，喝酒如同喝中药，笑了："喝不惯呀？那算了，你还是喝可乐吧。"倪芳摇摇头，将红酒一饮而尽。

杨利达一挑大拇指："好！厉害！"

过了片刻，倪芳只觉得眼皮发沉，脑袋发晕，恍惚之间，又闻到那股好闻的味道，她全身发热，不自觉地扯着身上的衣服。

“好热呀，开空调了吗？”

“开了呀，20 度呢，我过去帮你扇扇风吧。”

“不用了，我过一会儿就好了。”

杨利达笑了笑，一边说我只扇风，不干别的；一边从桌子底下钻过来，坐在倪芳身边，上下其手，从肩膀摸到胸，再从胸摸到大腿，先在大腿内侧来回抚摸，然后一路往上，伸到倪芳的衣服里面，熟稔地解开胸罩的扣子；同时另一只手也伸进衣服里，像一条贪婪的蛇，对着乳头，缠、揉、吞、捏……

倪芳只觉得一股激流在体内汹涌澎湃，左冲右突，让她的身体越来越热，神智越来越晕，想用力推开杨利达，却被杨利达顺势抱在怀里，上衣连着胸罩，一起被脱掉，接着牛仔裤的扣子，也被解开……

“不要，不要，你不要这样。”

“没事儿，我就抱抱你，不干别的。”

“不要呀，真的不要！”

“没事儿，我就摸摸，你的身子好软，我不干别的。”

“不要，你在干什么，我说了不要啊！”

“没事儿，我就蹭蹭，你这里好温暖，好湿润，我不干别的。”

“你，不要，啊！”

倪芳突然大叫一声，身体猛然被一个巨大的异物填满，充实中扯着疼痛，疼痛中带着渴望，渴望的背后，却是满脸的泪水。

不知过了多久，倪芳才清醒过来，她发现杨利达已经不见踪影，她默默穿好衣服，默默走出包间，默默下到一楼。在楼下的洗手间里，倪芳流着眼泪，把水龙头开到最大，倒出半瓶洗手液，拼命地洗自己的脸。

又不知过了多久，倪芳默默走出洗手间，路过隔壁男洗手间时，忽然听见两个男人的对话。

“杨哥，厉害呀，这个姐姐是这个月的第五个了吧？”

“嘿嘿，第六个了！还多亏了你的酒呀，果然够劲！”

“这个姐姐也是微信里摇一摇，摇出来的吗？”

“对呀，早就跟你说过了，约炮神器嘛！”

“厉害呀，杨哥，什么时候教教我呀？”

“不用教，等我再玩两次后发给你，保你一次搞定。”

“好呀，谢谢杨哥！不过我说杨哥，你到底看上这个姐姐什么了呀？”

“你懂个屁，这个姐姐才是极品，别看年纪不小，下面可真他妈紧，比十八岁的小姑娘还紧！”

倪芳扭头一看，发现说话的正是杨利达和咖啡馆的服务员，再也控制不住自己，冲进男洗手间，对着杨利达就是狠狠一巴掌。服务员见势不妙，赶紧跑了出去，杨利达一下被打蒙了，捂着脸说：“你干吗呀？”

倪芳一言不发，像发了疯一样，用尽全身力气，对着杨利达又咬又踢，杨利达一边慌忙阻挡，一边不住求饶：“别打了别打了，你还要不要买房了？”

听到这句话，刚才暴怒得像头母狮的倪芳，却一下呆住了。

三

回家的路上要经过一家派出所，里面灯火通明，不时有人出出进进。倪芳站在大门口，咬紧牙关，徘徊了很久。

看门的大爷觉得奇怪，从窗户里探出身子，瓮声瓮气地问：“姑娘，你是找人还是报案啊？”

倪芳惊慌失措，连忙摇头，匆匆消失在茫茫的黑夜里。

四

这个晚上，凌云在健身房里挥汗如雨。最近几年，凌云一直保持着每天健身的习惯，跑步、暴走、跳绳、游泳、玩器械，包括最近流行的HIIT，样样精通，精通不是因为喜欢，而是因为被逼梁山。二十几岁的时候，身体像强大的粉碎机，通宵达旦地工作，吃什么灭什么，来者不拒，号称酒肉穿肠过，点脂不留行。过了三十，零件老了，效率也不高了，哪哪都爱出毛病，吃什么，吃多少，什么时候吃，皆有讲究，稍不注意，轻则停摆重修，重则罢工抗议，比伺候老佛爷还费心。多少男人，从二十多岁清瘦精干的英俊少年，变成三十多岁大腹便便的搓脚大汉，都是因为这个。

但今晚的健身，凌云表现得有些反常，器械力量上到最大，跑步速率调到最高，与其说是锻炼，不如说是发泄，看得旁边的健身教练心惊胆战："大哥，悠着点儿呀，这样容易受伤。"

凌云不理不睬，牙关紧咬，扛起了比平时重得多的杠铃。

凌云今天反常主要是因为买房问题，合同签了，押金付了，眼看距离最后期限越来越近，可首付的钱却还没有着落。严子曰当时承诺得信誓旦旦，过后却表现得毫不知情，仿佛一夜之间得了失忆症，把多年的友谊、个人的信誉，通通忘记得一干二净。凌云有时候忍不住提醒，他还装傻充愣，轻描淡写地说："这事啊，我还在研究。"

研究什么呀？借钱而已，一句话的事，又不是写论文、搞创作，该不会是后悔不想借了吧？

别人不借没什么，严子曰是自己最好的朋友，他怎么能言而无信呢？而且不借就不借，干脆一点儿，没人怪你，含含糊糊，拖拖拉拉，这不是耽误时间吗？偏偏这种事又不好意思催得太勤，凌云急出一肚子无名邪火，家里不能吵，公司里不能闹，急得难受了，只能到健身房里来发泄。

练完深蹲，凌云又准备去练卷腹，卷腹机上躺着一个胖子，跷着二郎腿，拿着手机自拍，前前后后，左左右右，拍完后发到朋友圈里炫耀："马甲线，I'm coming！"

健身房里，凌云最烦三种人，第一种是生化狂魔，身有异味不自知，到处制造化学污染，让人天旋地转，眼前发黑，不敢呼吸，一呼吸，就上呼吸道感染。第二种是叫床先生，无论练什么器械，皆是大呼小叫，"啊啊啊，哦哦哦"，不知道的人，还以为是A片现场直播，让人耳红心跳，浮想联翩。第三种便是胖子这样的静坐大师了，占好一个位置，从此不再挪窝，运动的时候有气无力，三分钟不到就泄；玩手机时却兴致勃勃，拍照、看视频、刷朋友圈，最少能坚挺一个小时。

一个小姑娘走过来，客气地对胖子说："请问您还练吗？"

胖子正玩得高兴，被小姑娘打断，没好气地回道："当然练了，早着呢！"

小姑娘嘟了嘟嘴，快快而去。

如果放在平时，凌云也就算了，练不了卷腹，可以练别的，健身房里器械众多，不只卷腹一种，但正是因为心情不好，这次也就非练卷腹不可了。他走上前去，冷冷地说："不早了吧，我进来的时候就看见你躺在这儿了。"

胖子白了凌云一眼："关你什么事呀，我爱练多久练多久！"

凌云双手环抱胸前，狠狠地说："那你倒是练啊，不练就让开！"

这话音量不大，但气势十足，胖子吓了一跳，打量了一下凌云，见他表情凶狠、身形健硕，再低头看看自己，肚子如同怀孕八个月的孕妇，高高隆起，一眼看不到脚。因实力对比太过悬殊，胖子顿时没了底气，强撑着做了几个动作，一边呼哧喘气，一边念念有词："三百九十七,三百九十八,三百九十九……好了，四,四，四百！"

就这么几下功夫，胖子已累得满头大汗，他拿起毛巾胡乱抹了一把脸，对凌云说："你，你来吧，我练好了。"

凌云心里好笑，但嘴上还是故作震惊："朋友，厉害呀，卷腹一口气能做四百，施瓦辛格的水平呀！"

胖子有点不好意思，连忙摆手："哪里哪里，分组做的，也就是个甄子丹的水平。"

凌云"嘿嘿"一笑，又对小姑娘招招手："你来吧，先来后到。"

小姑娘对着凌云甜甜一笑："谢谢你啊！我就练几个，很快的。"

凌云学着胖子的口气："没关系，你爱练多久练多久。"

小姑娘有点不好意思，歪着脑袋看凌云："你经常来健身吗？好像经常遇到你。"

凌云笑了笑："运动的时候别说话，容易岔气。"

洗好澡，回到家，已过九点，豆豆已经睡着，倪芳还未回家，陈惠琴坐在客厅里看电视，看见儿子回来，满脸不高兴，劈头盖脸就是一通抱怨："你们两口子真是越来越不像话了，一个嘛回家就往外跑；一个嘛干脆就不着家，一天回得比一天晚，她到底在忙什么，你知不知道呀？我可提醒过你啊，你就这么放心？还有房子的事情究竟怎么说呀，到底还买不买呀，不买就好好过日子，早点死了这个心！我就不信了，非得进名校才能有出息？你在老家读的那个小学，老师都是刚进城的农民，又怎么样呢？你不是一样考上名牌大学！”

凌云心情本来就不好，这下更是头皮发麻，勉强应付道：“妈，现在的孩子跟以前不一样了，以前大家都差不多，起点低一点没关系；现在技术发达，信息爆炸，小孩子懂的东西是以前的好几倍，要是一开始在起点就落后，那以后想赶上会很困难。”

“师傅领进门，修行靠自身，孩子有没有出息，还得看个人！”

“话是这么说，但如果条件允许，还是要尽量满足啊！”

“这条件不是不允许嘛，这么贵的房子我们买不起啊！”

凌云实在没有精力继续争论下去，冲陈惠琴摆摆手，高挂免战牌。

“妈，我累了，先睡了，你也早点休息吧。”

关了灯，躺在床上，闭着眼睛，凌云的身体疲惫不堪，脑子里却电光火石，最近北京来的钦差大臣特别低调，见谁都赔着笑脸，看来总经理总算逃过了一劫。也正因如此，夏西南的态度也发生了转变，前段时间吴仁宝被查的时候，夏西南像一条猖狂的恶狼，嚣张跋扈，见谁咬谁，生怕别人不知道他嘴里有几颗烂牙。现在吴总重新得势了，这厮又摇身一变，成了哈巴狗，不仅主动跟凌云摇尾巴，赔笑脸，在得知严子曰要出书之后，更是主动提议到香港去办一场新书发布会，顺便邀请大导演许珂过来当嘉宾。这可是一个难得的机会呀，严子曰虽然策划过好几本畅销书，但身为作者登台亮相，却还是头一回，公司能出面为一个新人办发布会，绝对的凤毛麟角，万中无一。

凌云心里鄙夷不已，但表面上还是客客气气，说那我替严老师谢谢夏总了，夏总你不计前嫌，真是我辈楷模呀！

夏西南哈哈大笑，拍拍凌云的肩膀：“你我兄弟，不必客气，再说我们都是为了公司好。”

可自己为严子曰付出这么多，他却连答应好的事情都要反悔，凌云越想越气，要么就别答应，不答应也不会怪你，这答应后就没了音讯，算个什么事呀！

正在此时，门外传来倪芳的声音。

“你睡了吗？”

凌云闭着眼睛，回道：“快了，你才回来啊？”

"嗯，刚到家。"

"不早了，早点休息吧，明天还要上班。"

"我想跟你说说话。"

凌云一愣，眼睛不自觉地睁开了，这般扭捏可不像倪芳的风格，转念一想，她肯定还是说房子的事，钱没借到，倪芳比谁都着急。唉，可是这种事，再急也没用啊！

"明天再说吧，累了一天，我也困了。"

倪芳半天没有动静，凌云想着她已经走了，便闭上眼睛，继续想房子的事，想买又没钱，不买又可惜，唉，真是个两难问题。

算了，明天最后再问一次严子曰，到底行不行。

五

一大清早，凌云还在睡梦里，就被严子曰的电话吵醒了，因为还没有睡醒，张口便带着起床气："好几天了，也没个消息，你没被绑架吧？"

"钱凑齐了，一百万，来拿吧。"

说这话时，严子曰的语气极其平淡，仿佛在说一件不相干的小事情，早餐吃哪儿的油条，出门坐几路公交，可对凌云来讲，却是当头一个激灵："什么？严老师，您，您再说一遍？"

"钱没问题了，今天可以给你。"

凌云顿无睡意，喜出望外的同时，又觉得有些羞愧，路遥知马力，日久见人心，关键时刻，不该忘了这句至理名言，严子曰是自己多年的好友，知根知底，怀疑谁都不应该怀疑他呀！

还没等他从自责中自拔出来，严子曰又说："我不会网上转账，你过来一趟，我把存折给你。"

凌云马上答应："好，现在就来。"

这时，严子曰忽然叹了口气，幽幽说道："我不在家里。"

凌云一愣，脱口而出："不在家，那在哪儿啊？宾馆？"

“学校。”

凌云“噗嗤”一声笑了:“严老师，这才几点啊，您上班可真早！想您工作几十年了，内容早已烂熟于心，还要这般勤勉仔细，真乃我辈楷模啊！”

类似的玩笑，凌云之前经常开，还说人家教授上课，三天打鱼两天晒网不说，还借着公家的名义，挣私人的钱，把学生当作苦工，无论怎么累死累活，仨瓜俩枣就给打发了。您倒好，不仅不靠学生挣钱，碰到家庭条件差的，还时常补贴，给他们买衣服，带他们出去打牙祭……您啊，就不该姓严，姓严的祖上都是什么人呀，严嵩、严世藩、严监生，没一个好人！我说，您就该姓雷，雷锋的雷！

这时严子曰会笑骂道:“胡说八道，姓严的怎么没好人了？颜真卿不也姓颜，人家不仅是书法家，还是大大的忠臣！”

“人家是颜色的颜，你是严酷的严，两回事。”

“听起来不都一样？”

“严老师啊，这么重要的事，怎么能只靠听呢？”

“那姓雷的，还有雷老虎呀！”

“哎哟，严老师，雷老虎都出来了，您怎么不说还有雷震子呢？”

玩笑归玩笑，到最后，严子曰还是会一本正经地讲道理:“我不是圣人，也不是财主，我只是在种树，前人种树，后人乘凉，今天我帮助他们，是希望将来有一天他们也会帮助别人，到那个时候，我们的社会就不会像今天这样冷漠了。”

一席话说得凌云肃然起敬，这也是他敢找严子曰借钱的根本原因。

可是这次，严子曰既不开玩笑，也不讲道理，而是长叹一声:“逃避，我是在逃避。”

凌云吃了一惊，立刻意识到情况不妙，说你到底在哪儿？我马上过去。

一个小时后，凌云在同济大学的单身宿舍，见到了严子曰。

半个多月没见，严子曰跟原来判若两人，头发蓬乱，胡子拉碴，眼镜上模糊不清，额头上贴着两片创可贴，原来是张清秀的瓜子脸，现在鼻青脸肿，像馒头修炼成精。 宿舍里乱七八糟，被子胡乱地堆在床上，桌子上满是方便面碗和矿泉水瓶。严子曰一根接一根地抽烟，抽得面色憔悴、喉咙嘶哑、人见人怜。可不管怎么问，严子曰始终不肯说其中的原因，只说存折在桌上，密码是八个零。

凌云便知道了，一定是他家里出了事，但究竟出了什么事，又是什么原因导致的，凌云能猜出个大概，但不清楚究竟。凌云也知道，严子曰就是一个犟脾气，你越逼他，他越不肯讲，只能以柔克刚，让他自己说出来。于是先把屋子收拾干净，又出门买来面包、火腿、牛奶，一边招呼严子曰吃早餐，一边对着四周点评，说这宿舍虽然小了点，倒还落个清静，至少能放下一张安静的书桌，省下去宾馆开房的钱，又能帮助几个穷苦学生了。

这个方法果然有效，严子曰抬起头，指着凌云，哑着嗓子说："到了最后，还是你了解我。"

凌云小心翼翼地问："严老师，是不是为借钱的事，跟童老师闹了矛盾？"

严子曰摇摇头，苦笑道："跟钱没关系，是人，人变了。"

"人也好，钱也好，严老师，这事您都得跟我说清楚。不然这钱我不敢要，也不能要，要了，我亏心。"

严子曰低着脑袋，摘下眼镜，他是深度近视，摘下眼镜后，脸就变了形。

原来，这事除了钱，还跟那个"鬼"有关。

那天晚上，严子曰从宾馆回到家，本来想跟童成溪提借钱的事，结果到了十一点，童成溪还未回来，一连打了几个电话也没人接，当时也没多想，童成溪一直很忙，特别是美国总部有人过来的时候，手机不接，忙个通宵也算正常。果然，到了十二点，童成溪回来了，说这几天总部派来一个副总，搞财务大审查，大家忙得底朝天，昨晚就干了个通宵，今天要不是那个副总去了日本，估计还得在办公室里过夜。看着老婆风尘仆仆、满脸疲惫，严子曰满心怜惜，他拉着童成溪的手，说我们年纪都不小了，钱也挣得差不多了，用不着再这么拼命。童成溪笑笑，一边换衣服，一边说这段时间公司忙着收购，过阵子会好一些，到时候我们去欧洲散散心。严子曰点头说好，接着提了凌云借钱的事，说大家好朋友一场，能帮则帮，总不能见死不救吧？

童成溪马上说："自古救急不救穷，凌云跟你是老朋友，又在紧急关头，按理这钱咱们该借。但一百万不是小数目，什么时候还，怎么还，分期还是一次性还清，利息该给多少，这些你想过吗？"

严子曰一愣，想了想说："我只想过借钱，没来得及想怎么还钱，他总不会赖账不还吧？"

"话不能这么说，亲兄弟明算账，一定要先讲好怎么还我们才能借，不然到时候连朋友都做不成。"

严子曰再仔细一想，确实是这么个理儿，便说："你是搞财务的，这个你比我懂，就按照你的意见拿个方案吧。"

童成溪打了个哈欠，一边往洗手间走，一边说："明天吧，明天让我好好想想，不让他为难，也不让咱吃亏。"

本来事情到了这里，一切顺利，童成溪愿意借，凌云也有能力还，有借有还，皆大欢喜。可就在童成溪去洗澡的时候，她的手机"叮咚"一声响了，进来一条短信。严子曰拿过来一看，发件人是 10086，但因为手机锁屏，看不见内容。严子曰刚想把手机放下，忽然觉得什么地方不对劲："她用的是联通手机，为啥移动会发来短信？"

严子曰赶紧打开手机，试了好几次，每次都提示密码错误，这下他愈发怀疑。自上次"见鬼"事件之后，为表清白，童成溪和他互相公开了手机密码，那为什么后来要偷偷改呢？

身正才不怕影子斜，偷偷摸摸改密码，显然是心里有鬼！

待到童成溪洗好澡、换好睡衣出来，严子曰将手机举到她的面前。童成溪看到短信，脸色马上变了，但还装作若无其事："干吗呀？"

"打开。"

"干吗呀，10086 发的。"

"打开。"

"真的是 10086 呀，垃圾短信，有什么好看的呀？"

"打开。"

童成溪无可奈何，迟疑了半天，只好将手机解锁，让严子曰一睹 10086 的真容："回家先洗澡，注意内裤。"

严子曰脑袋"砰"的一下就炸了，冲到卫生间里，从换下的衣物中翻出一条女式内裤，颜色很普通，样式也无奇，只是内裤的裆部，黏滑不堪，一塌糊涂……

这个夜晚，闵行某高档小区的一幢独栋别墅里，爆发了一场战争，战争的烈度是如此之大，据说连小区里的流浪狗都惊动了，跟着叫了一夜。

凌云听到这里，唏嘘不已，想开口说句安慰的话，可搜肠刮肚了半天，怎么也找不出来。

最后还是严子曰先开了口，说话的时候，他涕泪交加，嗓子嘶哑，一脸的恨意。

“她这是被人骗财骗色啊，四十多岁的人了，怎么还这么幼稚！那个王八蛋不到二十岁，没有正当职业，是个专门骗女人的小白脸，我没打死他，算便宜他了！”

凌云不知道说什么好，只好起身拿了条毛巾递过去。严子曰擦了把脸，呆坐了半天，恨意渐渐消退，变成了后悔。

“说到底，这事也不能怪她，我早就不行了，难为她守了多少年的活寡。”

凌云还是不知道说什么好，只能陪着严子曰一起唉声叹气。

又过了半天，严子曰长叹一声：“人活一世，谁还能不犯个错呢？我也不是说不能原谅她，可一睡在那张床上，我就开始做噩梦，一个晚上都不停。”

凌云松了一口气，知道最困难的时刻已经过去。但过去归过去，难受却一点儿都没缓解，想起当年严子曰和童成溪那场轰轰烈烈的师生恋，顿时百爪挠心。时间真是一个可怕的魔鬼，将两个毫不相干的陌生人，变成一对山盟海誓的情侣；转眼又将山盟海誓的一对情侣，变成毫不相干的两个陌生人。想完严子曰和童成溪，接着又想到了倪芳和自己，同样相识于患难，同样发誓永不分离，最后的结果不会也同样吧？因为感同身受、触景生情，凌云心里一阵酸楚，眼泪都要掉出来了。

严子曰看了凌云一眼：“你怎么比我还难受？”

凌云一愣，这才反应过来：“严老师，您说得对，人活一世，谁还能不犯个错呢？知错能改就行。”

严子曰摆摆手：“行了，不说这个了，你赶紧买房去吧，办正事要紧。”

顿了顿，又叹了口气：“这些日子稿子都没怎么写，我也要抓紧了，不能因小失大，耽误了正事。”

一提到买房，凌云才想起最关键的问题，以严子曰的脾气，不跟童成溪吵到天翻地覆绝不罢休，那这钱，又从何而来？

想到这里，凌云赶紧问：“严老师，出了这么大的事，这钱？”

“什么时候攒够了什么时候还，不急。”

“我不是说这个。”

“噢，你是问钱从哪儿来的？”

“对。”

“你放心，钱不是她的。是我把以前的小房子卖了，那是我结婚前买的。”

凌云一下惊呆了，各种情绪交织在一起，有震惊、内疚、感激，还有不可思议。可纵有千言万语，心中百感交集，说出口的却只有结结巴巴的一句：“这这这，这这……”

还没等他“这这这”完，严子曰忽然冒出一句莫名其妙的话：“生活就是一个垃圾桶，倒进去的是痛苦，冒出来的是希望。”

第十三章　浮华背后

一

2015 年的下半年，对于倪芳来说，有着特别的意义，原因在于三件事：

一、买了学区房，地段优越，装修齐全，准备明年搬家。一想到明年儿子可以念最好的小学，一想到不必再面对婆婆陈惠琴，倪芳发自肺腑地高兴。至于每个月不菲的银行贷款、找严子曰借的巨额外债，倪芳都没往心里去。不就是还钱嘛，只要一家人在一起，心往一处想，劲往一处使，齐心协力，钱算得上什么问题?

二、换了新工作，在一家创业公司里面做人事主管。说是主管，手下其实没有一个兵，而且财务、行政等工作，都要涉及，劳动强度比原来大很多，拿的薪水却不比原来高多少。但倪芳还是很满意，满意的主要原因是老板，老板名叫林方块，三十出头，对谁都乐乐呵呵的，笑容满面，跟他在一起工作，让人有如沐春风的感觉。不过，这还不是重点，重点是给她介绍工作的，是林方块的妹妹林红桃，而林红桃正是倪芳在地铁上见义勇为出手相助的小姑娘。正是因为有了这层关系，让倪芳觉得自己的行为，更加有意义。

三、在即将到来的圣诞节，倪芳要和老公、儿子一起去香港旅游。旅游本来算不上什么大事，但这是儿子出生后，一家三口头一回去旅游，去的是她小时候想都不敢想的地方。倪芳早早便把旅游路线图规划好了，要去尖沙咀买儿子最爱吃的小熊饼干；要去维多利亚港看刘德华留下的脚印；要坐缆车去太平山顶看香港的夜景；当然，还要去海洋公园看海豚，去迪斯尼乐园看魔镜。

正是因为有这么多让人高兴的事情，让倪芳暂时忘记了杨利达带给她的伤害，杨利达占了她的便宜，却没有借给她一毛钱，事后还常常骚扰。倪芳不堪其扰，只能辞掉工作、换了手机，跟往事彻底决裂。

二

香港湾仔，君悦酒店，上午九点半，严子曰的新书发布会即将举行。

新书发布会设在宴会厅的前厅，一杆雕花立式话筒，矗立在紧闭的宴会厅的大门前，四扇镶嵌鹰头浮雕的红木大门上，张贴着四幅巨大的新书宣传画，画面上并排挂着严子曰和马如意的巨幅头像，两人额头的上方，便是新书的封面。四扇大门的上方，还悬挂着一条红绸条幅，上写一行中英文夹杂的大字：Ziyue Yan（严子曰）Feat. Mark Rudi（马如意）——《2016的马可·波罗》首发式。

九点四十五分，来参加发布会的客人渐渐到齐，黑压压地站成一片，每人手里拿着一本签到时发的新书，端着一杯香槟，齐刷刷地望着台前。台前严子曰和马如意并排站着，两人皆是西装革履，打着领带，不同的是严子曰打了一条黑白相间的领带，而马如意则打了一条七色彩虹领带。

凌云站在下面，有些焦急，拉过夏西南："马上就要开始了，主持人怎么还没来？"

夏西南也很着急："打了好几个电话去催了，一直没人接呀！"

旁边，周双佳正在和导演许珂夫妇谈笑风生，发觉情况不对，说了句："excuse me"，走到凌云身边，小声问，"出什么事了？"

"主持人，就是那个香港电台的名嘴，到现在还没来。"

"那怎么办，还有几分钟就开始了，宾客可都到齐了。"

凌云急得直跺脚："我也不知道呀！"

接着瞪了夏西南一眼："这么重要的事，怎么搞成这样？"

夏西南一脸委屈，急忙辩解："可不能赖我呀，昨晚上跟她喝酒的时候，她还满口答应，谁知道现在连人影都找不到！"

周双佳沉默了几秒钟，果断地说："不能让宾客这么等下去，我来吧。"

凌云又惊又喜："你行吗？"

"有什么不行，我从小学三年级开始就主持节目了，给我三分钟，我去换身衣服。"

夏西南如释重负："对呀，有周小姐出面，不比那个三八厉害！"

十点钟，新书发布会准时开始。

周双佳穿着玫红色旗袍，梳着发髻，袅袅婷婷地走上台，跟刚才的黑色西装短打，判若两人。这身装束被灯光一照，在红木大门的衬托下，显得既别致又协调，再一张口，音色甜美，沉着大气，喧闹的会场立刻安静下来。

“尊敬的各位来宾、女士们先生们、来自新闻媒体的朋友们，上午好！欢迎各位来参加《2016 的马可·波罗》新书发布会。俄国大文豪高尔基曾经说过，书籍是人类进步的阶梯，可以开拓我们的眼界，丰富我们的灵魂。但我今天想说的是，书籍是人类进步的电梯，比阶梯快，比阶梯灵活！”

众人大笑，周双佳继续：“为什么这么说呢？因为本书的作者，我们的严子曰先生是中国人，毫无疑问，中国现在是全世界发展最快也是最灵活的国家！”

众人大笑，目光齐刷刷地转向严子曰。严子曰头一回作为这么大场面的主角，难免有些拘谨，冲大家挥了挥手，笑容十分僵硬。凌云一边鼓掌，一边暗自赞叹：“这个周双佳，虽是临时救场，脑子转得可真快！”

“这部电梯，绝对不像在商场、地铁站或者写字楼里的那样平淡无奇。它充满了奇趣，充满了历险，充满了动人的故事，因为它的目的地，是美丽的西双版纳，是神秘的唐古拉山，是迷人的云南大理，是传奇的西藏拉萨，驾驭这部电梯的主人公，便是我们来自澳洲的探险家，同时也是著名的音乐人，Mr. Mark Rudi，马如意先生！”

众人大笑，热烈鼓掌，目光又转向马如意，马如意得意洋洋，向大家挥手致意。

夏西南碰碰凌云，悄悄伸出大拇指：“这个女人真厉害呀！”

接下来由嘉宾发言，首先发言的是摩崖文化的总经理吴仁宝，接着是天和文化的总经理丁文采，两人的发言虽然热闹，但平淡无奇，只是些捧场面的话。待丁文采从话筒前走下来，周双佳接着上去说：“刚才我们的吴总和丁总都讲了，对这本书的市场销量很有信心。现在有请本书的作者，严子曰先生讲话！”

严子曰的大名，众人之前闻所未闻，因此掌声远没有刚才热烈，只有稀稀拉拉的几个人鼓掌，场面显得有些冷清。

听到周双佳的邀请，严子曰表情有些扭捏，并没有走到话筒前，而是站在人群中，对周双佳摆了摆手。周双佳又做出请的手势，严子曰又摆手，而且脸色越来越凝重，弄得周双佳有些尴尬，笑了笑，继续说：“严先生可能还在电梯上没有下来，电梯太快，安全第一，我们先等等他，先请本书的主人公，马如意先生说两句！”

马如意倒是兴致勃勃，毫不拘谨，大大方方地走到话筒前。到底他是享誉海外的音乐家，会场上立刻响起了雷鸣般的掌声。

马如意清清嗓子，用一口流利的中文说道：“亲爱的朋友们，早上好！”

在场的很多人认识马如意，不由得发出一声惊叹，还有人小声嘀咕：“他的中文怎么变得这么好了？”

这下马如意更加得意，也愈发自信。

“很多人可能不明白，为什么我的中文突然讲得这么好？其实，这没什么奇怪的。中国有句话，叫做‘士别三日，当刮目相看’，亲爱的朋友们，你们有一年没有见到我了吧？”

众人哈哈大笑，有人说：“不止，快两年了。”

马如意走下来，将严子曰拉到话筒前，严子曰手足无措，一下不知该如何是好。这时，马如意对他深深鞠了一躬。

“为什么我的中文会这么好呢？这是因为我有一个非常好的中文老师，他就是本书的作者，严子曰先生。中国有一个非常好的传统，叫做尊师重道，我虽然是个老外，但也深深懂得这个道理。严老师，请允许我向您表示最诚挚的谢意！”

众人热烈鼓掌。

夏西南悄悄对凌云说：“这个马老师情商挺高，选他真是选对了。”凌云笑笑，说：“你当初不还反对吗？”

“嗨，别提当初了，幸好兄弟你坚持，不然我真得去跳维多利亚港了！”

因为有了马如意的鼓励，有了众人的掌声，严子曰一扫刚才的拘谨，表情自如了许多，对着话筒，开始侃侃而谈。

“刚才马如意先生说，我是他的老师，这话对，但不全对。其实，他也是我的老师。当然，他不是教我学英文，在下的英文，还是停留在 Hello，Bye bye，Thank you 的水平。”

众人哄笑。

“他教给我的，是用积极的态度来面对新生事物；用海纳百川的精神来学习自己曾经陌生的领域。就拿我穿的衣服来说，以前在下从来不穿西装、打领带，现在呢，我穿着西装，跟穿着旗袍的周双佳小姐站在一起，西装旗袍，显得特别般配，这就说明了，尝试新东西，它不是一件坏事情。”

众人鼓掌，大笑，周双佳也报以一个甜蜜的微笑。

“那么，我们再往前看，马如意先生的这个优良品质，是从哪里继承来的呢？答案是七百多年前，他的前辈马可·波罗教他的。马可·波罗十七岁便跟着父亲、叔叔，沿着丝绸之路来到中国，在中国游历了十七年，激起了欧洲人对东方的热烈向往。七百多年后，马可·波罗的后辈马如意，同样来到中国，开始了一段比马可·波罗还要马可·波罗的精彩冒险！”

众人鼓掌。

“我们如果横向去看，英国人有詹姆斯·邦德，大陆人叫他 007，香港人叫他铁金刚，我这个人虽然数学不好，但还是喜欢 007 这个叫法，因为铁金刚听着冷冰冰，太没有人情味，我们都知道，詹姆斯·邦德对待女人的态度绝对不是这样。”

众人大笑。

“而美国人呢，有杰森·伯恩，有印第安纳·琼斯，还有劳拉·克劳馥等一大批他们的冒险英雄。所以，我在书里写的是一个属于我们中国的英雄，同时也是属于世界的英雄！”

众人热烈鼓掌。

周双佳望着严子曰，眼神里充满了赞许，她接过话筒后，说道：“严先生的意思是，马如意虽然是个外国人，但他一生中最精彩的历险故事，全都发生在中国，因此他是我们中国人最好的朋友，或者说，他算是半个中国人。”

这时，马如意过来抢话：“周小姐，对不起，我要更正一下你。不是算，我本来就是，我的奶奶就是中国人，她的名字叫曾昭懿。”

接着又强调：“不是一二三四的一，是懿贵妃的懿。”

众人大笑，严子曰也憋不住笑了，倒弄得马如意有些莫名其妙。

“我没有说错呀，懿贵妃，就是那个‘臣妾做不到’的慈禧呀！”

这下众人笑得更厉害了，特别是台下的夏西南，笑得捶胸顿足，眼泪都出来了，他一边笑，一边扶着凌云：“这个马，马老师，太他妈搞笑了！”

周双佳忍住笑，过来宣布最后一位嘉宾，著名导演许珂上台讲话。许珂可算是众人之中名气最大的，因此压轴出场的他，得到的掌声也最热烈。

“女士们，先生们，大家好。坦白说，一开始收到周小姐邀请的时候，我是想拒绝的。因为我觉得这个书名非常莫名其妙，“2016年的马可·波罗”？不中不西，什么玩意儿？但周小姐坚持跟我说，让我先看完这本书，再做决定。我本来不想看，可考虑到周小姐是我太太在美国时认识的好朋友，而且，我跟Mr.Mark Rudi，也是认识多年的朋友。所以这个面子无论如何也要给。我趁着上洗手间的时间，坐在马桶上，随便翻了翻。结果这一翻，翻了多久？翻了一夜。我花了一夜的时间，看完了这本书，然后深深地被它吸引了。我们形容一部电影很精彩，叫做全程无尿点，那我看这本书，有着同样的感觉，每一篇都很精彩，每一个故事都让人拍案叫绝。所以，如果主办方可以给我这个机会，我非常愿意将这本书改编成电影，我相信，未来的电影，会和这本书同样精彩！”

众人热烈鼓掌，经久不息。

新书发布会开得皆大欢喜，所有人都很满意。发布会结束后，贴着宣传画的宴会厅大门被服务生推开，露出宴会厅，几盏巨大的枝型水晶灯下，是十几桌已经备好的丰盛宴席。

严子曰、马如意、许珂都被安排在主桌上，在座的还有吴仁宝、丁文采和其他几个文化圈、艺术界的头面人物。严子曰环顾四周，不见周双佳踪影，赶紧问：“周小姐呢？她今天功劳最大，应该坐这桌。”

丁文采瞥了他一眼：“她要招呼其他客人，忙着呢！”

严子曰一下火了，刚想开口，却被边上的许珂按住，悄悄对他说：“没关系，这里的东西很难吃的，待会儿我带你们去吃全香港最好吃的东西。”

严子曰这才转怒为喜，连忙发了一条微信给周双佳。

“姐姐少吃点儿，待会儿的节目才精彩。”

这时，吴仁宝站起来，举起酒杯：“来，为了我们新书发布会的成功召开，大家干杯！”

三

凌云、周双佳、夏西南，还有其他几个公司的中层干部坐在一起。开席之后，大家的兴致都很高，频频举杯，互相恭维，特别是夏西南，喝到脸红脖子粗，还缠着周双佳，像牛皮糖似的。

“周小姐，这一杯你无论如何也要喝，不喝，呃，就是不给我夏某人面子！”

周双佳也不跟他啰嗦，仰脖一饮而尽，众人纷纷鼓掌叫好。

凌云有点担心，悄悄说：“你喝了不少了，小心点。”

周双佳满不在乎地笑了笑：“就这点酒还难不倒姐。”

看着两人交头接耳，夏西南似乎有意见了，喷着酒气，指着他俩说：“哎哎哎，大庭广众的不准说悄悄话啊，要说开房说去！”

周双佳站起来，对着夏西南，举起酒杯：“那我就大声告诉你，你能喝多少，姐姐我奉陪到底！”

众人又是一阵鼓掌叫好。

关键时刻，夏西南却怂了，离开座位，摇头晃脑地说：“等，等我，等我去洗手间吐了，再回来跟你喝。”

众人哈哈大笑，有人说：“要不要扶你去呀？你不会不回来了吧？”

“不，不会，你们等我，一个，一个都不许走！”

走进洗手间的时候，夏西南还在踉踉跄跄，可躲进隔断后，却变了一个人，没有丝毫醉意。他掏出手机，飞快打字，发微信给吴仁宝的秘书苏玛丽。

“怎么样？”

“吴总早上已经批了。”

“他不会看出来吧？”

“不会，这种小事他从来不留心。”

夏西南满意地点点头，接着又发了一条微信给钦差大臣于沧海：“搞定。”

四

宴席结束后，许珂带着周双佳一行人，到了天后庙后面的一家小店。小店并不起眼，只有临街的一间小铺面，门口例牌上也只写着一些河粉、炒面、煲仔饭之类。站在店门外，凌云有些疑惑，心想这就是全香港最好吃的东西？看来人家都说搞艺术的喜欢特立独行，今日一见，名不虚传啊。

严子曰倒显得信心十足："酒香不怕巷子深，此店一定有过人之处。"

许珂可能看出了凌云的心思，回头笑道："这里最出名的是干炒牛河，不止是全香港，也是全世界最好的。"

周双佳忽然想起来什么，对许珂说："想起来了！你以前拍过一部电影，里面说最考厨房手艺的有两样，一样是咕噜肉，另一样就是干炒牛河！"

"没错，电影里做干炒牛河的师傅，原型就是这里的老板梁伯。"

梁伯五十多岁，看起来跟普通的香港人差不多，塌鼻小眼，矮胖身材，但笑容可掬，干净利落，看着就精明能干，他还有一个特别的习惯，只要客人一进门，他就让他们把手机装起来，不是为了防止弄脏，就是不想让你玩。

严子曰对此赞不绝口："同意，一百万个同意！现在的人呀，一坐下来就开始低头玩手机，玩得不亦乐乎，却忘记了跟身边的人交流。"

凌云深以为然，现在很多人，做饭三十分钟，摆盘、拍照、刷朋友圈十分钟，真正吃饭只有三分钟，绝对的本末倒置。老板这么做，才是回归本源。

没过多久，四碟热气腾腾的干炒牛河和四杯凉爽透心的冻柠水就放在了众人面前。

许珂兴致很高，一边招呼大家吃，一边跟大家介绍这干炒牛河的妙处所在。

"要想做出一盘出色的干炒牛河，几个条件缺一不可。首先得要有火辣辣的镬气，这取决于锅是不是够大，灶台的火是不是够旺，师傅翻炒的手法是不是过关；其次得干，干才能不腻，吃完之后，碟子里不能有一滴油，我在内地吃过几家号称名厨料理的干炒牛河，那油多得可以再炒一盘！还有就是芽菜要足够新鲜，新鲜才够爽脆，单放一味芽菜就够了，千万不能放大葱、洋葱、蒜头之类；牛肉要入味、够嫩，有嚼头，必须选用牛柳的部分，去掉筋膜，用精细的刀工，保证每一片大小厚薄一致，腌的时候切记不能放盐；河粉必须选用正宗广州沙河粉，这种河粉非常的Q，炒出来后，河粉干净、透明、口感不散。只有这些条件全部具备，才能做出一份美味的干炒牛河。"

一席话，听得凌云惊叹不已，没想区区五十港币一份的干炒牛河，居然能吃出这么多名堂。接着又想起严子曰带他去吃过的"仓廪小馆"，感慨更深。这两位虽然相隔万里，素不相识，身份更有天壤之别，但在对待食物的态度上，却是殊途同归，走到了一起。

果然，严子曰吃得摇头晃脑，赞不绝口。

“芽菜、牛肉、河粉，都不过是最普通的食材，组合在一起却能成为美味，看来唯有用心去做，才能化平淡为神奇啊！”

许珂一挑大拇指：“看来严先生也是同道中人，以后大家合作，还望多切磋切磋。”

严子曰满口答应：“没问题，等你来上海了，我带你去吃全上海最美味的东西。”

许珂哈哈大笑：“一言为定！”

放下筷子，严子曰又有点遗憾。

“可惜马如意没空过来，不然他一定会喜欢。”

“对了严先生，我认识 Mark 很多年，他一向孤傲清高，从不与人深交。这次能与您成为至交好友，实属难得。”

严子曰也不谦虚，得意洋洋地说：“高山流水遇知音啊，试问天下之大，又能有几人能做到？”

许珂拍手叫好，端起茶杯：“好一个高山流水遇知音，严先生真乃性情中人，我们以水代酒，干一杯！”

放下杯子，周双佳忽然想到了什么，问许珂：“帕翠莎呢？怎么没一起过来？”

许珂含糊着说：“最近香港楼市不好，她忙去了。”

周双佳点点头：“要不要给她打包一份？”

“不用了，她只爱吃沙拉、牛排、三文治。我们两个人吃饭，就像当年的蒋中正和宋美龄一样，你吃你的，我吃我的，一中一西，互不干涉，倒也落得逍遥太平。”

凌云有点触动，许珂虽已名满天下，但在衣食住行这些事上，也有自己的烦恼，烦恼的原因虽然不一样，但感受却差不多，这样一想，又有点欣慰，你住半山豪宅，我住市区小屋，你跟太太吃不到一块儿，我却能一家人其乐融融共享晚餐，就幸福的感受而言，没准我比你还强呢！正当他想得出神，许珂又问大家：“接下来，各位在香港有什么安排吗？”

严子曰回道:“我明天回上海，学生快考试了，得抓紧。”

周双佳回道:“我跟帕翠莎约好了，一起去铜锣湾 shopping。”

“哈哈，她的绰号是Shopping Queen，可我现在已经不是Money King了……周小姐，你可得替我看着点啊！”

周双佳点点头，说行，有什么状况我向你打小报告，提前当一回女间谍。许珂哈哈大笑，又突然问凌云:“凌先生不陪着周小姐一起吗？”

凌云一愣，下意识地看了一眼周双佳，发现周双佳也正似笑非笑地望着他。凌云犹豫了片刻，开口道:“我太太会带着儿子来跟我会合，正好可以带他们尝尝这儿的干炒牛河。”

五

就在凌云一行人在庙街品尝干炒牛河的时候，丁文采也在朋友的陪伴下来到油麻地，先找了一家海鲜餐厅，饱餐一顿龙虾、鲍鱼、帝王蟹；接着去了一家按摩院，点了一个台湾来的小姐。

台湾小姐的技术果然一流，莺声燕语，娇柔美丽，热烈奔放，俯仰成趣，弄得身经百战的丁文采兴致大发，提枪上马，豪情万丈，有一种雄赳赳气昂昂，跨过海峡收复边疆的感觉。

可就在紧要关头，放在桌上的手机却突然响了，一遍又一遍，响得不是时候，响得没完没了。丁文采还没说什么，台湾小姐先表示抗议:“老板，你的手机叫得人家的心好慌哦！”说完，腰身一扭，硬是把丁文采给挤了出去。

满腔欲火无处发泄，一股脑儿地冲到脑子里，丁文采红着眼睛，翻身下床，现学现用了一句台湾脏话:“干你娘，靠杯啦！”也不知是骂小姐，还是骂手机。待发现来电的是聂小星，更加没了好气。

“干吗呀，不是说过了吗，我在香港开会，没事别打我电话！”

没想聂小星比他还急:“大哥，当然有事了，没事我敢找你嘛！”

“不要大哥大哥的，听着像黑社会，我们是做正当生意的，叫我丁总就行！”

"呃，大……丁总，我真有急事，我做的那个短信拦截的商业计划书，您倒是给个意见呀，投资人可在等着我呢！"

丁文采抬头看了一眼小姐，示意她先出去，小姐白了他一眼，披上薄如蝉翼的纱裙，嘟囔了一句："干三小。"

目送小姐出去后，丁文采光着屁股坐在床上，继续说："开公司做生意，发展新业务当然是对的。但步子不要走得太大，我们现在最重要的是把彩票云平台运营好，扩大规模，增加利润，而不是急吼吼的，东弄一个，西弄一个，捡了芝麻，丢了西瓜！"

聂小星急忙辩解："丁总，彩票这一块已经运营得很好了呀，自从我上任以后，增加美女客服，增加彩票种类，增加新的玩法，生意不知道比以前好了多少倍！可我们不能躺着吃老本呀，现在短信拦截刚刚兴起，利润高，投入少，产业链又齐全，多好的机会呀！我们要是不做，那肯定会有人做，到时候哪怕我们再想做也晚了！"

丁文采眉头一皱，一本正经地说："小聂啊，你的成绩我是看得到的。但是呢，你还是缺少一点风险意识。短信这玩意儿，看起来是肥肉，吃进去可就变成了毒药，搞拦截可是诈骗啊，诈骗可是犯法，我们是做正当生意的，怎么能知法犯法呢？好了，就这样了，我还在开会，不同你讲了。"

听完丁文采这番冠冕堂皇的话，聂小星恨不得骂他祖宗十八代！你玩彩票骗人就不是诈骗？我想搞短信拦截就成了犯法？你当老子不知道你的心思啊，你他妈的让老子过来，当什么法人代表，一是给你打工卖命，二是出了纰漏，有人给你顶包！什么知法犯法，狗屁！你不就是怕老子引入外面的资金，冲淡你的股权吗！

妈的，既当婊子，又当老鸨，还客串嫖客，最后还要立牌坊，你他妈的是个什么东西！

但纵有万般怒火，聂小星还是拿丁文采无可奈何，自己只是个总经理，领份薪水，拿点分成，说到底不过是个高级打工仔；真正的大股东，还是丁文采，他要是不点头，这生意无论如何做不下去。

算了，留得青山在，不怕没柴烧，先忍一忍吧，君子报仇，十年不晚！

第十四章　梦断香江

一

还有三天就到圣诞节了，按照西方人的习惯，这是休假的季节，与朋友见面，和家人团聚，其乐融融，享受一年难得的温馨。但对倪芳来说，却成了最忙碌的季节，公司人员要招聘，家里儿子要考试，还有做饭、洗衣服、拖地板等一堆家务活……噢，最忙的要算给同事们代购商品。

知道倪芳要去香港，大家都很踊跃，给列了长长的一个代购清单，面膜、奶粉、手表、药品、小电器……一开始，倪芳来者不拒，要什么都答应，后来清单越列越长，意识到再答应下去，且不说买的东西已经够开超市，甚至连回不回得来都成了问题，这才不得不婉言谢绝。

豆豆知道要去香港看海豚和白雪公主，也很高兴，表现之一就是特别乖巧，上课积极发言，吃饭不掉饭粒，按时完成作业，休息不打游戏。一家四口，唯一不高兴的只有陈惠琴了。之前的家庭旅游，无论是去附近的江浙，还是远一点的北京，每次都由陈惠琴做决定，如果跟团，跟什么团，包不包吃住，要不要购物；如果自助，那去什么景点，吃什么东西，住什么宾馆，皆由自己做主。现在儿子一家三口去香港，带媳妇，带孙子，却唯独不带妈，这是要造反呀！

陈惠琴很不满意，开始使出独门三宝。第一是指桑骂槐，说一起跳舞的张大妈的儿媳妇，不孝敬公婆，结果被报纸曝光，闹得满城风雨。见没有效果，又开始使出第二招，骂骂咧咧，说你们太不像话了，就知道自己吃喝玩乐，却对妈妈置之不理！见还是没有效果，不得不打出感情牌，也就是最后的绝招：

追忆似水年华。

“你十岁那年，说想去南京看中山陵，你爸爸不同意，说家里没钱。是妈妈咬紧牙关，从牙缝里省出钱带你去的，你还记得吗？那是我们全家第一次出远门旅游，那个时候你多懂事啊，妈妈路上走累了，你对妈妈说什么你还记得吗？你说妈，长大了我带你坐飞机，你想去哪儿我都带着你……”

放在以前，三宝一出，立竿见影。但这回凌云却坚持到底：“妈，你要想吃点什么，用点什么，我都答应，一定给你买回来，但一起去，这次真的不行。”

陈惠琴这才知道大势已去。

这几天儿子不在家，陈惠琴也沉默了许多，舞也不去跳，麻将也不去打，一个人关在房间里，除了吃饭睡觉，就是默默地看韩剧，看到伤心的时候，跟着剧里的人物，哭得稀里哗啦。倪芳于心不忍，主动打电话给老公，说要不还是带你妈一起去吧，她年纪也大了，还能玩多久呢？

凌云心一软，这才答应。

可这回是陈惠琴自己不肯去了，无论儿子媳妇好说歹说，坚决不肯，也不说为什么，反正就是不肯。倪芳无可奈何，只能作罢，跟老公商量，我们的东西可以少买一点儿，但婆婆和儿子的，一个都不能少。

二

倪芳是平安夜那天到的香港，那天晚上，全家人一起去维多利亚港看了烟花，这也是全香港唯一能放烟花的地方。看着漫天飞舞的绚烂，伴随着此起彼伏的惊叹，倪芳像个小孩子一样，跟着儿子一起，欢呼雀跃。

凌云觉得好笑，说别人没见过烟花也就罢了，你的老家是烟花之乡呀，还没看够？倪芳有点不好意思，说浏阳人爱面子，过年家家都要大放特放，可自己家里穷，买不起，只能看着邻居放。每次放烟花的时候，妹妹弟弟都出去看，只有自己躲在家里。

听得凌云一阵心酸，握紧倪芳的手，一起看着海天一色。就在烟火闪耀的刹那间，凌云的脑海里突然浮现出一句话："执子之手，与子偕老，天可枯，海可烂，乃敢与君绝。"

接下来的几天，一家三口去了太平山顶，去了海洋公园，去了星光大道，去了杜莎夫人蜡像馆……另外，倪芳也抽空买齐了同事要她代购的所有商品，大包小包，看着像逃难的灾民。

中午在庙街吃干炒牛河的时候，豆豆撅着个嘴巴，拿着一双筷子，东挑西拣，有些不高兴。倪芳开始以为是他不喜欢吃，赶紧哄他："豆豆乖，吃牛肉会长高，豆豆要多吃一点儿。"

"不要，我不要吃这个！"

"那豆豆想吃什么呢？这里还有虾饺、肠粉、豆花、牛腩面。那给豆豆来一份虾饺吧，或者来一份蜂蜜豆花，我们豆豆最爱吃豆花了。"

"我不要吃虾饺，我不要吃豆花！"

豆豆的声音很大，惹得旁边的客人纷纷探头张望，指指点点。凌云脸上有些挂不住，面色一沉："不吃算了，饿你一顿，看你吃不吃！"

没想豆豆的脾气更大，把盘子猛地一推："不吃不吃就不吃，饿我一百顿我也不吃！"

凌云火了，一拍桌子："浪费食物，你还有理了？老师是怎么教你的？"

看着爸爸凶神恶煞的样子，豆豆小嘴一咧，眼看就要哭出来。倪芳心细，觉得不对劲儿，赶紧劝凌云："怎么跟孩子说话呢，小声一点儿。"接着又和颜悦色地劝儿子："豆豆是个好孩子，跟妈妈说，为什么不吃东西呢？是因为不饿吗？"

豆豆低着头，一边小声抽泣，一边断断续续地说："不，不是，我，我很饿。"

"那为什么不吃呢？"

"你们是骗子！"

倪芳大吃一惊，赶紧问是怎么回事？哄了半天，豆豆才说了原因。原来，这几天倪芳买了电器，买了手表，买了奶粉，买了珠宝……买了一大堆东西，箱子都装不下了，却唯独没有买事先说好的小熊饼干。

"你们说好要给我买小熊饼干的，你们说话不算话，你们是骗子！"

倪芳有些自责，光记着给同事们代购，却忘记了身边儿子的需求，儿子要小熊饼干也不全是为了自己，一盒要带给家里的奶奶，一盒还要分给隔壁的沅沅。

“豆豆，妈妈没有忘记，只是东西要一样一样买，待会儿我们就去买小熊饼干，好不好？”

“好，可是爸爸早上说，箱子已经全部装满了，不能再买了。”

倪芳抬起头，看了凌云一眼，凌云赶紧哄儿子：“爸爸数错了，还有一个箱子是空着的呢！”

“你骗人，四个箱子都装满了！”

“没有骗你呀，还有第五个箱子呢，爸爸会变魔术的，待会儿回去就变出来。”

豆豆这才破涕为笑，吵着要回酒店看魔术表演。凌云趁机说：“豆豆，你乖乖把饭吃干净，爸爸回去就给你表演魔术，好不好？”

“好！”

趁着儿子大口吃东西的间隙，倪芳悄悄问凌云：“我们没有多余的箱子了呀？”

凌云做了一个“嘘”的手势：“待会儿吃完饭，咱们分头行事，我去买饼干，你去买箱子。”

倪芳想了想，说：“还是我去买饼干，你去买箱子吧。”

凌云奇怪地看着她，问：“为什么？”

“我在网上看到买饼干要排很长时间的队，这几天你也累了，早点买完回宾馆休息吧。”

三

香港九龙，尖沙咀重庆大厦二楼，珍妮曲奇饼干店。

在店门口的墙上，贴着一张营业时间的说明：“星期二至星期六，早上十点到晚上七点，周日和周一全天休息。”说明上方用中英文分别写着一行大字：

“每人限购五罐，每天限购一次。”说明下方还写着一行小字：“本店暂不接受千元纸钞，不便之处请见谅。”

从庙街到尖沙咀，路程本来不远，公交加步行，最多只要半个小时。可倪芳带着儿子，走得不快不说，还坐反了方向，待得到路人指点，找对地方时，已经到了下午四点半，店门口排起了长龙，各国人都有，弯弯曲曲，几乎一眼看不到边。倪芳暗暗叫苦，还有两个多小时人家就关门了，可别赶不上呀。按照行程，明天要去迪斯尼乐园，后天则要赶一大早回上海的航班，今天若是买不到，接下来的行程全都会被打乱，唉，麻烦！

但麻烦归麻烦，还是得老老实实排队，倪芳趁着这个机会，教育儿子要遵规守纪的道理：“豆豆，你看这里这么多人，阿姨、叔叔、哥哥、姐姐，还有比你小的外国小朋友，每个人都在自觉地排队噢。”

豆豆点点头：“老师说过排队是有文明有礼貌的表现，我要做一个有文明有礼貌的好孩子！”

排在前后的人都笑了。

队伍实在太长，效率就高不到哪儿去，排了整整两个小时才轮到倪芳。正当光明就在前方的时候，突然旁边窜出一条大汉，牵着个小男孩，就这么大摇大摆地插到了倪芳前面。

倪芳一下火了，但还是努力压制，客气地说：“不好意思先生，麻烦您去排队好吗？”

大汉转过头来，满脸的不耐烦：“我赶着去机场，来不及了呀！”

“大家都是这么排队过来的，麻烦您排队！”

“大家都是中国人，通融一下不可以吗？”

正在这时，豆豆对那个小男孩大声说：“你要排队，知道吗！”小男孩看着比豆豆小，也比豆豆矮，一下被吓哭了。

大汉这下不干了，嚷嚷道：“你看你，有没有家教啊！我的儿子都被你们吓哭了！”

倪芳毫不退缩：“你才没有家教，一个大男人，也不知道给小孩子做个榜样！”

“礼让他人是中国人的传统美德，你懂不懂呀！”

倪芳冷冷回道："这位先生，不好意思啊，我只礼让给老弱病残孕，看您年纪不大，身体挺好，四肢也健全，应该不是脑残或者怀孕了吧？"

大汉怒了，指着倪芳的鼻子，大声道："哎，你这个衰女子怎么这样啊，讲话这么难听！"

倪芳还没来得及反驳，围观了全程的店里工作人员便对大汉说："对不起先生，我们不做你的生意，请你让开。"

众人随即起哄，有人说："人家不卖给你了，赶紧走啊！"有人说："一点素质都没有，中国人的脸都被你丢光了！"还有一个女老外，看得不明就里，拉着身边的人，连声问："What happened？ What happened？"

大汉见犯了众怒，不敢再嚣张，只得灰溜溜地带着小男孩准备离开，没想小男孩不肯，一屁股坐在地上，哇哇大哭："我不走嘛，我要吃小熊饼干！"大汉又急又气，拉起小男孩，对着屁股"啪啪"就是两巴掌，结果小男孩哭得更厉害了。

倪芳赶紧拉住大汉，厉声制止："住手！你干什么你！"

大汉不服气，梗着脖子说："我教育我的儿子，关你什么事啊！"

"有你这样教育的吗？一开始不给他做榜样，现在又打他，孩子又没有错，你凭什么打他？"

一句话顶得大汉哑口无言，脸上一阵红，一阵白，这下众人的起哄声更大了。

小男孩被众人吓着了，抱着大汉的腿，瞪大眼睛看着周围的人，满是泪痕的脸上又多了一丝惊恐。

倪芳一下心软了，蹲下身子，对小男孩轻声说："小朋友乖，不哭，阿姨替你买。"

这时，店里的工作人员走了出来，对倪芳说："这位女士，我们店里本来有限购的规矩，每个人每天只能买五盒，但我们今天给你破例，你想买多少盒都行。"

倪芳刚才表现得很勇敢，现在倒有点不好意思，连忙站起来谢绝："不用不用，我就买五盒，三盒我要，两盒给他。"

工作人员"呵呵"一笑，一边麻利地收钱，交货，一边说："我没有问题啦，不过你的儿子好像有点意见哦。”倪芳回头一看，发现豆豆撅着个小嘴巴，似乎有点不愿意。倪芳笑了，把两盒饼干交到豆豆手上，语重心长地说：“豆豆，你是个男子汉，男子汉就要学会与小朋友分享。现在我们有五盒小熊饼干，一盒带给沅沅，一盒带给奶奶，还有一盒留给你自己。另外两盒就给弟弟，好不好？”

豆豆低头看看饼干，再抬头看看小男孩，点点头，从妈妈手里接过饼干，递到小男孩手里，大声说：“你以后要做一个男子汉，男子汉不可以哭，知道吗？”

小男孩“哇”的一声又哭了。

四

今天一早，香港下起了绵绵细雨，气温骤降到十度。冬天下雨，在上海很难得，不过香港人似乎见怪不怪，用酒店服务员的话说：“香港的冬天就是这样，一日三变，不奇怪的啦！”

如果只是下雨，凌云倒没觉得什么，可问题在于衣服带得不够，大人还好说，撑一撑能过去，可小孩子怎么办呢？最后还是倪芳解决了问题，她找服务员借来一把剪刀，把自己带的一件薄毛衣剪短，再给儿子一套，嗨，当成大衣穿，还挺合适！

开往迪斯尼的地铁车厢里画满了童话人物，豆豆坐在倪芳怀里，指着一个大眼睛、白皮肤、光着脚的金发姑娘，问倪芳：“妈妈，你猜她是谁？”

“白雪公主？”

“不对，白雪公主的头发是黑色的，像煤炭一样黑。”

“那她是灰姑娘？”

“不对，灰姑娘穿着水晶鞋，可她是光着脚呀！”

“那是谁呢？妈妈不知道了。”

豆豆又扭头问凌云：“爸爸，你认识她吗？”

这个金发姑娘身边围着小鸟、小兔、小松鼠……看着十分面熟，凌云使劲回忆，一个熟悉的名字在脑海里打转，可就是转不出来。

“爸爸，你也不认识她呀？”

“等等，让我想想……她是……睡美人，对吧？”

豆豆兴奋地一下蹦下来，又跳到凌云怀里：“爸爸真棒！她就是爱洛公主！”

凌云抱着儿子，开怀大笑，像个开心的孩子，得意洋洋地说：“当然，这些童话呀，爸爸三岁的时候就全看过了！”

豆豆瞪大眼睛：“三岁啊，那比我还小啊！”他又扭头问倪芳：“妈妈，你小时候看过童话吗？”

倪芳心里一阵苦笑：“没有，妈妈小时候没有看过童话。”

“妈妈不爱看书，妈妈不是好孩子！”

凌云赶紧制止：“豆豆，不能这么说妈妈！妈妈小时候很勤劳的，要上学，要做饭，要干活，还要带弟弟妹妹。妈妈这么勤劳，你说她是好孩子吗？”

豆豆点点头，回到倪芳怀里，轻声说：“妈妈对不起，妈妈你是好孩子，爸爸也是好孩子，我们全家都是好孩子。”

倪芳搂着儿子，差点儿哭了。

出了地铁，果然跟酒店服务员说的一样，雨过天晴，微风习习，只是气温依旧很低。气温虽低，但豆豆的情绪高昂，穿着倪芳给他改的“大衣”，冲进乐园，东跑西窜，活泼得像原始森林的人猿泰山。一连看了狮子王的原野剧场，逛了花木兰的梦想花园，经历了小熊维尼的历险之旅，坐了加勒比海盗的探险木船……当然，更少不了和米老鼠做游戏，搭乘巴斯光年的过山车飞越太空山。

一转眼，已经快到下午三点半，迪士尼大道两边人山人海，大人、小孩、少年、姑娘，每个人都在翘首期盼，期盼一天之中最激动人心的时刻：迪斯尼飞天巡游。

豆豆个子小，哪怕爬到台阶上也看不到前方，眼看游行队伍就要来了，急得上蹿下跳。凌云灵机一动，扛起儿子，让他坐在自己的肩膀上，这招果然有用，豆豆指着前方，兴奋地大叫：“爸爸快看，唐老鸭来了！”

凌云挺直胸膛，往前方望去，透过高高低低的后脑勺，勉强看见游行队伍的最前面，一只巨大的唐老鸭蹦蹦跳跳地走过来，刚想换个更好的位置，没想一个熊孩子突然从边上的草坪上窜出来，举起水枪，对着豆豆一阵狂射。凌云猝不及防，被浇了一头的水，下意识地抹了一把脸。豆豆更是被惊到了，双手一松，眼看就要掉下来。

说时迟，那时快，倪芳一个箭步冲上前，先稳住儿子，再慢慢把他抱下来。凌云一下火了，转头就爆了一句粗口，谁知熊孩子不但不怕，对准豆豆，劈头盖脸又是一阵猛射。外面气温很低，毛衣被冷水浸湿，冰凉刺骨，不知是被冻的，还是被吓的，豆豆“哇”的一声哭了。

倪芳赶紧安慰儿子：“我们豆豆是男子汉，男子汉不哭！”接着又教训熊孩子：“你怎么能欺负小朋友呢？”熊孩子根本不理，举起水枪，又准备扫射，凌云冲上前去，一把把水枪夺下来，扔在一边，吓得熊孩子一声大叫。

这时，草坪里又窜出来一个大妈，身躯肥壮，烫一头黄毛卷发，像狮子王似的，对着凌云和倪芳大吼大叫：“你们两个大人怎么这样，跟一个小孩子过不去？”

凌云看她年纪不小，便尝试着跟她讲道理，说天气冷，小孩子被冷水浇了容易生病，刚刚还差点吓得摔下来，万幸没事，不然麻烦大了，大家都是家长，应该彼此体谅。

没想大妈压根儿不理，一张利嘴，唾沫横飞。

“你们两个大人，合伙欺负一个小孩，还有理了啊！你们的岁数，都可以做他爸妈了！这么大年纪的人了，怎么一点儿教养都没有，欺负小孩子，算什么本事，你看你们把我孙子吓得，要是被吓出什么毛病，我跟你们没完！”

好说歹说都没用，凌云也火了：“你到底想怎么样？”

“把水枪给我捡起来！还有，给我孙子赔礼道歉！”

凌云刚想开口，却见倪芳走过去，捡起水枪，一言不发，对着大妈连开三枪，大妈一下被打蒙了，瞠目结舌地望着倪芳，任凭水从头顶往下流。

倪芳冷冷回道：“你的岁数都可以做我妈了，就别跟我计较了。”说完，扔下水枪，拉上凌云就往回走。大妈这才反应过来，暴怒万分，跟在他们后面，跳起脚就是一通臭骂，污言秽语，不堪入耳。

大妈骂得实在太难听，凌云忍无可忍，刚准备转身，却被倪芳紧紧拽住。

这时，草坪里又窜出一条大汉，冲到两人面前，对着倪芳就是狠狠一巴掌！

“你敢打我妈！”

倪芳猝不及防，被打了一个趔趄，嘴角流出一丝殷红的血，脑袋里更是嗡嗡作响。看见倪芳受伤，凌云彻底爆发了，像一头愤怒的雄狮，冲上去，对准大汉就是一个飞踹，直接把大汉踹出三米开外。

“你敢打我老婆，我打死你！”

大妈一边大声哭嚎“打死人了，打死人了”，一边发疯一般冲向倪芳，抓头发，撕衣服，打得不可开交。这边大汉缓过神来，跟凌云打得也是难分难舍。四个大人全部加入战局，只剩两个小孩，站在一边号啕大哭……

众人“呼啦”一下围观过来，有人赶紧劝架：“别打了，别打了，大家都是中国人，大庭广众的成何体统，给外国人看笑话！”有人幸灾乐祸：“哇塞，真精彩，还是你们中国人厉害，打架都是拳拳到肉啦！”还有人操着一口陕西话，嚷着要报警：“看什么看，看什么看，赶紧打幺幺零！”

正在这时，倪芳突然瘫倒在地，脸色煞白，双腿间慢慢流出一摊血，在冰凉的水泥地上，显得那么触目惊心……

五

陈自得医生诊所，距离迪斯尼乐园两公里。

凌云抱着倪芳，身上血迹斑斑，像一阵风一样冲进诊所，后面跟着黄毛大妈，牵着豆豆，满脸惊恐，嘴里念叨个不停：“大兄弟啊，你听我说，这可真不是我干的呀，我也不知道她怎么会突然这样，你可千万别赖上我呀，我全家给你赔不是了……”

凌云回头一声大吼：“你给我闭嘴！”

豆豆吓得大哭起来。

两个小时后，陈自得医生办公室，听完老婆的病情，凌云顿如五雷轰顶。

“陈医生，你说什么，你再说一遍？”

“你太太已经怀孕两个月了，不过很可惜，是宫外孕，非常危险，幸好送来得及时。”

“宫外孕？怎么可能，医生你是不是搞错了！”

“凌先生，请你冷静。出现宫外孕的概率的确不高，但并不是没有，我的诊所每天都能碰到一两例。”

凌云眼前一黑，脑子里一片空白，他只记得一件事，他跟倪芳已经快一年没有性生活了。

正当凌云失魂落魄之际，他裤兜里的手机忽然响了，也不知响了多久，凌云才木然地接了电话，里面传来的是编辑小司焦急的声音。

“老大呀，你可接电话了，你在哪里呀，急死我了！你知道吗？公司出大事了，吴总被开除了！说是什么违反财务政策，报销了几百块钱的出租车发票……喂，喂，老大，你还在吗？听得见吗？听得见吗？”

第十五章 忘记烦恼的最好方法是旅行

一

倪芳离婚了。她去香港之前还兴高采烈，从香港回来以后，两口子就劳燕分飞了。

“算了，人活一辈子，哪能不犯一次错呢？”

这是陈惠琴知道儿子离婚原因后的第一句话，由此凌云知道了，之前婆媳之间那么多的争吵，那么多的不快，那么多的麻烦，陈惠琴其实并没有放在心上，就像饿了要吃饭，渴了要喝水，冷了要穿衣一样，属于每天都会发生的自然反应。但如果有一天这些不再发生了，那才是真正的麻烦。

为了劝说儿子回心转意，陈惠琴甚至现身说法，坦白了十六年前的秘密。原来 1999 年，陈惠琴真的跟周大头有一腿，但只有一次，那一次后，她洗心革面，重新做人，相夫教子，白头到老。从另一个角度说，如果没有那一次，她跟凌三金很可能是另外一种结局。说完自己，陈惠琴又提到了周大头的老婆，说她更过分，还未过门便跟一个小白脸好上了，生的女儿也来历不明，就周大头那副丑得惨绝人寰的模样，怎么可能生出一个如花似玉的闺女，明眼人一看便知其中有猫腻。就这样，周大头跟他老婆同样恩恩爱爱，现在老两口在美国养老，每天钓鱼养花，跳舞打牌，快活似神仙。

归根结底，陈惠琴表达了一个意思：年轻人难免犯错，犯错不要紧，知错能改就行。

对于妈妈的意思，凌云心知肚明，他不是不相信倪芳，毕竟为了买房，一家人的确是焦头烂额，出了什么差错，也是情有可原；他也不是不能原谅，两人在一起十几年，历经风风雨雨，早已知根知底，有什么问题不能拿出来讲？他只是心头憋着一股怨气，怨气又点燃了一腔怒火，要想灭火消气，需要倪芳披头散发、痛哭流涕，跪在他面前忏悔三天三夜，然后赌咒发誓、痛改前非、永不再犯，然后他心一软，也许真的存在挽回的可能性。

可倪芳不但没有这样做，面对他离婚的要求，竟然干脆利落地表示同意，甚至愿意净身出户，唯一的条件，是不要耽误儿子读书。

凌云一下又火了。

待到从法院出来，看着倪芳渐渐远去的背影，凌云后悔了，很想赶上去说一句话："别闹了，我们回家吧。"

但过了几秒又觉得，这句话应该由倪芳来说。也正因为如此，他没有看到倪芳的脸上，已是泪流满面。

二

和倪芳离婚之后，凌云把这件事告诉了严子曰。听完来龙去脉，严子曰既不批评倪芳，也不批评凌云，而是一阵长吁短叹，感叹完后，点着他说："你们啊！"

凌云一阵苦笑："说句心里话，我也不想离，最后也是因为赌气。"

"荒唐！这种事情怎么能赌气呢？少年夫妻老来伴，你们啊，还是太年轻！"

"离都离了，严老师你说怎么办吧？"

现在轮到严子曰苦笑了："别的事情，我还能出出主意。这种事，我看我只能陪你去散心了。"

"好吧，反正书已经出了，影视合同也签了，公司又出了这么大的变故，那就出去逛逛吧，严老师你说去哪？"

一提到公司，严子曰似乎想到了什么，赶紧问："吴仁宝真的是罪有应得吗？"

凌云一阵苦笑："严老师，你觉得可能吗？堂堂一个总经理，会为了几百块的报销把自己弄下台？”

“到底是怎么回事？”

“公司查出来吴总最近报销了八百块的出租车发票。可是按照发票上的时间推算，那几天吴总正好在香港参加新书发布会，所有参会的人都是人证。这就证明了吴总是在弄虚作假，拿着别人的发票，去骗公司的报销款。”

“那发票到底是谁的啊？”

“我哪知道呀！”

其实，凌云心里清楚，这事十有八九是夏西南那王八蛋干出来的，因为提议来香港开新书发布会的是他，组织让公司的大小领导都去捧场的也是他。现在看来，这所谓的新书发布会就是一个局，他玩了一招调虎离山计，好让上海趁机栽赃陷害。现在人证物证俱全，吴仁宝“违反”的又是公司天条，纵然神仙下凡也救不了他了。

但心里这么想，嘴上却不这么说，家中横遭变故，凌云实在没有心思继续深究，只是摇摇头，叹了口气。

严子曰一下急了：“凌云，他对你可是有知遇之恩啊！当年你从东莞回来找不到工作，是他收留了你；后来你想转型不想当网管，也是他给你的机会，你能有今天的成绩，他的功劳排第一。现在他出事了，你就这样置之不理？还有没有良心啊！”

凌云也急了，放在以前，他还会耐心解释原因，分析其中利害，但现在妻离子散，哪还有这个心思，直接说道：“严老师，你能不能不要这么幼稚？这是现实世界里的职场斗争，不是电视剧里的包青天在办案！职场斗争再残酷，也不会你死我活，斗的只是头脑和心计，求的只是位置和利益。我知道他是被冤枉的，可是又能怎么样呢。职场斗争的三个条件，不可告人的目的、冠冕堂皇的借口、合乎法规的做法，对方全都做到了，那他就只能愿赌服输！”

这下严子曰不说话了，沉默了很久，他摇摇头，说了一句莫名其妙的话：“豺狼当道，安问狐狸！”

凌云装作没听懂，也不接话。

又过了半天，严子曰长叹一声：“都是因为利益惹出的麻烦，有人的地方就有江湖，经历过这么多事情，我也算看明白了。算了，我们就去人少的地方散散心吧，人少，麻烦也少。”

“人少？北欧人最少，难道我们去北欧？”

“为什么不行？咱就去北欧！”

凌云暗暗叫苦，去北欧旅行是不错，不过费用是大问题，不提吃住，光是来回机票恐怕就得上万，自己刚刚买房，积蓄一扫而空不说，还欠着一屁股的债，因为儿子判给了倪芳，为了方便儿子读书，学区房也就留给了倪芳。说得难听一点儿，他现在是一穷二白，还不如刚毕业那会儿。

严子曰可能是看出他的为难，大方地说：“你刚刚买房，家里又碰到这么一档子事，所有的费用我来出。”

凌云吃了一惊：“这，这怎么好意思呢？”

“区区小事，何足挂齿。”

“不太好吧，去欧洲的费用可不低呀？”

“不用啰嗦，就这么定了。”

“那，那就谢谢严老师了。”

严子曰大手一挥：“行了，不用客气。”

凌云又想到了什么：“严老师，就咱们两个人去吗？”

“你还想要多少人？”

“咱们两个大男人，自助或者跟团似乎都不太方便吧？”

严子曰想了想，一拍脑袋：“有个朋友，最近跟你情况差不多，咱们带他一块儿去吧，正好是三人行必有我师焉啊！”

“谁呀？”

“你也认识的，就是你当年的情敌，宋赟。”

凌云又吃了一惊，严子曰怎么会和宋赟搭上关系？他们一个专攻文，一个专攻理，似乎八竿子打不到一起。再一想严子曰提到了“情敌”，顿时明白了，肯定是因为周双佳的关系，看来他们两位真是一对痴男怨女，离家不离情，不知道将来倪芳和自己会不会也如此？

严子曰看着凌云半天没反应，以为他还心存芥蒂，劝慰道：“冤家宜解不宜结，再计较，就是跟自己过不去。”

凌云这才反应过来，连忙摆手：“严老师，我不是这个意思。宋赟这人不错，他英语好，又见多识广，没准可以给咱俩当司机。”

接下来，凌云请了三个礼拜的假，跟着严子曰、宋赟一起去北欧旅行。三个男人，两个离婚，一个分居，因此又被严子曰戏称为：“三光旅行团。”

“三光旅行团”的第一站是芬兰的首都赫尔辛基，在去赫尔辛基的飞机上，凌云跟宋赟聊了一路，也就知道了，就在他去香港的第一天，宋赟辞职了。

说是辞职，其实是被开，被开的原因是宋赟新换了一个经理，经理觉得宋赟学历高、技术好，又是个海归；而自己呢，半道出家，走的是政治路线，对技术一知半解，因此就担心有点儿降不住。一开始，经理也没想着要干掉他，只想先观察一下，可这一观察，就观察出了问题。

那天，经理的上级，也就是管研发的总监心血来潮，跑过来跟团队开 Lunch Meeting，大家一边吃午饭，一边聊公事。说着说着，不知怎么就提到了团队成员的技术水平，其他人都是打个哈哈，随口一说，结果到了宋赟这里，他却认真了，先是竹筒倒豆子一样，把历年来做过的项目、拿到的证书，一一陈述；看着总监有些不耐烦，又自作聪明，故作谦虚地说自己的水平一般。

总监随口问了一句：“什么叫做一般呢？”

结果宋赟也不知是哪根筋搭错了，鬼使神差地指着经理：“就是比他的水平高一点儿。”

经理当时脸就绿了。

听完宋赟的陈述，凌云又好气又好笑，这哥们长得一表人才，技术也很过硬，可情商却低得令人发指，职场如战场啊，如果说技术是刺刀，那情商就是大脑，没有大脑，光凭刺刀，那只会被人当靶子打！

没想宋赟还愤愤不平：“就算我说错了，那也是无心的，他作为我的老板，怎么能这么小气！”

凌云哭笑不得，想了想，放下小桌板，打开座位灯，又从包里翻出纸笔。

“老同学，我给你写一个公式吧。”

“什么公式啊？”

“职场发展加速度。”

“什么啊？算了算了，你写吧，我看看。”

虽然宋赟表现得很不耐烦，但凌云并不跟他计较，一边在纸上写写画画，一边认真地说："我们要想在职场上取得进步，一靠能力，二靠关系……"

宋赟当即打断："什么关系啊？我最烦裙带关系那一套！"

凌云皱皱眉头："你别急啊，先听我说完行不行？"

"好了好了，你说吧，我听着。"

"呵呵，这关系呢，分为三种，代表了你周边的三种人，第一种是对你有促进作用的；第二种是对你有阻碍作用的；第三种呢，则是与你的人生无关的，仅认识而已。所以，这个公式就是：职业发展加速度 = 能力 ×（关系 - 无关 - 阻力 × 程度 + 推进 × 程度）/ 关系"

宋赟这下来了兴致，盯着公式看了半天。

"有点意思！这是一个求和公式啊？"

"没错，就是一个求和公式，程度就是其中的变量。"

"怎么理解呢？"

"很简单，比如你们最大的老板 CEO 支持你，那么这个变量就会是一万倍，甚至更多。同样的道理，如果是 CEO 反对你，那变量就变成了负一万倍，你立刻就得卷铺盖走人。"

宋赟点点头，有点开窍了。

"原来我的问题就出在这个变量上。"

"没错，你的直属上司刚刚来，如果不能立刻把他变为促进关系，那至少也要成为无关系，可是你却把他变成了阻碍，而且是非常大的阻碍，结果马上反转，变成了负数，那你不走人谁走人？"

宋赟仔细一琢磨，越琢磨越觉得有道理，恍然大悟之下连声感叹："哎呀，你要是早点跟我讲就好了。唉，可惜太晚了。"

凌云微微一笑："说晚也不晚，东方不亮西方亮嘛，金子到哪儿都会发光，下次吸取教训就行了。"

宋赟长叹一声："我也不是说一定要赖着不走，替资本家卖命的结局我早就知道了。我有几个师兄在美国诺基亚工作，那个时候能进诺基亚的都是精英啊，进去以后的感觉就是这辈子都不用愁了，工资高，福利好，工作稳定又轻松，做好自己分内的事就行，老板对你也很宽松，不会像小公司压迫得那么狠。可是，可是谁知道有一天诺基亚就不行了呢。裁员来了，说裁就裁，连个理由都没有。那些高级工程师、高级设计师一把年纪了，在自己的那个岗位上工作了十几二十年，被裁的时候专业技能就只能做手头那点儿活，出去了根本找不到工作！我永远记得一个师兄在临走之前跟我说的话，年轻的时候到了一个地方，待着不想走，又不做别的事，以为自己是机器上的发动机，少了自己机器就运转不了。结果某一天机器不行了，这才发现，自己不过是机器上的一颗螺丝钉，再想去别的机器就难了。”

一番话听得凌云感慨不已，是啊，每个人都希望这一生过得轻松，过得安逸，过得衣食无愁，可是这样的愿望永远只是幻想，你想在公司里做到退休，公司却不想将你留到最后，归纳到底一句话，人无远虑，必有近忧啊！再想起黯然下课的吴仁宝，更是有了一种唇亡齿寒的感觉，公司更换总经理只是第一步，接下来由上而下，势必会引发一场地震，传言夏西南会上位做自己的顶头上司，这厮心狠手辣，偏又小肚鸡肠，跟自己面和心不合，在他手下干活，不知道会发生什么事。

唉，算了，走一步看一步吧，随时做好撤退走人的准备。

想到这里，凌云又想通了，主动安慰宋赟：“算了，公司不是家，把未来寄托在老板身上那是自寻死路。人啊，终究还是得靠自己！”

不安慰宋赟还好，一安慰他却愤愤不平：“Fuck！这老板跟老婆一样靠不住，嘴上说的跟心里想的根本是两回事，还不如古代的老鸨呢！”

凌云吓了一跳：“哥们，注意点儿，这可是公共场合。”

“公共场合又怎么样？我们有言论自由！”

这时，严子曰在一边醒了，睡眼惺忪地问道：“你们在聊什么呢，这么兴高采烈？”

凌云一本正经地回答：“严老师，我们在讨论工作。”

“别骗我了，什么Fuck、老鸨都出来了，别以为我听不懂英文。我可告诉你们啊，这趟出去是散心，不是猎艳，君子有所为有所不为，心里再委屈，也不能借机胡来！”

凌云哭笑不得：“严老师，我是什么人你还不了解吗？你认识我这么久，我什么时候胡来过？”

宋赟更是不屑一顾：“我还需要去猎艳吗？我只需要提防女人来猎我！”

三

凌云以前在书上读过，赫尔辛基在芬兰语里的意思是小房子，由此想象芬兰的首都并不是一个很热闹的地方。待抵达之后，发现现实和想象的差不多，整个城市更像一个平面，而不是上海香港那种立体的感觉，街上更多的是一栋栋石头房子，彼此分得很开，即使身在市中心，也让人有一种“天苍苍，野茫茫，风吹草低见牛羊”的错觉。

但有一点凌云没有想到，在这么偏僻的北欧小国里，中国人竟然不少。餐厅、超市、街上，随处可见操着普通话的黄面孔，而且除了游客，还有许多相貌堂堂、衣冠楚楚的商务人士。

宋赟在赫尔辛基有个大学同学，名叫延斯延森（Jens Jensen），是德国与芬兰的混血儿，爸爸是德国人，妈妈是芬兰人，中文说得极好。延森同学热情好客，“三光旅行团”到达的第二天，他便请三位团员去洗当地最负盛名的芬兰浴，中国人叫桑拿，芬兰人叫“沙窝那”。严子曰一开始没听清楚：“杀我啊？这么耸人听闻，那得试试！”

按照芬兰传统，洗浴之前要先吃饭，菜肴非常简单，每个人面前摆了一小碟酸黄瓜、一小块面包、一小块烤肉，还有几片生菜叶。吃完这顿饭，严子曰反而更饿了，不由得叹了口气：“跨越半个地球就享受这待遇？蛮夷，终究还是蛮夷，有朋自远方来的道理都不懂。”

凌云其实也没吃饱，但故意学着严子曰的语气逗趣：“既来之则安之啊，严老师。”

“安啦安啦，接下来的节目是什么？”

“洗澡吧？衣服都脱了，还能干吗。”

凌云猜对了，四个人简单淋浴后就进了一所小小的木头房子，红松木墙，红松木顶，还有一排红松木架，跟国内常见的桑拿浴室没多大区别。夹起火红的石炭放进水里，“嗤”的一声，冒出白茫茫的水蒸气，身处云雾之中，让人有一种飘飘欲仙的惬意。不过好景不长，随着温度上升、云雾散去，小屋子成了太上老君的炼丹炉，大家原来坐在最下面，渐渐抵挡不住，开始节节后退，手脚并用，光着屁股往上爬。

正在此时，“吱呀”一声，门突然开了，进来一个女的！凌云吓了一跳，以为进来了一个小姐，第一反应是去抓浴巾，再一想，小姐不可能这么明目张胆地接生意，再看看这女的，五旬开外，膀大腰圆，体重足足超过二百斤，左手提一冰桶，右手提一炭炉，虽然身着红裙，却无半分性感，倒仿佛黑旋风再世，鲁提辖重生。芬兰大妈对着大伙友好地笑笑，开始熟练地更换冰桶石炭。

延森笑着向大家解释，说这位是浴室的管理员，芬兰人男女平等，对于性别的差异看得不重，不只这家浴室，全芬兰的浴室管理员都是女人，女管理员进男浴室不过是标准作业中的一环。

话音刚落，却见芬兰大妈几个大步跨到严子曰面前。严子曰吓了一跳，不自觉地往后缩，芬兰大妈像老鹰抓小鸡一样，一把就捏住严子曰的胳膊，举到自己面前。严子曰本来就生得瘦小，跟这高大肥壮的大妈一比，更是让人不忍直视。芬兰大妈举起自己碗口粗细的胳膊，鼓起一串结实的疙瘩肉，跟严子曰对比一下，伸出一个手指，一边摇晃，一边叽里咕噜说了一串芬兰话。

严子曰满脸窘迫，加上室温越来越热，脸红得像熟透的番茄一般，嘟囔道:“好男不跟女斗，好男不跟女斗……”

凌云忍俊不禁，问道:“这也是标准作业中的一环？”

延森笑眯眯地不说话了。

比过胳膊，芬兰大妈又大摇大摆地走出门去，这下凌云有些不爽，感情这大妈过来一趟，就为了嘲笑东方男人的身材啊！

等到众人渐渐缓过神来，屋里的温度已经到了让人无法忍受的地步，只见延森招呼一声，打开门，众人“哗啦啦”一拥而上，齐齐奔向外面的世界。

外面明月当空，白雪皑皑，一条小径通向前方，在零下几度的严寒中，本该是严刑酷法的赤身裸体，此刻却显得无比凉爽诱人，延森一声呼叫，沿着小径，带头跑了出去，众人紧随其后。

跑了几步，体内淤积的闷热似乎还是无法消除，恰在此时，芬兰大妈忽然出现，手持一大束桦树枝，一边喊着“沙窝那修白克窝可哈拉瓦”，一边沾着冷水冲大家身上拍打过来。桦树枝和皮肤接触，冷热交融，那种舒服让人无法言喻，舒服得大家围着她鼓起掌来。

小径的尽头，是一个小湖，湖边僻静无人，众人就这样光着屁股，接二连三地跳入湖水之中，水温极冷，但众人并不觉得难耐，反而有一种撒了一回野、痛快宣泄的快感！

芬兰大妈很快又出现了，嘴里继续念着“沙窝那修白克窝可哈拉瓦”，将众人又赶回小木屋，延森跟大家解释，这句话的意思是：“洗了沙窝那，让你百病消！”

等足足折腾了三个来回，众人才回到餐厅，此时都已经饿得几乎虚脱，却惊喜地发现，桌上已经摆好了芬兰大餐，喷香的芬兰大面包、厚厚的黄油、粗大的红色肉香肠、吱吱作响的松木熏肉，加上地道的俄国伏特加，食物点燃了每个人的食欲。无论是中国人还是芬兰人，都陶醉在欢乐的宴会中。当正宗的芬兰民族音乐响起来的时候，每个人都情不自禁地在桌子椅子之间疯狂地跳舞。

什么离婚，什么失业，什么不快，什么烦恼，去你妈的，统统抛在脑后！

四

沿着波罗的海海岸往南开，“三光旅行团”又走马观花似的逛了挪威和丹麦，最后一站，来到了延森同学的故乡，位于德国和丹麦的边境小城弗伦斯堡。

经过短短三个礼拜的相处，“三光旅行团”已和延森同学结下了深厚的友谊，特别是严子曰，两人几乎到了称兄道弟的地步。凌云觉得好玩，便拿严子曰打趣，说您跟中国人谈不到一块儿，跟老外倒经常能一见如故。

严子曰哈哈大笑：“四海之内皆兄弟，黑白黄红一家亲！”

弗伦斯堡是德国最北的城市，城市不大，如果单看面积和人口，还不如凌云的老家。但这座城市临海而建，风景秀丽，尤其是在冬天，白雪覆盖海岸，远眺蓝天帆船，让人有一种心旷神怡的感觉。

延森同学的老家就在距离海岸不到五百米的地方，是一栋前后有花园的二层别墅，延森的爷爷一个人住在这里。老人家已经八十岁了，须发皆白，不过身体还很硬朗，爱好音乐、台球和航空模型。为了爱好，特别留出三间房间，一间放音乐器材，一间放台球桌，一间则整齐摆满了大大小小的航模。

老人十分热情，主动带着凌云一行人参观了自己的屋子，待走到音乐室的时候，凌云惊奇地发现，整个墙面被改造成了一个巨大的CD架，上面堆满了各种类型的音乐CD，歌剧、钢琴曲、流行歌、摇滚乐等，五花八门，应有尽有，粗粗估计，应该有上万盘。功放音响更加特别，是两个巨大的红色木头音响，造型呈梯形状，上下各有两个喇叭，放起歌来，高音甜，中音准，低音沉，总之一个词——通透。也是因为音响上面刻着一行德文，凌云便以为这是音响的商标，随口问道："音色真好，什么牌子的？"

听到这个问题，一直笑嘻嘻的延森同学的表情突然凝重了。

"这是我奶奶的名字，音响不是买的，是我爷爷自己做的。奶奶活着的时候最喜欢音乐，所以爷爷就做了这套音响。"

凌云吃了一惊，问道："你爷爷还是个音乐家啊？"

"不是，他曾经是一名汽车工程师。"

凌云又吃了一惊，汽车和音乐，似乎八竿子扯不到一起，没想到啊没想到，这个貌不惊人的德国老头，竟然有这般本事。

严子曰也被震撼到了，他竖起大拇指，连声赞叹："厉害，德国的工程师真是厉害呀！难怪经历了两次世界大战，整个国家打成了一片废墟，还能这么快地崛起，值得尊敬！"

只有宋赟不以为然："国外这样的人多了，我认识的一个美国老头还会自己造火箭呢！"

老人听得好奇，指着严子曰，用德语问孙子："他在说什么？"延森同学回答之后，老人笑了，他走到严子曰面前，跟严子曰握手，叽里咕噜说了一大通。

严子曰听得莫名其妙，赶紧问延森："你爷爷在说什么呀？我只听懂了一个词，好像在说什么China？"

"我爷爷说，中国人才值得尊敬，你们经历了五千年的历史，历经战乱、外族入侵，还能作为一个完整的国家保存至今，这在世界各国之中是绝无仅有的。虽然中国现在还不够发达，也存在很多问题，但他对中国充满信心，相信在不久的将来，中国会超过美国和欧洲，成为全世界最强大和最富有的国家。"

严子曰的表情也凝重了，他握着老人的手，认真地说："我也相信会有这一天；我更相信这一天会出现在您的有生之年，到那时，我邀请您去中国亲眼看一看。”

从老人家里出来，刚好到了饭点，一行人来到弗伦斯堡最热门的一家餐厅，海滩边的一家三明治店。

德国人吃午餐很简单，通常一个三明治、一瓶带气泡的矿泉水就能解决，因此在德国街头，卖三明治的小店比比皆是，店面通常不大，十来平米，一边卖各种三明治，一边卖酒水饮料。

但今天的这家三明治店，看起来却不一般。不一般的不是店的模样，而是店的招牌，招牌上写着一个别出心裁的名字：创造你的三明治（Create Your Sandwich）。

站在店门口，凌云觉得好奇，这段时间在北欧，三明治吃了不少，无非是两片面包夹点蔬菜夹点肉，蔬菜是千篇一律的黄瓜、洋葱、西红柿；肉也平淡无奇，牛肉、猪肉，或者全素，稍微特别一点儿的是鱼，但欧洲人吃鱼，去头去尾，只留中间一段鱼肉，如果不看名字，根本不知道吃的是什么东西。

那这个“创造你的三明治”，究竟是什么玩意儿？

这家店是新开的，延森同学很久没回老家了，自然也没见过，四个人带着共同的好奇，走进了这家店。

迎面而来的不是常见的摆放三明治的柜台，而是一台带有触屏的自助点餐机，旁边站着一位金发碧眼的服务员，指导客人如何点餐。点餐机的后面排起了队伍，排队在中国很常见，在欧洲却凤毛麟角，再看看排队的人，不管是排队点餐的，站在一旁学习的，还是已经买好三明治在一边啃的，人人都是一副自由自在、随心所欲的模样。

这下凌云更加好奇了。

待轮到凌云的时候，服务员看看他，微笑着问：“Are you from China?”

这句话凌云听懂了，赶紧回答：“Yes，China.”

服务员点点头，在屏幕上按了几下按钮，调出中文的菜单，礼貌地说：“Sir, you can create your own sandwich now.”

这句话凌云没听太懂，不过大概能猜到是什么意思，再看看菜单，他惊奇地发现上面列出了各种面包、肉类、奶酪、蔬菜、蘑菇、酱料……足足有上百种之多。然后大小分量、什么饮料、配不配薯条……全部由自己做主。

按照提示，第一步是选面包，面包分为五种，蜂蜜燕麦、热烤黄油、经典全麦、黑色裸麦、法式白面包。

选完面包，第二步是加肉，有牛肉、猪肉、羊肉、鱼肉、鸡肉，其中牛肉又分为美国牛肉、德国牛肉、日本牛肉、阿根廷牛肉……鱼也分为大西洋鲱鱼、太平洋沙丁鱼、日本海金枪鱼……

第三步是加蔬菜，种类包括生菜、黄瓜、番茄、洋葱、辣椒、蘑菇……

第四步是选芝士，有黄切达芝士，味道浓郁；也有白切达芝士，健康清爽；如果喜欢拉丝，那么还有玛芝里拉芝士条……

最后一步则是为三明治配酱料，从比较常规的番茄酱、蛋黄酱、芥末酱，到比较特殊的蔓越莓酱、牛油果酱，应有尽有。让凌云吃惊的是，这里竟然还有中餐里常见的豆腐乳和老干妈！

选完三明治，还可以自选饮料和配料，饮料有果汁、红茶、牛奶、咖啡、可乐、气泡水……配料则有沙拉、培根、鸡蛋、薯条、鹰嘴豆、玉米片……

把所有的材料选完，点餐机自动跳出一个菜单让凌云确认，同时也会标注好价钱，接着便是刷卡、拿菜单、取位置号。不到十分钟，一份全世界独一无二的三明治便诞生了！

四个人坐在一起，一边吃着三明治，一边叹为观止，没想到啊没想到，欧洲人最传统、最普通、最随处可见的食物，在高科技的帮助下，摇身一变，变得最新颖，最特别，最丰富多彩！

严子曰兴致大发，当即作了一首诗：

普普通通一面包，
摇身一变不得了；
独一无二有情怀，
全凭科技来创造！

念完之后，严子曰得意洋洋，对众人说这诗不错吧？凌云“嘿嘿”一笑：“严老师，您的诗跟李白、杜甫、王维这几位比起来，那自然是厉害得多啊！”

“哪里哪里，跟他们几位比，还是有距离的。”

“嘿嘿，严老师，过分谦虚等同于骄傲哦。”

“不是谦虚啊，是陈述一个事实。”

“我说的也是事实啊，如果他们几位能写出你这样的诗，那唐代的油料作物就不成问题了，你提前几百年让中国人民享受到脂肪的美妙，功德无量，无人能及啊！”

严子曰这才明白怎么回事，笑骂道：“胡说八道，其心可诛！”

看着两人逗趣，延森同学也觉得好笑，不过他中文虽然不错，这样的对话理解起来却相当吃力，便问坐在一边的宋赟：“为什么写诗可以解决油料的问题呢？”

宋赟也没太明白，转头问严子曰：“你们是神马意思呀？”

“什么意思？他说我写的是打油诗，要论起打油的水平，我是天下第一！”

宋赟哈哈大笑，笑过之后，又变得认真起来。

“我刚才一直在想这个自动点餐机背后的实现原理。如果能搞明白，也许我们可以把它用在别的地方。”

严子曰来了兴趣：“那你想出来了吗？”

“嗯……应该不太复杂，就是一个程序，再配合数据库，数据库里预先定义好了各种食材的类别、价格。这样通过不同的排列组合，便实现了独一无二的目的。”

“听起来不是很难，但能用在其他什么地方呢？”

“还没想到。”

严子曰点点头，若有所思，唠叨道：“集思广益，集思广益，大家一起想。哎，我说延森同学啊，你也别光顾着笑，大家一起想，三个臭皮匠还抵得上一个诸葛亮呢，我就不信我们四个人，想不出个用法。依我之见啊，这个东西，还得从衣食住行上动脑筋，衣食住行是刚需啊，比如用来……”

正当严子曰喋喋不休之际，凌云突然一拍桌子，大声打断：“我想到了，我们可以用它来做书！”

第十六章 痛快地撒了一回野

一

离婚之前，倪芳跟陈惠琴的关系不好，小吵天天有，大吵三六九，一天不吵，浑身难受，身上像掉了一块肉。离婚之后，反倒不吵了，每次送儿子回去过周末的时候，陈惠琴像变了一个人，拉着她嘘寒问暖，问东问西，言谈之间流露出希望他们复合的意思。连六岁的豆豆都看出了异常，走到小区门口时，他对倪芳说："妈妈，我们搬家以后，奶奶变了。"

"怎么变了呀？"

"她以前总跟我说你不好，说你没文化，懂得少，要听奶奶的，不要听妈妈的。可是现在又说你是全世界最好的妈妈，要我一定要听你的话。"

"豆豆觉得为什么奶奶会变呢？"

"她想我们搬回来住。"

"你想搬回来吗？"

豆豆睁大眼睛，看着倪芳，怯生生地说："我想回家。"

"我们这就回家呀。"

豆豆不说话了，回头望了一眼自己长大的地方，满是期盼，满是留恋，丝毫不是一个六岁孩子应该有的表情。

倪芳愣住了，呆住了，怔住了，满腹心酸。自己为了这个小东西，举债买房，被骗失身，离婚走人……她是那样爱他，将所有的心思都寄托在他身上，将所有的爱意都灌注在他心里，只希望不要对他产生负面影响，希望他能快快乐乐、平平安安长大。但在豆豆看来，妈妈只是妈妈，代表不了爸爸，也取代不了奶奶，只有那个全家人在一起的地方，才是他真正的家。

对于儿子的心愿，趁着中午一起吃饭的机会，倪芳告诉了同事林红桃。这个从安徽来的小姑娘，别看年纪不大，经历的事情却不少，面对比自己大几岁的倪芳，分析得头头是道。

“这事儿的关键不在你婆婆，而在你老公，他如果彻底回心转意，那确实有复合的可能。可问题在于男人对这种事情，很难真正原谅，他们自己犯错可以，老婆犯错绝对不行。你老公要是不彻底转过弯来，这就成了你们之间的一个定时炸弹，说不准哪天就爆炸了。”

这句话恰好说到了倪芳的心坎里。说实话，她还爱那个家，也爱家里的那个他，可发生了这么大的事情，她真不知道该如何去面对。想起凌云之前常说的一句话，“相濡以沫，不如相忘于江湖”，之前怎么都不理解，既然相爱，为什么还要分开？

现在终于懂了。

林红桃放下筷子，继续劝道：“俗话说‘劝和不劝离’，但有些事情不能勉强，特别是我们女人。既然已经离了，开始一段新生活也许是件好事。说真的，你觉得我哥哥怎么样？”

倪芳吓了一跳，吃惊之余，赶紧摇头：“你哥哥，怎么可能？”

“我哥哥对你印象挺好的，我以前从来没有见到他对其他女人这样，还以为他是喜欢男人呢！”

“那也不可能，我不漂亮，年纪也大了，还带着个儿子，你哥哥那么优秀，绝对不可能。”

“没有什么不可能，我哥哥是个特别善良的人。小时候家里穷，爸爸爱赌博，又特别重男轻女，有什么好吃的都留给他，我就什么都没有。有一回，我实在饿得受不了，就偷吃了家里藏着的红薯干，可是没想到那红薯干是拌了老鼠药的，爸爸舍不得医药费，硬是不带我去医院，眼看我就要不行了，是哥哥，是他把有毒的红薯干吃了进去，然后逼着爸爸带我去医院，他说如果不带我一起去，那他就陪着我一起死！”

倪芳又吃了一惊，没想到面前这个看起来娇滴滴、打扮时髦的林红桃，竟然经历过这么惨痛的经历；更没有想到她哥哥，那个每天笑眯眯、待人和气的林方块，背后竟然有这么决绝的一面。

以前总觉得自己的童年最悲惨、自己的经历最坎坷、自己的婆婆最麻烦，现在看来，似乎并不是这样。

林红桃看她既不吃饭，也不说话，只在那儿默默想心事，以为她正在做思想斗争，便试探着说："这样吧，我来跟哥哥提一下，你们交往一下试试看？"

二

一个多月过去了，凌云觉得公司像变了一个地方，原来那么熟悉的地方现在变得这么陌生，花非花，草非草，物是人非得让人无所适从。

比如墙上的装饰，以前挂的是色彩斑斓的新书宣传画，现在全变成了黑体大字的总经理语录，从会议室到洗手间，处处可见：

一、你可以有意见，但必须要执行。

二、对工作尽心尽力，对金钱淡泊于心。

三、忠诚奉献，任劳任怨，追随领导，勇往直前。

四、五、六、七、八……

再比如办公室的气氛，以前大家一起工作时，插科打诨，有说有笑，时间过得连走带跑；现在每个人小心翼翼，噤若寒蝉，话不敢多说，玩笑也不敢开，凌云以为过去了一个上午，结果一看表，还不到半个小时。

最重要的是领导变了，传言果然是真，他的顶头上司变成了夏西南，夏西南被任命为副总经理，管着编辑、发行、营销等好几个实权部门。新官上任三把火，这头一把火，便是把墙上的新书宣传画改成了总经理语录。

对于这些变化，有人愤愤不平，也有人卑躬屈膝；有人被扫地出门，也有人平步青云。表面上凌云若无其事，言谈之间流露出他是为公司开疆拓土的有功之臣，城头虽然变换大王旗，但城下还是需要人冲锋陷阵啊！干掉他，谁来替公司卖命？但实际上他还是很担心，之前和夏西南不和，心存芥蒂必是难免，也是冰冻三尺非一日之寒，只能日日小心伺候，处处如履薄冰，生怕惹得夏某人不高兴。在凌云的内心深处，他一直向往陶渊明"采菊东篱下，悠然见南山”的生活，更是推崇他“不为五斗米折腰”的傲骨，也正是因为这样，他很讨厌甚至鄙视现在的状态。但生活的重担摆在那里，且不管自己和老娘的衣食住行，光是房贷和儿子的生活费，就足以让他向现实低头。

不为五斗米折腰？说来容易啊，那是因为陶前辈有房有车无贷款，不然试试看……

可偏偏怕什么来什么，没过几天，和他预期的一样，其他几把火便烧到了自己头上。

中午，夏西南约凌云共进午餐，为了不影响工作进度，午餐地点就在会议室里，夏西南叫了几个菜，送过来后，两人边吃边聊。吃饭的时候，倒没讲太多，只说了一些场面上的话，什么兄弟你是公司的骨干，表现一直不错，现在自己刚刚上任，还需要兄弟大力支持呀！

凌云赔着笑，跟着说一定一定，今后有你夏总来领导，肯定是百尺竿头更进一步啊！

待吃好、喝好、剔好牙，夏西南抽出几张餐巾纸，抹抹嘴唇，一本正经地说：“我觉得，也不是觉得，算是一个意见，今后我们的出版方向得调整。”

夏西南的话风转变得太快，让凌云猝不及防，他脱口而出：“怎么调整？”

“我们以前做书，过于考虑市场方面的影响，对政治方向把握得不够。结果书出了不少，但获得的影响力远远不行。”

凌云心里一阵哆嗦，鼓起勇气，试探着说：“夏总，深化市场是大势所趋啊，别说我们这样的文化公司，现在连出版社都尽力向市场化靠拢，那些靠卖书号存活的出版社，早就……”

夏西南面有愠色：“我话还没有讲完，你可不可以不要打断我？”

凌云悻悻然，心想以前吴仁宝在的时候，提倡大家畅所欲言，你不是也举双手双脚赞成吗？这才几天工夫，你装什么大尾巴狼？但心里这么想，嘴上却不敢这么说，只是随声附和：“夏总，对不起啊，您继续。”

夏西南从鼻孔里“哼”了一声，继续说道：“我们都知道，童书的销量在图书总码洋销量里占比 20% 以上，随着国家二胎政策的放开，这个市场将更大，所以，我们要抓住政策的机遇。”

“我懂我懂，夏总的意见是？”

“我决定编辑部立刻停掉所有的手头业务，开始全力转型，以做童书为主营业务。做童书挣钱呀，一套书码洋又高，两三万套轻轻松松便出手了！”

凌云暗暗叫苦，他不是不知道做童书销量不错，但同时里面的水也很深，中国现在的育儿市场火爆，但多多少少有点儿崇洋媚外，销量好的童书，大多是引进版。每次出来一个新本子，那些实力雄厚的专业少儿出版机构便蜂拥而上，互相比价竞争，哪是一个从未涉及童书出版的小文化公司所能抗衡的。

“夏总，我们编辑部从来没有做过童书，这样的转型是不是仓促了一点儿？”

“仓促什么？你需要多久？一万年？一万年太久，只争朝夕，懂不懂啊！”

“我没说要一万年啊，但也不能说转就转，现在做的几本书，销量都不错呀！”

夏西南的脸色越来越难看：“就你做的那几本书，单册五万的销量都没有，这也能叫不错？”

凌云实在忍不住了：“夏总，你也不是外行，要知道五万是非常难得的成绩了，中国几百家出版社，有几本书能做到五万？”

夏西南一下火了，把纸巾揉成一团，重重扔进纸篓里：“废话，我当然知道，用得着你教我吗？”

凌云不再说话了，他满脸通红，胸脯起起伏伏。夏西南一声冷笑，换了一副表情，装模作样地说：“凌云啊，我理解你的难处，但也希望你能理解我的压力，转型不是我一个人的意见，更多的，是上面的意思。”

这句话说得郑重其事，凌云不知道真假，只能说知道了，我尽力而为。夏西南拍拍他的肩膀，打个哈哈：“这就对了嘛，有什么困难我们一起克服，肯定不会让你一个人孤军奋战。”

凌云一阵苦笑：“谢谢夏总，有您这句话我就放心了。”

夏西南暗自得意，铺垫了这么久，终于可以转入正题了。说实话，他对凌云的能力是认可的，但关键在于一朝天子一朝臣，谁让你是吴仁宝的亲信呢？斩草除根也好，挥泪斩马谡也行，更何况，两人之间素有芥蒂，像凌云这种人，表面服气，背后还不知道怎么骂娘呢，总之，你不走人，我不放心！

“凌云，我想过了，我们要想转型成功，相关资源必不可少。我们苏玛丽跟北京那边做童书的单位很熟，也有丰富的资源，所以我想让小苏加入编辑部，就先从编辑部副主任做起吧。她的问题是缺乏编辑经验，不过这个问题不大，王会以前在耕林做过童书，耕林可是童书界的翘楚啊，所以我准备让王会来辅助小苏。你身为编辑部主任，可一定要支持我的决定呀！”

凌云的脑袋一下懵了，他没有料到夏西南会做这样的决定，更没料到他会下手这么快，这么狠。以至于接下来的时间，他已经忘记自己说了什么话，做了什么事，怎么回的家，用北方人的话说，他断片了。

这个晚上，凌云彻夜难眠，吴仁宝下台之后，自己有这样的下场，不算太意外，只是自己忙着处理家事，又在外面旅游，一时没考虑周全，以至于今天有点措手不及。再一细想，便明白了夏西南的阴谋，做童书是假，架空自己是真。苏玛丽是什么货色，公司里人人皆知，撒撒娇、卖卖姿色还可以，让她来做编辑部的二把手？这不是开国际玩笑吗！至于王胖子，看来之前小叶对他的非议，说他已经投靠夏西南也是真的，怪只怪自己过于相信别人，终究吃了大亏。凌云越想越沮丧，沮丧又带出满腹的心酸和失望。当年加入编辑部的时候，部门一盘散沙，士气低落，做出来的书别说读者不买账，连自己人都看不下去，编辑们成了公司里的过街老鼠，见人都躲着走。没有自己，哪有今天烈火烹油、繁花似锦的大好局面。唉，尽心尽力这么久，没想到头来落得如此下场。到了凌晨，失望又转变成了愤怒，满腔怒火直冲屋顶，妈的，此处不留爷，自有留爷处！你有什么了不起的，小人一个，就他妈会使阴招，老子不干了！

发泄一通之后，凌云反倒平静了，闭上眼睛，拿定主意，决定逗逗夏西南。

第二天一大早，凌云到了公司，红着眼睛，主动约夏西南谈话。说来有趣，事情没发生之前，他一直害怕见到夏西南；现在发生了，夏西南反而成了他最想见的人。

“夏总，您的安排非常英明，绝对正确。小苏聪明漂亮，脑子灵活，为人又放得开、豁得出去。所谓英雄难过美人关，有她出面公关，绝对不在话下！小王也不错，虽然以前做编辑时他的成绩最差，但人家的专长不在这里，现在总算是拨乱反正，把合适的人放在了合适的位置上。”

顿了顿，又模仿起严子曰的口头禅：“支持，一百万个支持！”

夏西南听出了凌云话里的讽刺，心里一阵冷笑，所谓识时务者为俊杰，都什么时候了，你还不来跪舔？现在大局已定，吴仁宝这么厉害的角色都黯然下课，你一个小小的编辑部主任，真以为公司没了你就转不了？也太把自己当回事了吧，找死，真是找死！本来还想让你继续当个主任，摆在台上做做样子，既然你不领情，那就不要怪我夏某人不客气了！

“凌云啊，你能理解就好。放心，你还是编辑部里的主心骨。”

“对了，夏总，他们都安排好了，我以后做什么呢？”

“哎，我刚刚不是说了吗？你还在编辑部啊，只是不用再参与日常杂事了，主要嘛，是用你的经验，给他们出出点子，把把关。”

“这算是顾问吧？”

“对对，顾问，专家级顾问。”

“行啊，这个决定好！那些杂事、鸡毛蒜皮、千头万绪，我早就不想干了。顾问好，还是顾问好。”

“凌云啊，这几个部门里面还是你最识大体，不像营销部的顾晓丹，怎么说都不明白，唉，枉费我一片苦心啊！”

“夏总，我们认识多少年了，您的决定我能不支持吗？”

“哈哈！对了，编辑部之前有一个人，挺能干的，你跟他还有联系吗？”

“谁呀？”

“好像是叫赵清明。”

凌云一愣，脑海里立刻浮现出一个个子高瘦、浓眉大眼、脸庞棱角分明的形象。赵清明是凌云被提拔为编辑部主任后招聘的一个大学生，聪明，脑子特别活泛，教什么都一点就通，往往还能推陈出新、举一反三，深得凌云喜欢。但问题也在这里，他做事太过功利，不择手段，和凌云稳扎稳打的思路不太相符。光是这样也就罢了，凌云是个聪明人，知道“水至清则无鱼”的道理，小朋友们有想法，敢闯敢冲是好事，值得鼓励。但问题在于赵清明在男女关系上不太检点，在公司里招惹了一个有夫之妇，引来不少事端，闹得不可收场，这可是职场上的大忌，凌云即使有心袒护，也有心无力，只得忍痛将他开除。

但这已经是几年前的事了，之后赵清明销声匿迹、音讯全无，所有人都不知道他的去向。现在夏新南突然提起他，究竟是何用意？

夏西南看出了他的疑惑，赶忙打个哈哈：“我也就是随口问问，当年这小哥给我的印象太深了，是个人才啊！”

凌云老实回答：“很久没跟他联系了，也不知道他现在怎么样。人才是人才，就是人品不太好，希望过了这些年，他能有所改变。”

夏西南不以为然，摆了摆手：“行了，不跟你瞎扯了。这样吧，等过几天我来发一个正式通知，编辑部的人事调整就这么定了。”

“行，我等你的通知。”

对于这样的结果，夏西南非常满意，过了一宿，他本以为等来的是一场恶战，就像对付营销部的顾晓丹一样，不拼到刺刀见红绝不罢休，没想到今天兵不血刃便解决了问题。趁着形势大好，夏西南决定乘胜追击。

“凌云啊，还有一件事儿。就是那个马可·波罗的影视版权，卖了500万，对吧？”

凌云一愣，不知道夏西南突然提起这个是何用意，只能老实回答：“对啊，自从许珂答应执导之后，好多影视公司来找我们，我们就卖了一个好价钱。”

“500万怎么分呢？”

“作者和公司各一半，我们内部怎么分配，按照规章制度来，正常是给项目负责人一定比例提成。”

“噢，就是这件事要跟你商量一下。你也知道，新的总经理刚刚到，要求我们以公司利益为重，对工作尽心尽力，对金钱淡泊于心。”

“夏总，你有什么想法请直说。”

“我的意思是，作者的那一半照给，毕竟已经签了合同，我们不能违约。但项目的提成呢，我建议再考虑一下，更多地从公司利益层面考虑。”

凌云心里一阵冷笑，你这个王八蛋，太狠了吧！不仅处心积虑地要架空我，还想方设法克扣我的钱？什么从公司利益考虑，狗屁！你不就是想我给你送钱吗？

靠，老子今天就不送了！

凌云笑了笑，若无其事地说：“明白了，夏总，我的提成就当给公司做贡献了吧。”

现在轮到夏西南吃惊了。

三

今天中午，公司楼下咖啡馆的一间包间里，凌云、严子曰和周双佳一起共进午餐。

自从香港一别，凌云一直没和周双佳联系，离婚的事情也没告诉她，但从今天她的表情来看，她什么都知道了。

三人吃完饭，又叫了三杯咖啡、一份甜点。喝到一半，凌云说了他的想法：创业。

严子曰大吃一惊："你想清楚了吗？"

凌云："想清楚了，再待下去也没什么意思，与其将来和公司撕破脸，不如现在好聚好散。"

严子曰摇摇头："我说的清楚，不是这个清楚。"

凌云一愣，随即明白了严子曰话里的意思。

"我不想再打工了，打工到哪里都一样，都逃不掉这些蝇营狗苟的事情，我想得很清楚，与其把时间浪费在这上面，不如全力以赴地做一件自己喜欢的事，坚持就一定会有收获。"

"这个我同意，一百万个同意！生命这么短暂，时间又这么宝贵，还天天斗来斗去，有什么意思！但问题是以后做什么，你想清楚了吗？"

凌云沉思片刻，开口道："我想成立一家文化公司，但经营业务不是像普通的文化公司那样找找稿子出出书这么简单。我要用最先进的科技，改造一个最传统的行业。严老师，你还记得德国的那家三明治店吗？"

"记得啊，号称全世界独一无二的三明治嘛！"

"对，就是那间店提醒了我，我要用同样的方法，为中国的每一个孩子创作独一无二的童话！"

严子曰一下来了兴致，连忙问："具体怎么做？"

"童话的名字叫做《我的奇遇记》，讲述的是一个小朋友早上醒来，忘记了自己的身份，然后通过一系列的历险故事，重新找回了自己。小朋友就是童话里的主人公，他的名字、性别、年龄甚至头像，都会在童话里体现。童话故事的情节依据他想培养的爱好、所希望拥有的品质和习惯，创作出一段段的故事，然后通过技术手段，把这些故事组合到一起，通过各种排列组合，这样就能创作出独一无二的童话了！”

严子曰听得聚精会神，兴奋之处，一拍巴掌：“好呀，这个想法太有趣了！我喜欢！赶紧做！童话我来写！”

凌云笑了笑：“严老师，没这么简单，还有很多细节需要考虑。比如做成什么类型的童话，是以字为主的故事书，还是以图为主的绘本？读者的年龄段是多少，写多少字，配什么图，怎么定价，怎么宣传，是用网站还是用手机APP或者用微信公众号运营？这些都需要考虑。”

“考虑那么多，那到底什么时候开始呀，想到就要做到！”

这时，一直默默吃甜点的周双佳放下勺子，扯出一张餐巾纸，轻轻擦了擦嘴巴。

“严老师，我觉得凌云的考虑是对的，在没有考虑周全之前，不能贸然开始。还有凌云，你真的想清楚了吗？创业的压力绝对不是打工可以相比的，我可以告诉你，到时候连一张卫生纸、一瓶洗手液的费用你都要斤斤计较。你在行业内混了这么多年，知识储备、人脉关系，都到了最好的时候。凭你的资历，完全可以找到一个比现在好很多的工作，就这样放弃，值得吗？”

凌云表情坚定，认真地说：“不是放弃，是换一种方式前进。”

“前进的方法有很多，你为什么不在原来的基础上更进一步，非要从零开始呢？”

“因为我已经是奔四的人了。我从二十岁开始工作，做到五十岁也就只有三十年的时间。现在过了快一半，我之前付出那么多，称得上是尽心尽力，最后又得到了什么？我想过了，只要是打工，就免不了职场争斗，与其把时间用在与小人的蝇营狗苟上，不如用来干真正有兴趣的事情！眼看奔四的人了，我要更任性，活得随心所欲一点儿！”

严子曰大叫一声好：“好一个随心所欲，我支持你！”

周双佳暗自叹了口气，捋了捋头发：“行吧，你既然这么坚决，那就做吧。”

凌云回道：“是啊，我也是这么想的，创业失败了很正常，大不了再找工作去。”

周双佳认真说道："要做，就得认认真真做。首先你得确定资金来源，初创公司花不了太多钱，也可以寻找天使投资，但现在股市行情不好，投资人也狡猾，不见兔子不撒鹰，光靠一个点子想拿到投资不容易。"

严子曰忽然插话道："钱我有，马可·波罗的影视版权卖了 500 万，我能分到一半，刨去 45% 的个人所得税，还能有一百多万呢，我全部拿出来！"

凌云吃了一惊："全部拿出来？可以吗？"

"为什么不可以？钱是用来花的，咱们用来创业，不比拿去买包买衣服有意义？"

"那要不要跟童老师商量一下？"

"不用！钱是我自己挣回来的，跟她没关系！"

凌云还想开口，又被周双佳打断："既然资金方面没有问题，那接下来就是团队成员了。按照你的想法，要做的其实是平台和内容，内容方面严老师可以负责；平台方面你需要一个技术高手。"

"对！网站、手机 APP、微信公众号的开发，都得靠他。"

"你有这方面的人选吗？"

凌云看着周双佳，有些犹豫，他看中的对象是宋赟，宋赟技术好，又刚刚失业，找他来做技术合伙人最合适不过，可当着周双佳的面，这句话怎么也说不出来……

周双佳仿佛看出了他的心思，主动提及："如果你没有，那我推荐宋赟。"

凌云有些惊讶，试探着问："你不介意？"

周双佳大大方方地回道："不介意，他现在是最合适的人选。"

不知怎么了，凌云之前说不出口，觉得有些尴尬，现在听周双佳说出来，心里又有点醋意，但不管怎么样，嘴上还是表现得坦然："那最好了，有他加入，技术方面肯定不是问题。"

周双佳点点头："有了资金，有了团队，我们就要以最快的速度把产品做出来……"

严子曰打断她："不是最快，是要精益求精，我们要想好每一个细节……"

周双佳也打断他："不是精益求精，是最快，必须快，做出来以后，马上投入宣传！"

严子曰有些不服气，大声说："酒香不怕巷子深呀，只要咱的产品好，还怕没有客户上门？"

周双佳笑笑，抿了一口咖啡。

"现在是粉丝时代、眼球经济，产品不怕不好，就怕不快，快能吸引眼球，迅速占领市场，即使后来别人来模仿，也会比我们慢一步。"

"产品质量不过关，光快有什么用？做出来让人骂啊？"

"我也不是说做得很烂就拿出来，但好是没有界限的，做到什么程度才叫做好？"

"好不好，群众心里有杆秤！"

"群众？群众都是一群乌合之众。"

严子曰一下火了，拍案而起："你怎么能这么说呢？"

周双佳笑了笑，不以为然："严老师，这话可不是我说的，是互联网上的大佬们的一致评价。"

"不管是谁说的，这样讲就是不对！噢，一方面挣人家钱，一方面骂人家娘，做人还有没有良心啊！"

"他们有没有良心我不知道，但我可以告诉你一个真理，互联网时代，讲究的就是一个字：快！"

严子曰气得满脸通红，呼哧喘气，凌云见势不妙，赶紧过来和稀泥。

"好了好了，你们二位说得都有理，既要做得好，也要做得快，这两者之间呢，需要平衡，我看我们就定个时间表吧，现在是2016年2月1号，再过四个月，六一儿童节那天，我们的产品必须上线！"

严子曰想了想，觉得四个月的时间，应该可以做出相当不错的产品，于是点头同意，说内容方面有他负责，进度上没问题。

周双佳也觉得这个建议挺好，想了想，说："六一过后，我们要马上投入宣传，宣传要烧很多钱，光靠我们几个肯定不行，可是又不能不做，不做很快会被别人模仿，那到时候我们就成了替他人做嫁衣。"

凌云一拍脑袋："对呀，你倒提醒我了。中国人搞创新不行，玩模仿可是世界上一等一。你的意思是，需要找人过来投资？"

周双佳点点头："对！这个任务就交给我吧！"

凌云一拍桌子："好！我们三个，呃，我们四个人齐心协力，一定能把这件事做好！”

严子曰更加兴奋：“一想到能为孩子们做一件有意义的事情，我就高兴！”

“对呀，严老师，我们能为中国的每一个孩子创作只属于他们自己的童话，这不比天天玩政治斗争、搞蝇营狗苟有意义多了？”

“哎，要不是舍不得我的那帮学生，我都想辞职跟你干了！”

两人你一言，我一语，聊得热火朝天，满是对未来的美好憧憬，只有一边的周双佳还保持冷静，左手托着腮帮，扭头看看严子曰，突然发问：“跟姐姐说实话，你写童话有没有问题？”

严子曰像屁股着了火似的，一蹦三尺高，嚷嚷道：“当然没问题！姐姐我告诉你，我小时候可是童话大王，少年文艺上发表过的！”

凌云“呵呵”一笑，也表示同意：“应该没问题，写童话最重要的是要有一颗童心，咱们严老师的心中，可是童心永不灭呀！”

“喂，我说，你这是骂我，还是表扬我？”

“当然是表扬，一百万个表扬！有童心才能对生命充满好奇，有了好奇才有创造力呀！”

周双佳站起来，舒展了一下胳膊：“有童心是可以吸引小朋友，但是还不够。”

凌云一愣，下意识地反问：“不够？那还差什么？”

“考虑掏腰包人的心思。中国的孩子学习压力较大，竞争激烈，因而家长在为孩子选择内容的时候，必定会关注产品的实用性，我们的内容应该满足家长的这种期盼。”

对这句话，严子曰颇不以为然，家长固然是有讲究效能的一面，但孩子是天真烂漫的呀，他还是认同凌云的观点，只有能打动童心才有生命力，就像他当年最喜欢的郑渊洁，《童话大王》为啥能年年大卖？不就是因为郑渊洁有一颗童心吗！不过，现在他也懒得辩驳，他只关心一个问题：“凌云，你什么时候辞职呀？辞职了我们好大干一场！”

凌云笑了笑：“等公司开完年会再说。”

严子曰一下急了：“你什么意思呀？都要走的人了还想着开年会？年会里是有黄金屋啊还是有颜如玉？”

“都没有，不过，我要报仇。”

四

三天后，上海锦江饭店的宴会大厅内，摩崖文化2016年年会即将举行。

年会主持，同时也是新上任的编辑部主任苏玛丽站在台上，手持麦克风，脚踩恨天高，身着晚礼服，浓妆艳抹，声情并茂："春去秋回又一载，似水流年旺年来。羊携旧岁去，金猴好运来，北风挡不住春天的脚步，2015年已向我们挥手告别；冰雪封不住新生的热情，2016正随着春潮滚滚而来，尊敬的各位领导，亲爱的各位同事，大家晚上好！我是今晚年会的主持人苏玛丽，很荣幸在这里与大家欢聚一团。我代表所有同事，向在百忙之中亲临大会的公司领导，表示热烈的欢迎和衷心的感谢！"

大厅内坐着几百号人，却只响起一片稀稀拉拉的掌声。

苏玛丽倒不介意，昂首挺胸，抑扬顿挫，继续念道："站在岁末我们回望过去，过去的一年有太多的变化与故事；站在岁首我们期盼未来，未来会有更多的期望和梦想。现在，让我们团结在以总经理许旺军先生、副总经理夏西南先生、副总经理李宇龙先生、副总经理张其力先生、副总经理付鹏涛先生、副总经理金在浩先生、副总经理唐杰才先生、副总经理安昌夔先生、副总经理吴光先生、副总经理徐华小姐为核心的公司管理层的周围，齐心协力，众志成城，以高昂的斗志，迎接美好的明天！"

靠近角落的一桌，坐着凌云、严子曰和编辑部的大刘、小叶、小司、齐小强等人。小司悄悄问旁边的小叶："王胖子怎么不跟我们坐一起呀？"

小叶撇撇嘴："人家攀上高枝了呀，哪还会和我们为伍？"

大刘愤愤不平："你之前说他跟姓夏的打得贼热，我还不信，妈拉个巴子！"

齐小强也撅起嘴巴，表示不满："有冇搞错呀，他在搞咩呀，这不系二五仔呀？"

严子曰坐在凌云旁边，摇摇头："唉，好好的一个公司，现在搞得比学校还官僚。"

无论大家说什么，凌云始终面无表情，只说了四个字："意料之中。"

台上的苏玛丽继续："现在我宣布，摩崖文化上海有限公司 2016 猴年年会现在开始！大会第一项，让我们以热烈的掌声有请集团常务副总裁、上海公司总经理许旺军先生讲话！"

一个肥头大耳的中年男人站起来，挺着将军肚，志得意满，环顾左右，冲大家挥挥手，接着走上台去，接过话筒，先拿苏玛丽打趣："谢谢苏小姐，我在北京的时候就听说，苏小姐是知名歌手，现在能够加盟我们摩崖文化，真是文化与艺术结合的典范呀！"

苏玛丽冲他抛了一个媚眼，娇滴滴地说："谢谢许总的夸奖，公司以后在许总的英明指引下，肯定会大展宏图，前程似锦！"

严子曰又摇了摇头："不通不通，前程似锦只能形容人，怎么能形容公司呢？"

凌云还是面无表情，不置可否。

待总经理讲完后，接着是九个副总经理一一上台发言。下面十个人一桌，桌上除了几杯白水，空空如也。好不容易等领导们发言完毕，众人已饿得前胸贴后背，苏玛丽这才宣布开席。上来的菜肴很一般，肉肥得不堪入目，鱼却瘦得楚楚可怜，再加一只焦黑的白切鸡、半只通红的小酱鸭、一盘绿色的黄豆芽、一盘黄色的西兰花、一盘豆腐、一盆米饭、两瓶可乐，便是餐桌上的全部内容。等了这么久，饭菜都凉了，众人只能将就，聊胜于无地挑几根菜，愁眉苦脸地扒一口饭。

只有领导们表现得不一样，频频举杯，到处与人喝酒，特别是刚被提拔的副总经理夏西南，红光满面，笑声震天，别人都是一口一口地抿，他可好，是一杯一杯地干！

跟着一起开席的，还有公司负责文艺演出的红男绿女们，节目以歌舞升平为主，有女生独唱《我爱你，摩崖！》；有男生独唱《摩崖文化之歌》；有男女对唱《知心领导胜亲妈》；还有群舞表演：《金猴献花——我的公司是我家》；等等。

待到所有节目表演完毕，苏玛丽刚准备宣布进入最后的抽奖环节，凌云突然站起来，大喊一声："慢！今晚的节目都是歌舞，我就毛遂自荐，给大家表演一个相声吧！"

刚刚喧闹沸腾的会场一下变得鸦雀无声，众人的眼光齐刷刷地转向凌云，苏玛丽站在台上更是不知所措。还是总经理先反应过来，一边鼓掌，一边打哈哈："小凌勇气可嘉呀！我本人也最爱听相声，在北京的时候我就是郭德纲的粉丝，铁杆钢丝。我们大家欢迎小凌上台给我们表演！对了小凌，你要表演的相声叫什么名字呀？"

"《冬不拉升职记》。"

"好好，升职记好，大家都是职场中人，有意义，非常有意义！我们大家一起鼓掌！"

在一片雷鸣般的掌声中，凌云和严子曰大摇大摆地走上台去，并排站立，操着一口流利的京片子，开始表演。

凌："严老师，您知道今天是什么日子吗？"

严："今天？当然知道了，今天是公司2016年年会召开的日子嘛！"

凌："也对，也不对。"

严："对怎么说？"

凌："今天的确是公司2016年年会召开的日子。"

严："嗨，这不是废话嘛！"

凌："您别急呀，这不还有不对吗？"

严："对对对，那不对是什么呢？"

凌："严老师，您怎么说话语无伦次呀？"

严："嗨，你就别卖关子了，赶紧给大伙儿公布答案吧，大伙儿还等着抽完奖早点回家吃饭呢！"

凌："行，那我就长话短说。今天呀，是我升职的纪念日，就在上个月，兄弟我呀，嘿嘿，当上副总了，哈哈！"

严："哎哟冬不拉，你小子厉害呀！当年你在仓库里打杂，被人呼来喝去像条狗似的，这是鸟枪换炮，一步登天呀！"

凌："对呀！这就叫士别三日，当刮目相看。哎，我说严老师您有几个月没见过我了吧？"

严："是呀，按照你的算法，快一个世纪了，难怪这么日新月异。你快给大伙儿说说，是怎么升职的，也好让大伙儿学习学习，借鉴借鉴。"

凌："学不了，主要是我有靠山。"

严：“什么靠山呀？”

凌：“严老师，我告诉你一个秘密，您可千万别跟别人说。”

严：“行了，保证不说。”

凌：“光保证不行，您得发誓。”

严：“好了，我发誓。”

凌：“那您倒是发呀！”

严：“怎么发呀？”

凌：“这么着吧，您跟着我念：我如果胆敢泄露秘密，我就买股票全绿，买黄金全亏，买车撞电线杆子，买保险死全……”

严：“哎哎哎，我说大过节的你损不损呀！什么秘密赶紧说，不然大伙儿饶不了你，大伙说是不是呀？”

凌：“那我就说了啊。前不久呀，咱们北京总公司来的钦差大臣，是我的亲大哥，这靠山谁比得了呀！所以啊，这就学不了……”

严：“哎哎哎，你就拉倒吧！钦差大臣他姓海，叫海大富；你姓冬，叫冬不拉，不是一家人！”

凌：“不是一家人？不是一家人为啥他哭着喊着叫我兄弟？”

严：“嗨，这不就是一说嘛，不是一回事儿！”

凌：“噢，那他不是我哥？”

严：“不是，肯定不是。”

凌：“不是我哥，为啥要给我升职？”

严：“嗨，这个问题得问你自个儿呀！”

凌：“噢，对，其实呀，是我的工作干得出色，我帮着公司逮住了一只大老虎！”

严：“什么大老虎？动物园里跑出来的？”

凌：“严老师，这您就孤陋寡闻了。打苍蝇，还得打老虎，这话您听过吗？”

严：“听过，听过，全国人民都听过。”

凌：“那什么意思您明白吗？”

严：“明白，明白，全国人民都明白。”

凌：“所以了，我打虎有功，就被提拔了呀！”

严：“那你怎么打的老虎呢？”

凌:“这打老虎呀，可不简单，不是一般人能干得出来。”

严:“废话，一般人都能干，那人人都是武松了。”

凌:“光靠武松也不行呀，还得靠潘金莲帮忙。”

严:“嗨，什么乱七八糟的呀？”

凌:“不乱呀，武松联合潘金莲，揪出一只大老虎，为同事除害，于公司有功呀！”

严:“得了您呢，赶紧跟大伙儿说说吧，究竟是怎么回事？”

凌:“我们公司呀，原来有一只大老虎，大老虎可厉害呢，那一发威，好家伙，天崩地裂，飞沙走石，别说普通同事，连我哥，噢，不，连钦差大臣海大富，都得吓尿裤子！”

严:“老虎嘛，山中之王。”

凌:“这老虎这么厉害，影响安定团结呀，老虎不除，那些狗呀、豹呀、豺呀、狼呀，可怎么活呀。”

严:“是呀，老虎吃得可多了，像你这身板，一百四十多斤，连骨头带肉，也就够老虎的一顿中午饭呀。”

凌:“可不是嘛，所以呢，海大富就来找武松，噢，是来找我，让我想想办法，无论如何要除掉这大老虎。”

严:“噢，原来是这么回事呀。”

凌:“是呀，我想来想去，就是想不出办法，只得告诉海大富，没辙！”

严:“这就没辙了？”

凌:“海大富不干呀，打不了老虎，回去交不了差呀！于是他逼着我表态，哇呀呀，明知山有虎，偏向虎山行，胸中有红日，脚下舞东风！敢与恶虎争高下，不向妖魔让寸分！悲愤化作回天力，打虎自有我辈人！我一使劲儿，哎……嘿嘿！”

严:“老虎打着了？”

凌:“我给吓趴下了。”

严:“嗨，瞧你这没出息的！”

凌:“什么叫没出息？什么叫没出息？这趴下能赖我吗？”

严:“不赖你，还能赖谁呀？”

凌:“赖谁都不能赖我！噢，敢情我去打老虎，你们看热闹，打虎没打着，我反被老虎吃了，吃了也是白吃，挽留话一句不说，赔偿金一分钱没有，最多公司也就给大伙儿发一邮件公告。”

严：“什么公告呀？”

凌：“某某员工因故自愿离职，公司提醒大家注意安定团结。”

严：“就这么两句呀？”

凌：“您听听，连句前程似锦、一路顺风都不说，我整个儿一个反面典型！”

严：“您还想当正面的呢？”

凌：“怎么啦？”

严：“你想了半天，一点儿管用的都没有！”

凌：“先别着急呀，你容我跟老虎商量商量！”

严：“跟老虎还商量哪？”

凌：“废话，老虎是我养大的，噢，不对，我是老虎养大的。噢，也不对，算了，反正得商量。嗨，老虎，你睁开眼睛看看我，你最害怕什么呀？”

严：“啊？老虎他能告诉你吗？”

凌：“怎么不能呀，我不是老虎养大的吗？想当年，要是没有老虎，我早被公司开除了！”

严：“这倒是实话！”

凌：“老虎啊老虎，你救人救到底，送佛送到西，就帮我这最后一回吧，咱把你交上去以后，一定好好生活。咱们听领导的话好好干工作；在家里咱们孝顺丈母娘，尊重老婆；出外咱们不乱搞男女关系，不乱收回扣！”

严：“嗨……你这都什么乱七八糟的！”

凌：“别看乱七八糟，你到我这个时候，不一定有我这个觉悟。”

严：“哎哟，这个你还骄傲呢？”

凌：“当然！嗨，你猜怎么着，我这苦肉计一使，老虎还真坦白了，什么，什么，老虎你最怕潘金莲？好，我有办法了！”

严：“这又关潘金莲什么事呀？”

凌：“你知道什么呀，现官不如现管懂不懂，这潘金莲呀，是老虎的秘书！”

严：“秘书又怎么样呢？”

凌：“怎么样？我就让潘金莲趁着老虎出门的时候，偷偷给他的饭里下了几味猛药，嗨，老虎还真被她给药翻了！一不做二不休，我就趁老虎还未醒过来，把他五花大绑，交给了钦差大臣！”

严：“啊？这不是乘人之危吗？”

凌：“什么乘人之危，我脑子里呀，‘蹭蹭蹭’涌现出许多英雄形象！”

严：“嘿！就这还英雄形象？”

凌：“废话，咱们是新时代的好员工，答应领导的事，必须尽心尽力，想到做到，有条件要打，没条件创造条件也要打，执行力最重要！看过《杜拉拉升职记》吗？”

严：“看过呀！”

凌：“看过？那是瞎编的！今天哥哥给你来个真的，实打实让您见见，什么叫做《冬不拉升职记》。”

严：“哦，为了升官发财，你还真什么都干得出来。”

凌：“当然，人不为己天诛地灭嘛！”

严：“想得是不错。”

凌：“想得不错？哥哥我做得更狠，扒了虎皮，抽了虎筋，虎骨孝敬领导，虎肉咱哥儿几个一起分了。”

严：“好，厉害！”

凌：“当然，这就叫那个什么，月黑风高进深山，良心廉耻若等闲；粉身碎骨浑不怕，升官发财在眼前！”

严：“你还会作诗呀？”

凌：“作诗？我还会唱歌呢！”

严：“今天开年会，大伙儿正高兴，你就给大家唱一段吧？”

凌：“行啊，那我就唱首歌送给老虎吧，祝他老人家在天有灵，过得舒心！”

严：“好！”

凌：“昨天所有的荣誉，已变成遥远的回忆，辛辛苦苦已度过半生，今夜重又走进风雨。我不能随波浮沉，为了我挚爱的亲人，再苦再难也要坚强，只为那些期待眼神。心若在梦就在，天地之间还有真爱，看成败人生豪迈，只不过是从头再来！”

相声刚刚开始的时候，领导和员工的表现泾渭分明。领导一个个笑容可掬，频频起身，互相碰杯示意，大声鼓掌叫好，仿佛台上站着的是郭德纲和于谦这样的超级大腕儿。员工恰好相反，压根儿不关心台上在说什么，一举一动只随着领导的目光而动。若是领导眼神回扫过来，则勉勉强强挤出笑容，小心翼翼做兴高采烈状；若是领导视线不在这边，那就原形毕露，狠狠地咬一口肉，压抑着骂一声娘。

待到表演至一半时，两边的形势出现了逆转。领导一个个面露尴尬之色，手足无措，刚刚的谈笑风生变成了哑口无言。员工不再小心翼翼，，一个个欢呼雀跃，狂声叫好，将巴掌拍成了红烧猪蹄，声浪好似山呼海啸，一浪高过一浪，一头胜过一头。

快到结束时，连宴会厅外面的两个服务员都发现了异常，两人往里张望，交头接耳。

“这是哪家公司呀？气氛这么热烈，屋顶都快被他们掀开了！”

“好像叫什么摩崖文化吧？”

“文化人啊？文化人这么没见过世面？不就是开个年会嘛，没明星没嫩模的，还搞得像地震了一样？”

说是地震，里面还真来了一场。引发地震的是恼羞成怒的夏西南。歌声刚落，他面红耳赤，在众人雷鸣般的掌声中，操起一个空酒瓶，狠狠地砸向台上的凌云，跳起脚来破口大骂。也是因为喝醉了，骂得虽然厉害，听起来却有些语无伦次。

“操，操，操你妈的凌云，你以为，你以为我不知道你骂的是老子啊！老子跟你没完，老，老，老子弄死你，开除你！”

凌云早有防备，一下躲开，酒瓶“咣当”一声在墙上开出了花。夏西南不依不饶，继续要冲上去扭打，只慌得旁边几个副总赶紧把他抱住，七嘴八舌地劝解。

“醉了，醉了！”

“老夏，身份，注意你的身份！”

“夏总，君子报仇，十年不晚啊，咱不急！”

五

就在凌云和严子曰在年会上引发高潮的同时，上海另一角的一家酒吧里，丁文采、聂小星和四个公司里的女客服也在一起喝得酩酊大醉，共同庆祝新年。

外面冰天雪地，里面却是热火朝天，到酒酣耳热之际，一个女客服又放起了节奏强劲的电子乐。聂小星玩得兴起，索性脱掉衣服，赤膊上阵，和两个脱得只剩胸罩内裤、一高一矮的女客服疯狂地跳起了贴面舞，一边扭着屁股，一边气喘吁吁："晚上一起过吧？"

高个子是东北人，瞪了他一眼："聂总，你是在问她，还是在问我哈？"

聂小星重重捏了一下她的屁股，喘着粗气说："我在问你们俩！"

矮个子是四川人，明显有些醋意："聂总，你问我可以，问她不得行哦！"

这下聂小星好奇了，学着她的语调："为啥子不得行咧？"

"她是丁总的女人，你总不能抢大老板的女人吧？"

聂小星心中一惊，下意识地回头望了望坐在沙发上的丁文采，丁文采嘴里叼着雪茄，左拥右抱，搂着一胖一瘦两个女人。看到聂小星回头张望，丁文采推开女人，冲聂小星挥挥手，示意他过去。聂小星不敢迟疑，赶紧撇下一高一矮两个女人，穿上衣服，一屁股坐到丁文采旁边，操起一瓶啤酒："大哥，没有你，哪有我的今天，兄弟先干为敬！"

丁文采倒不急着喝酒，而是对着高个子努努嘴："看中了？"

聂小星知道事已败露，有些尴尬，忙不迭解释："没没，没有，开个玩笑。"

丁文采拍拍他的肩膀："哎，你我兄弟，何必客气，看中了就上，大哥不介意。再说这是你应得的，去年做的成绩那么好，这妞就当给你的红包吧！"

聂小星大喜，赶紧道谢。

看着大老板和二老板在一旁说话，女客服们也识趣，四个女人围成一圈，像蛇一样疯狂扭动，像吃错药一样拼命摇头。

丁文采紧盯着高个子的长腿，眼睛里像长出钩子，摇头晃脑地点评："兄弟，你眼光不错呀，这妞光是腿，就够你玩一个晚上。"

聂小星哈哈大笑，竖起大拇指，说多谢大哥指点，我就从腿开始玩。

丁文采满不在乎地摆摆手，看着高个子，忽然又想到了什么，大声问聂小星:“你说这个妞，长得像不像周双佳？”

聂小星一愣:“谁？”

“周双佳，你不记得了？就是你们学校当年的校花啊！”

聂小星吃了一惊，这才反应过来。

“记得啊，她还跟我是同班同学呢。大哥，你怎么突然想起她来了？”

“她呀，前几天来找过我，问我有没有兴趣投资一个项目。对了，项目就是你的老朋友凌云想出来的，凌云辞职了，准备自己单干。”

啊！周双佳？凌云？辞职？单干？接二连三的震惊让聂小星忘记了分寸，一把拉住丁文采，急吼吼地问:“这么大的事，你怎么不早点告诉我？”

丁文采当即拉下脸来，没好气地回道:“你急什么！我每天处理那么多大事，谁会记得这点鸡毛蒜皮啊！”

聂小星这才意识到话里的不妥，赶紧松开手，连忙道歉:“丁总，我不是这个意思，就是消息来得有些突然，一下没反应过来。”

“打工嘛，人来人往很正常，没什么啦。”

“那他们准备做什么呢？”

“听说是开了一家文化公司，搞什么机器自动写童话。”

“什么意思？”

“我没听太懂，也没什么兴趣，凌云这人聪明归聪明，可惜看不清形势，现在搞文化哪还有前途啊。”

“所以，大哥你是拒绝了？”

“没，我答应了。”

“为什么呀？”

说到这里，丁文采操起桌上的一瓶啤酒，“咕噜”“咕噜”一口气下去大半瓶，喝完抹抹嘴巴，满脸淫笑:“项目不好，人好。周双佳那两条长腿，估计能玩上一年。”

聂小星哈哈大笑，嘴上跟着恭维:“祝大哥旗开得胜，人财双收呀！”心里却在骂娘:“操，老子拼死拼活这么多年，想做个项目，求了八百遍你都不肯。现在为了一个女人，说给钱就给钱。干！你不给，老子就自己拿！”

第十七章　新时代的创业

一

三个月过去了。

这期间，凌云给倪芳打过几次电话，但说的全是儿子的事，对于两人之间的关系，只字未提。儿子每个月都要去爸爸家住一两天，通过带回来的只言片语，倪芳也隐约知道了他的情况。

不过，感情失意，事业得意，正是因为没有了老公和婆婆的牵绊，倪芳得以将大部分精力放在工作上，加之公司不大，领导支持，她几乎将除了研发和销售之外的所有重要岗位，人事、行政、财务、采购，全部轮了一遍，成绩斐然的同时，人也变得开朗自信，上到总经理，下到清洁阿姨，无一不对她称赞有加。

用老板林方块的话是："我真是捡到宝了！"

用清洁工王阿姨的话是："倪经理真是个好人呀！"

而用同事小郭的话是："我们老大真厉害，有气质，能力又强，就没有她搞不定的！"

二

这段时间里，凌云的公司却麻烦不断。

首先是取名。

公司的名字叫做上海语书网络科技有限公司，"语书"二字是周双佳临时取的。一开始，严子曰想出的名字叫“童书”，言简意赅，一目了然；而“网络”是听取了宋赟的意见，虽然公司的主营业务是卖童话，但归根到底，这是一家互联网公司，是在用最先进的科技改造一门最传统的行业。

对于宋赟的意见，凌云深以为然，严子曰觉得不错，周双佳也表示认同，于是四个人一拍即合，名字很快出炉。可大家想得是挺好，待到选好办公地址，再通过中介去注册时，却出了问题。

现在注册公司不难，上海提供这方面服务的中介公司多如牛毛，五百块就能解决问题，从营业执照到财务公章，服务一条龙。门槛的降低，导致创业公司如同过江之鲫，创始人从拼搏多年的公司高管到一张白纸的应届毕业生；从二十来岁的小萝莉到四十多岁的怪阿姨，争先恐后，此起彼伏，倒下一个董事长，又站起来千千万万个总经理，前仆后继，狂热无比。

公司多了，名字便容易重复，之前周双佳注册自己的贸易公司时，想出的十来个名字，无一例外被人占用，最后不得已，只好靠着电脑随机取名才解决了问题。结果这次又如她所料，“童书”早已被人注册了，周双佳为了不耽误时间，当机立断，把“童”改成“语”，这才得以通过。

事后，周双佳把改名的结果告诉了大家，严子曰有些不满：“语书？语为何意，书为何意？语书又为何意？”

凌云也觉得周双佳做事不够周全，取名这么大的事，怎么可以擅做主张呢？这就像父母给孩子取名字，总不能随随便便叫个阿猫阿狗吧？但又一想，名字只是个代号，阿猫阿狗虽然不好听，但终归是自己的骨肉，没必要太过计较，便开始和稀泥：“严老师，语书，意为语重心长，书行天下，名字不错，大气！”

听凌云这样一解释，严子曰才悻悻作罢。

注册完公司，接下来就是谈各自的股权分配，按照凌云的意思，四个人都很重要，点子是他想的，内容要靠严子曰，宋赟是技术负责人，而宣传和融资则要依仗周双佳，因此为了公平起见，每个人 25% 吧。除了周双佳，其他三人都没有意见。特别是严子曰，别看前期资金他投入最多，可是他连股权都不想要，用他的话说：“钱财乃是身外之物，信任支持才是根本。”

凌云一再劝说：“严老师，我们不是谈钱，是让每个人都树立主人公意识，这是我们的事业，兄弟齐心，才能断金呀！”

严子曰这才勉强接受。

只有周双佳，坚决反对。

“公平是一方面，但更需要考虑未来的发展。将来我们肯定要引入外部风投，如果我们的股权都这么分散，那风投一进来，立刻就会把我们的股权稀释掉，结果就是风投成了真正的老板。如果大家没有分歧还好，可万一有了呢？到时候我们就身不由己了。俏江南的悲剧，你们不会没有听过吧？”

凌云觉得有理，赶紧问：“那照你的意见，该怎么分呢？”

周双佳想了想，回答道：“必须分出优先级，股东之间要拉开距离。凌云，你是公司的总经理，持股至少要超过60%，剩下的我们几个再分。”

凌云有点不好意思，犹豫着说：“60%？太多了点吧，要不还是让严老师来吧？”

严子曰的头摇得像拨浪鼓似的：“我这个人只能出出点子，写写内容，做管理是赶鸭子上架。”

宋赟也劝说凌云：“还是你来吧，你是计算机专业出身，又在文化行业混了这么多年，我们四个人中，两方面都擅长的只有你了。”

凌云想了想，确实是这个理，也就答应了。

“好吧，不过60%的股权只是为了巩固将来的决策权，至于收益，我们还是按劳分配。”

严子曰有些不耐烦：“当然了，既已谈妥，那我们就开始吧，时光如梭，白驹过隙，前途不等人呀！”

凌云笑道：“严老师，我比你还急，但事情总得一步步来嘛，现在我们的团队还差一个人，没有这个人，我们现在做再多都是白费……”

严子曰不客气地打断他：“有话直说，别卖关子，到底是什么人？”

“美工。”

“哎，我还以为是什么惊天动地的大人物呢？你的意思不就是找个人来画插图吗？我们花钱请人做就是了呀！”

“严老师，这事没那么简单。我们这次主打的是绘本，绘本针对的是三到六岁的小朋友，这个年龄段的孩子识字不多，主要靠看图，因此插图的质量，直接会影响到未来的市场……”

结果没等他说完，又被严子曰打断：“行了行了，我知道了，赶紧招人吧！”

招人说起来容易，做起来却难。四个合伙人中，专职的其实只有凌云和宋赟两个人，两个人的小公司，为了省钱，办公地点又偏僻，地方设在了嘉定的一处创业园里，创业园有一个响亮的名字，叫做“创新工场”，和某个网络名人创办的公司同名。

不过，名字很大气，楼却不咋地，还是之前东风机械厂的废弃厂房改造的，装修得更是虎头蛇尾，墙是红砖，地板是水泥，天花板还是三米高的工棚，高悬几盏白炽灯，晚上灯光一开，四周飞蛾狂舞，美其名曰原生态Loft，也就只能蒙蒙文艺女青年。

招聘广告打出去快一个月了，收到的简历却只有寥寥几份，而且一份都不靠谱，要么是应届毕业生在广撒网，要么是疑似传销想转行。

这么久没有进展，严子曰越发心急火燎，嘴上长出一串水泡，天天盯着凌云要进度，凌云无奈之下，只能改变思路，让他先去写童话，之后再来配图，这才勉强安抚下严子曰。

可严子曰是搞定了，宋赟这边又出了问题。他跟严子曰的情况恰恰相反，不但不催着凌云要进度，自己的任务反倒是严重拖延。一个月过去了，网站只做出个草稿，其功能之弱智，界面之粗糙，让人不堪入目。

在之前的美国公司，宋赟虽然只是苦哈哈一打工仔，但一个月税后两万，有社保，有四金，其他诸如餐费、手机费、交通费之类，也由公司全包。现在到了自家公司当老板，工资只够吃饭，杂费要自己掏，虽然挂着股东的头衔，但大家心知肚明，创业公司存活的可能性不到5%，到时候如果公司关了门，股东也就一文不名。

宋赟从小养尊处优，从小学到大学，从出国到回国，除了离婚，其他方面一直都一帆风顺。现在一夜之间从衣食无忧变成了捉襟见肘，让他如何熬得下去？为了多挣点钱，宋赟便开始偷偷接私活，他的技术好，私活接得也多，此消彼长，也就没能放太多心思在网站上面。

一是碍于情面，二是出于理解，凌云只好睁一只眼闭一只眼，毕竟宋赟义无反顾地答应出来干，已经出乎他的意料，而且凌云心里明白，真正说服宋赟的，不是自己。

算了，还是抓紧时间招人吧，毕竟网站好不好看，美工最重要。昨天收的一封简历，看起来还不错。

发来简历的是一个 28 岁的美女，名校美术系毕业，之前有两段工作经历，现在在一家知名的文化公司做平面设计，擅长网页美工，插画绘图，凌云越看越激动，这简直跟他心目中的人选完美匹配，二话不说直接约了过来。

这天一大早，凌云见到了美女。美女给他的第一印象很好，妆容精致，衣服高档，约会守时，而且还是开着宝马过来的，一看就是有着良好家教的白富美。

两人先握手，寒暄几句，聊了一些诸如天气、交通、度假之类的废话，即使是废话，白富美依然谈吐得当，应对得体，这让凌云更加满意。

然后进入正题。

不知怎么了，白富美突然显得有些紧张，问她之前的工作职责，回答得非常空泛，没有条理，完全不像一个大公司的专职人员，反而像一个毫无经验的应届毕业生。比如凌云问她之前某个产品的设计方案，她回答说："按照客户要求。"凌云接着问："客户的要求是什么？用什么软件设计，又有哪些要点？"她回答得支支吾吾，只能扯到一个 photoshop，其他的一概说不出来。

凌云觉得不对劲，继续问："那你是怎么跟客户沟通的呢？"

"我的沟通能力很好。"

"你能具体说说吗？举个例子，来证明你的沟通能力。"

"呃，我，呃……"

看着白富美吞吞吐吐，半天说不出个所以然，凌云大概明白了怎么回事。

"白小姐，是这样，我们这个职位需要做背景调查。"

白富美一愣，呆呆地问："什么是背景调查？"

凌云摇了摇头，报以苦笑。

"就是我们会打电话给你之前公司的人事和你的直接主管，了解一下你的工作情况。"

这下白富美不说话了，凌云默默看着她，也不催促。过了一会儿，白富美抬起头，睁大眼睛望着凌云，轻声说："对不起，我骗了你。"

对于这个答案，凌云毫不惊讶，只是笑笑。

"白小姐，没关系，也谢谢你的宝贵时间，今天我们的面试就到这里了。"

白富美摇摇头，斩钉截铁地回答："不，等一等！"

凌云有些奇怪，问她："你还有什么事吗？"

"你看了我的简历，里面的学历、年龄、爱好都是真的，只有工作经历那部分是假的。我快三十岁了，之前一直没有任何工作，从小家庭条件很好，毕业了就一直在家里玩，反正家里也养得起。最近家里出了点状况，只能出来找工作了。"

凌云愈发觉得奇怪，但也没有当福尔摩斯的兴趣，只是告诉她，这个职位需要相当丰富的工作经验，因此并不适合她。但看她神色黯淡、失魂落魄，凌云又于心不忍，想了想，劝慰道："白小姐，我比你大几岁，算是过来人，就当给你一个建议吧。家里能有一个温室当然很好，可如果有一天温室破了，那怎么办？人的一生很长，谁也无法料到什么时候会刮风下雨，什么时候会电闪雷鸣，所以靠着温室，不如靠着自己。你这种情况，最好是能和家人一起奋斗，共同面对，问题总是可以解决的。或者，你可以利用家里的人脉关系，帮你找一个对工作经验依赖较少的工作，比如文员之类，先就业，再挑选，一步一步来。"

白富美紧咬嘴唇，慢慢地说："对不起，我又骗了你。"

刚刚说完一段发自肺腑的话，得到的却是这个回答，凌云有些恼了，话里也就没了好气："你到底哪句话是真的？"

白富美的表情茫然，像是在倾诉，又像是自言自语："从大三开始，我就被一个男人包养了。他四十几岁，自己开公司，生意做得很大，长得也很儒雅。他对我很好，坐豪华车，住总统套，带我出国旅游，送的衣服首饰全是顶级的。我体验了一切同龄人根本接触不到的生活，不需要学习，也不需要在招聘会场上奔波。我觉得自己太幸福了，除了需要像父母朋友隐瞒这个事实，其他没有任何烦恼。"

"后来呢？"

"后来他就变了。我怀孕了，他就给我一笔钱，叫我自己去流产。父母问我什么时候结婚，我除了敷衍只能撒谎。我没有同事，没有朋友，同学也不跟我来往，每天除了在房子里等着他，什么都做不了。他要是不来，我就像天塌下来一样惶恐。”

“再后来呢？”

“再后来，我发现他有了新欢，一个十九岁的女大学生，跟我当年一样年轻漂亮。我很紧张，也很害怕，我开始跟他闹，要去他的公司上班，可是他说他老婆也在公司里，我去了会引起麻烦，坚决不同意。我再跟他闹，他就给了我一笔钱，让我自己去做点小生意，从此再也没有来过。”

“那你为什么还要找工作呢？”

“钱我已经花光了。你也知道，现在的衣服、首饰、化妆品、包都是很贵的。现在我连油钱和物业费都付不起了，所以我现在非常需要一份工作，哪怕是打杂！”

凌云长叹一声，心中五味俱陈，想骂娘，又觉得痛惜；想安慰，又火气直冒，哀其不幸，怒其不争，复杂的情绪交织在一起，让他产生了一种我见犹怜的感觉。

算了，大家都不容易，就帮帮她吧。

“你的期望薪资是多少？”

白富美想了一会儿，说：“四万一个月，应该不多吧？”

送走白富美，已经过了午餐时间，凌云本来想着生意不成人情在，怎么着应该请她吃顿午饭？怎么说她也是自公司开张以来接待的第一个面试者，有着独一无二的历史意义；再一想，人家的消费水平岂是自己能比的，罢了罢了，还是各安天命吧。

美工迟迟不能到位，内容工作却不能落下，到了焦头烂额之际，凌云才觉得严子曰说得有理，还是花点钱外包给人做吧，不一定什么都得亲力亲为。

凌云拿出手机，刚准备拨给严子曰，没想手机自己先响了，再一看，来电的却是编辑小司。小司也不跟他客气，大大方方地问：“老大，你最近还好吧？还招人吗？”凌云心里一激灵，赶紧回答：“招呀，需要一个美工，你有朋友介绍吗？”

“真的假的呀？我从小就学画画，要不我来试试吧？”

“真的假的呀？你想换工作？”

“对呀！现在干得没劲死了！公司里乱七八糟，新来的苏玛丽什么都不懂，就会瞎指挥！小叶和大刘已经走了，王胖子去了发行部，齐小强也在找工作，人心早就散了。”

这些事情凌云早有耳闻，但听小司亲口说出来，还是忍不住一阵心酸。虽然之前他大闹年会现场，但不过是为了出口气。编辑部是他的心血啊，一针一线，点点滴滴，都是他含辛茹苦建起来的，说句诛心的话，他为部门操的心，比为自己儿子还多！眼看好好的一个部门，如今搞得四分五裂，让人如何不心寒。

“小司，我听小叶说你准备出国，有这回事吗？”

“嗯，我有个表姐在意大利开餐馆，生意做得挺大的，想让我过去帮忙。”

“不错啊，你是怎么考虑的呢？”

“我当然是想跟着老大你了，我大学一毕业就在你手下干，你是什么样的人，我太清楚了！”

三

上海嘉定，泰波路 365 号，创新工场 208 栋 307 室。

踏破铁鞋无觅处，得来全不费功夫，团队配齐之后，凌云总算松了口气，寻思着大家齐心协力，大干一场，实现六月一日上线的目标，肯定没问题！一是趁热打铁，二是为了将小司介绍给大家，凌云便召集众人，开了一场项目启动大会。

“严老师、周老师、宋老师，这位是司老师。司老师之前在摩崖文化编辑部担任编辑，现在加入我们公司，成为第五个合伙人，负责美工方面的工作，绘本插图、网页设计的任务，都会由司老师承担。”

小司站起来，冲大家一抱拳：“大家好，我叫司小颖，在座的各位都是我的前辈，请多多指教。”

一阵寒暄后，凌云继续。

“司老师刚刚加入，我就再介绍一遍咱项目的内容。我们这次要做的是一本童书，这可不是一般的童书，而是集高科技、新创意、个性化定制于一体的书，没有发行压力，没有库存问题。书的名字呢，叫作某某奇遇记，某某，可以指代任何小男孩或者小女孩，书的中心思想是……”

小司打断他：“老大，创意是你想出来的吗？”

“当然，当然也是大家群策群力的结果。好了，这个中心思想是……”

严子曰突然问道：“司姐姐，你以前不是长发披肩吗，怎么现在这么短，像个男孩？”

“换个发型换个心情嘛，剪掉长发，跟往事说再见！”

“你失恋了呀？”

“我失，失业了。”

看着两人越扯越远，凌云赶紧制止。

“哎，司老师、严老师，你们能不能等我说完再问问题？”

小司吐吐舌头，说了声好。

凌云点点头，刚准备继续，却忘词了：“这个，这个……我刚才说到哪了？”

周双佳轻声提示：“中心思想。”

“噢，对，中心思想。这个中心思想就是一个小男孩或者小女孩，有一天早上醒来，却不知道自己是谁了。小男孩或者小女孩很害怕，然后经历一番历险去找回自己。在找回自己的历险过程中，情节内容的选取注重对孩子美好品质、良好习惯、个人爱好方面能力的培养，最后找回来的是一个有着美好品质、良好习惯、全新的自己……”

话还没说完，凌云先出了一头的汗，忍不住自己打断：“哎，这天气怎么这么热呀！宋老师，你看看空调开了没有？”

宋赟拿过遥控器一看：“开了呀，二十度！”

“二十度还这么热，是不是设成制热了？”

“没有呀，是制冷！我再看看，不对呀，空调的灯怎么是灭的？我靠，停电了！”

“啊？什么破地方呀，一个礼拜停电三回！算了算了，大家要是觉得热啊，就去洗手间冲把脸，回来以后咱们接着开！”

虽然出师不利，但凌云对项目依然充满信心，对团队的合作充满期待。可他没有料到，按住葫芦浮起瓢，刚解决掉老问题，新的问题又随之而来，弄得他马不停蹄，疲于奔命，大半夜的还在公司加班。在洗手间里，冲了一把脸，也不擦，对着镜子，一个人自言自语："怎么像原上草似的，还野火烧不尽，春风吹又生呐！"

镜子里的那个人脸上的水滴滴答答往下落，狞笑着回应："光烧有啥用，得斩草除根！"

砍人不避亲，这第一刀，就砍在了严子曰和小司身上。在项目启动大会上，凌云就当众表过态："咱这虽然是一个互联网项目，但内容是重中之重！严老师、司老师，这个任务就交给你们了，希望你们发挥以前的合作精神，百尺竿头，更进一步，共同完成好这个重任！"

严子曰和小司满口答应，当场握手，严子曰还郑重其事地对小司说："司姐姐，你要是觉得我写的童话有什么问题，必须知无不言，言无不尽，给我斧正！"

小司大大咧咧地回道："放心吧，严老师，我一定给您把好关！"

谁知后来小司刚开了个头，严子曰就像炸了毛的公鸡，一蹦三尺高。

"小司啊，你别光说不好行不行？说不好还不简单，张嘴就来，三岁小孩都会！你得提建设性意见，建设性意见，懂不懂啊？"

"我提了呀，你写的童话太成人化，根本不适合小朋友看！"

"哪句成人化呀，你倒是说清楚呀！"

"每一句都是！你看看你写的，'当一个女孩子在看蜗牛的时候，她并没有难过，也没有彷徨，她只是在寻找，寻找失落的自己'。无病呻吟，废话连篇，跟安妮宝贝一个样！"

严子曰怒了："什么安妮宝贝，我最烦她了，你说像谁不行，偏说像她！"

"那像郭敬明好了！"

"郭敬明？更不行！"

凌云看两人争得面红耳赤，互不相让，只好过来和稀泥："好了好了，大家都辛苦啦！严老师，您写得不错啊！小司，你先按照这个画吧，就画一个小女孩在河边遇到一只蜗牛。"

小司也怒了："就他这种文风，你让我怎么画？"

看着严子曰脸色稍缓，凌云继续劝他："严老师，还得麻烦您再换一种风格来写，然后刺激一下小司，这画画嘛，就需要刺激。"

严子曰："刺激？就她那怒发冲冠的模样，还需要我刺激？"

小司："哎，大叔，咱俩到底谁激动呀？你看你脸红脖子粗的，还好意思说我激动？"

凌云："好了好了，都别吵了啊，调整一下情绪，咱们可都是专业人士。"

……

好不容易协调完严子曰和小司，宋赟那边又出了问题，他的老毛病只好了三天，接着出工不出力，又开始忙私活。

一开始，凌云不是很紧张，毕竟内容才是重头戏，技术只是辅助手段，晚一点儿没关系，不耽误整体进度就行。再一想不对，他这样明目张胆地接私活，势必会影响团队士气，创业团队的积极性最重要，时间又紧，须得一鼓作气，不然可就再而三三而竭了。

对于宋赟的问题，趁着一起吃饭的机会，凌云暗示过几次，说一根筷子容易被折断，一把筷子牢牢抱成团更有力；又说一个木桶能装多少水，取决于最短的一块；还说龟兔赛跑，兔子为什么会输，不是因为跑得不够快，而是因为骄傲轻敌。

也不知道宋赟是故意装傻，还是压根儿没听明白，在凌云苦口婆心地说完筷子、木桶、兔子之后，照旧出工不出力。凌云又不好意思直说，无奈之下，不得不找周双佳帮忙。也不知道周双佳用了什么方法，宋赟果然变了，从此两耳不闻窗外事，一门心思写程序。

凌云忍不住问周双佳："你咋这么厉害呢？一说他就改？"

"那得看说什么。"

"你说什么了？"

"很简单，我就告诉他，如果网站不能按时做出来，他的那份就没了。"

"我靠，这样也行？"

"呵呵，他不是严子曰，不懂得旁敲侧击，你得跟他直说。"

……

结果搞定宋赟，周双佳自己却出了问题。按照计划，项目一边做，融资一边找，可以无缝对接。可现在的互联网市场渐渐趋于理智，投资人不再像前几年那样狂热，看到一个概念便敢大把撒钱。周双佳把身边的有钱人全问了一遍，得到的答案无一例外是拒绝，只有丁文采例外，说等书做出来以后，可以考虑考虑。

对跟丁文采合作，凌云始终心存疑虑，之前的经验告诉他，此人是属蚂蟥的，不见血不出手。跟这种人合作，必须打起十二分精神，稍不注意，怕是连骨头渣子都被吞得一干二净。

“要不再换个人，说句心里话，跟姓丁的合作，我实在是不放心。”

“找过好几个了，还都是熟人，可都不同意。”

“那陌生人呢？”

“陌生人就更不可能了，现在的投资人个个精似鬼，见了兔子都不撒鹰，还得把肉烤熟了送到他们嘴边去。”

“真的没有别的人选？”

“真的没有了。姓丁的虽然贪心，但钱多，胆大，敢投。如果运作得好，可以助我们一臂之力。”

“这个道理我懂，可关键是怎么运作呢？你有把握吗？”

“关键在于我们的童话卖得好不好。现在是我们有求于他，可如果卖得好，到时候就是他来求我们了。”

“懂了，大家一起努力吧！”

“嗯！”

周双佳坚定地点了点头，忽然又想起了什么。

“噢，差点忘了，还有一件事，你的发小聂小星到上海了。”

凌云吃了一惊：“啊，真的吗？他什么时候来的呀？我怎么不知道？”

“来了有一阵子了吧，我没见过他，是听丁文采说的，他现在在丁文采手下干活，据说干得不错。”

“是吗？他怎么不联系我啊？”

周双佳笑了笑：“你也知道他这个人，别看长得人高马大，心眼比针尖还小。我估计他是觉得不如你，所以呢，不好意思跟你见面。”

凌云叹了口气，苦笑道："那他可真的想多了，我现在啊，最多也就能算个百废待兴。"

周双佳拍拍他的肩膀："哥哥，加油吧！"

四

六一儿童节这天，"我的童话"网站上线了！

为了见证这激动人心的时刻，凌云特地在公司里办了一场小型的庆祝活动，邀请了儿子豆豆的部分同学和家长，与公司的合伙人一起，齐心协力，将简陋的办公室布置一新：墙上挂着网站的宣传画，桌上摆着童话的马克杯，天花板上扎着五彩斑斓的气球，水泥地上印上了各种童话人物的卡通头像。冷冰冰的钢筋水泥 loft 摇身一变，成了温馨活泼的童话天堂。

办公室不大，大人小孩都站着。大人们戴着红领巾，穿着印有卡通头像的 T 恤，一改往日的严肃认真、不苟言笑，变得活泼可爱、充满童趣；孩子们更是打扮得别出心裁，有装蓝精灵的，有扮白雪公主的，还有穿成熊大、熊二、喜羊羊和巴拉巴拉小魔仙的。

活动由小司主持，她本来就留一头短发，干净利落像个男孩，今天更是打扮成了哈利·波特，带着圆眼镜，穿着学士服，拿着一根魔杖，把魔杖当作话筒，举到嘴边："亲爱的大朋友们，小朋友们，节日好！我是来自魔法学校的哈利·波特，很高兴见到你们！"

众人大笑，鼓掌，一个小男孩大声喊道："哈利·波特哥哥，你好！"

小司哈哈一笑："小朋友，你搞错了，我是哈利·波特姐姐！"

小男孩一愣："姐姐？原来你是女的呀？"

众人哄堂大笑。

"呵呵，小朋友，我是女的。今天，我将带领大家一起，参观一个神秘奇妙的魔法网站。它的神奇在哪里呢？只要说出你的姓名、年龄、爱好，魔法网站就会为你创作出一本只属于你的童话，是只属于你的童话哦，独一无二，全世界找不出第二本一样的！"

一个小女孩站在凌豆豆旁边，举手发言："真的吗？哈利·波特姐姐，我想试试！"

众人都笑了，小司一边笑，一边说："看来这是一位勇敢自信的小朋友！小朋友，你叫什么名字？多大了，喜欢什么？"

"我叫王沅沅，今年六岁，我喜欢音乐！"

"好！王沅沅同学，你将成为魔法网站的第一个客人，请看大屏幕！"

众人随着小司手里魔杖的指引，目光齐刷刷投向墙上的投影。

宋赟打扮成白马王子，坐在电脑前，敲入网站链接：http://www.tonghua365.cn，再一按回车，网站的首页出现了。

网站的首页相当简洁，上半部分是正文插画的场景图一行文字说明："亲爱的小朋友，欢迎来到童话世界"；下半部分提供了选择框，可以输入"姓名"、选择性别和绘本情节。

沅沅口述，妈妈补充，宋赟依次输入"王沅沅"、选择"女孩"，再点击"定制童话"按钮，选择了"确定目标"、"坚持做事"、"自信勇敢"和"乐于助人"这几个情节关键词，最后点击"生成童话"，奇迹出现了！屏幕像变魔术一样，立刻出现了一本童话书，封面上写着几个大字"王沅沅奇遇记"，同时扉页上出现了沅沅本人的头像！

众人鼓掌！

宋赟操纵鼠标，一页一页地开始浏览；小司在一旁用童音绘声绘色地读起来：

一大早，一个小女孩从梦中醒来，觉得有些不对劲儿，她哆嗦了一下，脑瓜里随即溜出一个问题："我是谁呀？"

她咕噜一下爬起来，拉开抽屉，拿出镜子，望着里面那个有些陌生的姑娘，小女孩"哇"的一下哭出了声。

她惊恐地跑出房门，泪水把裙子打湿了："谁能告诉我，我是谁呀！"

她一直跑一直跑，竟跑到了一条小河边，河水清又浅，一只小蜗牛在沿着河边爬。

"小蜗牛，你能告诉我，我是谁吗？"

小蜗牛摇摇头："我不知道你是谁，我只知道我是蜗牛，我要爬到前边那棵白杨树上，每到风吹起的时候，树的叶子会哗哗作响，像下雨一样，我喜欢这种感觉……"

说完，小蜗牛又慢慢沿着河边爬走了。

小女孩闭上眼睛，听了一会儿叶子声："我也应该像蜗牛一样找到一个目标。"

树叶的哗哗声唤起了她的一些记忆，她记起了自己喜欢音乐，她喜欢音符律动的感觉。

小女孩激动起来："我好像有点知道自己是谁了。"

小女孩的脚步轻快起来，她来到了一栋木房子前面。一个老奶奶正给牛蒡叶捉虫子，她的面前是一大片牛蒡田。

"这么大一片牛蒡田，得什么时候才能捉完虫，好愁人呢！"小女孩说。

没想到老奶奶的耳朵一点儿也不背，她呵呵笑起来："今天捉不完，还有明天，明天捉不完，还有后天……总有一天，我会把整片田里的害虫捉光的。"

听了她的话，小女孩硬生生把那句"知道我是谁吗"咽了下去。

她心里忽然多了很多力量："我也要像老奶奶一样，认准一件事就坚持下去。"

小女孩转身离开了牛蒡田。

天很快黑下来，小女孩迷路了。她走进了一大片黑森林，森林里到处都是野兽的叫声，吓得小女孩都要哭了。

"不要怕！"一阵温柔的声音传来，小女孩抬头一看，竟然是月亮姐姐。

月亮姐姐笑吟吟地说："黑夜其实一点儿也不可怕，相反，这是一天里最美丽的时刻，有我陪着你，你会顺利走出黑森林的。"

听了月亮姐姐的话，小女孩觉得自己一下子变勇敢了，她甚至觉得有月亮的晚上确实挺美。

草丛里传出阵阵虫鸣声，就像自己弹过的小夜曲。

小女孩继续走着，森林里的路不好走，她被什么绊了一脚，捡起来一看，是一只缺了胳膊的布袋熊，布袋熊脏兮兮的，他竟然开口说话了。

“带我走吧！”布袋熊可怜巴巴的，“这里没有阳光，谁走来都会踩我一脚，好向往远方啊！”

小女孩拍拍布袋熊身上的尘土，将它揣到了怀里，“这样你就温暖了。”小女孩说。

不知为什么，帮到了布袋熊，小女孩觉得很开心。

这时候的她，已经不再觉得迷茫，经历了这么多事情，小女孩觉得自己完全变了个人，或许那个重新变成的人，就是真正的自己吧。想到这里，小女孩勇敢地大踏步往前走去，这时，不可思议的事情发生了。

她竟然一下从黑森林跨到了自家的地板上，看看墙上的表，七点钟，正是早饭时间。刚才经历的一幕幕，像动画片一样在脑海里回放，小女孩突然激动了：“我想起我是谁了，我的名字叫做王沅沅！”

妈妈走过来：“王沅沅，快来尝尝新烤的草莓蛋糕。”

王沅沅笑了：“谢谢妈妈，我决定，以后我要做个有目标的人，做事要坚持到底，遇到黑夜不害怕，愿意帮助别人。因为我终于找到了新的自己，我觉得幸福极了。”

妈妈愣住了，她哪里知道王沅沅刚刚经历的故事呢。

听完之后，大人惊叹，小孩兴奋，大家一起热烈鼓掌。沅沅更是高兴得一蹦三尺高，指着屏幕大声喊道：“里面是我啊，这是我的童话，我是童话王国里的小公主！”

几个小朋友看得眼馋，纷纷围住小司，七嘴八舌地嚷道：“姐姐，姐姐，我也要自己的童话！”

小司笑眯眯地回答：“不急，不急，一个一个来，每个人都有！”

一个家长也觉得有趣，凑到宋赟旁边，盯着电脑，好奇地问：“这是谁做的？这么神奇！”

宋赟自豪地回答：“我做的！”

“可以做成实体书吗？”

“可以呀！现在只是预览，最后的成品就是实体书。”

“太好了，出来了我一定买！”

凌云、严子曰和周双佳站在后面，将这一幕尽收眼底。凌云今天打扮成了魔术师，带着黑礼帽，穿着燕尾服；严子曰打扮成神笔马良，穿马褂，戴草帽，拿着一支大毛笔；周双佳则打扮成灰姑娘，手上带着南瓜手链，脚上穿着一双亮晶晶的水晶鞋。

严子曰兴高采烈地说：“不错呀，气氛很热烈！”

凌云也得意洋洋：“那当然，也不看看是谁想出来的！”

“趁热打铁，咱们再办几场！”

“好呀，就去幼儿园吧，一个接一个地办，就像新书发布会一样。”

众人之中，只有周双佳还保持着冷静。

“想法是不错，不过幼儿园不一定会同意我们去。凌云，我觉得最合适的宣传方法，还是通过你的微博。”

凌云一愣：“微博？”

“对，微博面对的是全国观众，你的粉丝又多，现在是粉丝经济，得粉丝者得天下，只要宣传得当，我们很快就会大火。”

对于周双佳的想法，凌云不是没有考虑过，但他一直坚持，微博是他心中最后的自留地，自娱自乐可以，可如果拿来做商业宣传，怕是以后就身不由己了。

周双佳见凌云没有反应，就猜到了他的想法，继续劝道：“凌云，我完全理解，你的微博是你的私人乐园，不愿拿来做商业用途。但这次情况不一样，首先我们的压力很大，必须尽一切力量扩大知名度，越快越好；而且这件事本身就很有意义，你看这些小朋友，他们多高兴呀！”

“我知道，可是……”

严子曰听得不耐烦了，突然插话道：“你别可是了！我觉得周双佳说得没错，现在就应该通过微博来大力宣传。”

突然被严子曰打断，凌云有些不满：“严老师，你说得这么简单，我问你，应该怎么宣传？噢，说我现在改行了，压力很大，希望大家都来帮我，掏腰包买书？”

严子曰一时语塞。

周双佳想了想，说：“没必要这么low，我看还是发挥你的专长，写一个故事吧。”

五

位于上海松江的佘山欢乐谷，是上海乃至全国规模最大、景色最美、科技含量最高的游乐场。平时欢乐谷生意就很好，到了六一儿童节这天，更是人山人海，络绎不绝。

聂小星手里拿着两个氢气球，眯着眼睛，仰头望着“轰隆隆”如同长龙一样的过山车。他一个五大三粗的男人，跟一群天真活泼的小朋友挤在一起，就像一只大老鹰带着一群小鸡。

一个中年男人带着一个小男孩，穿着米老鼠的亲子连帽衫，从过山车里走出来。小男孩跑到聂小星身边，接过他手里的气球，回头冲着中年男人大喊：“爸爸，我还要坐海盗船！”

中年男人看看几乎与地面垂直的海盗船，皱皱眉头：“小帅，让爸爸歇一会儿好不好，过山车坐得爸爸头晕。”

聂小星腆着笑脸：“东哥，还是你胆大，我啊，根本就不敢上去。”

中年男人不耐烦地回道：“什么事赶紧说，我还要陪儿子呢！”

“还是借钱的事，很急呀，这回我保证一定准时还！”

中年男人做了一个“嘘”的手势：“小声一点儿，别让我儿子听见！”看着儿子眼里只有海盗船，这才放心，压低嗓门说：“上次短信平台的账我还没跟你算呢，你还敢找我借钱？”

“东哥，上次真的是意外，也不知道是哪个王八蛋告了我一状，不然我们早就赚翻了！”

“你要多少钱？”

“不多，就一百万。”

“什么时候还？”

“下个月，连本带利，一起还清！”

“说好了啊，要是再不还，我要你的命！”

第十八章　深夜食堂

一

晚上，倪芳过来接儿子回家。

刚一进门，就看见豆豆拿着一本书，活蹦乱跳地跑过来。

“妈妈，妈妈，给我念童话！”

倪芳见天色已晚，便劝儿子：“不早了，豆豆明天还得上学，我们回去再念好不好？”

“不嘛，就在这里念，奶奶也要听。”

陈惠琴跟着走过来，摸摸豆豆的头，笑着说：“这孩子今天高兴坏了，念叨了半天，说什么这是专属于他的童话。你要是没什么事，就给他念念呗？”

倪芳脱口而出：“妈，呃……不早了，你早点休息吧，我回去还有事。”

本来，陈惠琴听她叫了一声“妈”，马上笑成了一朵花，可转眼“妈”就不见踪影，变成了第二人称“你”，“你”后面虽然说得彬彬有礼，但礼貌中透出距离，距离里表示出生分，笑容也就不翼而飞了，满脸的不高兴：“你能有什么事呀？”

倪芳也有点儿不高兴，离婚之前陈惠琴就常说：“你呀，事情不少，挣得不多，忙得像国家总理！”离婚后自己发生这么大变化，装扮、神态、气质，人人都说她像变了一个人，怎么只有她视而不见？

心里这么想，嘴上也就没了好气，她冷冷地说：“凌云呢？他怎么不在家？”

见倪芳对自己的问题置之不理，反而调转枪头，对着自己的儿子开辟第二战场，陈惠琴更加不高兴：“他忙呀，自己开公司当老板，和打工的没法比！”

“是吗？忙得连自己儿子都不管了？”

“没有不管呀，你看这本书，就是他做的呀，第一本书就送给了自己的儿子！”

“这是他的工作，除了这个，他还管什么了？”

陈惠琴一下火了，指着倪芳的鼻子：“哎，你这话说的，做人要讲良心啊！学区房留给你了，生活费也一分不少，你还不知足啊！”

倪芳也火了，刚想开口反击，却见豆豆拉着自己的衣角，可怜兮兮地说：“妈妈，对不起，我错了，我们回去吧。”

看着儿子无辜的眼神，倪芳心一软，把话又强行咽了回去。

一手牵着儿子，一手拿着书包，倪芳走在小区的路上。天色已黑，但路上的行人不少，下班的，遛狗的，跑步的，散心的，比比皆是，时不时还有只流浪猫从面前一掠而过。

从奶奶家出来后，豆豆一直表现得很乖巧，遇见狗不追，看见猫不叫，跟刚才的活蹦乱跳判若两人，可越是这样，倪芳就越内疚，当着儿子的面，不应该跟他奶奶吵，这对儿子的影响很不好……

忽然间，前面一只狗对着大树汪汪大叫，倪芳吓了一跳，下意识地把儿子挡在身后。豆豆人小好奇，挣脱倪芳，跑向大树，倪芳担心儿子吃亏，赶紧跟着跑过去，拉住儿子，却见豆豆指着大树，大叫：“哎呀，妈妈快看，有一只小鸟！”

倪芳这才发现大树下有一只刚刚孵出来的灰喜鹊，躲在草丛里瑟瑟发抖，无力地啾啾鸣叫，旁边一只哈士奇，正冲着小鸟汪汪大叫。

“妈妈你放手，我要去救小鸟！”

“哎，别去，狗会咬你的！”

豆豆根本不理，用力挣脱倪芳，像只小老虎一样，勇敢地冲过去，试图赶走哈士奇。可哈士奇是条大狗，压根儿不把他放在眼里，双腿直立，几乎要将豆豆扑倒。

倪芳大惊失色，浑身的血液都要凝固了，像出膛的子弹一样，猛地冲过去，抡起书包，狠狠砸在哈士奇的脑袋上，哈士奇一声惨叫，夹着尾巴逃跑了。倪芳惊吓未消，大声训斥儿子：“你怎么不听话啊，被狗咬了怎么办？”

豆豆拉着倪芳的手，焦急地说：“妈妈，妈妈，你救救小鸟吧！”

看着儿子满脸的焦虑，眼泪都要出来了，倪芳心又软了。

“豆豆，这鸟太小了，我们救不活它的。”

豆豆急得哭了。

“有办法的，有办法的，妈妈你一定有办法的！”

“真没办法，我们连它吃什么都不知道。”

正在此时，后面走过来一位摩登女郎，手里牵着哈士奇，冲着倪芳嚷嚷：“喂，我说你怎么打我的狗呀？”

倪芳转过身，冷冷回道：“你的狗想咬我儿子。”

“胡说！我家欢欢从来不咬人！”

豆豆走上前，对着女郎说：“阿姨，对不起，是你的狗对着小鸟叫，我想保护小鸟。”

女郎不依不饶：“鸟是你家养的吗？”

“不是的，是流浪的小鸟。”

“一只野鸟，你保护它什么呀？多管闲事，吃饱了撑的呀？”

倪芳一下火了：“喂，你怎么跟小孩子说话的？一点儿修养都没有！”

“你还好意思说我？熊孩子不懂事，大人也不懂呀！今天要是你不跟我的欢欢道歉，我跟你没完！”

不知是因为狗通人性，还是因为狗仗人势，哈士奇这时也鼓起胆子，冲着倪芳汪汪直叫。

倪芳大怒，刚想冲过去踢狗两脚，却被人一把拉住。倪芳回头一看，一下愣住了，来人竟然是林方块。

林方块对着女郎敬了一个礼，笑嘻嘻地说：“欢欢呀欢欢，对不起哈！今天让你受委屈了。”

女郎看对方多了一个人，又主动道歉，不好再计较，从鼻孔里“哼”了一声，牵着狗走了。

倪芳又好气又好笑，更多的还是不解：“你怎么来了？”

“过来和朋友聚聚，你怎么也在这呀？”

“哦，我前夫住在这儿，今天他带儿子去玩，我过来接儿子回家。”

“这么巧呀，我前妻也住在这！”

倪芳吓了一跳：“你离过婚？”

“哈哈，没有了，开玩笑的！”

倪芳哭笑不得：“拜托，你好歹是个领导，不要一天到晚开玩笑好不好？”

“领导怎么了？领导就不许笑呀？”

“行，行，你是领导你说了算。”

“就是嘛！好了，抓紧时间，咱们还有正经事要办呢！”

倪芳一下紧张了，以为公司出了什么大事。

“华茂欠我们的款子，还没付？”

“什么呀，这种小事以后再说！”

“那你在说什么呀？”

林方块也不理她，转头对豆豆说：“救小鸟呀！小鸟这么小，必须马上救，豆豆你说对吧？”

豆豆高兴坏了，拉着林方块的手：“林叔叔，你真的有办法救小鸟吗？”

“有呀，叔叔像你这么大的时候，什么鸟没养过？”

“好呀，林叔叔真棒！”

看着林方块小心翼翼、像捧着稀世珍宝一样把小鸟捧在手里，倪芳觉得好笑，问：“你知道小鸟吃什么吗？”

林方块摇摇头，老实回答：“不知道。”

“那你敢说有办法？”

“你别急呀！待会儿我们带小鸟去菜场，我知道附近有一家菜场关门很晚的。到时候看小鸟愿意吃什么，只要它感兴趣的咱们都给买回来。豆豆，你说好不好？”

“好！”豆豆高兴得一蹦三尺高。

看着一大一小兴高采烈的模样，倪芳也跟着开怀大笑，笑得那么开心，像个孩子。只是她不知道，不远处的一棵大树背后，藏着一双怨恨的眼睛。

二

接到陈惠琴打来的电话时，凌云正和几个合伙人在一起，为庆祝首战告捷，在深夜食堂里聚餐。

深夜食堂开在凌云公司的楼下，经营时间从晚上十点到凌晨四点，老板是一个从日本回来的年轻人，不管刮风下雨，都会在那里一边听着音乐，一边等着深夜觅食的人。店面不大，装潢偏日式，外面是大横桌，里面有小包间。也没怎么宣传，客人绝大多数都是创业园的工作人员，这里创业公司多，生存压力大，加班也就成了家常便饭。最近几个月，因为忙着网站上线，凌云他们常常加班到深夜，一来二去，也就和老板混熟了，每次过来，除了吃饭，还会和老板拉拉家常。

今天晚上，凌云包了一个包间，把深夜食堂的招牌菜全部点了一遍，说是招牌菜，其实也就是些卤鸡腿、炸猪排、蒸蛋羹、酒酿小圆子之类的普通货色。菜虽平淡无奇，人却兴高采烈，啃着鸡腿，就着猪排，凌云、严子曰、周双佳、宋赟，还有司小颖，五个人举起酒杯，大声说："来来来，大家一起走一个！"

干完这杯，小司又给严子曰倒满，严子曰也不客气，一改平时的滴酒不沾，举起酒杯，一饮而尽。凌云提醒道："哎，小司，让严老师少喝点儿啊，你看他脸红得像猴屁股似的。"

严子曰摆摆手，不以为然："你别管是猴屁股还是马屁股，就这个书的内容啊，咱给它完成了，这顿酒就没白喝！"

众人纷纷点头："没错！"

严子曰站起来，又给小司倒上一杯："我必须表扬司姐姐啊，三百多幅画，三个月就给画完了，那真是没日没夜地赶啊，关键是质量还不错，特别是细节方面，连树叶的脉络都画得一丝不苟！"

小司脸红了，赶紧站起来，与严子曰碰杯："严老师，以前都是我不对，总跟您对着干，今天我算是服了，您写的童话真好，又快又好，真是一个好作家，我，我干了！"

严子曰哈哈一笑："司姐姐，我以前只知道你做编辑很厉害，把作者管得一愣一愣的，现在才算切身体会到了。应该管，必须管，管得好！没有你的管教，我写的童话哪会有人看呀！”

凌云跟着补充：“你们不知道吧，司老师为了咱们的项目，人家放弃了去意大利当老板的机会，那可是意大利啊，街上随便一抓，全是帅哥！”

这下小司的脸更红了，也是因为喝醉的缘故，面对大家，吐露了心声：“老大！你别再寒碜我了！我这种小角色去了，不就是刷个盘子、洗个碗吗？我在北京的同学们，嫁人的嫁人，考公务员的考公务员，都过得挺好的。只有我，一个人飘在上海，没房没车没男朋友。我就想啊，如果能出国走一趟，等我回来了，那我也算个海归了呀！哈，其实，都是骗自己的，什么海归呀，也就是换一个地方寄人篱下。”

这一番话让大家触动不已，宋赟摇摇头，似乎想起了什么，红着眼睛说：“你们都知道我的情况吧，我是真海归啊，可是又怎么样呢？我是独生子，从小家庭条件就好，要什么有什么，按照现在的说法，算是一个富二代。可后来呢，家里破了产，一夜之间什么都没有了，还欠了别人一屁股债，每天都有人来上门逼债，电影里演的那些逼债的事儿，我们家全经历过了。我妈急白了头，我爸被人打伤，进了医院。可我呢？我受不了这么大的压力，就偷偷跑到国外去了。在外面还表现得挺光荣的，名校毕业，名校留学。可我爸临死的时候，我都不敢回来见他一面，这叫什么光荣呀，我就是一个胆小鬼，他妈的彻头彻尾的胆小鬼！”

周双佳轻轻叹了口气，不知不觉握住了宋赟的手。

小司的眼睛也红了，安慰道：“宋老师，你也别难过，你爸爸一定会原谅你的。”

宋赟皱着眉头，一声苦笑：“人都不在了，原谅不原谅，还有意义吗？”

凌云触动不已，他从来没有想到，无忧无虑的司小颖的内心深处竟然有如此焦虑的一面；他更加没有想到，集万千宠爱于一身的天之骄子宋赟，竟然有如此惨痛的过去。之前他一直觉得自己的童年最悲惨，自己家的关系最麻烦，现在看来，似乎不是这样。想着想着，凌云的眼睛不禁有点湿润。

“算了，过去的事情，就让它过去吧，理解万岁！”

严子曰也劝宋赟：“老弟，你比我强。我爹妈都是搞地质勘探的，从小到大，我就见过他们两回，一回我出生，一回他们走。我这一辈子都在寄人篱下。唉，小时候寄养在外婆家，现在寄养在老婆家。”

宋赟扭头对严子曰说：“严老师，以前啊，我一直不喜欢你，觉得你太装。现在发现你才是真性情啊！你说你堂堂一个大学教授，都快四十的人了，怎么还能写童话呢？”

凌云心中一惊，忍不住暗暗抱怨，这个宋赟，情商真是太低了！严子曰好心好意安慰你，你不接话也就罢了，怎么能公然打脸呢？接着又担心严子曰，怕他脾气上来，跟宋赟翻脸。偷偷看了严子曰一眼，发现他只是愣了一下，随即哈哈大笑。

严子曰掏出钱包，翻出一张照片，向众人示意：“我给你们啊，看一样东西。”

宋赟接过照片，一声惊叹：“啊，这是你跟你爸的合影吗？严老师，你小时候长得可真帅，像谢霆锋，你爸呢就差了点，不像谢贤，喔，有点像曾志伟。”

周双佳抢过来仔细一看，“噗嗤”一声笑了，顺手打了宋赟一下：“你什么眼神呀，曾志伟有这么高吗？这是郑渊洁！”

“啊，郑渊洁是谁？”

“童话大王呀！一看你就是没读过书！”

凌云这才放心，跟着接过来，开起了玩笑。

“没错，是郑渊洁，光头，大脸，小眼睛，长得跟洋葱似的。严老师，郑渊洁这是在给你颁奖呀？”

严子曰醉眼蒙眬，哈哈大笑：“对啊！我上小学那会儿，特别迷郑渊洁，尤其羡慕他的儿子，不是羡慕他的儿子有爸爸啊，也不是羡慕他的儿子可以不上学。我啊，是羡慕他的儿子可以在童话里面随便出现。我太喜欢郑渊洁童话了，期期都买，一本没落下。后来看得多了，就学着写，同学们都说我写得好，到处传着看，还在《少年文艺》上发表过。《少年文艺》你们知道吧，那知名度，那影响力，大了去了！后来有一回，郑渊洁到我们学校来访问，我啊，就作为学生代表，跟他合了一个影。当时我就想，将来我也要做童话大王，想把谁写进去，就把谁写进去，到时候啊，我也来给郑渊洁颁个奖！呵呵，这么多年过去了，我的梦想越来越远……凌云啊，感谢你给我这个机会，让我可以痛痛快快写一回童话，写一回谁想在里面就可以在里面的童话！”

凌云摆摆手：“严老师，你不要跟我客气，成全别人，就是成全自己！”

严子曰也摆摆手，有点语无伦次：“凌云啊，我，我不是跟你客气，在认识你之前，我这一辈子就没做成过一件事。在学校里面，我是年纪最大的讲师，那些什么主任啊，副主任啊，教授啊，副教授啊，都瞧不起我，合着伙来欺负我，还，还欺负我的学生。在家里面，我也抬不起头来，我老婆挣得是我的十几倍，噢，几十倍！房子、车子都是她买的。她经常说我，说我什么来着，噢，挣钱不会，倒很会花钱。我，我花什么钱了，不就多买了几本书吗？她至于这么嘲笑我吗？”

说着说着，严子曰的声音渐渐哽咽，凌云走过来，拍拍他的肩膀，举起酒杯：“大家干一个吧！其实，是我应该感谢你们，我的情况这么差，你们还愿意跟着我一起干，谢谢你们，真的谢谢了！”

小司将酒一饮而尽，抹了抹嘴巴，郑重其事地问道：“老大，有个问题我想问你很久了。我知道你是学计算机出身，第一份工作也是跟计算机相关，你后来为什么要改行呢？”

凌云也将酒一饮而尽。

“为了圆梦。我读高中的时候，文科成绩特别好，历史次次满分，作文都是范文，拿到省里去展览。可高二分班那年，因为虚荣心，最后还是选择了理科。我们那个学校，周双佳知道的，读文科的都是成绩差的，我成绩还可以，所以不能跟差学生为伍啊，于是硬着头皮选了理科。选了以后我才后悔，那些什么数学啊，物理啊，化学啊，我压根儿就不喜欢！特别是到了大学，完全跟不上，成绩一塌糊涂！告诉你们一个秘密呀，高等数学，还有什么线性代数，我都是靠着作弊才及格的。后来毕业了，因为成绩差，人又内向，找不到好工作，就跑到一家公司当了网管。可是我不甘心呀，后来我做了编辑，就是想给自己一个机会，我希望有一天我也可以写出一本名垂青史的书，让我们的孩子，我们孩子的孩子，我们孩子的孩子的孩子，都可以看到，这是我的理想，是我一辈子的理想！没想到，这么多年过去了，书没写出来，我先失业了，还离了婚，不说其他孩子，我自己的儿子，我都，我都见不到几回。有时候半夜醒过来，睡不着觉，觉得自己这辈子，真是，真是……”

一番话听得众人唏嘘不已，特别是小司，拿着纸巾，不停地擦拭眼角。还是周双佳先反应过来：“没事了，没事了，咱们说点开心的事吧，关于项目，我有一个更大的想法。”

凌云也反应过来：“什么想法，说说看。”

“我觉得啊，我们未来可以把它做成一个让作者参与写作的平台，平台开放给全中国所有的童话爱好者，他们可以登录我们的平台，在里面写童话；然后这些童话可以供中国所有的读者下载，下载的次数越多，得到的收益也越多。这样像滚雪球一样，内容可以越来越丰富，作者的收益也会越来越好！”

凌云一拍巴掌：“这个想法太好了！咱们趁热打铁，赶紧干起来！”

周双佳笑了笑：“这是长期目标，我们一时半会儿还实现不了。现在的首要任务是开展宣传，你的微博故事想好了吗？”

凌云刚想回答，手机却响了，拿起来一看，来电话的是他妈，也是因为喝醉了，凌云不小心按了免提，结果陈惠琴气急败坏的声音响彻了整个包间。

“你怎么还在外面啊，都几点了！我跟你说，倪芳在外面有野男人了，你要是还有复婚的心思，赶紧给我想办法；要是没有，无论如何也要把我孙子给抢回来，你别忘了啊，他可是我们老凌家的人！喂，喂，听得到吗，你那儿怎么那么吵呀？还有，我跟你讲，你跟谁好都没关系，就是不准跟周双佳好，她妈是个破鞋，她也不是什么好东西！”

三

同一个晚上，距离上海1600公里之外的澳门。

阿乐今年刚满三十岁，和许多本地男人一样，生得黑瘦矮小，又狡黠精明。站在候机厅外，阿乐举着一个牌子，牌子上写着几个黑体字：“Mr. Samuel Nie”。

从上海飞来的航班已经到了，阿乐仔细打量着鱼贯而出的乘客们，今晚航班晚点，阿乐已经在这里等了三个多小时。眼看乘客已经走得七七八八，还没见到客人的踪影。阿乐有些焦急，老婆刚生完老二，眼巴巴地等着他回家。但多年的职业素养告诉他，必须等下去，除非客人主动取消。

又过了二十分钟，阿乐才看见那个无论名字样貌，还是神情举止，都跟一个美国黑人明星有几分类似的身影。

聂小星拖着一个行李箱，一路骂骂咧咧，走出海关，迎面看见满脸笑容的阿乐。

“聂总，一路还顺利吧？”

“顺利个屁，妈的，飞机晚点了两个多小时，出关的时候又被问了半天！”

“现在水客多，海关查得紧，聂总没事吧？”

“操！老子是来消费的，是他妈的上帝！”

两人边走边聊，阿乐将聂小星带上一辆黑色的奔驰保姆车，给司机报了一个地名，又给聂小星点上一支雪茄，接着话入正题：“聂总，这次玩多大？”

“拖五吧。”

“大了点吧，还是老规矩，拖三吧。”

“我来一次不容易，时间有限，要玩就玩大的。”

阿乐这一行在澳门有个头衔，叫“叠码仔”，意思是为赌场贵宾厅拉客户做掮客。拖三是一种黑玩法，台面上跟赌场明赌，台下跟叠码仔暗赌。若拖五，台面下输赢就是台面上的五倍，万一叠码仔赢了，等于在台面下赢了五个聂小星。拖五还不算最大的，厉害的可以到拖十，一夜之间，腰缠万贯或者倾家荡产，都有可能。

到达金莎酒店之后，一切如常，在阿乐的伺候下，聂小星出示护照，开房间，放行李，接着便进了 VIP 厅。

来到 VIP 厅的时候，三张台子都已被占了，一张台子边放着一个客房送餐的手推车，玻璃台面上搁着一大海碗水蟹粥，一个老头正在津津有味地品尝。

阿乐看了老头一眼，问聂小星：“今天的膏蟹很新鲜，聂总要不要来一例？”

聂小星头也不回地往前走：“不吃了，赶紧吧！”

阿乐不敢多言，赶紧把准备好的一百万筹码交给了聂小星。

走到一号桌前，聂小星一屁股坐下，看了一会儿电子显示屏上的“路数”，四根蓝“闲”从上方贯通下来，显得神气活现。阿乐以为聂小星会打“闲”，谁知他却把十万筹码推上了“庄”。

一口气还没喘出来，聂小星赢了！就这么一瞬间的工夫，聂小星又添了六十万的财富，台面上赌场赔他十万，台面下阿乐赔他五份，共五十万。

聂小星想也不想，直接把赢来的钱一把推上去，二十万。当然，二十万只是台面上的，台面下还拖着阿乐的一百万。

我靠，又赢了！

连闯两关凯旋，聂小星的脸上终于露出了笑容，但这个笑对于阿乐来说，却比哭还难看。没招谁没惹谁，转眼之间他就欠了聂小星一百五十万。如果聂小星就此罢手，那这个月算是白干了。

聂小星再一次一推，四十万的筹码堆成了一座小山，邻座的人来了兴趣，像看戏一样望着小山，看小山究竟会变成喜马拉雅，还是就此一马平川？再看看小山对面的女荷官，女荷官的面孔平静得如同扑克上的脸，眼睛平视前方，似乎根本不把小山放在眼里。邻座都不敢押注，由着聂小星一人“闯三关”。

所谓新客上台闯三关，意思是将头两把赢来的筹码和老本一块押上，闯过三关意味着开张大吉，接下来无论赢不赢，势头必然大好，乃是赌场里久试不爽的真理。

阿乐的鼻尖微微沁出汗，虽然从概率学上看，久赌必输是赌场发财致富的秘诀，但难免会出现小概率事件。今晚聂小星杀气腾腾，一副势在必得的模样，财神爷不会真的帮他吧？

就在即将闯第三关的最后一秒，聂小星却犹豫了，双手盖在筹码上，犹豫不决。阿乐松了一口气，刚想劝他悠着点儿，不要赌得这么狠。聂小星却把身上所有的筹码，包括阿乐刚才给的，一股脑儿全部押上！

整整一百三十万啊！

阿乐眼前一黑，一股激流在脑海里猛烈冲撞，撞得他头晕脑胀。他做了十年叠码仔，什么货色都见过，但像今晚聂小星这样杀人不眨眼的，却是闻所未闻。他对聂小星并不陌生，之前接待过几次，但每次都是小打小闹，输赢不会超过一百万，今天他是怎么了？

四

同一时间，上海陆家嘴，香格里拉酒店。

一番云雨之后，丁文采赤身裸体地躺在床上，摸了摸旁边一个同样赤身裸体的高个女郎的乳房，情不自禁地点评：“你呀，什么都好，就是胸小了点。”

高个女郎娇嗔道：“讨厌！哪小了呀，人家有 B 的好不好！”

丁文采满脸淫笑：“我知道你有 B 的呀，没 B 我还会找你呀？我又不是 gay。”

“讨厌，人家说的是罩杯！”

“有吗？是加了海绵以后吧？”

“讨厌！”

丁文采哈哈大笑，侧身到床头上拿了一包烟，抽出一支点上。高个女郎提醒道：“丁总，这里不能抽烟，要罚款。”

丁文采深吸一口，徐徐吐出，满不在乎地说：“罚呗，老子有的是钱，爱罚多少罚多少！”

高个女郎妩媚地一笑，趴在丁文采胸口，娇滴滴地说：“丁总，你什么时候给我买钻石项链呀？”

“Anytime 呀！”

“到底是什么时候呀，人家说了好几回了呢！”

“这样吧，待会儿我干你的时候，你叫我爸爸，叫得我兴奋了，明天就给你买。”

“好呀，丁总你说话算数？”

“当然算数，床上床下你都表现得这么好，应得的啊。”

“丁总，你这么喜欢别人叫你爸爸，要不我替你生一个吧，不用跟我结婚，给我一套别墅就行。”

“哈哈，你想得倒挺美！”

“我是认真的呀！”

丁文采的脸上闪过一丝难以琢磨的表情，摇摇头道：“好了好了，不用说了。”

“丁总，我真的是认真的呀，不送别墅，送一套市区的三室两厅也行呀！”

不知怎么回事，丁文采毫无预兆地勃然大怒，猛地推开高个女郎，对着她的脸蛋狠狠就是一巴掌。

“我说不用再说了，你他妈的听不见啊！”

高个女郎被打得脸颊红肿，眼冒金星，又不敢反抗，默默缩到床的一边，像只被剥了皮的兔子。

丁文采余怒未消，忽然又想起了什么，冲着高个女郎大吼道：“我不是让你去看着聂小星吗？这几天他跑哪儿去了！”

第十九章　钱！钱！钱！

一

一个月后。

从上海到广西龙胜，普通列车要坐三十几个小时。倪芳带着儿子，和林方块、林红桃兄妹一起，包了一间软卧车厢，车走走停停，窗外一片风景，大家说笑聊天，时间倒也过得不烦。特别是凌豆豆，头一回坐长途火车，叽叽喳喳，上蹿下跳，兴奋得像只猴子。

十年前，林方块参加了一个扶贫计划，计划是帮助贫困山区的小学，每年要捐款捐物。学生们这个月就要毕业了，因此邀请林方块去参加他们的毕业庆典，林方块便邀请倪芳一块儿去。倪芳觉得这样的活动很有意义，加之儿子放暑假，放在家里无人管教，也就答应下来。

一路上，要属林方块和凌豆豆的话最多，从上海出发开始，这一大一小的嘴就没停过，沿途的一花一草、一州一县，豆豆见到什么问什么，林方块则兵来将挡，水来土掩，任你问来问去，我自应对自如。

“林叔叔，嘉兴为什么叫嘉兴呢？”

“古代三国的时候，这里的水稻长得特别好，所以取名叫禾兴。后来为了避免和太子孙和重名，就改名叫嘉兴。”

“为什么重名了就要改呢？”

“因为太子是要当皇帝的，皇帝的名字不能有重复的呀！”

“这样呀！那如果我当了皇帝，我就把毛豆改名叫毛沅沅！”

“为什么呀？”

“因为我喜欢吃毛豆，也喜欢王沅沅，如果要给毛豆改名，就改名叫毛沅沅呀！”

“哈哈，改得好！不光是毛豆，蚕豆也可以改叫蚕沅沅！”

“不，我不喜欢吃蚕豆，蚕豆要改名叫蚕子皓。”

“什么？噢，我懂了，你不喜欢一个叫子皓的同学，对不对？”

“对呀！徐子皓也喜欢王沅沅，我跟他打过架！”

林方块和林红桃顿时哄堂大笑，倪芳又笑又气，赶紧制止：“小小年纪，别瞎说！”

两人说完窗外风景，又开始说身下的火车。

“林叔叔，你小时候坐过火车吗？”

“坐过呀，我小时候火车的位置可紧张了，人特别多，每次都得先把我从车窗塞进去抢位置。”

林红桃马上嚷嚷道：“先塞的是你吗？先塞的明明是我！人一多你就脸红，还抢什么位置呀！”

林方块一下脸红了，急忙辩解：“你嚷什么嚷，你进去之后接着塞的不就是我吗？”

“那不一样呀！”

“怎么不一样呀？”

看着兄妹两人面红耳赤地斗嘴，倪芳不禁又笑了。这兄妹真是一对活宝，不仅名字搭配有趣，更是哥哥不像哥哥，妹妹不像妹妹，不过也从侧面反映了他们的关系融洽。林红桃明里暗里提过几次，希望倪芳可以主动一点，离婚这么久了，还有什么放不下的呢？更何况她哥哥还挺抢手，善良、多金，又幽默开朗，不知被多少女人爱慕呢！

可林红桃越是这样讲，倪芳越发不敢声张。除了与生俱来的自卑，她对凌云，内心深处始终保留着一份感情。想起第一次和凌云回浏阳，坐的也是这趟火车，在车上两人也是这么兴奋。中途遇到一个大妈生了急病，口吐白沫，晕倒不醒，还是凌云仗着学过一点儿心脏复苏的技巧，跪在地上，用大腿抵住大妈的背，双手用力拍，让大妈吐出一些东西，这才救了大妈一命。事后凌云还要把自己的位置让给大妈，倪芳坚决不肯，说要让就让她的……到了晚上，天气转凉，两个人就依偎在一个位置上，窃窃私语，一直到天亮。

火车依旧，人物全非，十几年过去了，现在陪在凌云身边的，又会是谁？

林红桃心细，看倪芳神情有异，赶紧埋怨哥哥：“你看你，就顾着自己说话，把我们的芳姐姐都给冷落了！”

林方块反应过来，赶紧打个哈哈：“怪我，怪我！倪芳，你小时候喜欢坐火车吗？”

倪芳淡淡地一笑：“没坐过，我小时候去的最远的地方是县城。”

林方块一愣，一时不知道说什么好，跟林红桃两个人面面相觑，气氛显得有点尴尬。还是倪芳先打破僵局，主动问林方块：“对了，你是怎么想到去扶贫的呢？还一干这么多年？”

林方块沉思良久，开口回答：“我的老家在安徽的大别山，那里很穷，很多孩子上不起学，我们家还算好一点儿的，至少能让孩子读书。在我小学的时候，一个外地的学校跟我们学校做了一个一对一的对口扶贫计划，除了捐款捐物，还有一对一的帮扶，也就是每个城里的孩子，对应一个我们学校里的孩子，大家写信、联络，持续了一年。跟我对口的，是一个小姑娘，特别喜欢看书，除了写信，还给我寄来好多书。”

“后来呢？”

“后来特别巧，十年后，我考上大学，在一个巧合的场合认识了一个姑娘，无意间谈起小时候的事情，这才发现，她的小学竟然就是十年前帮助过我们的学校！”

“啊？这么巧啊？”

“还有更巧的！这个姑娘，就是跟我保持了一年书信来往的小朋友！”

“真的是太巧了，这就是缘分啊！”

“缘分，是缘分。后来她就成了我的女朋友，我们都是彼此的初恋。”

“挺好的呀，再后来呢？你们结婚了吗？”

话刚出口，倪芳马上意识到不妥，果然，林方块的神色忽然黯淡了，跟刚才的谈笑风生判若两人。

“没有后来了，大学毕业那年，她被查出得了白血病……”

一番话说完，林方块哽咽不已，林红桃在一边安慰他：“哥，事情过去这么多年了，你也该放下了。琳琳姐如果知道你为她做了这么多事，她一定会很高兴的。”

豆豆也像大人一样，过来安慰：“林叔叔，你不要伤心了，老师说，老师说……”

“老师说什么？”

“呃，我忘了。”

林方块又好气又好笑，刮了刮豆豆的鼻子：“关键时刻，你怎么能忘呢？”

豆豆不躲不逃，而是睁着圆溜溜的大眼睛，问了一句话：“林叔叔，什么叫做写信？”

林方块一愣，随即放声大笑，刚才的悲伤情绪一扫而空。他一边笑，一边感叹：“时代真是不一样了，现在的孩子知道玩平板，玩手机，却不知道什么叫做写信。”

林红桃也笑了：“是呀，哥，现在再想扶贫，得教人家写 Email、发微信了。”

只有倪芳还沉浸在刚才的气氛里，到这个时候她才明白，为什么林方块要执着地扶贫，这不仅仅是单纯地做好人好事，更多的，还是为了弥补内心深处的遗憾。

同时，她也明白了林方块为什么这么多年都没有女朋友。

一瞬间，倪芳对这个男人产生了异样的好感。

二

孙子放暑假了，倪芳却不把他送过来，反而带出去跟着野男人鬼混，是可忍孰不可忍，陈惠琴怒火万丈，冲着凌云大吼大叫：“你到底是不是男人啊？你儿子都要改姓叫别人爸爸了，你还像没事人一样不想想办法！”

“妈，我能怎么样，拦着她不让去？你别忘了，人家现在是单身！”

“单身？单身也是孩子他妈！我就纳闷了，自己出去鬼混也就算了，怎么能把儿子带着一起？上梁不正下梁歪啊，我孙子要是被她带坏了，我跟你们没完！”

“行了行了，我这一堆事呢，明天再说吧。”

好不容易哄好妈妈，凌云把自己关进房间里。夜已经深了，可凌云毫无睡意，像只热锅上的蚂蚁，不停地走来走去。他倒不是担心倪芳，倪芳是什么样的人他很清楚，即使真如妈妈所说，带着儿子跟其他男人出去旅游，她应该也有分寸，不会胡来。

凌云真正担心的，还是他的项目。

上个月从深夜食堂回家后，凌云灵感爆棚，连夜写了一篇微博故事，名为《以下是广告——古代人买书是什么体验？》：

“明明说好三年，三年之后又三年，三年之后又三年。”你脸红脖子粗地说，“都快十年了，老大！噢，老爸！”

是什么把你逼成这样？是什么让你蹉跎了十年时光，从一个粉粉嫩嫩的小正太，变成了一个胡子拉碴的问题少年？——不是去黑社会当卧底要从娃娃抓起，而是……你想要一本书当作生日礼物……

什么？就为这点破事？文化这么发达，物流这么便捷，想买什么，掏出手机打开淘宝不就行了吗？买一本书有这么难吗？

是的，对你来说，买一本书就是这么难。当然，你是一位古人，生活在北宋中叶，也就是公元1041年，宋仁宗的时代。

“书中自有黄金屋，书中自有颜如玉。”

早熟的你，从小就把这句话当作座右铭。父亲是个读书人，饱读诗书，常常向你描绘书中的大千世界，令你向往不已。六岁生日那天，你准备对父亲说：“我想和你一样，做一个读书人。”

结果还没等你开口，父亲居然先找你谈话了：“万般皆下品，唯有读书高，这句话害死人呀！我想培养你成为一名商人，有钱有势有点田，娇妻美妾任你选，你愿意吗？”

“我，我愿意……”你满心激动，热血沸腾，心里想说的这句话还未开口，眼前却浮现出另一幅画面，你的重孙、重重孙、重重重孙……在元朝被人侮辱，在明朝被人歧视，在清朝更甚，和贩夫走卒作伴、与烟花青楼为伍，被称为下九流……他们哭着对你说：“操你祖宗的！就是因为你，老子才变成这样！”

你一下就被吓醒了，坚定地对父亲 Say 了一个 No！

“不，我要读书！你送我一本书，以我为主角，写我的故事，给我当生日礼物！”

父亲叹了一口气：“好吧，你等着。”

一年后，你去问父亲：“书呢？”

冥思苦想的父亲睁开眼睛：“还在构思，找素材。”

两年后，你去问父亲：“素材找好了吗？”

奋笔疾书的父亲头也不回：“找好了，正在写呢！”

三年后，你去问父亲：“写好了吗？”

衣衫褴褛的父亲面有菜色：“还没，写错一个字，浪费一张纸……哎，孩子他娘，米先别买了，扒点树皮凑合吧，省点钱，我去买点纸。”

四年、五年、六年、七年、八年、九年……

十六岁生日那天，你又去问父亲：“干！还没写好啊？”

须发皆白的父亲颤颤巍巍地回答：“五年前就写好了，正在排版呢，快了！”

“靠！你需要排五年吗？什么效率啊，老子的儿子都快五岁了！”

“谁他妈让你早恋的啊？”

“什么早恋啊，也就是个正常进度。哎，哎，你别岔开话题啊，为什么这么慢？”

“已经很快了！你知道排版有多麻烦吗？先雕出木板，再一个字一个字地把字刻好，哪怕错一个字，一整块木板就报废了……”

多年以后，你在弥留之际，回想起父亲跟你说排版的那个遥远的下午，才真正领悟到了“书中自有黄金屋，书中自有颜如玉”的真意。

花的这些钱，什么东西买不了！费的这些功夫，什么妞泡不到！

转眼间，八百年过去了。你的子孙没有忘记先祖们热爱读书的家风，更继承了你积极向上的品质，只是对他们而言，定制一本只属于自己的礼物，变得轻而易举。

“妈妈，小明买了一本童话，叫《小明奇遇记》，讲的就是他自己的故事，明天就是我的生日了，我也想要一本！”

“好啊！”妈妈痛痛快快地答应。

如果你在天有灵，会看到以下画面：

一位女士打开电脑，敲入 http://www.tonghua365.cn，然后输入她儿子的姓名、性别、品质、爱好……

第二天，一本包装精美、内容丰富，以她儿子为主人公的童话，准时送到了她家。

你在天上叹了口气。

“原来这么容易呀！哎，真是赶上了好时代！”

耳边随即响起一段熟悉的旋律，你忍不住跟着放声高歌：

“站在浪潮之巅，紧握住日月旋转；看信息时代，安得人间团圆；我真的好想再活八百年！”

微博发了之后，立竿见影，当天网站的流量就上来了。凌云趁热打铁，又连续发了几篇广告故事，有讲亲子关系的，有讲童年圆梦的，还有讲改过自新的。但问题在于，雷声大，雨点小，微博带来的流量虽多，却转换不成销量，运营始终进入不了正循环。收入不多，花费却愈发惊人，除了房租水电工资这些固定开销，更大的投入来自宣传。到门户网站发软文，需要钱；到微信里面找公众号推广，需要钱；到微博找来大 V 背书，更需要钱。除此之外，周双佳还想出了一个更厉害的宣传手段，找一家广告公司，将转发率最高的《古代人买书是什么体验》拍成一则电视广告，样片出来后效果惊人，看过的人无不赞不绝口，用广告公司老板的话说，这必然会成为广告界的经典之作，和苹果公司最有名的广告《1984》媲美。

经典是经典，问题是费用也是个天价，一分钟的时间，收费竟然高达三十万！就这还是人家看在周双佳的面子上给的白菜价，更别提以后要到视频网站或者电视台播放的费用了。

唉，只能忍痛割爱。

眼看项目的启动资金消耗殆尽，融资方面却迟迟没有进展。本来严子曰那里还有点钱，可没想到就在前天，严子曰家里出了一件大事。

严子曰和童成溪分居半年多了，平时就住在十平米的单身宿舍，坚决不回三百平米的豪宅。童成溪倒时不时主动过来看他，带点好吃的，帮着洗洗涮涮。严子曰虽然表现得十分冷淡，但也没有过多拒绝，该吃的吃，该喝的喝，只是从来不提搬回去的事。

前天上午，童成溪突然到访，态度和之前明显不同，两手空空不说，见面就直接奉上一张纸。严子曰接过一看，竟然是一张离婚协议书！

严子曰有些意外，但嘴上依然不服输："怎么着，想通了？"

"是的，我想通了，长痛不如短痛，离了吧。"

"行呀！我等这一天已经等很久了，既然你说出来，我没意见。"

"既然没意见，你就签字吧。"

"你着什么急呀，总得让我看一眼吧！"

结果这一看，就看出了问题。童成溪几乎把所有的财产，房子、车子、证券、存款、基金等，全部留给严子曰，自己只留下区区十万元现金。

严子曰察觉出情况不对，坚决不肯签字，好说歹说之下，童成溪终于哭着吐露了实情。

原来就在上个月，童成溪身体不适，被查出得了尿毒症，并发慢性肾炎。这个病很难治愈，却又特别花钱，金山银海填进去也不一定够。童成溪不想把一生的积蓄全部填进无底洞，除了给自己留下一点点，其余的全部给了严子曰。严子曰比她年轻，又是一生挚爱，就算最后为他做一点事吧！

听完童成溪的哭诉，严子曰顿如五雷轰顶，他后悔不迭，为什么要这么任性，为什么迟迟不肯原谅？为什么非要到生离死别的时候，才意识到对方的珍贵！

严子曰二话不说，当即把离婚协议书撕得粉碎。

"不用说了，就算要用我的肾，我也要把你治好！"

童成溪痛哭流涕。

严子曰家里出了这么大的事，凌云只能百般安慰，融资一事必须另寻他法。可找来找去，唯一一个表现出兴趣的，只有丁文采。可这厮老奸巨猾，周双佳跟他谈了几次，每次他都表现得兴趣盎然，可又不肯拿出真金白银。更让凌云坐立不安的是，已经有公司在试图复制他们的创意，特别是业界那个以抄袭闻名的大鳄，厚颜无耻，心狠手辣，一旦被他得手，最后的结果可想而知。

前有追兵，后无粮草，急得凌云脑子里只有钱！钱！钱！不得不把粗俗不堪却又腰缠万贯的丁文采当成最可爱的人，只盼他早日做出决定。

凌云躺在床上，昏昏沉沉，梦里看见了千军万马，看见了黑云压城，看见了靖康之耻，看见了宋金对阵，看见了无数传奇英雄的一生，却唯独看不见芝麻开门。

不知过了多久，忽然间，铃声大作，凌云一个激灵，从梦里醒来，发现来电的是周双佳，又紧张，又兴奋，连着声音都有些发抖。

“谈，谈好了吗？”

周双佳的声音听起来很嘶哑：“差不多了，不过……”

“不过什么？”

“你现在能过来一趟吗？”

“当然，马上！”

三

凌晨的上海，白日的嘈杂喧嚣不见踪影，仿佛大家闺秀在彻夜狂欢之后，已酣然入睡，成了宁静可人的小家碧玉。

半个小时后，凌云驱车赶到了目的地，位于浦东陆家嘴的天和国际文化有限公司，丁文采和周双佳已经等候他多时。

丁文采仰靠在沙发上，显得很放松，与平时的气势逼人截然不同。刚才听周双佳说得吞吞吐吐，害得凌云胡思乱想了一路，现在看到丁文采的模样，方才松了口气，随口问道：“丁总还没休息啊？”

“怎么能休息呢，老弟，你的事最重要呀！”

“哈哈，丁总，您太客气了！”

寒暄了两句之后，丁文采开门见山：“你的事呢，周双佳跟我说过了，项目还是不错的，我决定投资，一千万。”

凌云喜出望外，他的期望本来只有五百万，没想到丁文采一张口就给加倍，不仅解了燃眉之急，还有足够的资金让他大施拳脚。周双佳果然厉害，拉她来合伙，真是没有看错人啊！

“丁总，谢谢您，您可是帮了我大忙！”

丁文采哈哈一笑：“老弟，不用客气。主要是因为你的项目不错，就这么两三个人，居然搞得有声有色的，佩服佩服，以后啊，还得请你多多帮忙呀！”

凌云一怔，心想：“你的生意做得这么大，又是见过大世面的人，我来找你要投资，怎么你还要找我帮忙？”便笑道：“丁总，您开玩笑了，要是谈做生意，该请教的人是我。”

丁文采“嘿嘿”笑道：“如果你要向我请教，那我们不用谈了。”

凌云越发觉得奇怪，想继续问又有些犹豫，还是周双佳过来打圆场：“凌云，丁总的意思是搞文化产业，他要多倚仗你。”凌云恍然大悟：“丁总请放心，投资我们一定没有错！我们已经有计划了，第一步是卖书，接下来就是建立全民参与的写作平台，按劳取酬，多劳多得。而且，这跟其他的写作平台不同，那些主要是靠专业写手，一天要更新一万字，没几个人做得到。我们主打的是碎片化写作，一天写一千字就行，一千字啊，也就是喝杯茶的工夫。还有，我们要建立多元化……”

正当凌云滔滔不绝之际，丁文采忽然站起来，伸了个懒腰：“老了老了，多坐一会儿就受不了，腰酸背痛的……哎，你别停呀，说得挺好的，继续继续。”

凌云是个聪明人，一听就知道丁文采话里的意思，马上说：“丁总有什么高见？”

丁文采伸伸胳膊，扭扭腰，活动了一下筋骨，对凌云说：“老弟啊，我和你两个人，也算是从小玩到大，哥从来不把你当外人。”

说这话时，丁文采望着的却是周双佳。周双佳机灵，马上回道：“凌云，你和丁总谈，我回避一下。”

待周双佳出去之后，丁文采开门见山：“老弟，现在就你和我两个人，客套话就不跟你多讲，我有一个条件。”

这话早在意料之中，凌云随即应道：“丁总请说。”

丁文采竖起一根手指：“一千万，百分之百控股。你的麻烦，我替你摆平，但你这个人，得归我了。”

凌云大吃一惊，以丁文采的个性，想都不必想，他肯定会多吃多拿多占，但没料到他一出手便这么狠，这不是投资，是赤裸裸的收购啊！

丁文采看凌云半天没反应，脸上阴晴不定，也就料到了怎么回事，他收起笑容，端起茶杯，抿了一口。

“老弟啊，我知道你是怎么想的。不过呢，你现在的处境就好比这杯茶，想趁热喝下去，又怕烫了舌头；可如果不趁热喝，那就落得个人走茶凉的结果，做大事需要当机立断，你要想清楚啊！”

“丁总，你的意思我懂。可如果茶太烫的话，加点水不是更好吗？”

“老弟啊，看来你还是不了解我。我这个人只喜欢喝浓茶，加了水就太淡啰，我宁愿不喝。”

“丁总，看来你也是不了解我。我一向认为有多大的胃口，就吃多大的饼。要不然，消化不良事小，撑死了可事大了。”

丁文采“嘿嘿”一笑，歪着脑袋，看着凌云。凌云的心里翻江倒海，却摆出一副无所谓的样子，端起茶杯，轻轻抿了抿，但他的手，却不自觉地颤抖了一下。丁文采敏锐地将这个小动作看在眼里，压低嗓门说：“老弟，我跟你交个底。这一千万，是哥单独给你的。你辛辛苦苦开公司，不就是为了挣钱？现在钱就在你眼前。一千万啊，你可以马上实现财务自由，想旅游就去旅游，想去写书就去写书，没有任何压力。至于公司管理，你想干，哥给你留个总经理的位置；你要不想，哥也可以让你只挂名。”

这句话恰如一颗石子投进池塘里，凌云不由得心动了。是啊，财务自由，随心所欲，这不就是自己梦寐以求的嘛！就像海子的那首诗一样，“从此以后，做一个幸福的人，面朝大海，春暖花开”，这是多少人的理想啊！

凌云的表情，不由自主地流露出一丝向往。丁文采微微一笑，趁热打铁：“出得起这样条件的，我丁某人敢用人格发誓，整个中国就我一人！老弟，你是个聪明人，要当机立断啊！”

虽然丁文采把未来描绘得很美好，但凌云想了半天，还是犹豫，或者说不是犹豫，是出于直觉的担心，担心的不是丁文采的钱，而是丁文采的人。

“丁总，谢谢您的慷慨，但我不能现在答复您，不过回去之后我会认真考虑的。”

“怎么，你信不过我？”

“不是不是，只是公司不是我一个人的，我得听听其他人的意见。”

“你不是创始人吗？”

“没错，但我们五个人都是合伙人。”

“噢，老弟，你放心，这件事情只有你一个人知道。”

“丁总，您可能误会了，我不是想说这个。”

好说歹说都没用，丁文采有些不耐烦了，“砰”的一声放下茶杯，茶水溅得到处都是。

“行了行了，我听懂了。给你二十四小时的时间考虑，过期不候！”

凌云心里一惊，差点就要服软，但最终还是没有退缩：“好的，明天我给您答复。”

走出金茂大厦，凌云的情绪很激动，一会儿想财务自由后的美好生活，一会想丁文采是不是给他布下一个陷阱，心里翻江倒海，脑海里五味俱陈，电光火石之间，却没有任何头绪，任凭双脚往前走。突然，他没头没脑地问了旁边的周双佳一句：“你是怎么考虑的？”

周双佳双眼红肿，脸色苍白，一张口，更是嘶哑到只有气声的份：“我没有意见，你也不用考虑我，你做任何决定我都支持你。”

凌云心头一暖，刚想开口，周双佳却“噗通”一声，瘫倒在地。

四

宽阔的浦东大道上，一辆白色高尔夫正在疾驰。凌云不时扭头看看面无血色的周双佳，心急如焚，暗暗祈祷：“公司不能没有你啊，关键时刻，你可千万别出事！”

浦东公立医院的急症室里，看完化验结果，一个长得像斯琴高娃的女大夫安慰周双佳：“姑娘，没什么事，低血糖犯了，挂点葡萄糖，多注意休息，回去叫你老公做点有营养的，好好给你补补！”

周双佳笑了笑：“他不是我老公，是我老板。”

中年女大夫一愣，脸色马上由晴转阴，训斥凌云：“我最烦你们这些老板了，挣钱也要适可而止，你把员工累成这样，良心上过得去吗？”

凌云哪敢争辩，只能赔着小心一个劲儿地道歉：“都是我不对，以后一定改，不改我是王八蛋。”

周双佳轻声制止：“别瞎说，是我自愿的。”

中年女大夫摇摇头，叹了一口气：“现在的年轻人，压力太大了。”

凌云心里非常难受，他很清楚，现在市场行情不好，周双佳累成这样，肯定是跟各路投资人车轮战的结果。

坐在输液室里，凌云看着周双佳扎上针的手，手很白很瘦，青筋在近乎透明的皮肤里显得触目惊心，看得凌云又是一阵难受。

“这段时间你找过多少投资人？”

“五十几个吧。”

“啊，这么多啊？”

“多有什么用，愿意投钱的一个都没有。”

凌云想了半天，叹了口气。

“算了，要不答应丁文采吧？反正他也不管具体运营，想做成什么样还是我们说了算。”

“你决定吧，不用问我。我困了，想睡一会儿。”

凌云还想说点什么，却发现周双佳已经靠在了他的肩膀上，闭着眼睛，睫毛很长，像一个无辜的孩子。

五

丁文采哼着小曲，走出金茂大厦。一个身材高大的黑影突然冲过来，“噗通”一下跪倒在他面前。丁文采吓了一跳，大半夜的乞丐还加班，太敬业了吧？

“乞丐”抱着丁文采的大腿，带着哭腔：“大哥，求你了，救救我吧！澳门那边已经发话了，再不还钱，要砍死我啊！”

丁文采这才发现“乞丐”是聂小星，顿时怒从心头起，恶向胆边生，飞起一脚将聂小星踢开，恶狠狠地骂道：“你他妈还有脸来见我？你背着我拿着外面的钱去搞什么黑短信平台！妈的，之前我苦口婆心劝过你多少次，短信拦截是诈骗，不能碰！结果怎么样！老子为了保你，光喝酒就吐了几十趟，要不然你他妈早被关进去了！你不知道感恩，竟然又去澳门赌博，还欠下一屁股的债！哎，我说你他妈的脑袋是不是长到鸡巴上去了？除了玩女人，你他妈还会什么呀！”

“大哥，我知道错了，我去澳门赌，就是想赢一笔钱，好回来填旧债啊！我也不知道会输得这么惨！赌本是借的高利贷，现在两边都在找我，我实在是没办法了！”

丁文采简直要气晕了，冲过去拳打脚踢：“你还敢借高利贷，你他妈的是不是不知道死字怎么写啊！干！不用等他们动手，我现在就打死你！”

聂小星一开始还疲于招架，不住求饶；后来见丁文采下手越来越黑，也怒了，奋起一拳，打在丁文采的肩膀上，大吼一声：“姓丁的，你不要欺人太甚，这些年我为你赚了多少钱！没有功劳也有苦劳啊！”

丁文采虽然身材高大，但毕竟年岁已长，又长期被酒色掏空了身子，被打得踉踉跄跄，还不住口地骂道：“王八蛋，我没给过你钱吗？你以为你是什么，你还真当你是老板啊，告诉你，你就是我养的一条狗！”

聂小星勃然大怒，面露狰狞，冲过来就要下毒手。好汉不吃眼前亏，丁文采赶紧放缓语气：“不是我不想帮你，真的是晚了，我已经答应凌云投资他的公司，没有更多的钱了。”

聂小星心里一“咯噔”，赶紧过来搀扶起丁文采。

“大哥，我可以跟凌云商量一下，他可能要不了太多钱，剩下的给我行不行？我保证，我发誓，我发誓，以后一定还！”

“我没问题，只要凌云同意。”

“大哥放心，我跟他是从小玩到大的好朋友，他一定不会见死不救！”

“好，就这么定了，他如果不肯借，就不要怪我不讲义气。”

“不会的，不会的，大哥，我来跟他说。”

“行了行了，不早了，你也早点回去吧。你看看你，人不像人鬼不像鬼，做我的手下得像点样子啊！”

“知道了大哥，我这就走，这就走。”

看着聂小星的身影渐渐消失，丁文采一声狞笑，掏出了手机。

第二十章　真相大白

一

转眼间，倪芳已经在广西山区待了一个礼拜。

山区的景色很美，梯田如链似带，从山脚盘绕至山顶，小山如螺，大山似塔，层层叠叠，高低错落。单块梯田的面积都不大，最大的半亩多点，最小的只能插三棵禾苗，但积少成多，聚沙成塔，放眼过去，漫山遍野都是山和水的世界。倪芳一行人来的时候，正是一年之中最美的季节，佳禾翠绿，稻花盛开，似排排绿浪从天泄。

迷人景色的背后，却是当地经济的落后，不说别的，这儿连网络信号都没有，不能上网，不能购物，不能看微信，仿佛回到了原始丛林。不过，正是因为摆脱了科技的束缚，倪芳玩得特别开心，参加毕业典礼，田间帮着劳动，山上采摘野果，小溪戏水摸鱼，虽然劳其筋骨，却能放松心志，有一种无拘无束天地间一沙鸥的感觉。

玩得最开心的，要属凌豆豆同学。刚开始倪芳还有点担心，怕儿子适应不了山区的艰苦环境，没想这个从小在城市长大的孩子毫不在意，玩泥巴，摘野果，打水仗，迅速跟当地孩子打成一片，每天小脸晒得通红，能吃能喝能睡。

这天中午，倪芳一行人在田间劳作结束，一起参加了当地人的午宴。说是午宴，其实非常简单，只有两样东西：鱼和米饭。但饭是竹筒饭，洗干净的糯米灌入竹筒，在火堆上烤熟，托在芭蕉叶上吃，竹子和芭蕉叶的清香，混合着糯米本身的甜润，香气扑鼻，让人胃口大开。鱼则是稻花鱼，放养在田间的鲤鱼，吃饱了稻花，稻花的香甜浸润进鱼肉里，将鱼洗净剖好，串在枝条上烤熟了吃，配上广西独有的辣椒酱，喷香飘辣，鱼肉清甜，确是舌尖上的一道盛宴。

凌豆豆吃完饭，又大呼小叫地跟当地小朋友去玩了。看着兴高采烈的儿子，倪芳不禁感慨：“很久没有看到他这么高兴了。”

林方块应道：“是呀，现在城市里的孩子，平时忙学习，周末上补习班，学这学那的，苦啊！”

倪芳深有同感：“像我小时候，物质条件很差，还要干很多活，但心里不累。不像他们，压力太大了。”

“我们以后每个暑假都带他出来放松一下，好不好？”

倪芳一怔。

这段时间通过与林方块的朝夕相处，倪芳对他的好感与日俱增。林方块温柔体贴，把她和儿子照顾得无微不至。刚进山区的时候，儿子水土不服，上吐下泻，当地偏又缺医少药，林方块二话不说，搭摩托，乘三轮，加上步行，跑了五十公里，才到县城买到药。到了两人单独相处的时候，林方块又懂得分寸，从来不动手动脚，最多也就趁着四下无人，偷偷拉一下手，亲一亲额头，还臊得脸通红，像个做错事的孩子。历经风雨却能保持一颗赤子之心，真不容易。

只是倪芳心里还过不去那道坎，跟其他女人比起来，自己要姿色没姿色，要学历没学历，年纪不小了，还带着个拖油瓶。而且不知道为什么，离婚这么久，心里却始终放不下凌云，每到刮风下雨，降温变天，她总会想到凌云会不会又忘记加衣服，这么大的人，还这么爱漂亮，要风度不要温度，没个人照顾怎么行？

凌云都没再婚，自己怎么能抢先呢？

心里同时有两个男人，两个似乎又都是不可能的人，不知道这是甜蜜，还是折磨？

林方块可能是看出她的为难，也不逼她，还主动问起了凌云的事。倪芳一肚子的话正愁没人说，一边在田间散步，一边把她和凌云相知相识的过程，竹筒倒豆子一般，统统讲给林方块听。

林方块听得聚精会神，到了最后，他又想起了自己的初恋，人虽不同，结局却一样，劳燕分飞，阴阳相隔，终究还是不能在一起。他停下来，望着远方，一声叹息：“两个相爱的人，最后却不能在一起，这都是命。”

倪芳在心里默默念道：“是的，都是命。”

正在此时，手机忽然响了，这儿信号不好，接了也听不清，每次电话都说不了几句。倪芳一开始很着急，次数多了也就没当回事。

这次也不例外，倪芳掏出手机，一看来电是一个陌生的上海号码，按了接听，随口说道:“喂，你好。”

对方断断续续说了什么，倪芳只听见“什么小心”。

“喂，我这儿信号不好，挂了啊！”

对方急了，又大声说了一句，这回倪芳听清了，说此事万分火急，跟凌云有关，让她找一个信号好的地方。

倪芳一下紧张了，她二步并做两步，跑向梯田的高处。林方块察觉情况不对，也跟着走上来。

“喂，现在能听清吗？”

“可以了！”

“什么事，你说吧。”

“嫂子你好，我叫聂小星，是凌云的好朋友。你还记得我吗，2013 年，夏天，我们在老家见过面，一起吃过饭。”

倪芳一愣，使劲回忆，终于想起了那个高大黝黑的男人和他同样高大肥壮的老婆，她点点头:“记得，当时还有你太太。”

“哎呀，谢天谢地，嫂子你终于想起来了！现在凌云的处境很危险呀，他的公司马上要被人收购了，这是一个局，就等着他上钩呢，现在只有你能帮他！”

倪芳吓了一跳，随即又觉得不对劲，问道:“等等，你是怎么知道的？”

“那个要收购他的人，是我的前老板啊。”

“你有什么证据吗？”

“我……我现在还没有。”

“那你凭什么说这是一个局？”

“因，因，因为……”

听着对方吞吞吐吐，倪芳疑心更甚，她对聂小星的印象本来就不好，这个男人一看就是吃喝嫖赌抽五毒俱全，又自私自利不顾老婆的那种人。看他支支吾吾说不出个究竟，也就没有兴趣再听下去。

“我还在外地，没别的事我挂了啊。”

没想到聂小星突然说了一句:“嫂子，你还记得丁文采吗？”

倪芳一愣，仔细在脑海里搜索这个名字，想了半天，印象全无。

“不记得，怎么了？他就是你的前老板？”

“他不光是我的前老板，也是你的！”

“你什么意思？”

“2003 年，你在东莞被人骗进一个传销组织，姓丁的就是幕后大老板！”

倪芳浑身血液瞬间凝固了，她内心深处最恐怖、最黑暗、最不堪的一幕，顿时浮现在眼前，身体和声音一起开始颤抖:“你，你还知道什么？”

“我什么都知道。当时你为了帮助凌云逃走，主动献身给姓丁的，才换来了他的信任。”

倪芳用尽全身力气，大喊一声:“不！不是这样，我是被逼的！”山间有回响，只听得“逼的”二字，连续重复了几次。

聂小星冷笑一声:“嫂子，逼不逼有什么关系呢？反正结果都一样。”

倪芳失魂落魄，下意识地反问:“你是怎么知道的？”

“当时我收到了凌云的短信，也明白了你们的处境。”

“你为什么不来救我们？”

“没法来呀！姓丁的也是我的老板，我要是去了，不但救不了你们，我自己也得赔进去！”

时隔多年终于真相大白，倪芳却没有了面对的勇气，她握着手机，半天没有反应。

聂小星这下急了，赶紧辩解:“嫂子，我打这个电话可不是来威胁你啊！我真的是想帮凌云，他是被丁文采这个王八蛋给骗了！你们夫妻一场，总不能见死不救吧？”

倪芳还是没有反应。

聂小星更急了:“喂喂喂，嫂子，你要快一点呀，明天早上签约仪式就要举行了，再晚就来不及了！”

倪芳一言不发，默默挂了电话。记忆的碎片像电影一样在脑海里闪现，家贫失学，求职无方，被骗东莞，身陷泥潭……直到……遇见凌云。

林方块看倪芳呆呆地站在那里，任凭山风吹拂，长发乱舞，便大声问:

“你没事吧？”

倪芳抬起头，看了他一眼，平静地说：“我要回上海，现在。”

二

浦东陆家嘴，金茂大厦，天和国际文化有限公司。

丁文采喜气洋洋，经过一系列谈判，他与凌云达成协议，全额收购凌云的公司，百分之百控股，未来公司会作为天和的子公司独立运营，他担任董事长，凌云担任总经理。

现在万事俱备，只剩签字了。

人逢喜事精神爽，丁文采今天西装革履，神采奕奕，为了体现签字仪式的重要性，他特地把原本就富丽堂皇的公司重新装饰一新，并且广发英雄帖，邀请大小权贵共同出席。丁文采在社会混迹多年，狐朋狗友遍天下，于是一呼百应，各路英豪齐聚一堂，知道的是文化公司搞签约，不知道的还以为是古惑仔在玩歃血为盟。

四周张灯结彩，高朋满座，作为主角之一的凌云心里却有些苦涩，他默默地看着丁文采站在台上眉飞色舞，口若悬河，思绪却回到了几天以前。

那天晚上，深夜食堂。

严子曰挥着啃了一半的鸡腿，示意大家安静：“我跟你们说呀，下一个题材我已经想好了，咱就写个有关穿越的国学故事，什么孔子呀、孟子呀、庄子呀，全上！先写少年国学故事，再写爸爸妈妈传，把历史上好的坏的爸爸妈妈，都给写出来，让现在的父母以史为镜，有则改之，无则加勉！”

小司嘟起嘴巴，故意逗他：“严老师，这个创意明明是我想出来的呀！”

严子曰果然上当了，瞪了她一眼：“司姐姐，这怎么是你想出来的呢？你只是说要扩大读者的年龄群呀？”

小司假戏真唱，继续嚷嚷：“对呀！没有我起头，你想得到后续吗？好的开始是成功的一半嘛！”

严子曰这才明白她在开玩笑，也打个哈哈：“对对对，军功章里有我的一半，也有你的一半，司姐姐，要不你给大家念一段？”

小司也不客气：“好呀好呀！本姑娘要开始念了，你们洗耳恭听呀！话说一个小男孩，早上起来睁开眼睛，发现面前站着一位胖老头，身高八尺，腰围也是八尺……”

看着两人你一言、我一语、兴致勃勃的样子，凌云心里泛起一阵苦涩，特别是想到了严子曰，这位仁兄一年前不爱上网，不玩手机，更是视微博微信为洪水猛兽；没想沧海桑田，现在竟然连自媒体都玩上了，可谓青出于蓝而胜于蓝啊！他俩越是兴奋，凌云越是难受，他不自觉地看了周双佳一眼，眼神里满是犹豫，带着迷茫，像个不知所措的孩子。周双佳望着他，轻轻点了点头。

凌云硬着头皮开口：“有件事想跟大家说……”

严子曰马上打断：“你别说了，咱们都知道了！”

凌云一惊：“都知道了？”

“哎呀，咱们天天朝夕相处，怎么会不知道呢？”说完这句，严子曰又从兜里掏出一张银行卡。

“咱们都知道，现在开销这么大，公司快没钱了。这里面有五十万，拿去花吧！”

严子曰的慷慨让凌云更加难受，他摇摇头，拒绝道：“严老师，这钱是留给童老师治病的，我不能要！”

严子曰：“我已经咨询过医生了，知道了大概的治疗费用，可以承受。病要治，工作也不能丢下，怎么说也是我们的一番心血呀！”

小司也摸摸索索拿出一张银行卡。

“老大，你也知道，我工作没多久，没存下多少钱……只有两万，呃，不到一点儿，你可千万别嫌多呀！”

宋赟看了看两人，刚想掏钱包，却被周双佳一把拉住。

大家越是热情，凌云越是难受，犹豫了半天，终将心一横，拿起酒杯，一饮而尽！

“咱们的公司，要卖了！”

严子曰、小司、宋赟，三个人同时一愣。

小司最先反应过来：“老大，你开玩笑的吧，是有人愿意投资了，对不对？”

严子曰跟着反应过来："有人投资，当然要入股了，这不能叫卖呀，只能叫合作。你呀，还是老毛病，好读书，不求甚解呀！"

宋赟也反应过来："就是说要来一个新的合伙人？那没关系啊，只要不过多干涉我们的工作就行。"

听到宋赟说完，凌云略微松了口气。

"是这么回事。确实是有一家公司愿意投资，一千万。"

三个人同时惊呼："一千万？！"

严子曰马上问道："人民币还是美元呀，不会是英镑吧？"

小司打断他："不管英镑美元人民币，一千万就够我们花的了。"

严子曰不服气："司姐姐，话不能这么说呀，万一是津巴布韦币呢？那一千万连个面包都买不到！"

小司更不服气："哎，我说严老师，你见过有人投资给津巴布韦币的吗？咱说话不钻牛角尖行不行？"

严子曰还想争辩，却被周双佳制止："好了好了，大家都少说一句，先听凌云把话讲完。"

凌云苦笑一声，接着说："一千万的条件是百分之百控股，也就是说我们几个啊，以后又变成打工的了。"

听完这句，众人沉默了。

严子曰摇摇头，叹了一声："费了这么大力气，一夜回到解放前呀！"

宋赟也叹了一声："凌云，你不是说以后再也不打工了吗？"

两个大男人只顾着叹息，还是小司想到了最关键的问题："老大，谁来投资？我们认识他吗？"

严子曰这才反应过来，马上跟上："对呀，谁投资？这是最关键的呀！"

凌云咬咬牙，吐出三个字："丁文采。"

严子曰先是一惊："谁？"

凌云重复了一遍："丁文采，天和文化的丁文采。"

严子曰勃然大怒，猛地站起来，一拍桌子："不同意，一百万个不同意！那家伙就是个暴发户，是个良心被狗吃了的暴发户！你拿谁的钱不行，偏要拿他的？"

凌云申辩道："严老师，说句心里话，我也不想拿他的钱，可是实在是找不到其他人啊！”

“你找过了吗？”

“当然找过了，找了五十多个，除了丁文采，没有一个人同意！”

“那继续找啊，五十个不行，就找一百个；一百个不行，就找一千个，做事要坚持到底，怎么能半途而废呢！”

见严子曰说得轻松，凌云不禁火了：“严子曰，我告诉你，为了找投资人，周双佳都给累出病了！是，做事是要坚持，但坚持也要适可而止，是不是到我们所有人都病倒了才肯罢休？你不要忘了，童老师现在还躺在医院里！”

童成溪的病是严子曰的软肋，这下他无话可说，一屁股坐下，呼哧喘气。

小司看看严子曰，再看看凌云，小心翼翼地说：“老大，我跟丁文采不熟，但严老师说得有道理。大老板如果心术不正，下面的人肯定没法好好干活。吴总就是最好的证明。”

凌云一怔，马上想到自吴仁宝下台后，原来的公司被搞得乌烟瘴气、乱七八糟，不禁有些犹豫。丁文采这厮老奸巨猾，嘴上说得好听，以后不干涉公司运营，但将来会发生什么，谁又能保证呢？

对于凌云表情的变化，周双佳看在眼里，想了想，说：“我想我们可以这样，到谈判的时候，白纸黑字地写上丁文采只是控股，绝对不能干涉我们的工作。你们看怎么样？”

过了一会儿，宋赟先发表意见：“我觉得可以，有契约在，他想乱来也不行。”

小司犹豫了一会儿，吞吞吐吐地说：“我，我在这里年纪最小，经验也最少，我听大家的。”

周双佳点点头，接着问严子曰：“严老师，你的意见呢？”

严子曰断然拒绝：“我不同意，一千万个不同意！要我去给丁文采做牛做马，不可能，绝对不可能！”

凌云劝他：“严老师，不是做牛做马，内容方面还是由你负责。”

严子曰拍案而起：“凌云，你愿意去给姓丁的当马前卒是你的事，但是我不行！”

凌云这下也火了：“严子曰，你多大的人了？不要这么任性好不好？这是正事，不是小孩子玩过家家！”

严子曰梗着脖子说：“我没玩！”

“玩了！”

“没玩！”

“那你得说个理由呀，不同意也得有不同意的理由呀！”

“呃……”严子曰一时语塞。

凌云等了半天，也没见严子曰开口，以为他已经默许了，刚准备宣布最后的决定，严子曰却突然说话了。

“凌云，之前你说你有一个理想，就是想写出一本名垂青史的书，但你一直没能做到，现在我终于明白为什么了。”

凌云一怔，下意识地问：“为什么？”

严子曰轻蔑地瞥了他一眼，扔下酒杯，掉头便走，只留下目瞪口呆的四个人。

……

“好！好！”

一阵热烈的掌声，打断了凌云的思绪，他抬头一看，发现丁文采刚刚讲完，一个油头粉面的主持人接过话筒：“谢谢刚才丁总精彩的讲话，让我们再一次给予热烈的掌声！”

众人再次鼓掌。

主持人：“看来大家对新公司都很期待呀，那么现在有请上海语书网络科技有限公司的总经理凌云先生，给我们介绍未来公司的发展蓝图！”

众人鼓掌，眼神神齐刷刷转到凌云身上，凌云面无表情，动也不动。站在一边的周双佳轻轻碰碰他：“到你了。”

“啊？”

凌云这才如梦方醒，他木然走上台，木然接过话筒，木然说了一些不知所云的话。

主持人：“谢谢凌先生刚才精彩的讲话，非常精彩！现在进入最后一个，也是最激动人心的环节。我宣布，天和国际文化有限公司和上海语书网络科技有限公司的合作签字仪式，正式开始！”

丁文采大步走上来，跟凌云握了握手，拿起金笔，“刷刷刷”签下自己的大名。轮到凌云的时候，他却犹豫了，满脑子闪现的都是严子曰的那句话："但你一直没能做到，现在我终于明白为什么了。"

丁文采皱了皱眉，冲主持人使了个眼色。主持人马上反应过来，打个哈哈："看来凌先生还沉浸在对未来的美好憧憬中呀，我们大家再给他掌声鼓励！"

嘈杂的掌声如同汹涌而来的洪水，将严子曰的话冲得干干净净。凌云的脑子里一片空白，他木然地拿起金笔……

突然间，门外传来一个声音："不能签！"

三

深夜，上海长途汽车站，候车厅。

一个身材高大、头发花白的老农民，穿着白汗衫、大短裤、解放鞋，头戴一顶旧草帽，抱着一个蛇皮袋，歪坐在椅子上睡觉。他的汗衫不干净，上面有几块来历不明的屎黄，身上也不好闻，散发出一股恶心的酸臭。四周乘客纷纷掩着鼻子，远远避开。

老农民闭着眼睛，发出鼾声，却突然听见一声狞笑，一睁眼，发现几个彪形大汉站在他面前，为首的冲他咧嘴一笑："丁总，几天不见，您怎么变成这样了？"

原来，老农民正是准备乔装出逃的丁文采。

昨天上午，因为倪芳的突然出现，导致丁文采精心布好的局被戳了个稀巴烂。这还只是开始，作为当年东莞传销集团的首脑，丁文采一直是广东警方重点追捕的对象，加上身背强奸、伤人、非法拘禁等多项罪名，一旦被抓，怕是下半辈子就得在牢里过了。

行走江湖这么多年，没想最后功亏一篑，一子错满盘皆输啊，丁文采知道大势已去，只得认栽。经验告诉他，必须马上撤离风暴中心，越快越好。谁知螳螂捕蝉黄雀在后，他好不容易趁着混乱摆脱了倪芳，后面却还站着一个聂小星。

见被聂小星识破，丁文采不得不低头认错："老弟，对不起，是大哥错了。"

聂小星从鼻孔里"哼"了一声："大大大，大什么大，还大哥呢！丁总曾经教导过我，我们是做正当生意的，不是黑社会！"

顿了顿，又换上嬉皮笑脸："丁总啊，您叫我小聂就行了。"

"聂，聂……对不起，我错了。"

聂小星大大咧咧地坐到丁文采旁边，拍拍他的肩膀："丁总呀，您不用向我道歉，我呢，现在当你是一条狗。你说我一个大活人，会跟你一条狗计较吗？那不成了人不如狗？哈哈哈！"

旁边几个随从跟着狂笑。

丁文采脸色铁青，冷冷回道："姓聂的，你到底想怎么样？"

聂小星大惊小怪地说："哎哟喂，丁总，您真是狗倒雄风在呀，这么威风，我好怕怕哈！"

几个随从又是一阵狂笑。

笑过之后，聂小星露出了真面目，咬牙切齿地说："姓丁的，现在有两条路。第一，你跟我回去自首，到牢里安度晚年；第二，把你所有的钱交出来，我保你平安！"

丁文采虽然衣衫破旧，但气势不倒，想也不想，当即回道："我所有的钱都可以给你，但你要答应我一个条件。"

"既然丁总这么爽快，说吧，我听着。"

"放过周双佳。"

"哈哈，丁总，都什么时候了，您还惦记着女人？佩服佩服，实在佩服，不愧是一代情圣啊！"

"姓聂的，你不用给我装傻。你如果不答应，我丁某人保证你一毛钱都得不到，澳门那边不会放过你，你的下场会比我更惨！"

聂小星的脸上一阵红，一阵白，想了半天，咬咬牙道："行，我答应你！"

丁文采一声冷笑："刚才的对话我已经录音了，如果你敢反悔，你也跑不掉！"

四

夜已经深了，路上行人寥寥，凌云和倪芳肩并肩走在树影婆娑的人行道上。

这两天发生的事情，称得上跌宕起伏，峰回路转，比电视剧还精彩。凌云曾经为和丁文采的合作设想过很多个结局，但做梦也没料到会是现在这个。再想起这些年的点点滴滴，心中更是五味杂陈，百转千回，似有千言万语想对倪芳说，可事到临头，却一句话也说不出来。

后来还是倪芳先开的口：“你不是有话跟我说吗？说吧。”

“我，我……真的谢谢你了。”

“你就为了对我说谢谢？”

“不是，呃，是，呃，不是。”

“到底是不是？”

凌云暗暗恨自己，倪芳跟自己认识十几年了，早就知根知底，怎么还会这么紧张？他犹犹豫豫了半天，最后牙一咬，心一横，死就死了！

“倪芳，我们复婚吧！”

倪芳停下来，看着凌云的眼睛，一字一句地问：“你想清楚了吗？”

“想清楚了，之前有什么误会，有什么问题，都让它过去吧，让我们重新开始。”

“你不介意吗？”

凌云笑了笑，顺手将倪芳搂入怀中，倪芳也不反抗，就这么顺从地让他抱着。

“当年在东莞，要不是你救我，我都不知道能不能活着出来。现在又是你救的我，你救过我两次，我有什么可介意的。”

“可是我……”

“不用可是了，也许其他男人会介意，但是我不会。我始终觉得，一个人的心才是最重要的，心比膜重要，膜不过是一张纸，破了也就破了，可是心却会陪伴你一生。”

倪芳心头一暖，两行泪水无声流下。凌云轻轻擦去她的泪水，心中柔情满溢，爱意交加。

“亲爱的不哭，今天是个好日子，就当是我们的重生纪念日吧，是我们两个人共同的生日。”

倪芳点点头，小声回道：“嗯……”

两个人就这样拥抱着，很久很久，直到凌云想起了什么。

“亲爱的，待会跟我回家吧，妈看到你回来，一定很高兴。”

“会吗？”

“肯定会，必须会，你要不信，我现在就打电话给她！”

“嗯，我信。以前我总觉得咱妈太自私，不懂得为别人着想。经历过这么多事，才明白她也不容易，老公靠不住，儿子又软弱，她要再不强悍，这个家就跨了。凌云，你能有今天的成绩，她的功劳最大。”

凌云心头一热，困扰他这么多年的婆媳矛盾，竟然在这一刻迎刃而解了，真是踏破铁鞋无觅处，得来全不费工夫。感动之余，也说出了心里话。

“亲爱的，其实啊，之前你们有矛盾，我的责任最大。我是你的老公，是她的儿子，是一家之主，本该站出来把问题处理好。可是每次我都想和稀泥，哄过去就算了，从来没有认真分析原因，找出症结所在，结果就是越哄越乱，两边都不讨好。从今以后，我肯定会立场鲜明，秉公处理，如果是咱妈不对，我一定严厉地批评她！”

“你说得哦，不许反悔！”

“放心吧，我都想好了，回去我就把大房子卖掉，再到新房附近的小区买一套小的，三四十平就够了，给她一个人住。这样既隔得不远，又能保持距离，多余的钱我拿去贴补公司，这就叫家庭事业两不误呀！”

凌云越说越兴奋，倪芳也越听越开心，时间像插上翅膀的钟，连跑带飞走得飞快，不知不觉中，两人竟然走了十多公里，马上就要到家了。

看着万家灯火，凌云归心似箭，恨不得马上就带着倪芳出现在陈惠琴面前。他们刚走进楼道，外面却突然闯进一个身影。凌云吓了一跳，就着楼道灯光一看，来人竟然是周双佳！

周双佳头发蓬乱，双眼红肿，隐约可见泪痕，似乎刚刚哭过一场，跟平时的职场精英、白领丽人形象判若两人。她看见凌云像见到救命稻草一般，不顾倪芳在场，冲过来就拉着凌云的胳膊：“你能帮我吗？”

一想到周双佳和丁文采合谋骗自己，凌云就没好气，挣脱她以后，冷冷回道：“你这么厉害，这么能算计，我能帮你什么？”

“凌云，你之前和丁文采的过节，我真的不知道！”

“知不知道也没什么关系了，我不想再看到你，你走吧。”

周双佳都快哭出来了：“凌云，我会自动消失，从此不会再打扰你。但这次你一定要帮我，也只有你能帮我，我求你了，求求你了，你要我做什么我都愿意！”

认识周双佳二十多年，凌云还是头一回看她这般不顾颜面，不禁有些心软。倪芳也察觉到情况不对，轻声对凌云说：“你能帮就帮吧。我出去买点水果，你们好好聊。”

凌云一把拉住倪芳，摇摇头道：“不，你就在这里，哪儿也别去。”又扭头对周双佳说，“有什么事，你说吧。”

周双佳感激地看了一眼倪芳，急切地说：“丁文采现在在聂小星手上，很危险。你是聂小星的好朋友，可以帮忙劝他放了丁文采吗？”

凌云吃了一惊，吃惊的不是聂小星抓了丁文采，而是都到什么时候了，周双佳怎么还在替丁文采说话？

“这是他们之间的恩怨，跟你有什么关系吗？”

“有！”

“什么呀？”

“你可以不问吗？你要什么条件我都答应你。”

“不行！你要不说清楚，我绝不帮忙！”

周双佳死死盯着凌云，凌云毫不退让，视线跟她针锋相对。最后还是周双佳先低下头，咬紧嘴唇，一字一句地说：“丁文采是我爸爸。”

“啊！”凌云和倪芳同时大吃一惊。

“凌云你还记得吗？去年在黄山看日出的时候，我跟你讲过那个年轻人的事。”

“黄山？日出？年轻人？”凌云使劲回忆，使劲回忆，终于想起了当时的点点滴滴，当时周双佳面对冉冉升起的红日，泪流满面地说：“爸爸，那个年轻人，他是我爸爸！”

往事刹那间在眼前闪过，凌云终于明白了前因后果。

“你说他得了癫痫，没钱做手术，会有生命危险？”

“对，他没钱做手术，只能靠吃药。幸运的是他挺过来了，但从此失去了生育能力。”

“也就是说，你是他唯一的女儿？”

“对！凌云对不起，我向你坦白。我之所以会说服丁文采收购你的公司，是因为我知道我是他唯一的继承人，将来他的一切都是我的。”

凌云恍然大悟，之前的种种困惑在这一刻终于得到了解答，他马上问："那他知道你是他女儿吗？"

"知道，但是知道得不久，几个月前我才告诉他。"

"你为什么不早点告诉我呢？"

周双佳闭上眼睛，泪流满面。

"害怕，因为我害怕。这是我内心深处最可怕的秘密。我很小就知道我不是我爸爸亲生的，我也知道我的亲生父亲是谁，可是我不敢面对，只能远远地、偷偷地望一望他，就像做贼一样。我曾经很恨自己，恨他，恨我妈，恨所有人！为什么要把我生下来！我做错了什么，为什么要嘲笑我！为什么，为什么！对于这个世界来说，我根本就是多余的！"

凌云长叹一声："算了，过去的事情就让它过去吧。"

"是，是算了！我也是这么安慰自己。我之所以这么拼命，这么努力，这么不择手段，就是想跟原来的自己割裂，我要重新投胎，我要重新做人！"

看着周双佳越说越激动，倪芳忽然插了一句："你为什么不报警呢？"

周双佳看了倪芳一眼，嗫嗫嚅嚅地说："我怕，我怕……"

对于周双佳的担心，凌云心如明镜，他打断道："聂小星现在在哪儿？"

"在，在他川沙的别墅里。"

"我们赶紧吧，去晚了怕真的有危险。"

周双佳点点头，拉着倪芳的手，感激地说："嫂子，我替我爸爸向你道歉，以后我一定尽全力补偿！"

倪芳用力抽回，平静地回道："不用了，这件事办完之后，你跟我，跟我们家，再也没有任何关系。"

凌云一边在身上找车钥匙，一边说："行了，我们走吧，周双佳你带路。倪芳你先上去，咱妈还等着呢。"

倪芳点点头："你们多加小心。"

见凌云摸了半天也没找到车钥匙，周双佳等不及了："别找了，我来开吧，我的车就在外面。"

第二十一章　彩云易散琉璃脆

一

在通往川沙的高速公路上，一辆白色奥迪正在疾驰。

凌云忽然想到了什么："待会儿我们得录音，我虽然跟聂小星从小玩到大，但他这个人，不好说。"

周双佳一边开车，一边说："对，一定要录音。我让宋赟在手机里装了一个程序，录音会实时上传到云端去。"

二

上海浦东川沙，东郊别墅园，一间独栋别墅的地下室里。

丁文采伤痕累累，满脸血污，双手被绑在身后，瘫倒在地上，已是奄奄一息，口中却还在不停叫骂："姓聂的，你，你出尔反尔，老子就算做鬼也不放过你！"

聂小星"嘿嘿"一笑："丁总，你还真是一条狗，狗咬吕洞宾，不识好人心呀！我对你够好的了，怕你一个人孤单，还找你女儿来陪你。"

丁文采挣扎着爬起来，试图扑向丁文采："你，你要敢动我女儿，我，我跟你……"

"拼了"二字还未出口，就被一个胸口文有黑色乌鸦的大汉踹倒在地，几个大汉围上去，又是一阵拳打脚踢。

聂小星皱皱眉头，走过来示意众人住手："别打了别打了，要是打死了，他女儿可就见不到他最后一面了。"

黑鸦大汉凑过来问："大哥，他女儿会来吗，咱可等了三个多小时了。"

"会呀，怎么不会呢，不来的话怎么救她爹呀？这可是她亲爹，她老娘当年千辛万苦偷来的小白脸呀！"

众人哈哈一阵淫笑，黑鸦大汉又想到了什么："她不会报警吧？"

面对这个问题，聂小星不屑一顾："你傻呀！她要是报警，那不就把她爹给送进去了！"

说曹操曹操到，聂小星话音刚落，一条胸口文着青色乌鸦的大汉就跑下地下室，对着聂小星一阵耳语。

听完之后，聂小星吃了一惊："你说什么？凌云也来了？"

"对，一男一女。"

"靠，他来干什么！"

凌云的到来，彻底打乱了聂小星的计划。本来他已经拿定主意要将周双佳父女一起干掉，量小非君子，无毒不丈夫，他们父女一天不死，自己就没法安心。

可凌云跑来干吗？要知道丁文采可是强奸他老婆的人啊！

聂小星眉头一皱，计上心来，叫来黑鸦大汉，在他耳边交代了几句。黑鸦大汉边听边点头："知道了，知道了，大哥，你就放心吧！"刚拔脚要走，聂小星又把他叫住。

"等等！"

"大哥还有什么吩咐？"

"先把我最贵的西服拿来。"

黑鸦大汉一下愣住了。

聂小星瞪了他一眼："愣着干吗呀，赶紧去呀！"

凌云跟周双佳坐在客厅的沙发上，心里七上八下；周双佳也很紧张，心跳飞快，手心里全是汗，但关键时刻她没有乱，趁人不注意，偷偷把一部打开录音功能的手机，塞进了沙发的缝隙里。

过了一会儿，一身西装革履的聂小星大步流星走过来，跟凌云握手、拥抱，显得十分亲热。

“兄弟，好久不见，想死我了！”

凌云稍微松了口气：“哥，你到上海这么久，也不跟我说一声，不把我当兄弟是不是？”

聂小星拍拍他的肩膀：“兄弟，哥跟你说句真心话。其实啊，哥一直惦记着你。为什么没跟你见面呢，那是哥想争一口气。哥从小就不如你，成绩没你好，长得没你帅，你考的是名牌大学，哥就在电脑城里打零工；后来你当了微博名人，有那么多粉丝；哥呢，还是苦哈哈的，默默无闻。所以哥就想啊，等有一天混好了，能跟你平等对话了，哥再跟你见面，让你不会因为有这样一个哥而丢脸！”

“哥，你想多了，在我心里，一直把你当最好的朋友、最亲的大哥。先不说我自己混得不怎么样，就算真的像你说的那么好，我也从来没觉得因为认识你丢脸过。”

“好了兄弟，咱难得见次面，先不说这个了。你今天来的目的呢，哥很清楚。你想怎么办吧？”

凌云指了指旁边的周双佳：“她，你认识吧？”

聂小星哈哈一笑，伸出右手：“认识，当然认识！我们的校花嘛！周小姐，好久不见了，还是一样年轻貌美，来来来，握个手吧！”

周双佳环抱双臂，冷冷回道：“废话少说，我爸爸呢？”

聂小星的手伸在半空，没着没落，显得有些尴尬，收回来摸摸脑袋：“你爸？你爸不是早就出国了吗？”

“你少跟我装傻，快把我爸交出来！”

聂小星哈哈大笑，笑罢之后，突然脸色一沉：“周小姐，你这个态度，不像是来求我的吧？”

“你！”周双佳气得说不出话来。

凌云赶紧打圆场：“哥，就当给我个面子，放了丁文采吧？”

聂小星“哼”了一声：“兄弟，姓丁的当年是怎么对你、怎么对你老婆的，你难道忘了吗？”

凌云心想当年你不是也见死不救吗？明明看懂了我的求救短信，却在那里装聋作哑！口口声声说是兄弟，到了关键时刻却置之不理，你跟丁文采又有什么分别，一丘之貉而已！

但心里怎么想，嘴上却不敢这么说，还是长叹一声："过去的事情就让它过去吧。哥，冤家宜解不宜结啊！"

聂小星点点头："行了，既然兄弟你能看得这么开，那无论如何哥也要给你这个面子啊……"

"谢谢哥，谢谢哥，理解万岁，理解万岁！"

"兄弟，不用客气。周小姐，回去跟你爹说，让他以后一定好好做人，不然下次就没这么好的运气了。"

说完，他使了个眼色给站在一旁的青鸦大汉。

青鸦大汉会意，打了一个电话，没过一会儿，丁文采就被人搀扶着出来。

周双佳冲过去，推开他人，搀扶起丁文采，心疼得眼泪都要出来了，她强撑着说："爸，我们回家。"

丁文采闭着眼睛，老泪纵横。

凌云看丁文采虽然浑身上下伤痕累累，但神智还算清醒，总算能捡一条命回去，也算不幸中的万幸吧。此处不宜久留，谨防夜长梦多，凌云便对聂小星告别："谢谢哥，谢谢哥，时候不早了，我们得回去了。"

聂小星不以为然："行啊，你们走吧。"

接着又想起了什么："那个，啊对了，你们有车吗？要不要我让人送你们回去？"

"不用不用，我们有车，谢谢哥，谢谢哥！"

待凌云他们走后，聂小星叫来黑鸦大汉。

"看清楚了吗？"

"看清楚了，白色奥迪，车牌是沪 A58888。"

"你知道该怎么做了？"

"知道，都安排好了，司机是从黑龙江来的，昨天才到上海，脸生得很，没人认识。"

"他不会把我们卖了吧？"

“放心吧大哥，他是我同乡，从小玩到大的。再说不就是造个醉驾嘛，醉驾最多判五年，还能收一百万，他小子赚大发了！”

“行！也别说我们亏待兄弟，到时候给他找个好律师，争取弄个缓刑。”

“有大哥这句话，他小子就算祖上积德了。不过大哥，我多一句嘴啊，凌云也在车上。”

“我知道啊。”

“那，咱真的要？”

“唉，谁让他非要跟过来呢，照办！”

三

从聂小星的别墅出来后，周双佳开车，凌云坐在旁边，丁文采躺在后面，三个人默默无言。

前方有一座桥，过了桥是一个分岔路口，往左是通往高速，往右是通往市区。快开到桥头的时候，周双佳开口问凌云：“我还是先送你回家吧？”

凌云摇摇头：“不，你爸伤得不轻，先送他去医院。”

“那，那谢谢你了，路上颠簸，我会开慢一点儿。”

“没事，你慢慢开。这一趟啊，总算是有惊无险。”

说完这句，凌云才想到应该打个电话回去报平安，没想打了两遍，倪芳的手机一直没人接听。想了想，凌云又给她发了一条微信：“平安无事。”

不知怎么了，关掉微信，凌云还是觉得不放心，又打了家里的座机，过了一会儿，陈惠琴接了。

“你到哪儿了？没事吧？”

“没事，现在正在回去的路上。倪芳睡了吗？”

“啊？你没跟她在一起啊？她去找你了呀。”

“什么？她为什么来找我？”

“她不放心呀，正好你的车钥匙落在家里了，她就开车去找你了。你打她手机吧，她随身带着呢！”

凌云一想不妙，赶紧拨给倪芳，一连拨了好几遍，这回终于通了。

“你在哪儿啊？怎么不接电话啊？急死我了！”

“我在开车，刚才没听见。快到了，还有十公里，你没事吧？”

“没事，都搞定了，现在正在回去的路上。这样吧，你在路边停下来，我坐你的车一块儿回去。”

“好的，我前面有一座桥，叫什么南高桥，我就在桥下面等你……噢，我看到你了！”

凌云一愣，睁大眼睛，向前方四处张望。

突然，电话里倪芳发出一声撕心裂肺的尖叫：“老公，小心！”

一辆土方车从后面疾驰过来，庞大的身躯直冲周双佳驾驶的奥迪！正在此时，前方一辆白色高尔夫突然加速，像利箭一般，直插进两车的中间，土方车猝不及防，歪了方向，推着高尔夫向前猛冲，硬生生地撞到了路边的桥墩上……

四

倪芳躺在病床上，外面阳光灿烂，身下床单雪白。

看着浑身缠着绷带的妈妈，豆豆趴在床边，哭成了泪人：“妈妈，妈妈，你不能死，你死了我怎么办啊！”

凌云强忍住泪水：“妈妈没事，妈妈只是要睡一会儿。”

病房外，陈惠琴哭着向医生求情：“大夫，求求你了，救救她吧，她的儿子才七岁啊！”

医生无奈地说：“老太太，对不起，我们已经尽力了，她送来的时候伤得实在是太重了。”

陈惠琴一下瘫坐在地上。

倪芳强撑着，摸摸儿子的头：“豆豆，你是一个勇敢的男子汉，对不对？”

“嗯……”

“男子汉不可以哭。”

“嗯，我不哭，可是妈妈你不能死！”

“豆豆乖，妈妈不会死，只是要去一个很远的地方治病。在妈妈没有回来之前，你要听爸爸的话。”

“我会听爸爸的话。妈妈，你一定要回来！”

“妈妈保证回来。豆豆，你是一个男子汉，长大以后要照顾好爸爸，知道吗？”

豆豆忍不住又哭了：“妈妈，我会照顾好爸爸的，就像，就像你照顾我一样。”

“豆豆，我们不是说好不哭的吗？”

“我不想哭，可是我忍不住。”

“这样吧，豆豆，你出去找一下奶奶，我想跟爸爸单独说几句话。”

面对儿子，凌云忍住了眼泪；可是单独面对倪芳时，却忍不住泪流满面。

倪芳强撑着笑了笑，刮刮凌云的鼻子：“你看看你，多大的人了，还不如你儿子呢！”

凌云心如刀绞：“你怎么这么傻啊！”

“老公，当年在东莞，是你救了我；现在我终于还给你了，我们谁也不欠谁了。”

“你说什么呢！我们是夫妻，一辈子都要在一起，有什么欠不欠的！”

这时，倪芳也哭了，哭得满脸泪水。

“从今以后，再也没有什么能把我们分开了！”

凌云再也控制不住，号啕大哭，撕心裂肺。

尾声　这是结局，不是结束

一

三个月过去了。

凌云陆陆续续知道了外面的消息，丁文采不治身亡，聂小星被判死刑，周双佳则下落不明……

告别那天，凌云忍不住问她："你不是说回美国吗？怎么又改成了澳大利亚？"

周双佳笑了笑："我也不知道为什么，可能是想去看看考拉吧。"

说完，头也不回地向机场的安检门走去。

二

童成溪即将做最后一次手术，做手术之前，她对严子曰说："如果手术成功，我就辞职，以后我们周游世界去。"

严子曰马上同意："好啊，你辞职，我改名！"

"报什么名？你也要辞职啊？那可不行，你可是咱家的顶梁柱，以后咱家就靠你了，你得养家！"

"你别急呀，不是报名，是改名。"

"改名？改什么名？"

"不言，以后我叫严不言。"

“哈哈，严同学，你也知道你啰嗦呀，这段时间可把我唠叨坏了。”

“童老师，我说的不言，不是不言的不言。”

“那是什么呀？”

“‘桃李不言，下自成蹊。’只要这句话在，我们就永远在一起！”

童成溪的眼睛一下湿润了，强忍着泪，笑着说：“严同学，你说别字了。我是溪水的溪，不是小路的蹊。”

严子曰握紧她的手，一字一句地说：“不管前面是水还是路，我都会陪着你走下去。”

三

林方块给凌云介绍了一个投资人，双方一见如故，相谈甚欢。为表示感谢，凌云特地请林方块吃饭，去的正是严子曰第一次带他去的“仓廪小馆”。

结果到了目的地，才发现“仓廪小馆”已经不见踪影，取而代之的是一栋漂亮的高楼，一楼的门面里也有一家餐馆，招牌上写着：“互联网 + 肉夹馍”。

凌云有些失落：“可惜了，以前那家的烤禾花雀真心不错！”

林方块哈哈一笑：“没关系了，时代总是在进步嘛，你看这家肉夹馍店，还打出了互联网的旗号，证明他们也在与时俱进。”

“那就去这家？”

“就去这家！”

看着餐馆招牌，凌云忽然又想到了什么，马上打电话给严子曰。

“严老师，我想到要写什么书了。”

“写什么？”

“小说！内容是把我们的这段经历描绘出来。你不是说过吗，艺术来源于生活，高于生活，只要是基于生活的好小说，就一定能引起大家的共鸣！”

“好呀，我支持你，书名想好了吗？”

“想好了，叫《互联新时代》。”

“不好，感觉像经管类图书，不像小说，文学气息不够。”

“那依严老师的高见呢？”

严子曰沉默片刻，脱口而出：“我们被碎片化了的生活！”

“碎片化的生活？”

“对！你看看我们的周围，玩微博、玩微信是碎片化社交；看知乎是碎片化阅读；这个那个网红的视频，是碎片化娱乐；连打个车，都是碎片化出行。生活已经被割得七零八碎，成了一块块的碎渣。”

凌云放下手机，似有所悟。

四

这个晚上，凌云做了一个梦，梦里面倪芳转到了北京的一家医院，经过精心治疗，恢复如初，连久经沙场的主治大夫都惊叹不已：“伤得这么重，又好得这么快，奇迹，真是奇迹！”

早上醒来，想起梦里大夫说的话，凌云黯然神伤，失落不已。

正在这时，凌豆豆像头小老虎一样，猛地闯进来，兴奋得大喊大叫：“爸爸，爸爸，你看谁回来了！”